中国专业作家作品典藏文库

中国专业作家作品典藏文库

邹静之卷

琉璃厂传奇

邹静之/著

中国文史出版社

目　录

第 一 章

1

琉璃厂这地方，原是辽代京城的一个小乡村，元朝时在此建琉璃窑，始有琉璃厂一名。到了清乾隆年间，因修《四库全书》使全国文人、图书汇集于此，以书铺为最多，后来古玩、字画、文具等渐成气候。如从辽时算起已历千年，从乾隆算起，也有二百余年的景象。

俗话说，没有不开张的油盐店，而古玩这行正相反，是三年不开张，开张吃三年。这日，琉璃厂丰一阁的伙计毛财正坐在铺子里打瞌睡，曾在翰林院当过差的巴四爷抱着个瓷瓶晃悠过来。巴四爷梳着条又细又黄的小辫，骨碌碌转着眼珠打量毛财。毛财才从乡下来，在姨父开的丰一阁里学徒当伙计。他趴在桌上，没瞧见巴四爷。巴四爷站了好一会儿，有点儿不耐烦，大声咳嗽。毛财一激灵，见是他，放松下来，揉着眼说："我当是谁呢。您又拿出什么来了？"

"好东西，和上回的不一样，快把你们掌柜的喊出来。"

"掌柜的才起，您进去吧，我不喊，您喊吧。"

"小子你是轻看了我吧？谅你也不敢，我们家祖上可出过翰林。"巴四爷说着进了丰一阁，大大咧咧地坐在了太师椅上，喊刘掌柜的。

毛财要扫地，让他起起脚。他却故意不挪地方，说："别忙着扫地，先给我沏壶高的来。"毛财抖着肩膀不动。

刘掌柜的听见喊，整着衣裳出来，跟他打招呼。

巴四爷点下头，说："你这个伙计不成啊，没眼力见儿。"

刘掌柜问："怎么您了？"

"光知道扫地不知给客人泡茶，没规矩。"

"这不怨他，水还没开呢，您坐会儿，待会儿就开。"

巴四爷干干地笑了笑："这么说我来早了。"

刘掌柜道："不早，咱先看看东西。"

巴四爷不大愿意，但还是拿出了瓷瓶。刘掌柜的接过来，见是一个青花瓷瓶，表情平淡地说："东西是件东西，您要不短钱花就留着，您要是有急用就放这儿，我给您五块大洋。"

"我这一早上就没有遇着一个行家。五块？这可是官的。"巴四爷说着翻底让刘掌柜看款。

"官不官的，自有说道，我也犯不上跟您争。您要不拿着去宝荣斋看看，那儿行家多。"

巴四爷悻悻地走了。

刘掌柜的回到后宅找东西，问刘夫人见没见一个英国鼻烟壶，说要送给宝荣斋的宫掌柜，好跟他借笔钱，进点儿货，挺长时间没开张了。

刘夫人从抽屉里找出鼻烟壶，问他打算借多少钱。

"五千块吧。安徽的倪家点了名要名瓷往总理衙门送，借少了不够用。"

"我听着都悬，一借就五千块，真赔了拿什么还人家。"

"当点心就行了。我这儿你就别操心了，多看着点儿毛财，教教他干活，自他来这一年，我这买卖没畅过。"

刘夫人不乐意地说："买卖不好，你可别怨他，再说他又没给你丢过、砸过东西。"

刘掌柜不言语，拿上鼻烟壶往宝荣斋去了。

宝荣斋宫掌柜的正在看着巴四爷的青花瓶，说："您说这是官窑？凡官窑，别看就两个字，可有三个说法。一是指官办的瓷窑厂为官窑。二是单指两宋的官窑。所谓北宋大观、政和年间，宫里自办窑厂烧的瓷器，南宋是依例在杭州凤凰山建窑叫修内司官窑。这就是南官窑、北官窑之说。到了明清两代，景德镇御窑厂烧的宫里用瓷叫官窑。那个御可不是玉石的玉，是御驾亲征的御。您这官窑是哪一种官窑呀？"

巴四爷喝着茶说："您看着分吧，您说是哪种就是哪种。"

宫掌柜乐了："世上都是道听途说觉得官窑值钱，拿件瓷器就说是官窑，倒是冷了那些有样有品的民窑了。行了，您这东西拿着家里收着吧，好歹能当个摆设。"

"您看着好收了吧，我短钱。"

"这路仿的东西我不做，要收就收不过来了，您再别家看看。"

"那您看，我卖多少钱合适呀？"巴四爷有点儿急。

"高了不说，有五块大洋您就麻溜出了。"

"我这还带着款呢。"巴四爷说着翻底给宫掌柜看。

"我不看底，款不款的不是关键，款是人做的。"

"行，那我听您的先走了。"

出了宝荣斋大门，正碰上来借钱的刘掌柜，巴四爷赶紧走过去，说："要不这么着得了，我就照顾了您了。您再添点儿，我也就懒得拿回去了。"

"买卖行里，买回头，卖回头，价都得落一半。您还要添点儿，哪有这话呀？"

"要不就按刚您说的五块吧，我也走累了。"

"按生意经，五块这时就不能给你了。这也不是个谈买卖的地儿。这么着吧，您拿了东西找刚才那个伙计去，就说我说的五块，收了。"

巴四爷一改开始的傲劲儿，点着头走了。

"以后有了东西，先拿我那儿看去，丰一阁，记住了吧？"刘掌柜又甩给他一句。

"记住了，记住了，记不住牌匾，您我还能忘了吗？"巴四爷头也不回地又奔了丰一阁。

宫掌柜站在宝荣斋门口笑着跟刘掌柜打招呼，冲着远去的巴四爷，说这路遗老百个不多，一个不少，随便地拿件什么东西就以为价值连城呢。然后让刘掌柜到里边坐，叫武伙计沏壶毛尖来。

刘掌柜喝了会儿茶，掏出鼻烟壶送给宫掌柜。宫掌柜连声称赞，说欧罗巴人的手也挺巧，弄的这小玩意儿玲玲珑珑，问刘掌柜最近生意如何。

"没有生意做，见天儿地开一回小张，就够嚼裹儿的，买的卖的都没有，僵住了。"刘掌柜说着提出想借点儿钱去天津进货。

宫掌柜没怎么犹豫就答应了。二人又说了会儿话，无非是盛世买古董，乱世买黄金，庄稼连年歉收，今年又是大旱，老百姓的日子就更难了，等等。

回到丰一阁，刘掌柜打算马上去天津。进了内宅，跟夫人说了，对着大衣柜穿衣裳，准备出门。刘夫人在旁边八仙桌前坐着嘱咐他，说世道不太平，到了天津完了事儿快回，买卖不买卖的其实是小事，平安是福。

刘掌柜"嗯"着，照着镜子说："古玩这行，我现在才悟出点儿理儿来，你看着像个爷，其实是个孙子。大宗的票子也从手里出出进进地过，说赚，一宗活儿就把你变成个财主；说赔，一夜之间跳楼，都没硬地面接着你。俗话是打掉了牙往肚子里咽，我看咱这行是咬断了舌头往肚子里咽。真要看货打了眼，还不就是自己让自己冤死了。实情都不能让行里人知道，怕丢人。"刘掌柜穿戴齐整，拎起包来。

刘夫人说："你那块洋表不带上？"

"不带了，出门在外素朴点儿好。有宝荣斋借我的这票银子，就够打鼓的了，余的东西不带了。"

"要不让毛财跟着你跑一趟？"

刘掌柜一甩手："他？他除了会吃，还会干什么，真要是碰上了绑票的，还不知是谁护着谁呢。"说罢，刘掌柜的夹着包来到前边铺面房里，见伙计毛财还在打瞌睡，就咳嗽一声说："地扫扫，家伙擦擦。刚睡起来又睡，像个开买卖的样子吗？"

毛财惊醒，垂手而立。

刘掌柜叮嘱他："我出去一趟，有十两以上的买卖先回了，说赶明儿给送府上去，十两以下的买卖你做主。"说完欲出门，突然又回来，"听好了，什么东西也别收，上回收那个假壶，赔钱倒也罢了，让人笑话咱们丰一阁里养着个棒槌。"

毛财鸡啄米似的乱点头，拦住辆洋车，送刘掌柜去前门火车站。

火车奔驰在华北大平原上。刘掌柜坐在车里，看着窗外光秃秃的田野，土地干裂，逃荒的人群蚂蚁般地蠕动。

2

田野中又增加了两座新坟。戴着孝的袁玉山跪在坟前悲戚地说："爹、娘，俺走了，这一去不知多少年。别怨俺，地和房我都卖了，活不下去了。"说罢站起身，走向乡村大道。

袁玉山年龄在二十上下，一张方方正正的脸，透着乡下人的那种固执和纯朴。他从背着的包袱里摸出一个黑菜团子吃，吃了几口有点儿舍不得，最后咬了一小口又放了回去。

大道上逃荒的人群络绎不绝，他看见道边一个骨瘦如柴的中年难民，身边停着一架独轮车，就问："叔，也逃荒啊？"

"逃都逃不出去。走了两天了，还没走出荒地。多大的旱啊！那新坟里葬的你什么人？"

"爹娘。"袁玉山看了看手臂上的孝说。

"都死了？"

"死了。"

"死了好，死了是福，就怕想死都死不了，活受罪。这年月，活个什么劲呀！大侄子，你那包里有口吃的没有，我饿呢，快饿死了。"

袁玉山犹豫了一下，还是拿出那大半个黑菜团子，他咽了下口水递给中年人。中年人飞快地抓过去，把独轮车上的盖布掀了，车内是个奄奄一息的老太婆，"妈，您吃吧，救命恩人来了。吃吧，多香的菜团子呀。"老婆婆狼吞虎咽，噎得泪光闪闪。中年人的嘴也跟着在动。

他们上了土道，混入难民队伍边走边聊。中年人问他准备去哪儿。袁玉山说上京城去找条活路。

"那可远了，够你走的。"

"出来的时候听人说，到了山海关就有地龙，一坐上就到京城了。"

中年人看着愣头愣脑的袁玉山，卖弄似的说："咱叫地龙，城里人管它叫个火……火地龙，有头，有尾，鼻子里吐火，叫起来几里外都听得见，没腿，和蛇一样在地上蹿。"

袁玉山忽闪忽闪眼睛，问："那您说，那东西能坐不？"

"坐，能坐。钱可贵。"他停下了，盯着袁玉山的包说，"大侄子，你那包里还有吃的吗？刚才我不知道你包里有东西，饿也就饿了，现在知道了，车都推不动了，心里总惦记它。要不咱把它吃了吧，省得心里惦着。"

袁玉山打开包，包里什么也没有了。中年人沮丧地坐在地上叹了口气，不走了。袁玉山爱莫能助，辞别了他，独自赶路。

日头高了，一列火车在不远处隆隆驶过。袁玉山头一次看见火车，他先是一愣，然后便朝前狂奔。火车远去，他木呆地望了会儿，蹲下摩挲铁轨，口中念叨着"地龙地龙"，蓦地跳起来，沿着铁道大步朝小火车站走去。

袁玉山毕恭毕敬地坐在火车车厢里，看着外边一晃而过的景物，脸上现出紧张。

"吃大轮"的德子、五子、哈七贼眉鼠眼地走进来。看见这仨人，有的乘客悄悄起身，往别的车厢去。袁玉山还是看着外边不错目。德子等三人坐在袁玉山旁边的座位上挤眉弄眼。德子说："哈七，把咱那个家伙拿出来。"哈七故弄玄虚地在怀里掏了半天，拿出个押宝用的宝盒，递给德子。德子边看着袁玉山，边不住地晃着手里的宝盒，慢悠悠地说："这位爷，上哪儿发财呀？"

"逃荒的，上京。"

"逃荒的？没听说逃荒的还能坐得起火车的。这年月有钱人打扮成个叫花子，我见得多了。"

"俺不是有钱人，也不是叫花子，是从丰润县馒头村逃荒出来的袁玉山。"

"玩押宝吗？押一宝。"德子晃着宝盒说，"押单押双？"

袁玉山不大明白，问是怎么个意思。德子高兴地解释，说就这色子，你要押单，出单数你赢，出双数你输。闲也是闲着，玩一把。袁玉山觉得也是，干坐着无聊，点头同意。"好吧，我押双。"

"好嘞，这位丰润的大财主，袁爷押双了。"德子晃动宝盒猝喊，"开！"色子是个单数。德子阴笑着，把手伸到袁玉山眼皮子底下："袁爷，第一把想让您的，可色子它不听话，是个单儿，您给一块大洋。"

袁玉山恼了，理直气壮地说："我凭什么给你钱，你让我玩的，我陪你玩玩，你也没说是要钱。"

德子气得乱揪自己的脖子，咋呼道："嗬，小子啊，人家都说我是青皮，没想到还有比我青的啊！告诉你，从来都是人家花钱雇我们打架，今天你可是找上门来的。"他说着用掌不断地拍胸拍腿，拉架子，"哥儿几个都别拦着我，今天我要活动活动筋骨了。"

袁玉山憨厚地坐着，看着德子，好像德子要打的人不是他。德子一把揪住了袁玉山的领子，挥拳要打。五子拉了他一把："德爷，慢点儿，牛乘警过来了。"德子一下把揪脖子换成拍肩膀，回过头与牛乘警招呼：

"哎，牛爷，忙啊。"

"哥儿几个这是干吗呢？别给我找麻烦啊。"

德子边掏烟边说："放心吧您哪，碰一个老乡，正说老家的事儿呢。"

袁玉山回过头去看窗外飞驰而过的田野。牛乘警左手接过德子的烟，右手接了五子塞过来的钱，走了。

"您慢走，有什么事儿招呼。"德子用话送走牛乘警，回过头来打量袁玉山，"小子你还真有点儿定性。哈七，把咱们的真家伙拿出来，让小子开开眼。"

哈七明知故问："什么家伙？"

"就是那洋枪上的……子弹。"

哈七用一个大夸张动作，拿出一颗小子弹，在袁玉山眼前晃。袁玉山不动声色地看着。德子抢过子弹，扔起来又接住，阴阳怪气地说："这是什么？"

五子、哈七应和："是枪弹。"

"枪是什么枪？"德子拉着架势喊。

五子、哈七跺脚助威："洋枪。"

德子手捏子弹："这弹后边是什么？"

"炸药。'嘣'的一声响。"

"响完怎么样？"

五子、哈七甩臂踢腿："弹头飞出去，遇肉穿肉，遇铁穿铁。"

袁玉山看着高兴，憨笑起来。

德子点着袁玉山的脑袋说："小子你还真行，还笑得出来啊！这弹头说穿你哪儿，一下就穿过去，穿过去就完，再没有那么快的了。这洋枪，把咱前辈的皇上都打败了，洋人都烧了圆明园，你还不怕？"

袁玉山镇定地说："我听说当年打败皇上的是烟枪，不是洋枪。"

"烟枪？啊，烟枪也对，没有鸦片，中国也亡不了。没想到你小子还真有点儿意思。烟枪，好。别装蒜了，拿钱吧。"

"我没钱，钱都打票了。"

德子气得直哼哼，嚷："哈七，真家伙侍候。"

哈七又拿出一把大火钳子来，夹住了小子弹。五子用根小钉子顶住了子弹后边的药。德子拿了一把锤子，威胁道："小子，这一锤下去，就给

7

你这脑袋穿个洞，那时候想给钱也晚了。"

袁玉山看着这些奇怪的东西感慨道："没想到这东西也能把咱中国打败了。赶不上片刀大扎枪好使。我家里穷，就读过两年圣贤书，知道士可杀，不可辱。这东西要是真给皇帝打败了，我今儿个就给皇帝争一回脸。你们打吧，我不动。"

三个青皮没想到碰上这么一个犟头，心里都有些发怵，不敢轻易敲响子弹，可是车身突然一晃，锤子撞了子弹，子弹冒了股烟，呼啸着从车顶飞出去，把仨人吓了一跳，乱躲乱藏。袁玉山大笑："我一个草民，今儿个给皇上争脸了。"

乘警听到子弹响，吹着哨冲进这节车厢。德子等三人见状不妙，跑了。

天津站到了。

3

天津文物街上，一家铺子挨着一家铺子。刘掌柜坐着洋车到了汲粹阁，下了车，伙计跑出来接过衣帽，点头哈腰，引刘掌柜进去。刚一落座，天津大古玩商柳同林撩帘子出来，拱手道："哟，刘掌柜，有劳您了，看这么大老远的，您还真就来了，早说派个伙计给您送去了呢。来，达子，把毛尖给刘掌柜沏一壶。"

刘掌柜客气着："用不着那么好的，我喝惯了花茶了，酽着点儿就行。"

"您尝尝这个，真好，清心去火。"

刘掌柜说："茶这东西和鼻烟一个样，口一高了就下不来了，要是天天想着喝六安瓜片，得是王爷的份儿。"

伙计把茶端上来了。柳掌柜从怀里掏出块洋表："瞧瞧这，大罗马，走起来'当、当'的，洋玩意儿做得就是地道，看这活儿有多么精细呀！"

刘掌柜并不看洋表，说："咱看着洋玩意儿好，洋人看着中国东西好。有位老逛琉璃厂的德国的禄大人，咱看不上的东西，他都能看出好来，有次他看着一只透雕的玉球，不住嘴地夸，说我们跟你们中国人比是野蛮人，不开化，野蛮人。"柳掌柜没趣儿地把表收了。刘掌柜接着说："长话短说吧，我想看看那只万历粉彩。"

8

"货给您留着呢，前些天有人出这个数，"柳掌柜做了个九的手势，"没出。做买卖得讲信用，上回您照顾了我那只柳叶尊，这回说什么也得给您留着。达子，小心点儿把那只万历粉彩端出来给刘爷看看。"

伙计达子从里边拿出个锦盒来。柳掌柜摸着锦盒说："有传承的，卖主家是个明朝的大户，家里东西不少，我就收了不少件，为收这盘子，我连着把他们家靠山的十几亩旱地都买了，要不他不出手。超行市价，一亩我就赔了三十两。"

刘掌柜看着达子解绸子，听着柳掌柜说话，心说：又开始跟我讲故事了，卖古董没有不这么卖的。有传承，多花了钱，无非是想卖个大价儿。他拿过那只盘子，先顺着盘子边摸了圈口。瓷器这东西最讲究完整，尤其边口，有一点儿疵，行话叫"毛边"。有的毛边用眼睛看不出来，只能靠手摸，要是有了用手能摸出来的毛边，它就要比完整的瓷器差天上地下的价。

摸完口后，刘掌柜翻过盘子看了看底。看完底，他有三分轻蔑露了出来。在旁边只看他眼色，不看盘子的柳掌柜，现出几分紧张。刘掌柜又不经心地看了看盘子的花，然后放下。柳掌柜暗想：听别人说他看瓷器不太行，没想到眼也毒，是把漏给看出来了吧？按理说不会，这盘子也算做旧做得地道的，没有十年二十年的功夫看不出假来，想到这便说："您喝茶，东西在这儿呢，您想怎么看就怎么看。"

刘掌柜喝着茶琢磨：讲完故事出假活儿，考我的眼力呢。东西造得不错，不过款上那个"历"字少了一笔，这是乾隆年作的伪。人心真是难测。他说："茶真是不错，看来我以后得改绿茶了。柳掌柜您刚说什么来着，清心明目?"刘掌柜用手指了指眼。

柳掌柜会意，尴尬地笑："啊对，对，清心明目。"

"您还有什么东西呀，让我开开眼，大老远我来一趟，别看不着东西就回去了。"

柳掌柜显得为难地说："您知道现在收件活儿有多难，先是东西不多了，再有，好容易来个卖主，开出的价也是天价。没有一个不懂行的，得着点儿东西都当宝憋着呢。"

刘掌柜又喝了口茶说："要是没什么看的，我就先走一步了，还有几家想转转。"

柳掌柜用绸布给假万历粉彩盖上，给达子使了个眼色，让他端下去，说："别忙着走啊！您老远来一趟，不买我点儿东西走，我也不干呀！达子，把那包山西货拿出来。前些日子，收了一批山西老客拿来的东西，东西有点儿杂，也看不准，正好求您过过眼。"

刘掌柜站起身来，在铺子里转着看那些博古架上的古董，随手拿起件民窑的"秋水渔翁"盘说："这些民窑的精品也不在官窑之下，可惜就是卖不下价来。什么时候能出个又有钱又有眼光的主儿，把民窑精品都收了去，也不失为一个大家呢。收藏这东西，要是跟在别人后边追，什么时候也成不了气候，得有取舍的眼光。"

"您高见。不过我们做生意的，可不敢沾了收藏这个癖，一沾非赔光了不可，藏归藏，卖归卖，从没见过两全的人。"

达子端出一个旧箱子来，把里边用破布裹着的东西，一件一件拿出来，摆在了桌子上，全是瓷器，刘掌柜的一搭眼就觉得有八成都是真的，心想：这回才是正出。说山西货可能没错，山西商人多，老辈子传下来的东西就多。东西是杂了点儿，瞧这个定窑碗，可惜毛边了；官窑的青花盆，有冲了，离这么远都看出来了。哟，这是个洗子吧，哥窑的洗子，真是哥窑的吗？像啊！真是哥窑我就真没白来。别总看着那个洗子，从碗开始，先把他给搅乱了，他也许还说不准这洗子是真是假，这漏我得捡。

柳掌柜说："都在这儿了，您随便看吧，喜欢什么带上。"

刘掌柜拿起定窑的碗敲了一下，又拿到阳光中去照。——瓷器有时有轻微的裂纹，竖的叫冲，横的叫纹。敲一下是听听声音，倘声音哑破，不用看肯定有裂纹。倘声音听不完全，还可到阳光下去照，阳光能把微小的纹照出来。刘掌柜说："这定窑碗釉真不错，甜白，毛了。您打算多少匀给我？"

柳掌柜心里话：他这是打外围呢，他指定了不要这碗，开多少钱，他都不要，他要的东西在后边呢。"啊，这碗是有点儿毛边，我二百两收的，不赚您二百两您拿着玩去吧。"

刘掌柜把碗放下，下意识地又要去拿那个洗子，手至中途，改了主意，去拿了一只伪青花盘子。拿起来看了看又放下了。

柳掌柜被他搅乱了：他到底看中什么了？我可不能开错了价，这里边肯定有一个他想要的东西，我别开低了让他捡了漏。

刘掌柜说："这官窑盘子除了底没什么毛病，多少钱？"

"多好的青花啊，差不多的盘子昨儿我在赏古斋看见了，开价五千两，我这盘子也不能太低了吧。"

刘掌柜把盘子放下，心想：他看出我要买东西了，但他肯定吃不准我要哪件，不管怎么说今天我得把这洗子带走，是哥窑没错了。想到这便说："五千两有点儿超行市吧，这么着吧，三千两我要了。"

"您添点儿吧，要不我本儿都回不来了。"

"东西是不错，但这路货太多，买不好，容易压手上，钱转不开。这么着吧，这盘子，搭上我个洗子，我一共给您四千两。今天我也没多带钱，就这四千两，银票在这儿呢。"刘掌柜掏出银票。

柳掌柜心里七上八下：他到底要盘子还是要洗子，这盘子是个假活儿他没看出来？看来他眼力是有点儿潮。我不扛了，弄不好扛倒了行市，卖他吧，就这也赚了。想到这，柳掌柜说："说心里话也就是卖您，要别人再加这数，"他伸出一只手，"我不见得出。得，让达子给您包上吧。"

刘掌柜让达子把两样东西分开了包，各一样放进了包里，高兴地说："钱也花完了，该走了，烦达子给我叫辆车吧。"

"已经传好了，早在门口候着呢。"

刘掌柜起身，柳掌柜和达子把他送至大门外。

刘掌柜拎着包走进天津站，左右看了看，登上火车，在袁玉山旁边坐下。袁玉山刚才受了一惊，现在已经有点儿放松了，伸头看着窗外。火车缓缓离站。一个卖冰核的小孩拎着箱子走到他面前吆喝："冰核，扎牙的凉！爷，您来块冰核下下火。"

袁玉山感到新鲜，说这大热的天，还有冰吗？

"咳！看您说的，这不是冰还是玻璃呀，摸摸，是不是冰。"

袁玉山买了一块："真是冰，热天哪来的冰啊？"

"冰是冬天起出来放在冰窖里存着，三伏天都化不了。这位爷，您是头回进城吧？进了城可加小心，城里人坏。许是人多的缘故，您想啊，人多不就事多吗？什么事都有，净是想不到的事。"

"真是这样。刚才有三个人拿洋枪弹吓唬我，我没怕，瞧，给天棚打了一个眼。"

旁边坐着的刘掌柜听了这话，面露紧张，看了看车顶上那个洞。过了

11

一会儿，抱着包站了起来，正欲走，看见德子三个人从另一节车厢又过来了。德子横着膀子晃过来想找袁玉山算账。哈七拉了下德子，用眼睛瞟了下刘掌柜。德子一看刘掌柜的装扮，觉得是桩买卖，就奔刘掌柜来了。刘掌柜沉下气来，撑着架子。卖冰核的小孩儿小声对袁玉山说："我先走了。"然后冲着德子："爷，来块冰核下下火罢。"

"滚一边去。"德子把他扒拉开，转身对刘掌柜一抱拳："哎，这位爷，好面熟啊，咱们好像在哪儿见过。"

刘掌柜一脸严肃地说："我眼拙，想不起来了。"

"您在哪儿发财呢？"

"教书的，怎么，您有什么指教吗？"

"岂敢，岂敢！我看您那几根指头不像是拿笔的，倒像是个点钱的。"德子突然拉开架子，说了个春典："天上几颗星？"

刘掌柜一愣，知道是黑话，硬着头皮编了一句："船上几颗钉。"

德子看了看他："爷，您抬举我们了，我们不是漕帮的，也不在盐。"

刘掌柜此时有点儿慌了，但面色依旧不改："不在漕也好，不在盐也好，总在江湖吧，自古是四海之内皆兄弟，既然见了，就是缘分，哥儿几个有什么过不去的，跟哥哥我说说，但凡能帮上忙，绝不推辞。"

德子笑了："哈！一看就知道，您是爷。"突然转身对着袁玉山："不像这小子是个空子。"

刘掌柜用手去怀里掏钱，一摸一惊，钱没多少了，买了东西，就剩了那么一点儿，硬着头皮掏出来说："就这么一点儿了，哥儿几个别嫌少。"

德子等三人一看少少的散碎银子，脸就有点儿变。

袁玉山看着不公，说："别给他们钱。我就没给，看他们还有几颗洋蛋能下。"

德子等三人一听袁玉山的话，气死了，都冲他来了。德子拍胸拍肩，虚张声势。袁玉山坐着不动。德子回过头，小声问五子："你看这小子有功夫没有？"

"看不太出来，不过也不像个常人。"

刘掌柜此时乘机溜走。

"今天就是栽了也得出头了，要不以后怎么混。"德子说着哇呀呀地冲袁玉山挥拳要打。

袁玉山一直看着窗外的农民收麦子，突然想起老家收麦子时的大声喊叫，情不自禁站起来，大喊一声："收麦啊！"正赶上德子心虚地扑过来，一听袁玉山大喊，吓得停了手，对另两个人喊："风紧，扯豁。"三人惶惶跑向另一个车厢。袁玉山露出笑意："城里人也不怎么行，喊句收麦都吓尿跑了。"

火车开进前门火车站，已是晚上。刘掌柜在人流里仓皇出站，不时回头看。德子三人在人流里跟紧了刘掌柜。袁玉山跟着人流往外走。刘掌柜发现了盯着他的三个人，加快了脚步，情急中，看见了正在前边慢慢走的袁玉山，突然跑过去，动作很小地把一个事先包好了的包塞在他的怀里。袁玉山一愣，想喊他，刘掌柜三蹿两蹿挤进了人流，德子等三人在后边紧追不舍。

袁玉山低头打开那包，见是个瓷笔洗子，不知道是个什么玩意儿，随手揣了起来，在前门外街上盲目地走着。

路过"都一处"时看到了一个支起来的空棚子，里边有几条凳子，他想并并凳子睡一觉。刚支好凳子，从远处来了两个叫花子。小叫花子嚷："嘿嘿，干吗呀，想睡觉呀？"

"啊！走乏了，歇歇。"

小叫花子说："行，十大枚，一条凳子。"

"还要钱啊？这凳子是你俩的？"

"白天是铺子里的，晚上归我俩。想睡就得给钱，你看清楚了，我还没地儿睡呢，空出来就是为了挣俩饭钱。"

"一条凳子十大枚，够一斗麦子了，不睡。"袁玉山嘬着牙走了。

他顺着街走到前门外八大胡同，灯火旺盛。袁玉山边走边看。——旧北京妓院多集中于前门外的八条胡同中，计有王广福斜街、陕西巷、皮条营、韩家潭、石头胡同、胭脂胡同、石顺胡同、纱帽胡同。

袁玉山远远地看见月痕楼清音小班的九儿出来送客，灯光下她异常美，面带几分忧郁。袁玉山看见九儿觉得似曾相识，却又想不起何时何地见过，想去问问，九儿已进去了。袁玉山想：这可能就是人说的妓女吧。好好的人干吗干这一行啊？苦能苦死吗？穷死拉倒，干这个丢祖宗的脸。袁玉山顺着墙根蹲下来，刘掌柜的给他的小包硌了他一下。他又掏出包来看，发现洗子里还有个小纸条。他打开纸条凑在灯下看了看字条上的字：

此物送还琉璃厂丰一阁，谢银三十两。袁玉山把包揣在怀里，顺着墙根溜在地上闭眼睡觉。自言自语：城里人真是怪，一个盘不像盘、碗不像碗的东西能值三十两，蒙人呢。蒙眬中九儿又在他的眼前出现。

4

天麻麻亮，前门外翠花挑子小店里，崔和有脱了光脊梁在院子里洗身子板，一副好身段。洗完了，穿上身黑布的四紧衣裤，进屋向柜上的老板道别："柜上，我出去了。"

"勤着点儿吆喝，你这几天的份钱可还没交呢啊。"老板应了一句。

"……几天了，没卖出什么像样的件儿，只要卖了钱，一准儿给您补上。"说罢，崔和有挑着担子上街，边走边吆喝，"卖翠花哟……"路过丰一阁旁边的一座小宅门喊得尤其响。

丰一阁对面的一座山墙下，蹲着袁玉山。他找了一早上找到这儿来了，蹲在外面想看看这里到底是开的什么买卖，却看见崔和有挑着翠花挑子在一户宅门口喊了个来回，女佣冯妈开门出来与崔和有说话，还把翠花拿在头上比了比，让崔和有看，脸上有种爱的羞涩。冯妈三十上下，白净的脸，乌黑的发，身上干净利落。袁玉山看着冯妈把翠花还给了崔和有，从怀里拿出副绣得花花的鞋垫，塞进了崔和有的翠花挑子。

这所宅子的主子是江南盐商在北京养的外室小玉荷。她正张着耳朵听冯妈在外边说话，她知道那个卖翠花的又来了。听着听着，小玉荷放了手里的活，喊："冯妈，冯妈，煮的莲子粥好了没有，我有点儿饿了。"

正和崔和有说话的冯妈听见里边喊，小声说："哟，夫人喊我呢，我得进去。天热了，你赶明儿扯块洋白布来，我给你做个汗褡。"

"您进去吧。"崔和有说着挑起挑子走。

袁玉山看了还没开门的丰一阁一眼，追了上去。"哎，大兄弟，等我会儿，等我会儿。"

"喊我呢？买翠花吗？"

"不买，听您口音是北京的人吧？"

"湖北的。"

袁玉山边走边问，充满了不谙世故的热情。"真听不出来，其实我哪

14

儿的话都听不出来，就这河北直隶的口音我都听不机密。湖北有多远啊，肯定是在一个什么湖的北边吧？"

崔和有冷淡地应付："洞庭湖。"

"啊，洞庭湖，对，有这么一个湖，苏东坡去过吧，作诗的苏东坡，说'惊涛拍岸……'"

"你要没事儿，我就做买卖去了。"

"有事儿，有事儿。您等会儿，您这买卖，卖的是什么呀？"

"翠花。"

"看您不像做这路买卖的，是不是练武的出身？"

"梨园行。"

"什么行？"

"唱戏的，唱汉剧的。"

"咳！我说怎么看着像呢，能翻跟头吧，吊毛？我们那儿就唱莲花落子，唱大戏的少，没什么翻跟头的戏。"

两人边走边说，崔和有走得快，袁玉山追着说："那您怎么又干上这行了呢？"

"班子散了。咳！"崔和有有点儿烦，放下挑子，"你是不是想干这行啊？告诉你，永定门外鸡毛小店有专租翠花挑子的东家，你也租一副去。"

鸡毛小店是旧北京最下等的客店，冬天不生火，也没有铺盖，倘客人嫌冷可花两三个钱，租一堆鸡毛盖在四周，所谓铺仨盖俩。

袁玉山说："不是，我除种地还不会干别的，我是想让你看件东西。"

崔和有听说要看东西，把挑子担到路边："什么东西，偷来的我可不看。"

袁玉山从怀里掏出包洗子的小布包："您看看这是个什么？值钱吗？"

崔和有接过洗子左看右看说："是个写字涮笔用的。我看值不了什么钱，你想文房四宝说的是笔墨纸砚，这四样算宝，没听说洗笔的罐子也算宝的。"

袁玉山有点儿灰心："您说能值三十两银子吗？"

崔和有一听火了："你是穷疯了吧，你知道三十两银子在北京能干什么吗？能买个媳妇再租间房，正正经经过日子。三十两，三个钱都没人给你。"

袁玉山委屈地说："它要是个旧东西呢，古代的，苏东坡用的。"

"我先打听打听，你们家是干吗的？经商的还是做官的？"

"种地的。"

"还是的，种地的哪儿来的苏东坡的笔洗子呀？你小子是不是想蒙我啊！"

袁玉山有点儿急："我不会蒙人，我怕被人蒙了。"说着话，他从翠花挑子里拿出冯妈刚给崔和有的鞋垫。"那人是你姐吧？你们多好啊，来了北京姐弟俩还有个照应。那是她们家，还是她在人家干活呢，要是她们家她怎么不请你进去啊？能在街上见个面也不错，不像我满街上喊也没人出来应。"他没发现崔和有生气了，仍自顾自地说。

崔和有一把抢过鞋垫，把笔洗子扔在他怀里，说："没想到你还是个过眼色的货。"崔和有担起挑子走了。

袁玉山愕然，看了看手里的笔洗子，从怀里推在了地上，洗子在泥地上打了个滚，一点儿没伤。袁玉山走了两步，又回头看了看，把它捡起来揣进怀里。

第 二 章

1

　　庆和楼戏园内，锣鼓点时紧时慢，台上男旦小五宝正唱夜场大轴戏《太真外传》，唱到热烈处，台下一片喊好。有两拨人在争着捧小五宝。一拨是西服革履的盐业银行张总经理，他派人大把大把地往上扔鲜花；一拨是七贝勒府的小贝勒爷——金保元。他一会儿扔一颗大金戒指，一会儿扔一串珠子。台下戏迷看两拨人争捧角儿，跟着起哄，小五宝在鲜花和首饰的阵雨中，越发地卖力。后台，几个演员撩着帘子，看台下观众，看张经理和金爷往台上扔东西那份热闹劲儿。

　　丑儿说："瞧瞧咱们角儿多招人待见啊，大个的金镏子都扔上来了。这戏唱的！一张嘴就带着吸力呢，直往上吸钱。值那么多吗？听戏的爷，也是到戏园子里搭架子摆谱来了，真到了石崇斗富的份儿上，钱就不是钱了。"

　　老院公说："您还别看不惯，这是衣食父母，咱们吃开口饭的就指这些爷呢。门口卖花生仁的菊儿您倒看着顺眼，她不给您钱，还向您要钱呢！"

　　"说的是。您说那金爷是见天了来听戏，一来还不是一位，跟包的家人起码来仨，先不说戏票的银子得花多少，就这往台上扔金镏子，一天得扔多少钱啊？贝勒爷，还跟着王爷差一等呢，他们家里倒是有多少钱啊？"

　　老旦说："哟，咳，瞧，张经理派人往上送的什么？"

　　院公说："今天不是咱小老板铆上了，是听戏的铆上了，东西不掏干净这二位爷走不了。"

丑儿说："好家伙，看清了是块洋表，不是揣怀里的，是戴手脖子上的那种嘎嘎响的洋表。回头后台我得要过来看看，好好开开眼。"

"金爷今儿有点儿蔫了，想不到他来这一出啊！"

金保元坐在台下，一看张经理送了金表，往后伸了一下手，向金安再要东西。金安刚才把带来的东西都给了金保元了，现在没的可给，又怕左右的人看出短来，用手轻轻在金保元的手心上按了一下。金保元会意，觉得今天要栽，无意间低头，看见自己手指上套着的翠扳指——扳指是满人拉弓弦时，套在手指上的器具，用象牙兽骨或其他材料做成。原是个行军征战的器具，后来就从战士手上退下来，变成了男人的一件饰物，材质亦越发讲究。金保元把祖上传下的翠扳指解了下来，让金安举着往台上送去。

小五宝戏唱完了，刚接了张经理的表，正冲着他道万福。一搭眼，又看见金安举着翠扳指过来了，忙向金爷这边行礼。台下观众一片欢呼。后台撩帘看的几位演员，看见金安送翠扳指上来了，不住赞叹。

"您说说这新派的人能斗过老派的吗？康梁变法都败了，戏园子里也如是。俗话说瘦死的骆驼比马大，再说了老贝勒爷现今多红啊。"

"那是，这么样的一块翠得多少银子啊，黄金有价翠无价，这比块金砖还贵呢！"

"什么事都有输赢，今儿个就是张经理把衣服都脱在这儿也不行了。我看满戏园子人身上的东西都搜出来，也没这块翠值钱。"

接了扳指的小五宝，再次躬身向金爷行礼。金爷摆了摆手，观众中又一片欢呼声。金爷十分得意。张经理坐在那儿不失风度。

正台上台下欢呼时，突然戏园门冲进两队官兵，一下子围住了金保元。场内大哗。金保元坐在那儿，玩着手里的铁球不动声色。

军官问："哪位是七贝勒府的金保元金爷？我们几位奉旨传您去刑部走一趟。"

金保元一听刑部不由得一惊："这是怎么了，非得上戏园子里来传我，不是搅我听戏吗？"

军官说："我们几位也是奉公行事，如有不周多多包涵。来呀！给金爷枷上。"

金安急了："咳！这怎么话说的，刑不上大夫，贝勒爷的身份不能动刑具。"

军官说:"对不住您了,上边让枷,我们就得枷。来呀,枷上。"

众军士上前把金保元枷起来了。台上的小五宝惊惧地看着。台下的张经理,嘴角有一丝笑。

众军士押金保元出戏园子。金保元边走边回头对金安说:"快回家告诉一声老爷子去,该使钱可别舍不得,先让我出来了再说,牢里的饭我可吃不惯。"

金安一脸哭相:"爷,您放心,我这就去。"

金保元当夜被押解监狱。大牢内一些囚犯都在草堆上睡觉。门哗啦打开,依旧穿着华服的金保元给押了进来。金保元一进这里先是一愣,回头对狱卒说:"我是个贝勒爷,给找间人少的吧。"

"人少?人少了不热闹。贝勒爷也有走背字的时候,你进去吧。"狱卒说着把他推进木监房。

一看有新囚进来,躺着的囚犯一下都坐起来了。

徐二说:"咳,来的这位爷,您瞧瞧金丝苏绣的马褂,再看那鞋,洋呢子面,牛皮底,要在街上见了您,我一准儿认您不是王爷也是贝勒。"

黑老大道:"徐二,你怎么见了狗屎就舔啊。王爷,王爷怎么了?王爷要真进来了,也得听我黑老大的,出去再说出去的,在圈儿里我说了算。嘿,新来的,先报个名,再说说犯的什么事。"

金保元气大了:"你算什么东西,想审我啊,说实在的,一品大员问我还得让个座儿呢!"

黑老大一歪头说:"嗬?小子嘴硬,小的们,杀杀他的火。"

众囚犯一拥而上。

金保元拉开了架势,道:"慢着!说归说,闹归闹,要打我也不怕,满族正黄旗,从小练的唐家拳、樊家枪,打坏了可没地方找大夫去。"

众囚一听含糊了。黑老大哈哈大笑:"还真有个架势啊。要打你也就打了,不打你是心疼你那身衣裳和衣裳里早被姐儿们榨干了的几两骨头。"

徐二劝阻道:"嘿,哥儿几个看我了,看我了,天不早了睡吧,睡吧。"徐二边铺草,边想招呼金保元去他边上睡。

黑老大对一个身上有癞的人说:"冯癞子,让他睡你和马桶中间。从明天开始刷马桶的活儿归他了。"

众囚犯各归各铺，金保元摸到马桶旁边躺下，一股恶臊冲鼻而来，他把头偏过去，又看见冯癞子的癞头，不知所措，起来坐着打瞌睡。一囚犯来撒尿，马桶"哗哗"地响。金保元说："嘿，别尿了，都满了，流出来了。"

囚犯说："满了也得尿，要不憋死了，活人能让尿憋死。"

金保元站起来，刚要动怒，徐二爬过来拉了拉他。金保元会意，挤到徐二那边躺下。但他睡不着，想着在戏园子里那么风光，转眼就成了囚犯，梦一样的。他不明白老爷子怎么得罪皇上了。皇上才五岁，看来不是皇上怒了，是摄政王。也不对啊，老爷子是个老好人，他不会生气。是军机处吧，是搞洋务的那帮子汉人？我见了洋人就生气，老爷子也是，八国联军啊，让人记一辈子。这一进来还不知什么时候出去，戏也听不成了。

第二天，监牢内的众囚犯都坐着等饭吃。有个囚犯给坐在牢房正中的黑老大挖耳朵。

黑老大说："轻点儿，轻点儿。让你轻点儿，你怎么反而重了呢。下去，送饭的来了你少吃一个窝头啊。"

"爷，别价呀，您耳朵里的蚕都硬得跟石头似的了，轻点儿挖它不动啊。"

"少废话，再说中午就饿着。"黑老大边说边看着满脑子事儿的金保元。

金保元在牢里走来走去，像是一刻也待不住了。

徐二说："贝勒爷，您歇会儿，没有过不去的河，干吗那么急呀。自古道官官相护，何况您了，家里是皇族正黄旗，官也得怕您三分啊，别急，进了这圈儿里，该吃得吃，该喝得喝，老话儿叫龙门能跳，狗洞能钻，没有过不去的河。"

金保元叹道："贝勒爷怎么样，肃顺八大臣里净是王公大爷，还不是让太后杀了。一样的，伴君如伴虎，大有大难，官大愁事多。我现在都不知道老爷子给关哪儿了，问了没问，问的是什么罪。老爷子恨洋人，这年头恨洋人能有个好吗？漫说恨洋人了，对汉人你也不能小看了，袁世凯现在有多么大的威势呀，我还真不怕老爷子是因为贪污抓起来的，怕他得罪了袁世凯，那可就难办了。"

黑老大看着金保元："嘿！贝勒爷。"

金保元说："你喊我呢？"

"除了您，谁还像贝勒呀。"

金保元问："什么事儿？"

"过来给我挖耳屎！"

金保元大怒："反了，你个小子，你以为山水不转了。漫说你是个问下罪的小毛贼，就是个王爷，见了我也不敢说这话呀。"

黑老大说："就因为山水转，才把咱们转到一块儿来了。我他妈的最恨你们这帮爷。平时是爷也就罢了，到了圈里还他妈的充爷。今儿你不给爷爷我挖耳屎，就别想过这关。"

徐二和稀泥："这是怎么话说的，话赶话赶到一块儿去了，结了，结了。老大，这耳屎我给您掏，一准儿舒服。"徐二过去要给黑老大挖耳屎。

黑老大闪一边去，站起来，把外边的破氅给脱了："我今儿个倒要看看，小母牛是怎么倒拉车的。"

金保元一听大怒，正要跟黑老大动手，听见金安大喊着进来了。

"爷！爷！不好了，不好！您可要挺住了，千万别急别上火，别想不开。"金安说着哭起来。

"有什么事儿，你倒是说呀，老爷子可好？"

"正要告您老爷子的事儿，他在刑部一问二问给问死了。老爷子呀！您让我们少爷可怎么办呀！"

金保元一听，眼前一晕要倒，徐二给扶住了："这次可崴了，爷，您就别急了，您得在这里边住一阵子了。"

2

一辆洋车在街上跑，车内坐着刘掌柜，他不断地撩帘子往外看，催车夫快点儿跑。心想着这趟天津之行真背气。到了一个路口，车被官兵拦住，告之：正在查抄金贝勒府，戒严，绕道。刘掌柜看见，金贝勒府里外灯火通明，抄没的箱笼行李被官兵运走，金家的老少被锁链锁走。

他让车夫绕道，车拐进胡同。突然从暗处蹿出德子等三人，蒙了面拦车就抢。刘掌柜因洗子已经转手给了袁玉山，所以略显镇静。先就把手里的包交了出去。三人翻开包看，什么也没有，就有一只盘子。

21

德子骂道："赶上也是个要饭的，满身上就一只破盘，就一只破盘你躲什么躲，害得我们哥儿仁一天没收成。"说着话，还没容刘掌柜的分辩，就把那伪官窑高高举起摔碎在地上。几个人七手八脚将刘掌柜打了一顿后，扬长而去。

被打在地上的刘掌柜低声呻吟。车夫过来扶起他。

刘掌柜说："不碍事，脖子好像闪了，没事儿。您还是拉我到琉璃厂丰一阁吧，到地方，我给您车钱。"刘掌柜捡起一块碎瓷片，说："再是个宝，到了不太平的年月也是个毁。"说完把瓷片扔了，上车。

刘掌柜几乎一夜没合眼，伤痛不算，心情也极为沮丧，花四千两银子买的东西，一个摔了，一个下落不明，借的宝荣斋的一票银子可怎么还。

刘夫人一早就派毛财去请大夫。和大夫来后，给刘掌柜看了看，说："不碍事的，前两天可能有点儿疼，只要我这两服药下去，我再给您拔拔罐子，四天之后包您完好如初。我刚给您号了脉，觉着您心火有点儿重了。别太用心，有猪苦胆买两个吃吃，去去火，买卖买卖，有买有卖，不是个着急的事儿，赔了赚了的总得有来有去。"大夫边给刘掌柜揉着膀子边说，"今儿赔了明儿再给赚回来。跟我们瞧病似的，哪儿有不在手里死人的，总得在手里死过一两个，那是该死了，神仙也救不了了。"

刘夫人不爱听了："和大夫，您甭老死死的，我们老爷忌讳。"

"咳！看我这乌鸦嘴，原想给您解宽心呢，倒给您添堵了。"

刘掌柜说："没事儿，您说您的，我觉着这阵子我的霉是快倒完了，要倒一块儿倒完得了，看它到底能到什么份儿上。哎哟，和大夫您轻点儿，是有点儿疼，筋扭了没错，得让它回槽归位。"

和大夫把刘掌柜的头扭过来扭过去，翻过来，翻过去，不像治病像动刑。刘掌柜龇牙咧嘴，郎中一头是汗。"人一摔骨头筋就错位了，像那个皮影人似的，你不给它弄顺了，它就总扭着，关键还不在这儿。这人一惊一吓，血就瘀了，血脉不畅，就容易坐下病根儿，到那时治都不好治。"

刘夫人从备好的诊费中抽回了一小块银子，她不爱听和大夫说话。

前边的铺面屋里，毛财在一堆古董中间坐着，看铺子外人来人往，百无聊赖，拿出几张月痕楼清音小班妓女的玉照画片看来看去，高兴地哼京韵大鼓，听见里边夫人叫，忙收了画片应着。

"毛财，给和大夫叫辆车。"郎中与刘夫人出来。

毛财去大门口叫了辆人力车，把和大夫送上车，回来，看见刘夫人正在翻他刚才偷看的妓女玉照，说："姨，那是昨天卖破烂时打小鼓的找的零头。我还忘收起来了。"

刘夫人看完了画片，撂在桌上说："毛财，咱们这是做什么生意的地方，啊，来的都是知书识礼的人，要是让人看见了这玩意儿，人家还照顾不照顾咱们了？你是我亲戚不错，我一次不说你，两次护着你，老爷本来就不高兴，你要再这么下去，我也护不住你了，你趁早回家种地去吧。"

"姨，这东西，我待会儿就给它烧了去，您别生气，我也不是经心地要这玩意儿，昨天打小鼓的来收破烂，他说没钱给我，给几张画片吧。我也没在意，您瞧，又惹您生气了。"毛财说着上去给刘夫人捶背。

"这几天，老爷生意上不顺心，进货时丢了一大票银子，还不知怎么办呢。你眼色勤着点儿，千万别让他生气。我也快跟着愁死了。"刘夫人站起来要走，突然想起，"哎呀，差点忘了，老爷让你进去呢。"

毛财随夫人进了内宅，见刘掌柜穿好了衣裳坐在榻上。毛财叫了一声姨父。

刘掌柜烦躁地说："告诉你几遍了，以后别叫我姨父，叫我掌柜的，买卖上的称呼别扯进亲戚关系去，让主顾听见了别扭。这几天开过张吗？"

"卖出去两块寿山石，一两银子一块的，卖了三枚汉五铢，收了一两五银子，还有张假的仇英的画，一南方客人给了三两。"

刘掌柜说："啊，行了，回头入了账就行了。这两天我身子骨不好，铺子里的事儿你多照应着。还有就是你要是看见有人穿得破，像个乡下人，来送个罐子，不管什么时候一定留住他，让他来见我。记住了？像叫花子一样的人送个罐子，千万别把他挡了。"

毛财不知所以地应着："记住了，叫花子送罐子。"

刘掌柜让他下去了。

毛财回到前边铺子，坐了一会儿又打起瞌睡，头点桌面一下子惊醒了，自言自语念叨："罐子，叫花子送罐子。"说着打着哈欠往外看。"哪有拿着罐子的叫花子呀，我们掌柜的横是被人打晕了，说胡话了。"这时，有位顾客进来看字画，一说话，毛财听出来了是个日本人。

日本人操着生硬的汉语："老板，有没有哥窑瓷器？"

"哥窑，没有。有八大山人的立轴，打开了您看看。"毛财说着麻利地

23

打开一张八大山人的"寒鸟图"挂起来。

"八大山人，朱耷的画儿?"日本人看了看绢和墨色，指着八大后边的题款："哭之，还是笑之?"

"啊，对，不是哭之就是笑之，您要买了我的画儿，我就笑之；您要不买，我就哭之。"

日本人说："我和你相反，我要是你，画被别人买走了，我就哭；人家不买我就笑。这么好的东西不能卖，卖一张少一张。"

"我们就指着卖画儿吃饭呢，不卖我们就饿死了，您说是不是?"

"我不要画，有哥窑的瓷器，我花大钱买。我虽是个日本人，但对中国文化非常喜欢，同文同种嘛。别卖给那些黄头发、蓝眼睛的，他们不懂。多多关照。"日本人说完话递过张片子。毛财接了。

哥窑，宋时龙泉有章氏兄弟二人，都喜爱烧瓷，并皆有成就。兄所烧者，名琉田窑，又名哥窑；弟所烧者，名龙泉窑或称弟窑。二窑皆民窑之巨擘。

毛财送走了日本人，刚回来坐下，看见两个叫花子在门口探头探脑，突然想起刚才的话，赶忙叫他们进来。两叫花子犹豫着不敢进。他说："进来吧，等你们半天了。罐子带了?"

叫花子不知毛财问的什么罐子乱点头。

毛财乐着："叫花子，送罐子。来吧，跟我进去。嘿，瞧这一身的味儿。"

俩叫花子跟上进去。

刘掌柜正在床上看着天，突然听见毛财喊，一下从床上蹿起来，不顾膀子疼，趿拉着鞋，大叫："快请，快请。"

毛财领着叫花子二人庄严进入内宅花厅，极像回事。刘掌柜让丫鬟沏茶，请叫花子坐。叫花子大大咧咧地坐下。刘掌柜仔细一看两人，觉得不像，但怕事儿误了，还是问了问："真是有劳二位了，多谢，多谢! 笔洗子带来了吗?"

叫花子一把一把地抓盘子里的瓜果吃，大口喝茶。"什么笔洗子?"

刘掌柜比画了一下，又比画了一下："就是那个……那个罐子啊!"

叫花子甲先一愣，后又想出来似的："啊，带了。"

毛财和刘掌柜都松了口气。叫花子甲吃光了盘子里的糕饼，从后腰转

24

出一个破罐子来。"是这个吧？"说着就要用它装桌上的剩东西。

刘掌柜鼻子都气歪了，突然对毛财喊："百无一是的废物，让你干什么干成过，还不快给我轰出去！我一天一天地给你吃给你喝，你变着法地给我添乱，从你来后这买卖就没好过。快给我滚，滚得远远的。"

毛财推着两个叫花子抱头鼠窜，把刚才受的气都撒在叫花子身上了，一脚把叫花子踢倒了。叫花子腰上的那个罐子落在街上，摔碎了，正摔在要来送罐子的袁玉山脚前。

毛财大骂："他妈的蒙事，蒙到我这儿来了，滚远点儿，吃了还想装。"

袁玉山正想来送洗子，看到毛财这副德行，有点儿犹豫，但最后还是走上前去。"伙计，您是丰一阁的吧？烦您通告一下，我有件东西要给老板。"

毛财刚把两个叫花子推走，一听袁玉山也说有件东西要送给老板，这火儿就不打一处来。"什么东西呀？是不是也送罐子呀？"毛财假笑着说。

袁玉山道："对，是个罐子。"

"嘿，叫花子送罐子，今天真是邪了，叫花子也多，送罐子的也多。这回是个什么罐子呀，是不是个夜壶？"毛财猛一回身，指着大街，"趁我还没火起来，你快给我滚，要不打断你的狗腿。"

袁玉山本就心虚，听了这话更不知所以，撒腿跑了。

第 三 章

1

小玉荷家院子里的枣树上，知了声嘶力竭地叫着。小玉荷在给她捏的泥人上色。冯妈在屋里包饺子，边擀皮边想事儿，有点儿心神不定。

小玉荷说："女娲当年造人时，就造了个男的，造了个女的，是用了不一样的泥了，还是功夫下得小了，怎么在世上一活人，男的就比女的强了，哪儿都强，身子板强，力气强，心也强。该哭的时候不哭，该想的时候不想……老爷有三个月没上京了吧？"

冯妈一愣："啊！老爷呀，可不有仨月了。"

小玉荷感慨着："其实我当年从清音小班里从了良跟他出来，也知道他有家有眷，在扬州有一大族人呢，太太姨太太加起来有四个。但我没想到他就把我放在京城里不往家带了。嫁人过日子，嫁过来了一年看不着两回人，日子过得还有日子样吗？在清音小班时热闹归热闹，天天不是茶围，就是传条子出去吃饭，但没有一天不想从良的，那日子苦啊，我还是个卖唱不卖身的雏儿呢。看着那些七老八十，猴脸大肚子的客人真恶心。我的那些姐姐们每天强装笑脸地应酬，有的没到三十就老得跟块糟木头似的了，病的病，死的死，看着她们就觉得自己没个活头。

"碰见老爷是我头一回那个，他都有点儿吃惊，喜欢上我了，跟我说回扬州去。我从小就想扬州，我记着是从那儿出来的，一条船夜里拉着我，离了我放鸭子的那个池塘。我叔偷带着我，说出去玩，出去过好日子去。才七岁，谁知道他把我给卖了。什么亲戚呀！虎狼不如。"小玉荷说着泪流出来，"跟了老爷，以为真能去扬州呢，回去找爹找妈去。……还

26

是没回成，在这儿守着空房子，当人的玩意儿，真不知前世造了什么孽了，这辈子这么罚我。"

冯妈并没有细听，她张着耳朵听街上卖翠花的崔和有吆喝。"冯妈，你没听我说话吧？这两天你可有点儿分心。"

"听着呢。您说扬州卖玩意儿。"

"什么?!"

外边传来崔和有的叫卖声。正包着饺子的冯妈，一听崔和有的吆喝，手停下来，在围裙上擦了擦想出去。

小玉荷看在眼里："冯妈，咱不买翠花。"

冯妈兴冲冲的，一下扫了兴："啊，是呀，我不是买花，上次有点儿事儿忘交代了，我去跟他说一声。"

小玉荷说："你回来，挺好的饺子，还有几个就包完了，干吗来回来去的，还得净二遍手啊？先把饺子包了吧。"说完后只管给泥人上色。

冯妈出也不是进也不是，崔的声音就在门口。冯妈包着饺子，把擀面杖打得一片响。小玉荷假作没听见。冯妈包完饺子，又急着要出去。小玉荷又给她叫住了："冯妈，那盒朱顶红有日子没晒太阳了，今儿个天儿好，你把它搬到当院里晒晒，再掸点儿水。"

冯妈气哼哼地干着这些。

崔和有在大门外街上喊了两个来回，没看见冯妈出来，快快地挑着担子走了。

小玉荷在窗户里边看着冯妈干活，心里笑。冯妈掸完水后，听着崔和有的喊声远了，站在那儿泪就有点儿控制不住了。

小玉荷走到院子里说："太阳好哎。哟，冯妈你怎么哭了？"

"看着花好，想着自己命苦就哭了。"

"是不是怨我没让你出去呀？"

"哪敢啊！一个老妈子，不就得听主子的吗？"

"好！你要听我的，我就说你两句。见天地往翠花挑子跟前凑，让人街坊邻居看了笑话，都知道这院里住了俩女人，不以为你，也得以为我玩猫腻，思春呢。"

"没那个意思，我……我是看着他像我老家的兄弟，我这辈子苦，再没个亲人了，除了个弟弟我没谁惦念的了。您话说得也太那个点儿了，您要不让出去，我以后就不出去了。哪有太太还没思春，老妈子先思上春了的理儿呀。"

小玉荷一听冯妈的话，心里有气，扭身回屋。冯妈得意地进厨房煮饺子。

那天一早，崔和有把身上收拾利落了，把冯妈给的鞋垫垫在脚下，准备出店，被店老板叫住了。

"小崔，还没卖出东西去?"

"柜上，没呢，我……"

老板说："收拾得再利落也没用，买东西的不是丫头就是老妈子，小姐太太不出来。卖翠花这行当一要走得巧，二要卖得好，卖得好不是说货。你先去吧，等回来我开导开导你。"

崔和有辞了老板，上街。

吆喝了一上午，什么也没卖出去，冯妈不知怎么也没出来，他挑着担子回了小店。

崔和有是个爱干净的人，进院子先拿掸子掸身上的土，然后洗脸。他看见同是挑担子的二青也早回来了，在当院支了一张小桌子，啃着猪蹄子喝酒。

二青说："嘿，慢着慢着，把土掸进我碗里了。穷讲究什么呀，卖翠花又不是像你当戏子那会儿是卖身段。做买卖就是做买卖，弄那么干净，成天空挑着空走，又不是张画儿，满街地给人看呀。"

崔和有恼了："少他妈废话，你卖你的，我卖我的，你管我卖出去卖不出去。"

店老板听他们俩拌嘴，在前边店房里叫崔和有。崔和有应着去了店房。老板在炕上坐着，边打算盘边喝着小壶茶，说："这十几天，你是连店钱带翠花挑子的份钱，已经欠下店里十两多银子了。我原来有个规矩，也不是不让你们欠钱，当初押了你们保金十两，就是为的让你们活泛活泛，欠个七八两的我不轰你们走。不过要欠过了十两，这事儿就不好说了。总不能让你越欠越多，到时让我赔了钱。"

崔和有说："您再容我两天吧，北京城里我还有个亲戚，对机会了我问她借点儿，给您补上。"

"要搁着别人，我早就让他卷铺盖走人了，你不一样，你好歹原来也

28

是个角儿，唱过那么几出大戏。我这人和别人不一样，别人都把戏子看成是下九流，我不，我对四喜、三庆的各位老板都敬重至极呢！没让你走，也是不忍心。开店做买卖是一回事，人情人心是另一回事儿。我还真没那么势利。"

"我知道柜上一直照顾着我呢。"

老板说："叫你进来，也是为了给你算算账，主要还不是为这个。我想接着早上跟你说的话，再跟你说说。"

"您不说，我也想问您呢，什么叫走得巧，什么叫卖得好啊？这走得巧，我还能想通点儿，无非是谁家穷，谁家阔，先给分清楚了，往阔的家多走走，穷的家少走走。"

"你还说对了一半，你这挑着挑子走在街上，按理说穷富也好分，'朱门酒肉臭'嘛，看着那高门大院，下有上马石，上有院门雕花的就一定富，看着小门小户，一天不冒两回烟的就一定穷。常理是这样，但也不尽然，也有那高门大户冒不出烟来的时候，他有个院子是硬撑着呢。原来富过现在穷了，指着天天往外拿东西卖着过日子。想让他们买你的翠花，是一百个指不上了。这种人家门口你白喊，喊一百声也没用。他们听着你喊不出来，只要一听打小鼓收旧东西的马上开门。"

"是有那样的。"

"这是走得巧。走得巧，还是不如卖得好。你想想咱卖翠花不就是指个卖出去吗？"

"这点，我就一直不明白，像二青他们几个，货也是一样的货，没看着比我的好，他们上的料器活儿还多，怎么就看着见天地喝酒啊？"

"他们的货不单和你的一样，身段、嗓音还都不如你呢，为什么能卖好？你这话问对了。按理说这事儿我不该告你，卖翠花的师傅没有告诉徒弟这个的，全凭自己悟，自觉自愿，但我看你这么几个月一点儿也感觉不到，不如就告你一回。"

崔和有奇怪地问："什么呀，这么神秘？"

老板附上他的耳朵嘀咕。

崔和有还是不明白："春意？什么是春意呀？"

"小声点儿，就是春宫图，唐伯虎的画儿。"老板说着拿出一只春宫鼻烟壶给他看。

崔和有一看脸色微红，有点儿不好意思。

老板说："做这事儿，伤天害理，我也知道害人家子弟，害人家夫妻。万恶淫为首嘛！但卖翠花的卖春意是早先的规矩。我今儿个告诉你，也不是非让你这么做，做不做还在你，我倒不是差着那十两银子想不开，大不了让你走人。你看着办吧。"

崔和有说："这事儿我得想想。"

"想吧，想好了再做不晚，这路事也是折寿，弄不好还得倒霉，我也是给你指条路，生路死路你自己掂量吧。"

"行，那我先回了。"

"回去吧。"

吴梅庵坐了洋车从街上过来，在小玉荷宅门口停下了。拉车的放下车把，把吴梅庵扶下来，在院门口喊了一声"老爷回来了"，吴掏钱付了账。

冯妈正在厨房做饭，听到喊，马上去屋里叫小玉荷。小玉荷其实听见了，无动于衷地在给泥人上色。

冯妈催着："太太您听见喊老爷回来了吗？快出去接接。"

小玉荷赌气地说："谁爱回来谁回来，这不是家，这是店，谁来也接不着。"

正走进院子里的吴梅庵听见了小玉荷的这句怨气话，笑道："不接也就不接了，还真生气了，让我看看，气成什么样儿了。冯妈，你去忙吧，中午也别做饭了，到玉华台叫点儿淮扬菜来吃。"

冯妈知趣地退回。

吴梅庵走进屋："哎呀，这么多泥娃娃啊！想我还是想孩子了，来，我也给你做个娃娃。"说罢上去拥亲小玉荷。小玉荷半推半就，众泥娃娃摇来晃去。

冯妈张着耳朵，一会儿听街上，一会儿听小玉荷房里，自语着："还说我思春呢，大晌午的，干柴烈火就烘起灶来了。话又说回来了，谁不想呢，都是活人，就兴他们男的仨俩地娶，让我们一天一天地守着空房子，左看是窗，右看是门，往上看是天棚，连个老鼠都看不见的冷清。冷清是什么呀？三九天没人焐脚，三伏天没人打扇，自己看自己吧，想看又看不着，冷清啊，一个人也没有的冷清。我说他像我弟弟，我那个弟弟哪像他呀。丈夫死了，我要真有个好弟弟也就不会出来给人当老妈子了，苦命啊，孩子没有，丈夫没有。偏偏他一天一天地到门口喊，他喊一声我的心是又跳又乱，又乱又跳，快病了，知道这不好，但什么是好啊，当块木头好？当块石头好？他今天怎么还没过来呀？他来了，我好去玉华台订饭呀。"

冯妈说着话走出厨房，在院子里站着听。突然小玉荷房里传出来尖尖的哭声，吓了冯妈一跳。刚还好好的，怎么就哭了啊？

窗内传来小玉荷的哭诉：

"我虽然是个青楼里从良的，但跟你的那年你也该知道，我是正经的女儿身呀！跟了你以为一辈子能快快乐乐地过上个老百姓的日子呢，你当初不也说了，带我回扬州吗？你说在通州上一条船，一摇就到了。为了跟你我不是把十来年的体己钱都偷着给了你吗？谁承想，嫁过来了就弄这么个小院子养活着，想来就来想走就走。就是在尼姑庵里守着青灯苦卷，每天还有个香客呢，这院子里一年有什么呀，落下的麻雀连个公的都没有。"

吴梅庵说："你这是什么话嘛，说这种话有失妇道。"

"你别跟我夫道、妇道的。要么你给我送回月痕楼去，要么你给我接到扬州吴家去，别的道我不走。"

"放肆，我走一个地方，养一个地方，都接回扬州去，能行吗？养得起可乱不起。好了，不要闹了。我也是人在江湖，身不由己呀。按心里话说，我要是没事儿，天天陪你都陪不够。喏，这是给你带来的金镯子，戴上。"

冯妈一直站在院子里偷听，正听得专心呢，门口崔和有吆喝声传进来了。冯妈反身进了厨房，快快地拢了拢头发，拿起吴梅庵订饭用的银子中的一小块，急急出了院门，招呼崔和有："别喊了，老爷回来了，正不高兴呢！"

崔和有有话欲说又不知怎么张口。

冯妈掏出块小银子来，假装选翠花扔在崔的挑子上："这钱你拿着，算耽误你生意的。"

崔和有拿起支翠花给她。

冯妈不要。"我可过了那年月了，行，你忙吧，我还得去玉华台传饭呢！"冯妈回了院里。

崔和有挑起担子走了。那块小碎银子在挑子的盒子上边，不住地晃过来，滚过去。

2

袁玉山好不容易鼓起勇气去丰一阁送罐子，却被毛财骂了个狗血喷头，他失魂落魄光顾跑，差点儿被一叫花子用棍子绊了个跟头。

叫花子嘻嘻笑道："嘿，你也去送罐子，吃着他们家的糕饼了吗？"

"没吃，什么也没吃。他一听送罐子的差点儿打我。"

叫花子说："笨蛋，前边有送罐子的，后边哪儿还能送罐子啊，得变个招。"

"是他让我去送的，不知为什么到了跟前又打我。我可清楚了，城里人是闲的，好蒙人。"

叫花子看着一个胖子从街口出来，说："什么也没吃，饿不饿？"

"有一天多没吃了，饿极了。"

"你帮我干件事儿，我保你待会儿就吃饱。"

"行！什么事儿？"

叫花子告诉他："我这儿有个罐子，今天咱就指着罐子吃饭了，你抱着这罐子，看见那个胖子了吗，等他不注意的时候，往他身上撞，故意把罐子摔碎了，让他赔。这叫碰瓷。"

碰瓷是旧北京乞丐的一种行径，故意将一件易碎的东西撞在街中的路人身上，以达到讹钱的目的。

袁玉山说："这不是讹人吗？我是读过圣人书的，这事儿我不干。"

"不干饿死你。"

"饿死也不干。"

"没看出你小子除了笨，还有点儿犟啊！这样的人少了。"叫花子说着从怀里掏出一块糕饼，给袁玉山，"吃吧。你刚说你读过什么书？"

袁玉山还是接了糕饼，"圣人书，孔圣人的书。"

叫花子道："我还当是谁呢！听我师父说，孔圣人也要过饭。还说他老人家有个弟子，叫颜回的，也是一箪食、一瓢饮地要饭吃。叫花子也是孔圣人的弟子，你既然读过他的书，就跟着我吧，看着你厚道，咱们搭个帮。"

袁玉山嘟囔："我上京城里来，可没想是要饭来的。"说完便大口咬起糕饼。二人边走边说，来到永定门外苇子坑乞丐席棚。袁玉山从一个破水缸里舀起一瓢水便喝，又一下子将水喷出来，"呸呸，什么水呀，一股子臊味。"

叫花子不屑地瞅了他一眼说："我说你这人，要饭还嫌馊。"说着他也舀起一碗水，先放到鼻子下闻了闻，小心地喝了一点儿，吐掉，又喝一点儿又吐掉，骂："这是哪个孙子干的？又往缸里尿尿了。"

席棚里没人，零乱地堆放着破衣服、烂棉絮，散发着霉味。

袁玉山顾不上许多，躺在烂棉絮上。叫花子东翻西找，找出一瓶胶水，然后往自己眼睛上粘，问袁玉山像不像个瞎子。袁玉山一边点头一边笑。叫花子说："别小瞧，叫花子这行，学问可大了，可有不少是要饭要发了财的，不信哪天带你去砖塔胡同瞧瞧去，有个杆儿常，大大的一所院子，光姨太太就娶了仨，出门也是前呼后拥的，黑道的白道的都得哈着他。"

杆儿头——叫花子的首领，有黄杆儿和蓝杆儿之分，典出自当年朱元璋打江山之时，曾受过两个乞丐的活命之恩。后做了皇帝，想给这两个乞丐封官，乞丐自知卑贱谢绝。后赐予黄杆、蓝杆各一，于是分为黄蓝两门。

叫花子继续说："要饭的还分文要和武要，文要的就是你常见的老太太小孩拿只碗，您给就给，不给就算了。他们是真穷，只为要口吃。武要的不一样，在街上走着走着，你刚碰他一下，腾地就躺地上不起来了，吐白沫子，抽筋，要么就拿把刀追着你。"

"杀人啊！"

"不杀，杀自己，自己割自己肉，追着问你要钱。"

"这不是讹人钱吗？"

"不讹钱，吃谁去！这路武要的，就不只是要个吃喝了，他们要的是钱，回家能盖房。"

袁玉山问："那咱们是文要还是武要啊？"

叫花子把那双弄得像个瞎子的眼睛转了过来："咱们既不文要，也不武要，咱们瞎要。走，牵着我，今天骡马市有个铺子开张，咱们去祝贺祝

33

贺，同喜同喜!"说完他拿起"哈拉巴"（牛肩胛骨）打着，说着，夹着袁玉山的棍子出了棚子。

袁玉山想起什么，突然扔下棍子，回席棚里，翻着小笔洗，看了看揣进怀里。他又拿起棍子领着装成瞎子的叫花子，一路来到骡马市。

一家新开张的店铺前，爆竹齐鸣，老式留声机放着京剧唱片，贺喜的商人鱼贯而入。众叫花子在门外，各显其能，有打哈拉巴的，有打竹板的。老板的赏钱叫花子都不用手接，用手里的响器接，要着叫着，叫花子自己乱了。店家大把的铜子抛出去，叫花子们大抢。和袁玉山一起来的瞎子也不瞎了，乱抢乱捡。

袁玉山抱着根杆，蹲在墙角，心事重重地看着这些，心想：孔子是说过"一箪食，一瓢饮……回也不改其乐"，颜回表面上看和要饭的差不多，但他有乐呀，他一直在求道呀，我呢，除了要口吃的，有什么乐的。当初干吗就非得上北京来呀？农民，农民离了种地，还不就是这个样，捡地上的钱，要别人的剩饭。都以为北京城里满地都是钱呢，你也来，他也来，来了为了命连脸都不要了。我现在怎么办，回去家里地也没了，回去都难。

袁玉山看着，想着，突然把上衣给脱了，光板脊梁，捡起一块板砖来，梆梆地打起自己的胸脯来。"我不是个人啊，给祖宗丢脸啊，我是读过圣人书的，我知道'君子固穷'啊，我现在这样了我不如死了。"

袁玉山本不是想要钱，是对自己的不满意发泄，没想到感动了过路的善良之人，人们一把一把地扔钱。

袁玉山喊道："我不要钱，我要你们吐唾沫。"

叫花子此时索性不装瞎了，忙着帮他捡钱，忙着谢施主。袁玉山的砖在身上打得粉碎。

袁玉山那天一时激动，用砖头拍大胸脯重了些，他平躺在席棚里，肚皮红肿。叫花子一边捣着药，一边说："早看你就不凡，我眼错看不了人。大街上走着的人谁能给钱，谁不能给，我一眼就看出来了，有的人表面像个人似的，心里坏极了。我见过四品大员白天在刑部办公，晚上就去八大胡同逛，说他们衣冠禽兽一点儿不假，家里家外地养着呢。碰见这路人你也别上去要钱，他们的钱长毛了也不会给你，弄不好还挨顿打。"

袁玉山有一搭没一搭地听着，看着自己红肿的肚皮，伸着头用嘴往疼的地方吹气。

叫花子乐了："哈，你那天真是绝了，那主意你是怎么想的？要饭的足有百十号吧，钱他妈让你一个人挣了。我那几天没白养你，一次就把十来天的嚼裹儿挣出来了。你是高人，哭得喊得跟真的似的——'君子固穷'！念过两天书是不一样啊，要饭都顶用。嗬，那钱扔得跟雨点似的，打在身上疼，高兴的疼。你他妈的还装孙子，说别扔钱，让人吐唾沫。你越那么说人家越扔钱，他们是真可怜你呀。你小子真是剑走偏锋，我还没见过这么能煽呼的呢，比真的演得还像。"

袁玉山说："我是真的，没想要钱。"

"谁信啊！从来挣钱的人都说自己不想挣钱，挣着钱了更不说自己为了挣钱，不为挣钱他奔那儿去干吗？无利不起早。挣钱也不是坏事，是个本事，我要有能耐挣着钱，我给所有的叫花子换身新衣裳。"

"那我也没看见你那天把钱给分了。"

"说是那么说，能分吗，给他们咱吃什么呀。再说了钱给富人许没什么用，钱要真给了穷人，有时能害了他。喝酒了，逛窑子了，赌钱去了，不能给他们，谁挣的谁花。"叫花子忙着捣药、碾药，弄得又忙乱又神秘，"你挣的咱俩花，我管账，你管吃，过的是大爷的日子吧。"

"从今往后就这样了，我就管吃，没吃了，你得管，一管到底。"

叫花子呸道："哪儿有这事儿啊，这两天我是看你伤了，没让你出去，过两天，你还得再来一次。现在满街上都是学你用砖拍胸脯的。但他们拍了也是白拍，把胸脯拍烂了也没人给钱。你说吧，现在什么都有赶潮流的，唱戏的兴谭派吧，满河沿吊嗓子，一听全是谭派。皮袍子不兴吊缎子面吧，又都吊起直贡呢面了。你说叫花子要饭也赶潮流，有一个拍胸脯子自己骂自己的挣了钱，就有一百个跟上去了，一百个里边就再没一个挣着钱了的。"

袁玉山吹了一阵肚皮后，突然想起什么事儿，坐起来在铺盖下翻找。

"嘿！我那个小罐子怎么没了？"

"什么小罐子？"

"就是藏在这儿的一个青色的小瓷罐。"

"是呀，见过那么一只小罐，没什么用，留着它干吗？"

袁玉山没找到，也不找了，翻过身来接着望天。

35

叫花子边看他边捣药说："前天打盐，没家伙装，用它装盐了。"袁玉山听完后走出席棚，在破锅烂碗的旁边，找着了那个小洗子。袁玉山看着它在阳光下的光泽，觉得这东西不像个凡物，有灵性，他把盐倒了，用手擦摸着说："这东西好像跟我有缘呢！"

3

刘掌柜的等了三天，没见人送哥窑洗子来，心病加打伤躺床上起不来了。刘夫人边给他捶背，边说着话："谁能想到两件东西，一件也没落下，也是该着咱们家倒霉了。"

刘掌柜叹道："我现在真是后悔啊！当初往洗子里塞张条是对的，但我谢银写得太少了。三十两，早知写三百两。这么一件宝物要真是到了行家手里，何止三万两呢。当时我是怕写多了，人倒反而不送来了。那么个农民模样的年轻人，我是在车上就看着他老实，没想到也是那么不把牢，这年头能信谁呀！"

刘夫人说："宝荣斋借的那票银子，昨天有伙计来问了，问您买东西来了没有，问要是好东西能不能先给他们看看。我说了，东西倒是买回来了，还没出手呢。告诉他也不是什么好玩意儿，不劳他费神了。"

"哎哟，轻点儿，轻点儿。和大夫也不来了，他要给我揉揉还真管用。你是不是诊费没给够啊？"

"……诊费没少他的，我是不愿听他说话，百无禁忌，一口一个死啊死的，不是方人吗？"

刘掌柜说："他是那脾气，其实说死有什么了不起的，人不都得死吗？谁也跑不了。跑不了的事儿反而怕，求不来的东西，非要求，哪就能发了大财了？这回也赖我太用了心计。人不能贪，一贪吧财神爷就不照顾你了。"

"这回咱们这关要是能过了，我就去白云观好好烧烧香去。"

刘掌柜问："毛财干吗呢？"

"照顾买卖呢。"

"我想起来了，今儿个串货场有会，你快让他去串货场踅摸踅摸那个洗子。"

毛财正拿着一个唱本在学京韵大鼓，手里拿支筷子在桌边上敲着。"二八的那个小佳人，她得了不大点的病……"听见刘夫人喊他，收了架势。"姨，他叫我干吗？不是为上次那个叫花子训我吧？"

"不是，让你去串货场，找那只笔洗子去。"

毛财高兴答应："这我愿意去，我一准儿给他找回来！"

串货场——古玩行人之间在一约定的场地做交易，谓之串货场。

毛财答应了，却并不出门，对刘夫人说："姨，姨夫让我去串货场，一个子儿也没给我呀。到了那儿没看见货则已，真要是看见了货，让我买下来，我做不了那个主。不让人家卖，人也不愿意，总得给俩钱，让人家把货留住吧。这次再要让货跑了，我看咱真得关张了。"

刘夫人说："家里哪还有钱啊！这票银子还是从宝荣斋那儿借来的呢。这两天铺子又没怎么开张，卖的那点儿小玩意儿，还不够每天吃用的呢。"

"上回那个柳叶尊不是赚了不少吗？"

"是赚了点儿钱，老爷觉得赚了钱光进货怕不稳当，谁知道年景能不能稳住啊，听说南方闹革命党呢，大部分钱都拿到乡下买地去了。虽说我是你姨，毛财呀，可我从小就把你给看大的，亲儿子也就是这样了，供你读书，你不愿念，让你学做买卖你嫌苦，再这么下去，我也护不住你了。"

"姨，我这不是也正着急呢吗？前天那档子事，也是我急上了火，没问清楚就给带进去了。再说了问那么清楚，要真把送货的挡在外边，不是损失更大吗？您瞧姨父给我骂的。"

"他这两天又伤又病，你也别挑他的理了。我这儿有五十两银子，你先拿着去串货场看看吧，待会儿他要是醒了，看你还没去，一准儿地发脾气。"

毛财拿上银子出了门。来到街上，买了点儿时新的果品，又给自己买了顶新帽子，没去串货场，高高兴兴往八大胡同月痕楼清音小班去了。

月痕楼清音小班大堂里，下午客人都是在这儿打茶围，谈生意的人不多，但也有七八成座儿。毛财兴冲冲地进来。老鸨一看见他，把笑着的脸扭了过去。

毛财嬉皮笑脸："吴妈妈，怎么看着我倒把脸背过去了呢？我可看见你的鬓儿上有白头发了啊。"

老鸨扭过头来似笑非笑："哟，我当谁呢，敢情是欠了秋月嫖账的毛大公子来了。告诉你，别看你新换了帽子，兜里要是没钱还是别想进去，相思懂得吗？你也想她，她也想你，天天想，夜夜想，时时想，相思最苦。但老妈妈我想的是另一样东西——银子。我就想银子，懂吗？"

毛财从怀里掏出银子来了："妈妈，银子来了。"说完呈到吴妈妈脸前。

老鸨看见银子，眼睛一下就笑了："哎哟！这是怎么话说的，来，毛公子，我给您掸掸土，好久不见，真想哎，想。"

毛财小声嘟囔："想银子。"

老鸨道："给您传哪位姑娘，要不让我们楼的头牌九儿陪陪您？"

九儿在大堂里风光无限地招呼着客人，有两个小丫鬟陪着她。九儿色艺双绝，正是袁玉山那天在墙根处看见的美人。她轻易不见客，每天下午巡堂一次。

老鸨赶过去："哟，九儿下来了。睡好了没有？"

"睡好了。"

"好！各位爷，今儿个我们月痕楼的头牌九儿兴致高，愿意侍候各位爷一段评弹，《大西厢》。"

众嫖客欢呼。收钱的小丫头拿着盘子各处收钱。收到毛财的眼前毛财一分钱不出，问收钱的小丫头："你叫二头吧？"

"啊。"

"秋月在吗？"

"在，楼上歇着呢。没人传她。"

"挡着我点儿，我上去。"毛财左躲右闪地上了楼。撩开秋月外屋的帘子，看见秋月正对着窗户看斜阳归雁。

"凭栏最苦，独对一行归雁。"毛财酸得不能再酸地说。

秋月回头，圆胖的脸上画得红是红、白是白："毛公子，你可来了，再不来，我这心都不知往哪儿放了。"

毛财上去把手张得开开的，抱住她道："我也一样。"

秋月先还故作娇羞，后来一张胖脸亲毛财，将毛财的小面孔挤得快没了。

丰一阁已经关了几天了。毛财以去串货场找洗子为由，整日在月痕楼泡秋月。

这天，宝荣斋宫掌柜带着伙计来到丰一阁，刘掌柜挣扎着出来了。

宫掌柜客气地说："哎哟，还真起来了，原说进内宅看看您去呢。早听说您伤了，没抓出空来看您。"

"不碍事儿，伤筋动骨一百天，就是好得慢点儿。"

宝荣斋伙计递上一个点心匣子。

刘掌柜说："呀，还破费什么呀，不是什么大不了的病。"

宫掌柜说："我怎么看您这铺子有几天没开了，不是还有毛财呢吗？"

"他能干什么呀，这几天有事他跑外去了。只要有买卖做，也不在乎这几天。"刘掌柜知道宫是来要账的，他想撑着。

宫掌柜喝着茶，心里想：有什么买卖呀，上两个月看见的是这几件东西，现在看还是一件没多一件没少。瘦驴拉硬屎，想堵我要账的口呢。宫掌柜开口道："也是，说南方闹革命党呢，可是这买官卖官的人还是不少呀，前些日子，有一山西人进了我的铺面，就非要件一万两银子以上的东西。干了这么多年，我还没见过这么买古董的，这路客人要一年有俩，咱还有什么急着啊。"

"那您给他什么了？"

"一尊商朝的鼎，带十六个字铭文的。三条腿上都有云纹，按理说是件好东西，但话说回来了，不值那么多。"

刘掌柜说："古董这行，货是一口价，没法说值不值，要真能办成了事就值。"

"您这话跟我想到一块儿去了。我为什么给他这件东西有缘由，他是想买个知县，走的是罗太子少保的路子。罗先生常来呀，就喜欢青铜。这东西他看过，喜欢，放不下手，当时嫌贵没买。买这东西送给他还有错吗？"

刘掌柜听着宫掌柜说话，内心有点儿急，寻思：他这话都是闲篇，今天他是来要账的，说完了这些就该入正题了。我是等他开口呢，还是我先说？等他开口吧，我就被动了；要是我先说，我怎么说呢？

刘夫人坐里边，张着耳朵听这边动静，琢磨：说了半天这就快扯到账上来了，老爷要是说没有吧，丢了丰一阁的脸面；要说有吧，上哪儿找钱去啊，这么个节骨眼上毛财那小子又偏不在。刘夫人回头看见了丫头，嘱咐了几句，丫头从后门出了丰一阁。

秋月和毛财在帐内春宵帐暖，睡得正香。毛财悄悄起床，正要下地被胖秋月一把抱住。"毛公子，干吗急着走啊，春宵一刻值千金。"

毛财被秋月抱得脱不开身，道："再不走你妈妈又该来了。"

"她来了怕什么？"

"咳！我今天不方便，出门忘了带银子了，我还是先走吧。"

"不怕，我那只绣鞋里有二两体己钱。你答应我，这辈子非我不娶，我就给你。"

"答应，答应，愿我二人年年岁岁似今日，白头到老不变心。"毛财边说，边弯腰拿绣鞋，刚把银子拿到手，突然发现面前多了双鞋，是老鸨的大脚。毛财抬头看见，一脸尴尬。"妈妈早啊，正说给您送去呢。"

"不劳您大驾，把银子给我放回去。告诉你毛大公子，我们这儿开的可不是舍粥的大棚，任你来左搅一勺子右搅一勺子的。我们可是官批的正经的买卖，你看看来的爷哪个不是高商大贾、达官贵人啊，还真没见过你这样偷情不出血的呢！今儿个我还告诉你，是有银子交银子，没银子我就给你送官。"

毛财哆哆嗦嗦。秋月穿了内衣起来说："妈妈，您先让他走吧，他不是没钱，前几天五十两不都花了吗，他今儿来得急没带。"

老鸨道："你个小蹄子别插嘴，一口一口的食把你养大了是不是。惦记着你挣钱还账的时候，你倒会倒贴。他没钱你给他钱啊，天底下还真有这么痴情的窑姐呢。当着客，我先不收拾你，看待会儿怎么让你长记性。"

毛财急了："你不能动她，你可不能打她。你要打了她，我……我不答应。"

"哟！大早上这是哪出啊，给我演《孔雀东南飞》呢吧，我不动她？等你有了钱把秋月赎出去，再说这话不迟。"

毛财边出门边说："好！我这就找钱去，这辈子不把秋月赎出去，我……我他妈的就是陈世美，被铡刀铡了。"说完跑出门。

老鸨在门里说："陈世美，你也配。"

毛财气哼哼地往丰一阁走，被丫头找到了。

丫头说："小爷，夫人让我满世界寻你呢，去了串货场没看见你呀！"

"啊，我有点儿事儿去小市了。夫人找我什么事儿？"

丫头与其耳语。毛财听罢后，觉得立功的机会到了，飞快往丰一阁跑。

刘掌柜、宫掌柜话、茶都差不多了。宫掌柜放下茶杯："按理说您还伤着，我不该催您，但本店……"

刘掌柜手一伸："宫掌柜的，您不说我也知道，就是赚了银子，古董店也是没有富余钱的时候，谁不知道做古董这行，钱越多越不够花的，得进货啊。前些日子那票银子，我还没转开，出不了四天，我给您送去，连本带利绝少不了您的。实话跟您说，别人也还欠着我的钱呢，毛财这两天不在，就是要账去了。"

"您这么一说，我就不多话了，现而今就是这样，欠钱的人多，欠钱的是爷。"

正说着这话，毛财大汗淋漓，推门进来了，一看几位爷都在，知道没晚，说："掌柜的、宫掌柜的、武先生，我刚上盐业银行贷款去了，他们答应了借给五千两，铺面作保。"

三人一听这话都一愣，刚还说毛财去要账了，现在变成借账了。宫掌柜的和武伙计一下站起来。宫掌柜说："得！刘掌柜，是要账也好，借账也好，多了的话我也不说了，四天后我恭候。"

刘掌柜鼻子都快气歪了，挣扎起来送客。毛财一脑门子雾水。刘掌柜的送完客回来，让毛财把铺面门关了，突然抄起手杖对毛财打去，骂："你个丧家败性的主儿，脸全让你丢尽了。"

毛财往内宅跑，边跑边喊："姨，姨！"

第 四 章

1

自金保元进狱之后，黑老大就一直和他不对付，听说老贝勒爷死了，就显得特别高兴，张罗着排出戏玩玩："闲着也是闲着，来排戏了，排戏了。都过来过来，咱来出武的吧，《石秀探庄》怎么样，要不《洗浮山》热闹吧。"他指着一个因犯说："你身子利落，去石秀吧。"

"我身子利落是饿的，哪儿有劲儿演戏呀。爷，您自个儿来吧。"

"我不来，我去说戏的看戏的，哪儿有爷演戏的。"他斜了金保元一眼，嘴里念起锣鼓经，让那因犯走起圆场来。

徐二看着金保元一脑门的心思，上去欲劝黑老大别闹了。

金保元给拉住了，说："闹去吧，我一辈子从不跟小人置气。听说老爷子给问死了，我这心像塌了一半似的，没这么空过。还没想过呢，他就走了。想咱是个在旗的，就是没个一官半职的，每月皇上给下的吃饭钱总有吧，旗人嘛，大清朝三百来年了，有一天想过吃饭的事儿吗？没想过，更没想过能进到牢里来，平日在家里，床上有个米粒还嫌硌呢，到这儿可好，草都没一棵，也睡了。现在我倒不是怕别的，死也不怕，怕一辈子在这儿待着出不去了。"

徐二宽慰他："不能够，爷您放宽了心吧，不管怎么说，您还是有那么十几家阔亲戚吧，一个帮不上还能个个帮不上？"

"别提那些亲戚，提了我就生气。好的时候是亲戚，坏的时候躲得比什么人都快。想起戏文里唱的，穷在闹市无人问，富在深山有远亲，一点儿不错。"

正说着话，金安穿了一身孝服，来给金保元送孝服。狱卒收了块碎银子，金安进来："爷，衣服给您带来了，您服服孝吧。这儿不太方便，我也没带什么香烛祭品，您先把衣裳穿上，等出去了，再说吧。"

金保元叹气："说起出去……金安，那几家你都去了？"

"爷，说出来您别生气，去是都去了，没有一家让进过大门的，管事儿的门口就给挡了。"

"也不能怨人家，谁不怕沾包儿呀！"

徐二帮着金保元穿衣服。金保元一下子摸到了一块拴在腰间的玉佩，便解下来递给金安："求不了亲戚，只能求朋友了。金安，拿着这块玉去庆和楼找小五宝，庆王爷一家子都爱听他的戏，机会对了，看他能不能帮着说一声。"

"就是，这个人给忘了，爷这么些年捧他可没少花钱。"

"跟朋友别提钱，他愿管就帮一下，不愿管不强求。"

"行，爷，那我先回了。"

金安快走出门时，听见金保元冲他喊了一声："小五宝他要是端架子，就当着他的面儿把这块玉给砸了，我不信我出不去。"

庆和楼的夜场戏已经开始，台上小五宝演《大战洪州》正是火爆。张经理依旧在下边听着。原来金爷的常座空着。金安在后台忙忙碌碌的演员中间站着。

班主指挥道："龙套上了，铆上点儿，张爷今儿个还没给下赏呢！"

"张爷今儿给不了赏了，没人跟他比着捧，他就剩下两只手拍巴掌了。"丑儿说着看了看金安。

班主说："少废话，铁打的班子，流水的客，哪儿有不换人看戏的，今儿金爷不在了，明儿备不住来个银爷、玉爷的，咱操不了那份儿心。"说完扒拉了一下金安，"爷，您给这条道让开点儿，待会儿串场人跑得急。"

说话间台上火爆起来，龙套们台前台后地转。金安隔着帘子看着小五宝，手里攥着那块玉。

戏散了，张经理站起来拍了拍手，走了。小五宝和众演员谢幕，然后回到后台，见了金安，一惊，问："金爷在里边惯不惯？吃得怎么样？"

金安凄然道："没说不惯，和犯人一起吃着呢。"

小五宝把头饰卸了，脸上粉擦了，现出男人模样。"……我一个唱戏的进去看他不合适，可心里一直惦记着呢。"他转过头对班主说，"方爷，今儿的戏份分了吗？您先给我吧。"

"分了，分了。这是您那份。"

"就这么点儿？"

"七成的客人，还有十几个是警察局听蹭的，张经理这几天是光听不赏。就这我还没扣您刚传的那碗面钱呢！"

小五宝说："少了点儿。您再借我十两吧，从明后天的戏份儿里扣。"

"得！"班主又借了他十两。

小五宝对金安说："这点儿钱实在不算个什么，您受累给金爷买点儿点心吧。"

"谢谢您了。"金安说着，给小五宝玉佩，"这是金爷让我带给您的。他说您要方便跟庆王爷家里的人说一句，老贝勒爷给问死了，小贝勒爷能不能开个恩给放了。"

小五宝有点儿犹豫："这事……"

金安马上把玉佩塞在小五宝手里："您受累，您受累，我这儿代爷谢您了。"

小五宝接了那玉，在手中细细地摩挲着，心想：金爷捧了我这么多年，这事儿我该管。便对金安说："这么着吧，明天庆王府有一场堂会，对了机会我去说说。你告诉金爷，让他放心。"

2

庆王府为王母做寿，请来名角儿唱堂会。王府里张灯结彩，宾客如云。院子里有个大影壁，影壁前边搭了戏台子。姑娘媳妇都在正房里隔着帘子听，亲朋好友坐了一当院。台上正是小五宝的压轴《穆桂英挂帅》。王母坐在正中看戏，儿女环列一旁。

王母说："这小五宝的身段越来越好了，你们看他刚才那腰下得多低呀。"

四格格入神地看着台上的小五宝，说："知道今儿个您过寿，他特别地卖劲呢！"

"我听唐六说，你也有板有眼地学着唱呢？"

"妈，我那是学着玩儿，野腔无调的，在家里唱还得关严了门呢。"

"其实这出《穆桂英挂帅》呀，说的是汉人打胡人的事儿，胡人是谁呀？蒙古人，吐蕃人，咱们满族人按理都算胡人。汉人打胡人的戏，我怎么还让点这出呀？先一个是我觉得满汉满汉的都快三百年了，没什么分别了。再者这出戏小五宝唱念做打都能使出功夫来，热闹。还有一条就是我喜欢这是夸咱们女人的戏，看刚才穆桂英对杨宗保多解气呀！年轻时我爱看穆桂英，老了佘太君也爱看，都有得看。"

"您这么一说，我心里都明白了，原来我也就是爱瞧，没想过为什么，您一点拨，我看这戏都觉得深了。"

二格格说："妈怪不得爱看呢，年轻您是穆桂英，老了佘太君。"

戏演完了，小五宝给王母祝寿。王母慈眉善目，笑容满面，连说："好！好！叫唐六传一声，赏下吧。"

唐六在院子里喊："名伶小五宝殿里谢赏。"

小五宝进了后台，从跟包的手里要过金保元的玉佩匆匆往前去，跪在帘子外边。

唐六喊："赏银五百两。"

小五宝说："谢寿星太夫人，愿您千岁千千岁。"

四格格在帘子里仔细看着小五宝，心里漾起一阵阵爱慕之情。

王母说："行了，起来吧，下回挂帅后胸前那朵大花换粉的吧，红的艳是艳，显得老。"

"谢太夫人指点。"

"起来吧。"

小五宝拿出玉佩说："太夫人，今天有一件事也是朋友相求……"

唐六惊惧道："走吧，怎么没规矩呀！"

王母说："什么事，说吧。"

小五宝大着胆子说："七贝勒因洋务罪问死了，小贝勒爷还在大牢里关着呢……"

王母一听是金贝勒的事儿，不想管："六儿呀，我乏了，散了吧。"

唐六喊："太夫人回府了，太夫人回府了！"

四格格边上去扶太夫人，边回头看依旧跪在帘子外的小五宝，使劲儿朝他丢了个眼色。小五宝没注意，等王母走远了才立起来，心里忐忐忑忑，长长出了口气，忙着卸妆，心不在焉。

送走王母，四格格穿过廊子回来，看着汽灯下显出男儿样的小五宝，边看边做了几个戏里的动作，进了屋里喊唐六。唐六到帘子外。

四格格问："唐六，小五宝说的七贝勒是不是金家？"

"是。"

"你过去告他一声，金家的事我能管，让他好好给我说出戏。"

"……这话小的能传过去。"

"去吧，别让人知道。"

小五宝在影壁后收完了东西，事儿没办成，有点儿沮丧。

唐六过来说："多让人捏把汗啊！这可是王府，弄不好的杀死你、关你都没谱。怎么也不先知会一声啊？"

"……当时也是情急，为朋友怕再没机会了。"

唐六说："机会倒是有，看你用不用。过来我跟你说。"唐六跟他咬耳朵。

小五宝听完后边捆枪，边想了想说："不就说出戏吗！行，您放心吧。"

第二天傍晚，小五宝坐了洋车来到居士林。四格格包了个单间等着小五宝来说戏。小五宝挑帘子进去一看，愣了，四格格穿了一身男服在里边等着他呢。小五宝看见穿男服的四格格反而不好意思了。

四格格说："还没见过五老板便装的样子呢。不像个唱戏的，像在同文馆学洋文的学生呢。"

"看格格说的，我是有当学生的心，没当学生的命。"

"这命让我赶上了，我今儿个好好做一回学生吧。"

小五宝问："不知格格一向学的哪路行当，宗的什么派？"

"我和您唱的正相反，我学的是须生，高派的，我调门高，唱高派合适，也没怎么正经学，唱会了《逍遥津》《文昭关》中的段子。"

"要知道格格学高派，该把我师兄给叫来。"

"不用，今儿个我就学身段。唱，我喜欢须生；舞，我可是喜欢花旦。看你的《太真外传》特别好，今儿个你可要教会了我。"

小五宝有点儿犹豫："……我可忘了带水袖了。"

46

"我都预备了，琴师是连喜山，他眼睛失明了，什么也看不见。"小五宝此时箭在弦上不得不发了。

两个人喝了会儿茶。小五宝接过水袖，在盲琴师的胡琴伴奏下教四格格舞水袖。四格格总是借手不知怎么放，腰不知怎么扭，让小五宝摆姿势，借机投怀送抱。四格格一个卧鱼儿，假作脚崴了，起不来，小五宝上前去扶她。

四格格撒娇："扶着也站不起来，你给我抱过去吧。"

小五宝低头抱她，二人相视。连喜山依旧拉琴，眼睛一眨不眨，心里却说："这《太真外传》也外得多了点儿，以为我看不见呢。看不见我还听不见？"

小五宝抱着四格格走进里间屋要把她放下，四格格勾着他的手不但不松，还一用劲儿，小五宝便扑在了她身上，两个口叠成一个吕字。戏学不下去了，四格格吩咐琴师先回。两人自然是一夜鱼水之欢。

清晨，小五宝醒了，听着外边的鸟叫，撩了被子穿衣服。四格格闭着眼："怎么这么早啊？再睡会儿吧。"

"我得吊嗓子去。"

四格格懒懒地说："唱戏要是真当个玩儿，还是挺着人迷的。真要是天天唱够乏味的，比皇上早朝还不招人疼呢。"

"惯了，也就不觉了。一天不唱嗓子该回了。"

四格格伸手从枕下拿出件东西来说："我送你样东西吧。"

"你送我的东西够多了，拿都拿不走呢！"

四格格拉过小五宝的手来，给他戴上个洋表："瑞士的，27钻，你听听，走起来'当当'的。"

"我最怕这玩意儿了，一下一下的跟心跳差不多，催命似的。"

四格格噘着嘴："真是的，送东西还送出埋怨来了。出门扔了它，别当着我说不喜欢。"

"那我先走了，您再睡会儿吧。金爷的事儿您一定想着点儿。"

"你是为他才给我说戏的吧？"

"也为也不为，原先是为他，现在不是了。"

"甭信唱戏人的话，说的比唱的还好听。"

小五宝走了。

47

第 五 章

1

崔和有担着担子，生意冷清，他坐在一棵树下边歇边掏出冯妈撂下的银子来看。马路对面，一个叫花子光了膀子在用板砖拍胸脯。过路的人有给钱的，一个钱两个钱，叫花子见了钱拍打得更用力。他边看边呆想：吆喝了一天，还没有叫花子挣得多呢！想到这，像是突然下了决心，攥了钱挑起担子，去了索巴的珠宝行。伙计看见有买卖了，打开门招呼："挑子就甭进去了，怪费事的。您要选翠梢子，刚好来了一批，成色不错，您选选吧。挑子搁门口不碍事，我给您看着。"

"受累了您哪。"崔和有撂下挑子，走进珠宝行。

一个伙计把翠梢子拿出来，让他挑选。他心不在焉地看了看。伙计看出他似乎不想要，说："您想选点儿什么，自己看吧。"

崔和有在柜台前走走，无目的地看看。刚要说话，看见一少爷一新媳妇进来了，话又打住。等他们走了，他鼓足了勇气说："……先生，您这儿卖、卖春意吗?"

伙计先一愣，马上明白过来："您是刚挑上挑儿吧。卖翠花的起春意，哪有上珠宝行里来的，得上白塔寺吴记书局去。到了那儿，也别说什么春意秋意的，就跟他说买几卷唐伯虎的人物，掌柜的一看你这挑就明白了，一准儿地拿得着货。"

"谢您了，谢您了，我刚干这行，您包涵。"崔和有惶惶地说。

"翠梢子不要了?"

"不要了，赶明儿再说吧。"

崔和有退出了珠宝行，挑担子奔白塔寺。到了吴记书局已是满头大汗，他歇了歇汗走进去。

伙计迎上来问："来了您。要点儿什么书呀？"

崔和有吞吞吐吐："……也是别人告诉我的，我想买几册唐伯虎的人物。"

"有新印出来的，一钱银子一册。看看吗？"

"看看吧。"

伙计一样拿了一册，都是锦包的册页，递给崔和有。崔和有从来没看过春宫，刚一打开又惊又羞，随手翻了两下就合上了，说："您包上吧，这十册我都要了。"

伙计边说边包："您是新挑挑的吧？"

崔和有说了个谎："挑了有两年了。"

"嗬，算个元老了，这卖春意的规矩也就用不着我唠叨了。"

崔和有其实不知道什么规矩，他还没有从刚才看画儿里回过神来，只是胡乱地答应着，收了东西挑着担子走了。不知不觉来到小玉荷家门口，才吆喝了一声，冯妈就出来了，热热地一连看了他几眼，说："你怎么这么多天没过来了，还以为你病了呢！"她边说边假装选着一只盒子里的翠花。"北京这地方，别看大，咱们这样的人可不敢生病。生了病治不起，平时寒了呀热了呀的，自己得当点儿心。"

"哎，真劳您惦记着了。上回听说这院的爷回来了，怕吵着人家，路过了也没喊。"

冯妈悄声说："两人出门了，去天津了。老爷说有档子买卖要去个三两天，太太非吵着要去，带着去了。"冯妈挑翠花的手有点儿抖，"你要是不忙，进屋里坐坐，我刚熬了百果粥，你尝尝。"

"我忙倒是不忙，担着挑子呢，怕是不方便吧。"

"……也是，担着挑子呢。……要不你先把挑子让屋子里去，顺手给我去担挑水。送水的今儿个不知为什么没过来。"

崔和有不犹豫了，担了翠花挑子进门。

街对面有两个在院门口剥豆子的老太太，一直看着冯妈和崔和有。一看崔和有挑着担子进了院子，老太太甲说："从古到今哪儿见过让翠花挑子挑进院的呀。"

"听说那院还没住着男人，这么没规矩，也不知是老妈子还是太太。自古说三姑六婆都不能沾，什么媒婆、巫婆、尼姑、道姑的沾了准出事，我觉得老妈子、丫鬟也是该防着的，像那个《花为媒》里的阮妈、《西厢记》里的红娘，哪个不是牵线搭桥的人呀。"

"看哎！又出来了。怎么换了挑子了？噢，是给挑水去了。这可好，翠花挑子换水筲了，赔着呢！"

"从来挑水的就更得防着了，远的先不说，就说这现在北京城水窝子里给家里挑水的汉子吧，再热的天不能露了身子板，穿得整整齐齐的，进人家去，怕大姑娘小媳妇隔着窗子看了啊。就拿给我们家挑水的马力巴说吧，有天穿着汗褡来了，我硬没让进院子。天也是热了点儿，身上那个汗味啊，膀子上的肉一疙瘩一疙瘩的，多张扬啊，那可不行，明天给我把衣服穿严了来，不是没有出事的。"

"回来了，瞧，那几步走，跑圆场似的。别说，这条街上我住了四十年了，没见过这么利落的卖翠花的。年轻真好。"

"咱别看了，进院吧，让人笑话。"

崔和有挑着水进了院子。冯妈插空儿换了件新褂子，上去接他。

崔和有挡她："您别沾手了。缸在哪儿呀？我给您倒进去。"

"别倒了，缸里满着呢！我是怕门口两个老太太说闲话，让你挑担水遮遮眼。"

崔和有接过冯妈递过来的毛巾，擦了擦汗，心里边漾开一种异样的感觉，不知怎么说好。

冯妈拿着扇子，故意给他扇了扇说："去正屋坐会儿吧，百果粥我盛得了，给你凉着呢。"

"就院子里坐会儿吧，我坐不住，身上脏，进人家屋里不合适。"

"没事儿，来了不屋里坐坐。什么脏啊干净的，还不都得我收拾。"

他不再犹豫，随着冯妈进了小玉荷屋。墙上挂着画儿，正屋镜支子旁边，有张小玉荷的照片，崔和有坐下就看见了那张照片，看得有点儿发呆。

冯妈说："是我们太太。说是太太，其实是老爷养在北京的一个外室，两年多了，家还没回过呢，怪可怜的。老爷一年也只是来有数的几回。女人都是命苦，像这么如花似玉的貌，也就是个玩意儿的命。你吃啊，看看

50

里边的豆子烂了没有，我是先泡后煮的，想是该烂了。"

崔和有端起碗来喝粥，心里话：活在世上就有不顺心的事。这几年碰到这么多的人有为吃喝愁的，有吃喝不愁了为别的事儿愁的。这么好的一个女人天天地看着窗户亮、窗户黑地过日子，那又活个什么意思呢？崔和有边吃边想，看见了窗户沿上的小泥人。

冯妈说："那都是太太在家没事儿捏的，你要喜欢待会儿拿走一个。"

"她没数？"

"有什么数呀，一炕底下呢，真孩子没养出来，弄了一炕的泥孩子。咳！看我这嘴，背地里说主子坏话。早就想给你做件汗褡，这两天得空儿给你做好了，穿上试试吧。"

崔和有惊讶地回头，看见冯妈抖开件汗褡等着他呢。

"你换上吧，我把碗收了。"

冯妈知趣地收碗出去。崔和有拿着汗褡站着，想了想还是换上了。换完了汗褡回过头来，看见冯妈站在门口看着他，眼睛里有泪流出来了。

"您这是怎么了？"

"没什么，没什么，一只飞虫迷了眼了。看了你想起我弟弟来了，老家的弟弟，就这么一个亲人了。我命苦，从小爹妈就没了，那个弟弟还是我当童养媳给养大的。一辈子想着他，愿意给他做衣裳，做饭。有个愿意侍候的人这辈子也是个依托。可他远了，侍候不着了，这不一看见你就心里忽悠一下子。"

"那我就认您当个姐吧。"

冯妈很矛盾地说："那敢情是我的福气。好了，耽误你也不少时候了，送你出去吧，泥人你带上一个，挺好玩儿的。太太发现不了。"

崔和有挑了一小胖女孩，揣进了怀里，去院子里挑担子。

"我不能送你出大门了，不方便，以后路过了，可别悄悄地过去了。喊两声吧，也算报个平安。"

"哎，记住了。"

崔和有挑着担子在街上走，心里边一下子空空的。

崔和有在这一天的上午得了两件东西，汗褡和泥人，这两件东西分属两个女人。他没有想到，在以后的日子里会与这两个女人有了千丝万缕的关系。

一连几天，冯妈的影子老在崔和有的脑子里过，晚上回到翠花挑子店，也不像以前躺下就着了。这天早上，崔和有光着结实的上身从小院的绳子上拿下洗净的青布裤褂，抖了抖边穿边哈着气，嘴里念着锣鼓经，啪地踢了两下腿，摆了个架势。在柜房里没事儿的掌柜看着他，等他摆完了架势，适时地喊了个"好！"老板说："多帅的身段，听说你原来在三庆班吃过饭？"

"让您笑话，哪儿还有身段呀，三天不练都回了。"

老板问："三庆班的各位老板都熟吗？"

"熟，都熟，有的叫叔，有的叫爷。见天地看他们唱也不觉什么。我练的是武行，打小练的，也没练出来。"

"现在武行不行，还得听唱工的，单武行没什么人看了，要是能和杨小楼杨老板似的，又是红生戏又是挑滑车还差不多。嗬！我听说他当升平署供奉的时候，老太后还给过他一只翠扳指呢。说那天唱的是《千里走单骑》，唱完了老佛爷高兴，对底下人说：'小楼这戏越唱越好了，叫过来赏。'杨小楼妆都没来得及卸，就跪上来了。您猜怎么着，老佛爷早有准备，从手上褪下个扳指来，您想没准备对吗？哪有女的戴扳指的？是早就备下了的。说'唱累了吧，我赏你样东西'。杨小楼抬眼一看是个扳指，赶紧谢恩。谢过了看老佛爷拿着东西不撒手，那意思是想亲自给杨小楼戴手上。那杨老板哪儿敢啊，又磕头谢恩。老佛爷还是不撒手，还是说：'过来，赏给你吧。'如是者三，好嘛！杨老板刚才舞青龙偃月刀没出汗，这下子汗都急出来了。不敢啊，男女授受不亲，让太后摸着手戴扳指，这有欺君之罪呀，欺的还不止是当朝皇上，是太上皇。这谁敢啊，谁也不敢，跪着光磕头不往前凑。太监李公公看出来了，赶紧圆场，'老佛爷，我代您赏下吧'，接过扳指给杨老板戴上了。"老板津津有味地说着。

有几个卖翠花的都出来听着，一听到这儿觉得大煞风景。

二青嚷："这叫什么呀，这他妈的李公公你说他是有眼力见儿还是没眼力见儿。挺好的一桩事儿，被太监搅了，真不是东西。"

"他本来就没东西。"

众人大笑。

老板问："小崔你说有没有这事儿。"

崔和有说："都这么传，问过杨老板，他不说有也不说没有，不过手上真有个翠扳指。"

老板说："那是！真有了，也不敢承认啊，借他胆儿。别说，你们唱戏的就是招太太小姐待见。"

二青满脸的不屑："戏子，戏子嘛！扮个脸就是给人看的，不给人看还不成了屁股了。"

众人又一阵大笑。

崔和有听出话里有话，一下急了，揪住二青衣领，一个背胯给扔出去了。"你小子敢骂人。"

众人一看两人真急了，上来劝。二青见有人劝，马上又耍起浑来了。"嘿！敢摔我，也不上廊坊以南打听打听去，有没有我二青这一号。"说着满地找砖头。

众人劝。二青拿了砖头不依不饶："小崔，我今儿个非花了你不可。"

崔和有说："别拦他，让他过来。"

老板说："算了，算了，都出挑子吧，说着玩儿呢，他妈就急了。走吧，散了。"

众人挑挑儿出门，散了。崔和有最后出了院子。

老板道："小崔，别跟他们一般见识，都是杂巴地长大的，缺调少教。你跟他们不一样。"

崔和有从挑儿上拿出一盒老刀牌烟卷来："柜上，没事儿。谢您前些日子指的路，早说给您买点儿东西，这盒烟您先吸着。"

"客气了不是。得，我收下，生意还行吗？"

"行。"

"卖这路东西，什么朝代也是犯法的，出了事要坐监。你多往八大胡同跑跑，本来就是下三烂了，卖给他们也算不上什么。那种高门大宅你可千万注意了，别随便就把东西放出去了，甭管出事不出事儿都不好。你想啊，就是买家东西留下了，不是害了人良家子弟吗。"

崔和有道："我记住了，一般的我不拿出来，脸上臊得慌。"

"过一段回梨园行吧，这碗饭不是个长久计。"

"我记住了。"他说完挑上挑子上街转悠，不期碰上袁玉山和叫花子从另一个街口出来，百无聊赖的样子。他撂下挑子，喊："哎，丰润的。"

袁玉山用破帽子遮着脸，本想躲过去，听见喊只得站住："你叫我呢？我不认识你。"

"你不是给我看过小罐子吗?"

"哦……想起来了,你有个姐。"

崔和有说:"我怎么看着你混得一天不如一天呀,攒下钱了去六条翠花挑子铺,租个挑子吧,比这个强。"说完崔和有挑着挑子走了。袁玉山在原地发呆。

2

在乞丐席棚里,叫花子还在弄他碾过、捣过的药。袁玉山在地铺上坐着,看着手里的洗子。

叫花子觉着稀奇,问:"什么宝贝呀,还值得看那么长时间,里边的盐呢?"

袁玉山说:"我倒那块瓦片上了。"

"花钱买的盐倒瓦片上,风一刮还不跑了,再说那瓦片待会儿我还焙药呢。"

"这么点儿药,您弄了多半天了,还使不上。"

叫花子不服气:"药这东西可不像别的,让你煎,你不能焙;让你早起吃,晚上吃就不管用;让你找只公蛐蛐当药引子,你找只母的就不灵。药这玩意儿不能假,假了害人命,卖假药的人,死了阎王爷都不收,据说要给放在十八层地狱的最下一层,除了炮、烙、火、水之外,还让你生疮,一个地方一个地方地生,烂死疼死。"

"你将来就那样。"

叫花子说:"不对,将来我上天堂。"

"为什么?"

"我原就是学造假药的,后来不干了,才要饭当叫花子。"

"害死过人?"

"没有,我师父害死过,伤风,给人家吃了寒药,发烧烧死了。"

"那你也脱不了干系,你师父下一百八十层都不多。"

"别斗嘴了,我占着手呢,你帮我把盐从瓦片里腾出来。"

"干吗呀?"

"焙药呀!"

袁玉山不解地问:"什么药?"

"老母猪粪。"

"老母猪粪? 那是药吗?"

叫花子说:"当然是药了,老母猪粪《本草纲目》上写着大阴、去毒。世上没有没用的东西,只要你用对了,什么也废不了。比如说当年孟尝君门客三千,养了那么多鸡鸣狗盗之徒,平时没用,后来还不是都用上了。我就纳了闷儿了,现在怎么就找不着个孟尝君呀,把咱们这样的人也养起来。"

"美得你。说得好听,老母猪粪,告诉你这药我可不用。"

"谁也没说给你用啊!"

"你今天早上配了这半天药,不是给我用的?"

"什么时候说过要给你配药了,就那么点儿伤,歇了两天了,还金贵得要用药了。要饭的就是要饭的,'药'这个字跟咱没关系。"

"那这药是给谁配的,刚还说不卖假药了呢,又干起来了。"

"这可不是假药,是迷药,要假了就现了。"

"迷谁呀?"

"迷小孩,拍花子,知道吗?"叫花子大喊,"拍小孩的迷药,知道了吧。"

拍花子是旧北京一些偷小孩的人,他们用一种迷药拍在小孩头上,将被迷住的小孩偷走。据说被迷药迷了的小孩,感觉身体的两旁大水滔滔,而只有领着他的人才能分开水找到路。

袁玉山道:"你不会真的那么干吧,你刚还说不想下地狱呢!"

"说是说做是做,顾不上了。再说这不是害人命。"

"我可是读过圣人书的,你他妈的不能这么干。"袁玉山说着扑过去和叫花子争打。

叫花子打着打着,伸手抓了一把药面儿,往袁的脸上一扬,袁玉山一下子愣住了,等了一会儿,"咚"地一下晕倒。

叫花子欢喜道:"嘿,这么灵啊,还缺一味老母猪粪呢。"

袁玉山躺了半天才醒过来,万般无奈,跟着叫花子上了街,在同仁堂药铺墙根蹲下。袁玉山闭着眼睛养神。叫花子东张西望看过往的小孩,半是自语半是在教袁玉山："孩子多了不行，拍走一个该炸窝了；大人带着的也不行。哪儿就那么好碰见单个儿的啊。"

有几个小孩在院门口玩撒羊拐。

叫花子说："待会儿，我要真拍小孩了，你可不能捣蛋啊。你要是捣蛋，我先把你拍了，让你再晕三天，什么也不知道。"

袁玉山眯眼看了看，发现叫花子盯着小孩在不住地看，说："给我点儿迷药吧，你拍一个，我拍一个，要拍索性弄两个。省得一个一个地弄，费工费时。"

"嘀！今儿个真是太阳从西边出来了啊，你什么时候开了窍了？就得这样，一件事儿想通了，就一通百通。读圣人书是读圣人书，吃饭活命是吃饭活命。俗话说，鱼有鱼路虾有虾路，你看蚯蚓，那么硬的地都能打出洞钻过去，软软的一条虫子，谁能想到啊，咱们比蚯蚓差哪儿去了。……好，这是迷药，放在手心里，拍的时候要自然，像遇见熟悉的小孩一样，别让旁的人看出破绽来。你去吧，我来了活儿了。完事咱们还是苇子坑见。"叫花子说着站了起来。他看见人群里一个矮矮的小孩在一摇一摇地走着，就紧跟了过去。袁玉山见状马上站起来张着手也跟了上去。

叫花子盯着小孩，接近时就假装跑了起来，捏着嗓子说："小三子等等我，看把你给走丢了，家都找不着，弄不好让拍花子的拍走，可怎么得了。"

袁玉山在后边追着叫花子。小孩拐弯了，叫花子也追着拐弯。袁玉山快跑几步追了上去。

叫花子越走近，越觉得有点儿怪。他扬起手来在那小孩后边想拍还没拍下去，袁玉山看见后大喊一声冲了上来："我是读过圣人书的，这事儿不能干！"

袁玉山原想用手心的迷药拍在叫花子的头上，以阻止叫花子拍小孩。没想叫花子原就犹豫着还没下手，听见袁玉山一喊赶快地躲开了。袁玉山伸出去的掌拍了个空，收不住，正好拍在叫花子刚才想拍没拍的那个小孩头上，"啪"的一下。叫花子和袁玉山都愣住了。那小孩回过头来一笑——是个老着脸的侏儒。

小侏儒一下子就有点儿晕，拉住了袁玉山的手："爸，咱们怎么走进河里来了，你快带我回家吧，咱们回家。"

袁玉山一看侏儒也不知怎么好了,想把手甩掉,说:"谁是你爸呀,自己走吧,别拉着我,哪儿来的河呀,快别拉着我,自己回家吧。"

侏儒是死活跟着他:"爸,我怕,都是水,带我回家。"

袁玉山死命想挣脱侏儒的手,侏儒两手抓住不放。叫花子看到这情景大笑,去一边看热闹。

街上的行人都以为这是父子俩,看着不公纷纷上来质问袁玉山。

"怎么,大街上就想把孩子丢了呀,你他妈的这个当爹的也太狠心了吧。"

"孩子让你带回家,你还不快带他走。虎毒还不食子呢。"

一个行人推开众人,道:"他妈的,我从小就是被人给卖了,最看不上这种当父母的人,揍他。"

许多人随声附和,"揍他、揍他"喊成一片。一人伸手打袁玉山,于是带出七手八脚。袁玉山抱头鼠窜。叫花子大笑不止。袁玉山边跑边呼喊:"我不是他爸,你们仔细看看他那张脸,他能当我爸了。……别打我啦。"

侏儒抬起脸来,大家一看,真是张老脸,这才住手。

众人散去。袁玉山垂头丧气地走,叫花子一路讥笑他,二人来到南墙根,蹲下晒太阳。叫花子伸手向路人乞讨。袁玉山想着刚才崔和有说的话,心里想:有的人生来就是要一辈子饭,我不是,我是个农民,想一辈子干活吃饭。可是谁让你干活呀?这么大个北京城就是要找那么个小小的翠花挑子,也得要钱不是,哪儿来的钱呢?他想着想着,又把那个洗子拿出来了。城里人尽蒙人,蒙谁不行呀,蒙我有什么用,一分钱没有。小东西,一个瓷玩意儿,它就是不碎。也许什么时候就碎了,我的坏运气也就尽了。想着,就把瓷罐举起来,要摔,没摔。跟你有什么关系呀,摔碎了件东西,这世上就少了件东西,平白地那事儿不能干。

叫花子看着袁玉山问:"想什么呢,你也张张嘴,伸下手,光想吃呀,又不是个少爷,再这样我可不养活你。拍花子又不让拍,要饭又不要,我都快以为你是圣人下凡了。"

袁玉山听了叫花子的话更不理了,把眼闭上装睡,独自想着:能按圣人说的去做,就是个圣人了吧。有几个圣人呀,这么大的北京我还没见着呢。我一个要饭的要跟人家说办事要按圣人说的办,谁能信我呀,谁不说我假充圣人才怪呢!世道不一样了。圣人那个时候也这样吗?把圣人弄活了，他现在会怎样，就我现在这样，他该怎么做？想也白想，找不着钱就离不开要饭。

叫花子要了半天，没有一个人给钱。叫花子一生气自己往自己碗里吐了口唾沫："好，这回不空了。跟你出来，没赶上过好人，瞧你那样谁爱给钱呀，以为是吃饱了在这儿晒太阳呢。整天想啊想的全是读了那么几天书给读的。书有什么好，饿了不能吃，冷了烧火还不抵一块木头呢。像你这样的读了两天半没读出个一官半职不说，倒读出病来了，要饭的还整天嘴里圣人、圣人的。这街上剩的人就够多了，缺的是剩饭。"

叫花子边说着，边往手上抹药，他又想拍花子去。

袁玉山闭眼想事一动不动。

叫花子独自在前边转悠。街上人群中，有个小孩拿着小风车在跑，一个小脚老太太在后边追他，追不上。叫花子看着那个小孩，那个风车，追了上去，转进胡同，看左右没人，轻声说："淘气，还跑，来跟爸回家。"说完一拍。

小孩先还"咯咯"地笑，拍过后一愣，手上的风车"啪"地掉在地上了，跟着叫花子走，边走边说"有水，有水"。

老太太在街上边喊边追，看到地上被踩坏的风车，愣了，哭喊起来。

袁玉山想着想着，觉得身边没有了声音，睁开眼一看，叫花子不见了，那只有唾沫的碗空在那里。袁玉山看着从身边来来去去的各式各样的鞋，想伸手没伸，站起来找叫花子，没找到，饥肠辘辘地回到了乞丐席棚。

席棚内叫花子正在用一个捡来的破铃铛，哄那个拍来的小男孩。

小男孩哭喊着："不要不要，我要风车，我要风车，我奶给我的风车。"

叫花子看见袁玉山回来，不理他，威吓小孩："再闹，再闹给你扔野地里喂狼，信不信！"

小孩一听不哭了，一双泪眼看着刚进来的袁玉山。

袁玉山说："……你真给拍来了。……这可是个人，你怎么处呀？养活我都费劲，再养个小的。"

叫花子说："谁他妈的还养活你谁是狗。告诉你今天这事你可不能管，再管了，我夜里拿刀抹了你。"

"不管了，自己都管不了，还管别人。"

"想明白啦。"

"没什么不明白的，人一饿什么都明白了，吃饱了撑的时候想什么，什么糊涂。小孩真不错啊！多大的眼睛。几岁了?"袁玉山摸着小孩的脑袋问。

"四岁。"

"叫什么呀?"

"叫宝儿。"

"好名字，这回可真饱了。"他又对叫花子说，"这么好的孩子，你打算给什么样的人家呀?"

"人家早想好了，保他有吃有喝饿不着。你回头跟我一块儿去吧，人出了手，钱你拿走一半儿。今早上，那翠花郎不是让你租挑子去吗? 你就用那钱租个挑子去。从此后你卖你的翠花，我还要我的饭，咱俩就此别过了。"叫花子冲他一抱拳。

"给个好好的人家吧，除了吃喝，还能读书的，也许比在原来家里强。宝儿，家里有谁?"

"有爹，有奶奶。"

"妈呢?"

"没妈，妈死了。"

袁玉山道："也许就真强了，行，办件好事儿了。"

叫花子说："以为你读书读轴了呢，挺活泛的嘛。晒了一早上太阳就给晒通了，是饿通的，还是晒通的? 你说说。"

"都有。什么叫苦其心志呀，我今天早上明白了。咱们走吧，早点儿去，省得他家里惦记。"

"什么，谁家惦记?"

"……我是说你联系好了的买孩子的人家。"

"吓我一跳。来，先给他换身衣服。"叫花子说着拿出套破衣服要给小孩穿上，小孩不穿，叫花子一怒，"啪"又在小孩头上拍了一下，小孩又晕了，直喊："水，水。怕，怕。"叫花子给小孩换好了衣裳，又抓了把烟灰给孩子脸上脏脏地抹了一把。

袁玉山说："用得着这样吗? 给弄成这样，给谁家谁要啊?"

"不弄成这样，走在大街上认出来了，咱俩谁也跑不了。别怕卖不出去，什么样的孩子到了那儿都要。走吧，上路。"

"我领着吧。"

"你别领着，信不过你。"叫花子领着小孩，袁玉山跟在后边往城南杂巴胡同里去。

叫花子拉着小孩在偏僻的街巷里走。小孩儿一直在喊"水，水。怕，怕"。

叫花子哄他："别怕，别怕，快到岸边上了，拉住了，快到岸边上了。"

袁玉山边走，边看着来路，说："这是什么地方啊，看着这么偏，不像往好人家去的地方啊？"

叫花子说："好人家，分怎么说，有的人家看着高门大户，里边就跟蛀空了的木头似的，一碰就成粉了。人送到这种人家去，表面上看着也给你吃，也给你喝，但是变着法子折磨你，冬天再冷的天儿也让你描红模子，夏天再热的天也让你背子曰诗云，平时不能说不能笑，一个字写错了还得罚抄一百遍，手腕抄肿了为止。见了面儿礼儿别提多多了，早请安，晚请安，叫夫人，叫太太的，叫错了一个都不行。看着别的小孩在外边玩，站在门口看着都不行，说是跟野孩子学野了。稍有越轨就打手心，皮肉疼事儿小，心里不舒服事儿大。"

袁玉山有点儿奇怪地问："这些你怎么这么清楚啊？"

"我就是从这种人家跑出来的。"

"也是卖进去的？"

"不是，原藤原蔓。但不是嫡传，是姨太太生的。"

"嗬，看不出你还是个公子哥儿呢。"

"什么公子哥儿不公子哥儿的，公子哥儿和叫花子就隔一层纸，要论本事，叫花子还强点儿；要论快乐，是各有各的乐。你以为有吃有喝就是好日子吗？那种苦真是让你说不出来。没吃没喝有一样好，就是自由自在，由着你。这类的活法拿公子哥儿跟我换，我还不换呢。"

"那你要把他送进什么样的好人家？"

"还有一种好是别人看着不好，居无定所，行无止处，一辈子什么也不长就是长见识，开眼界。活的世界大，一说哪儿都去过，一说什么都见过，老了还换一副好身子板，走起路来，飒飒生风，嘿呵一口痰，腾腾一口气。在街上走，缺他有他不一样。"

袁玉山说："你说的该不是那种在街面上的混混吧？"

"不是，到地方你就知道了。"

小孩又念叨："水，水。怕，怕。"

叫花子说："不怕，到了。"

说着到了一座院子。里边住着流浪艺人，外边看不出来，里边干什么的都有。小孩在练弯腰，在练顶碗，大人在练吐火，变五彩魔术，有耍叉的，有蹬大缸的，一院子练功的人分外热闹。袁玉山看着一个人在吞宝剑，一寸一寸地下去了，真是吓人。叫花子远远地和一个人在耳语，那人手很重地扳着小孩的头看了看，又看了看牙。

艺人说："小孩子药还没醒呢吧，看着胳膊腿还算灵动。"

叫花子道："刚又拍了一下，一会儿就醒了。挺好的孩子，在街上跑，我都追不上。"

艺人说："行，老大在里边呢，你送进去看看吧。"

袁玉山看着院子里练功的人觉得真是好玩，看得有点儿入迷，忘了盯叫花子了。待回头时看见叫花子带着孩子跟艺人往后院去。

后院的气氛与前院不大一样，显得阴森可怖。院子里拴着猴子、公鸡、鹅和狗熊、山羊等，廊子下还摆着几个坛子人。这些奇怪的东西和满园子盛开的菊花，更形成神秘的气氛，乍一进来的叫花子都有点儿不寒而栗，袁玉山跟着跑进来更是害怕。

艺人说："二位先这儿候一下，我先进去告老大一声。"

艺人进了正房。叫花子、袁玉山、小孩站在院子里。

袁玉山说："这是什么地方啊，看着有点儿害怕。"

"惯了就好了，惯了就好了。"

小孩不住说："水，水。怕，怕。"

"以后水还是好的呢，怕还在后边呢。哎！"袁玉山说着看见了坛子人，坛子人的头在坛子里转来转去，他吓坏了，拉着叫花子的手问，"那是什么呀，是人怎么给装在坛子里了？"

"坛子人，少见多怪，你没见过走江湖的耍坛子人？"

"没见过，他们怎么装进去的？"

叫花子说："小时候，人还小给装进去，等在坛子里长大了就出不来了，骨肉都在坛子里装满了，只有头在外边吃、喝、动。"

"他们拉屎撒尿怎么办。"

"坛子底下有洞。"

"他们怎么不说话呀？"

"舌头给割了。"

袁玉山突然怒道："你他妈的，说的好人家就是这儿呀!"袁玉山愤怒地要跟叫花子拼命。

艺人站在门口叫叫花子："您先过来一下，我们老大有几句话想问问。"

叫花子低声对袁说："这小孩不是做坛子人的，是来学外边耍把式的。你他妈的别闹。"说罢随艺人进了正房。

袁玉山领着小孩，一目不错地看着坛子人。

小孩还在不住念叨："水，水。怕，怕。"

袁玉山脑子里出现了一幅可怕的画面——

老大和艺人出来了，掰开小孩的嘴看了看，然后把小孩子一挟，挟进一间布满刑具的房间，把小孩按在一张木凳上，把小孩的舌头抽出来，一刀割了，血淋淋的舌头丢在袁玉山的脚前。而后，又拿来一只坛子把小孩塞进去，小孩哭不出声，只见眼泪。再后来，老大和艺人在耍坛子人，袁玉山在人群中看着小孩被扔来抛去，突然失手，坛子人在袁玉山脚前摔碎了，小孩变了形的骨肉吓得所有看卖艺的人乱跑，小坛子人看着袁玉山。

袁玉山惊醒，正看见艺人送叫花子出来。袁玉山突然觉悟，拉起孩子，大喊了一句："我是读过圣人书的，这事儿不能干。"喊罢拉起小孩就跑。

前院，袁玉山拉着小孩，左冲右突，时而从桌下钻过，时而从道具上跳过。后边叫花子和艺人来追。院子里那些练功的艺人们明着在练功，实际上都在帮着袁玉山和小孩，叫花子刚追过来，吐火的就吐出火来拦路，顶碗的、耍叉的、变魔术的个个给叫花子和艺人造障碍。袁玉山和小孩才得以跑出前院。

已是傍晚，拉着小孩跑的袁玉山在胡同里钻。小孩跑着跑着药劲过去了，嚷："没水了，没水了，不跑，不跑，我累，我累。"

"跑，不跑抓回去当坛子人。"

小孩就是不跑，袁玉山没办法，背起小孩子跑。

叫花子和艺人在后边追。追了一阵，艺人不追了，叫花子一个人在追，边追边骂："你个吃里爬外的东西，以为你想通了。早知你是个棒槌脑袋，哪儿能想通啊。站住！不能送回去，送回去没好！"

袁玉山不听，背着孩子跑，心里话：我要是干这种事儿，我还是人吗？狗都不如，牲口都不是。漫说读过书了，没读过书也不能干，下地狱，下油锅，千刀万剐。卖孩子，卖孩子的是畜生。

袁玉山气喘吁吁地回到原来的街上，小孩在他背上睡着了。"嘿，别睡呀，别睡，是这条街吗？是不是？"

小孩醒了，却只顾说："我饿，我饿。"

袁玉山自语："我记着是这条街呀，就是这条街呀，你看看家在哪儿呀，到家就有饭吃了，弄不好也能给我口吃的。"

小孩说："往前走，这是二婶家，往前走就快到了。"

"好！就要到了，回家了。"

小孩家住的杂院里已乱了半天了，一院子看热闹的人，边吵吵边劝。

"老太太，您可千万别寻短见呀，人不都放出去找去了吗？四九城都有人去了。"

老太太边哭边说："我怎么这么没用呀，一个小孩子都看不住啊，可怜的孩子呀，要是叫人拐走了可怎么办呀！要是孩子没了，我还活个什么劲呀！"老太太边哭，边看着手里被踩坏了的风车。"拿我的命换吧，千刀万剐的拍花子的呀，你们可害死人了。我的小宝儿哎，宝儿哎！"

正哭喊着，袁玉山带着小宝儿找进来了，小孩正听见奶奶喊宝儿，就答应了。众人一听都愣了，回头簇拥着小宝。

老太太惊喜道："你去哪儿了，奶奶都快急死了，你要是丢了，奶奶还能活吗！"

小孩说："进河里了，净是水，到处都是水，只有跟着一个叔才能过去。奶，我怕。"

众人一听，明白是拍花子拍走了，回头看见袁玉山。

一个人说："是这小子，这小子是拍花子的。"

人们乱喊："揍他，揍他。"

袁玉山大吃一惊，摇手分辩，没用。众人蜂拥而上打他。袁玉山被打倒在地，告饶："不是我，还有一个人，不是我。"

众人哪管他分辩，正打得热闹，叫花子跑过来了，一看院子里人正在打袁玉山，怕小孩认出他来，又跑出去了。

小孩在院子里和奶奶一起，对打人事没有感觉，说："奶，我饿了。"

"咱屋里吃饭去。"

小孩这才指了指袁玉山："那，那人呢，他带我回来时有人追他，他还背过我呢。"

老太太恍然，对众人喊："快别打了，打错人了，他是救孩子回来的。"

众人也打累了，都歇了手。

一个说："嘿，怎么不早说呀！哎！你怎么不早说呀？"

另一个说："就是，打得我们怪费劲的，弄了半天还打错了。"

老太太挤过来："打坏了没有，打坏了没有？恩人啊，恩人，您起来吧，家里吃口饭去。"

袁玉山被打得狼狈不堪，坐了起来："我不是恩人，我是个坏人，各位没打错，打得对……打得对。"他说着站起来，摇摇晃晃走出大门，"打得对。"

袁玉山在夜里的街巷摇摇晃晃地走着，嘴里一直自语着："打得对，打得对。"

叫花子从胡同口钻了出来，"好！救人做好事，这回尝着甜头了吧。"

袁玉山摇摇晃晃地不理他，嘴里还在嘟囔。突然回身冲着叫花子喊起来："你他妈的给我滚！他们打我打得对，我差点儿就把一家人给害了，我差点儿连牲口都不如，打得好，打死我都不多。我袁玉山读过圣人书呀，我……我读过《三》《百》《千》，知道人之初性本善。我是个农民，没拿过人家一根线，今天我差点儿把一个孩子给卖了。我对得起谁呀，我要是那样了晚上还能睡着觉吗！"他大哭，蹲下，"他们打得对，打得不多。"

叫花子一看袁玉山这样，有点儿不忍，过来劝他来了："别哭了，咱不是没干成吗？都怨我，跟你哪有关系呀！一看那院子里的坛子人我也有点儿含糊了，你跑得对，你把我给救了，从今往后，这事不干了，不干了。"叫花子说着把怀里的药掏出来都给撒光了，"走吧，走吧。"

袁玉山擦了擦泪："你走吧，别管我了，要是还有活路我就在这京城里活下去，要是没活路，我明天就往家走，要饭也得要回去。"

叫花子看了看在地上蹲着的袁玉山，无奈，把怀里仅有的几个铜子放在他的怀里，说："有什么难处，还是到苇子坑去找我。你有个家能回是好事儿，是好事儿。"

袁玉山一动不动地看着放在他怀里的几个钱。叫花子回过身在月光下的街道上慢慢地走了。袁玉山摆弄着那几个小钱，然后挣扎着从怀里把那个哥窑洗子掏出来了。月光下的哥窑洗子，发着奇怪的光。

袁玉山自言自语："一点儿都没坏，有几脚还是你挡的吧，真是个宝贝啊！你干吗不碎了呢？人家都说岁岁平安，你要是碎了，我就平安了吧。"说着话举起手来欲摔。"别怕，我不会摔了你，你贴着我的肉贴了这么多天了，像一家子人似的，我怎么能摔了你。明天，明天，我给你送回去，就是明天，把你送回去，你是个宝贝。"

袁玉山在满地月光的街道上睡着了。

第 六 章

1

刘掌柜的身子骨好点儿了，在铺面上用鸡毛掸子掸土，发着牢骚："几天没来照应，瞧这土，没一个正经的干事的衙役。"说着冲里边喊："毛财去哪儿了？"

刘夫人在阁子里应着："你不是让他去串货场了吗？这几天倒是没闲着，一起来就奔串货场。听他说鬼市小市也都跑了。"

鬼市——天未明时结市卖各种杂物，买卖双方常借灯光看货赌眼力。货物品种多样，常有来历不明之物，所以称为鬼市。

刘掌柜说："离还钱的日子没两天了，我是一点儿希望也不抱了。古董这行有时真讲个缘分，是你的，它就该你得；不是你的，你想也没用，就是得了手了也留不住。浙江的'周大胡子'周先生，是集拓片的大家，跟我讲过一件事儿，说年轻时，在上海朵云轩，见过一纸《石门颂》早年的拓片，字字清晰，是个极有价值的宝贝。当时没钱，去了三趟没买下来，再等筹了钱去，东西没了，谁买走的都不知道。心里别提多不是滋味了，回家抽自己嘴巴，两天没怎么吃东西，想啊，那些字一个一个在眼前蹦，跟鸽子似的抓不着。后来过了好长一段时间才给忘了，没想去年他在天津小市上看见那幅拓片了，一模一样就是旧了点儿，没花多少钱给买下了，回家那个高兴啊，说不清是怎么又到了他的手的，你说这不是缘分吗？

"那个洗子，我刚看它时，觉得就那么抢眼，觉得非买回来不可，有缘啊，谁知没那么回事儿，在手里还没焐热呢，就没了。

"好在店里有点儿碎东西，实在不行出了手也能把钱还上。别的都不值什么，这只鼎也能值个几千两呀，再不行把店盘了，咱们回家侍候庄稼去吧。"刘掌柜边说着边站起来给博古架上的古玩掸土。

刘夫人说："那，毛财就别让他见天地蹲串货场了，怪累的。"

"他累什么呀，不定去哪儿了呢。别让他串了，我是打算回老家了。这话你跟他说吧。"

毛财也确实没蹲串货场。这些日子他几乎天天铆在了月痕楼，一刻不在，心里边跟长了草似的，左右不得劲。可是钱呢?! 老话说得好，一个嫖一个赌，得有流水般的进项，不然你就嘬瘪子去吧——轻则人不是人、鬼不是鬼，重一点儿就得投环上吊、倾家荡产。

毛财是没看出来呀，五十两银子"哗啦"一声没了，他还照样来。这不，他被"请"出来了吧。

月痕楼大门"砰"的一声大开，毛财跟跄而出，老鸨带着丫鬟指着他骂，然后使劲儿把大门关上。

毛财哭丧着脸反骂："真是娼门最势利，一点儿没错。前几天五十两银子还不花进去了，他妈的有钱是个笑，没钱是个闹。"他跺了下脚高声道，"我不把秋月赎出来，枉为世上人。"他一边往回走一边扭头望着月痕楼。

毛财沮丧地回到丰一阁，刚想坐下喝水，听见刘夫人在内阁子里叫他。毛财想起前几天向刘夫人要的五十两银子，有点儿怯场，硬着头皮进去。

刘夫人让他坐下，说："这两天也辛苦你了，虽没找着东西，也不能怨你，刚才老爷说了，只怨没有缘分。"

"姨，真是没缘，要不这么多天，找也把它找回来了。"

刘夫人说："旧东西咱也不找了，还钱的路老爷也找到了，实在不行就盘了铺子回家种地去。"

毛财一听回家不乐意："干吗回家呀，咱铺子里不是还有东西吗? 拿东西抵吧。"

"老爷说了，铺子里的东西，真真假假的不值什么钱，你可看好了它们。"

毛财答应着回到铺面里呆坐，看着博古架上的东西，看着外边街上热热闹闹的行人，心里话：真的说回就要回去了，种地去，春夏秋冬不拾闲地刨土？那我可真过不了。他们走吧，我不走，再说秋月我也放不下。毛财看着博古架上一件一件的东西。这些东西就真的不值钱吗？不值钱就不经心，少一件也无所谓吧。毛财想着蹲下看那鼎，找了个包袱皮把它包上，藏到一边。第二天早上拎着它出了门。刚到街上，有只手拍了他的肩。他吓了一跳，回头一看，是日本人松井又二。

"咳！吓我一跳。"

松井问："哥窑，有没有？"

"别哥窑了，要搁菜了，您先去另外几家转转吧，这铺子这几天不开张了。"

"搁菜？搁菜？买菜？"松井嘻嘻笑着走了。

毛财拎着包进了吉兴当铺，端着架子，打量铺子。

伙计问："这位爷，您当点儿什么？"

"有懂古玩的大缺吗？咱里边谈吧。"毛财说着往里走。

伙计说："有，有。李师傅，您里边来趟。"

大缺是旧北京典当行中大掌柜的，首席营业员。这一职务一般由有经验、长于业务的人担任。

毛财大大咧咧地进到里间，坐在太师椅上，包放在脚下。伙计端来了茶。

李大缺说："先生，您喝茶。"

毛财道："不客气。手里转换不开了，有件传家的东西先当在您这儿，转换开了再赎回去。"

"先生祖上是……"

"户部，户部尚书，曾祖，曾祖。"

李大缺道："那是洪尚书了，知道，知道。"

"啊！洪尚书，洪尚书。"

"把东西打开吧。"

毛财把东西拿到桌上打开，是那只鼎。"看看吧。"

李大缺仔细看了看："您是活当吧？"

当铺分活当与死当，活当是先把东西押在当铺，有钱时再来赎走，死当为一下卖断。

毛财说："活的，活的。"

"这东西我们看不好，既是活当，先给您十两银子吧，就当是个卖铜的钱。"

　　毛财一听火来了："什么？十两银子，这可是个商代的东西，实话跟你说吧，今天就你这么一看一摸就值十两银子。"

　　李大缺话也硬起来："这位先生，我们这儿又不是古玩行，明说了看不好，再说了洪府的人我们都认识，没见过您。这要真是洪府的东西，我们还不敢收您的，您另请吧。"

　　毛财气短，硬撑着："……哪儿有眼力这么潮的，想照顾你们都照顾不成，算了，我换一家。"

　　毛财出了内门，听见里边李大缺对伙计说：

　　"什么东西！还充起洪府的人来了，东西要是真的还不卖给古玩铺子呀，跑这儿蒙事来了。这路人我见得多了。"

　　毛财出了门拎着包想回丰一阁，又觉得既然拿出来了就没有送回去的道理。在街口毛财看见了站着说话的崔和有和冯妈，他心里想：看来铺子关张，已成定局了，我把这只鼎卖了，如果真有百十两银子就先也租个翠花挑子卖。我就不信这么大个北京多我一个。毛财这么想着来到串货场。

　　串货场在一家会馆的大天井中间，宽敞，旁边还有廊子。场内人很多，有设摊的，有搂货的。毛财有点儿气短，一是他的货不多，只有一件；二是师傅没来，徒弟出货。毛财跟左右招呼后坐下，看着串货场内的情景。

　　串货场里，凡带来的货不能私下交易，货摆明处，不可藏掖只与个别人交易。虽这样卖货减了些神秘性，但谈价却是非常秘密的。两个人看好了货，可以在袖口里拉手，买卖即在无言中谈成，价钱也只是你知我知。若货好，要的人多就采取封货投标办法，货主写个价封起来，由买主投标，标高者得货，未达标者货主可以不卖。

　　串货场内三三两两的人在袖管里捏手，表情神秘。毛财的鼎前边有人走过两次都没伸手。宝荣斋宫老板也来了，在廊子里的一间小茶室里喝茶，对武伙计说："丰一阁怎么让一个徒弟出来出货呀，还单单地就那么一件。——谁不知道徒弟卖出去的东西可以找后账。瞧瞧好几位过去了，都没伸手。小武子。"

　　武伙计应道："掌柜您吩咐。"

宫老板说："过去瞄着他点儿，看他卖了多少钱。他卖高卖低与咱们无关，但他们丰一阁欠着咱们账呢。看这架势是还没找着钱，要是货卖得低，咱明天早早地就跟他要钱去。"

"不是说要等四天吗？"

"他要是跳楼甩货咱四天就不能等了，怕他们不止欠着咱们一家呢！到了四天了，他说没钱，咱们就崴了。"

武伙计道："那我明早去催钱去。"

宫老板指点："他要是说，您不是要等四天吗？就跟他说看见你们昨儿做下买卖了，我们柜上也等银子用，等不到四天了。"

"行，我过去看看。"

毛财看着一个个人从他跟前过，就是不伸手，有点儿急。有个人刚在他跟前站下，毛财忙着搭话："先生，您看看这鼎，生坑，多好的绿锈啊，鼎里边还有六个字呢，说是商代的，您看看。"

"你还是个学徒吧，看着你面生呢。"

毛财说："啊，是个学徒，两年了。"

"你丰一阁刘掌柜的怎么没来呀？"

毛财一听心虚，硬撑道："没来，掌柜的伤了，在家出不来。"

"你是个徒弟，我怕买了你东西，你们掌柜的出来找后账。"

"不能，不能，掌柜的出来时价底都交代了，交代了。"

"那咱俩儿拉拉手。"

说着话，先生把手伸了过去，毛财也把手伸了出来。两人在袖子里划价。

宝荣斋伙计在不远处瞄着。

先生手问毛财是什么价。毛财伸了个三。先生问三什么，三十、三百还是三千。毛财陷入犹豫，他知道三十肯定不对，三千似乎又太高了，他伸了个百。那先生一惊。毛财以为价报高了，说："价还可以商量，可以商量。"

先生压抑着激动，不动声色，又看了看鼎："真是个生坑啊！"

生坑——相对于熟坑而言，生坑是新近出土的，熟坑指出土较早。分辨生熟坑青铜铁器主要看锈的程度等。

毛财没听出这先生的话语含有讥讽，不住地点头："生坑，生坑。"

70

先生再不犹豫，掏出张银票来写字。武伙计假装闲着遛了过去，清清楚楚地看到"银三百两"几个字，马上回去告宫掌柜。

先生说："这是银票你收好了，我这儿还有五两银子，算是给你的，喝口茶吧。"

毛财高兴地道谢，收走包袱皮，出了串货场。

武伙计急忙走进茶室，刚要说话，宫掌柜阻止他："你先别说，我猜猜。半天没人伸手，头一个人伸手，这东西一准儿地让人家捡个漏，卖低了。"

武伙计说："让您给猜对了，没有这么痛快的买卖了，您再猜猜卖了多少钱。"

宫掌柜："那鼎上次我见过，是个商代的东西，再低再低，就说不卖鼎就卖那六个铭文，也得一个字一百两，低不过六百两去。这有点儿瞎猜了。"

"您没瞎猜。"

宫掌柜惊讶了："就卖了六百两？"

"再对半。"

"三百两！怎么会呢？这漏可真捡大了。武子，现在天快黑了，你明儿个一早就去丰一阁，堵他们的门去，我怕他们卷了东西跑。那铺子是蓝公公的东家，他跑了谁也没辙。"

武伙计说："好了，我明儿一早堵去。"

2

毛财有了银子，大摇大摆进了月痕楼。

大堂远处坐着的老鸨吴妈妈看着毛财进来了，对一个站在旁边的丫头石榴说："过去看看，毛财又来了，看他带着银子没有，要是没带让叉杆儿刘给他轰出去。别客气了。"

石榴听了老鸨的话迎过去了。老鸨站起身来假装给正在大堂中吃喝的嫖客斟酒，夹菜，边用眼睛瞟着毛财。石榴一扭一摆地过去，对着毛财道："哟，来了爷，吃饭了吗？要是没吃我陪你喝点儿，我也饿着呢。"

毛财说："不跟你喝。把秋月找来，再叫一桌三两银子的好席面，爷我今儿个得痛快痛快。"

石榴道:"哼!秋月有什么好啊,那身肉快堆下来了。"

"我就喜欢胖的,冬暖夏凉。别废话,快传人去。"

老鸨都看在眼里了,迎着石榴过去。石榴跟老鸨一阵耳语,老鸨听后,脸一下子就变了,笑着奔毛财去了。毛财这时找了张桌子坐在那儿跷着腿等着。

老鸨扭过来:"哎呀,毛公子,怎么进来这么悄不声的,还当是个跟包的呢!"

"你们这地方,我早看透了,有钱是爷,没钱是鞋,说跶拉就跶拉起来了。说是买情的地方,哪儿他妈有情啊,怪不得话本上写的呢,老鸨没一个好的。"

老鸨嬉皮笑脸:"看看,这话扯哪儿去了,没我,这么些姑娘吃什么呀,你们这些爷们儿春啊秋的,一颗心往哪儿摆呀。"

毛财说:"没你们天底下就都是梁山伯与祝英台,出不了杜十娘怒沉百宝箱的事儿,还没这么乱呢。"

老鸨一看话不投机:"得了,我也不怄您生气了,我把你那个祝英台给叫来,你们唱楼台会吧。"

"拿着钱!"毛财从腰里掏出五两银子,"三两的席面,剩下二两给姑娘们买花儿戴。"

老鸨说:"晚上不住下了?"

"不急,待会儿我还有事要说呢。"

老鸨传席去了。

大堂中客人比晚上更多了,毛财喝得有点儿多了,和秋月又说又闹,又哭又笑。他大着舌头说:"坏日子也有头,好日子也有头。坏日子到头了好日子就该来了。……秋月,自打第一次见了你,我连月亮都不敢看了,没你的日子月亮就是把刀,一下一下地割我的心啊。八月十五我都不敢吃月饼,好好的一个圆,叭地掰两半了,多让人伤心啊!舍不得吃,秋月。"

秋月笑说:"有什么舍不得的,吃到肚子里还不是又团圆了。"

"你说什么,吃到肚子里?啊,真是的,对着呢!吃到肚子里不是又团圆了吗?你真聪明,这个比得真好。就好比咱们俩,原来是一掰两半

72

的，你被人拿在手上任吃任咬，苦啊，愿意不愿意都得应着。你到了肚子里以为再没法团圆了呢，没想到我这半也给吃进来了。这个大堂里好比就是肚子，咱俩就在这里团圆了。今天就团圆，再不分开。去把吴妈叫来，我要掏银子赎人了。"毛财说着话从腰里把银票掏出来拍在了桌上。

秋月一看真是感动，一下就要扑到毛财的怀里去。"毛公子！"

两人站起来拥抱。

老鸨过来了说："慢着，慢着！怎么着，梁祝又改杜十娘了？毛公子你还真是个天底下最大最大的情种呢，我没看出你今天真是带了银子来赎人的。秋月你有福气啊，早就说你的那只左耳朵长得好啊。我当年做姑娘的时候有多少老客说要给我赎身啊，到头没一个话是真的，骗了你的人还要骗你的心。哪儿像毛公子呀，这么重'情'这个字。行了，今天我是大大地恭喜你们了。我现在也真不怨他那天摔了门走，不怨他在门口骂人，他有骨气呀！"

大堂里的人听说有嫖客要赎姑娘都往这边看着。老鸨走过来边说着边把银票拿了起来，她看了银票上的那个数，脸又拉下来了说："毛公子，除了这张银票您身上还带着别的银票了吗？"

毛财还在得意中。"没有！难道这张还不够吗？"

"够！够把秋月包出去一个月的钱。早我就说了，不是公子，就别装公子的样儿。三百两银子，我这月痕楼随便的一个使唤丫头，最不济的也得一千两。三百两？还不够我这几年给她吃喝的呢，更别提穿衣搽粉的钱了。"说完话，老鸨把银票丢在桌上，"秋月，去楼上去，醒醒酒，准备见客。"

秋月哭着上楼了。

毛财看着酒桌和银票发呆，又无可奈何，揣起银票走了。

第二天早上，才起来不一会儿，武伙计和宝荣斋的另一个伙计在门口敲门。万分沮丧的毛财在里边应着："关张了，关张了，别家看看去。"

"我们是宝荣斋的，有事儿要见刘掌柜。"

毛财出来开门，冷冰冰说："哟，二位爷真早啊！"

武伙计说："您报一声吧，找一下刘掌柜。"

"好，我去看看掌柜的方便不方便。"

毛财进了内宅，见刘掌柜正坐着喝茶，禀报："掌柜的，宝荣斋有两个伙计说有事儿要见您。"

刘掌柜说："今天是第四天了？怎么大早上堵门来了，怕我不还钱呀！叫他们进来吧。"

毛财退出。刘掌柜对着镜子穿了件马褂，戴上帽子，自言自语：宫先生也太不开眼了吧，这么一天就等不了了吗？我刘某在琉璃厂做了几十年了，口碑还没有差到说话不算数的地步。

毛财领人在院子里咳嗽了一声。

刘掌柜道："请进来吧，我身有小恙，没接二位呀！"

毛财领人进来。

刘掌柜说："坐，坐，沏茶。宫掌柜今天没来呀？"

武伙计说："我们掌柜的今儿去庆王府送货，没腾出工夫，再一个呢，为那档银子的事儿，怕您跑空，特意让我们过来了，省得您再跑了。"

"噢，喝茶吧。那票银子说起来也不是什么大数，你们俩人可能还不知道，我刘启明十六岁学手艺，二十六岁出来自己单挑，在琉璃厂叫得响的买卖也做过几道了。不是说没花过钱，我是见过钱使过钱的。这么十几二十年的，我还没有借过谁的钱不还过。

"这次按理也是你们掌柜的信得过我，才这么痛快地借给我钱。谁也想不到中间就出了岔子，一时手上就转不开了。又蒙你们掌柜的容了我几天，我真是感激不尽。

"其实没钱我还有东西。既然二位这么早就过来了，我再烦二位一件事。这有二千五百两银票，你们先拿着，我店里还有一只商朝的鼎。"一听说鼎毛财有点儿紧张。"烦二位和毛财去趟串货场，按我的估摸三千两银子是极易出手的。去年有人出过四千两我没卖，我就标个三千两。三千两卖出去，你拿着这银票，一共是五千五百两向宫掌柜的还账，要是多卖了一百两，你们三人分了当酒钱吧。"

刘掌柜的一通话，以为自己把事儿说得滴水不漏，颇有几分自豪。没想到武伙计和另位伙计坐着没动，毛财一头的汗也出来了。

武伙计道："我冒昧问一句，刘掌柜您店里有几尊商朝的鼎？"

"这话什么意思？我店里有一尊还不够吗？"

"当然有一尊就够了，不过据我所知，贵店昨天已经卖了一尊。"

毛财借机出门。刘掌柜喊："毛财！"刘掌柜压着火："二位一起去铺面上看看。"说着话四人起身鱼贯而去。刘夫人也随后进了铺面内间。

毛财此时恨不能有个地缝钻进去，硬着头皮与众人去了铺面。

刘掌柜一进铺面就发现那只鼎的位置空着，他没说话，转向毛财："那鼎是昨天卖的？"

毛财嗫嚅："昨天卖的。"

"卖了多少钱？"

毛财掏出银票。

刘掌柜一看，惊而转笑："哈哈哈，昨日串货场上可算出了新闻了吧？好！谢谢你，银票还给我留着，既然卖了钱就该把它花了，花个精光。二位，刚才的话，咱们重新说吧，这二千五百两银票依旧归你，余下的三千两，就这铺子里的东西，有一件算一件，有十件算十件，您二位看着拿回去，算押在您那儿的也行，算归了您那儿的也成。

"瞧，这是八大的《鸟石图》，这是带血沁的玉璧，这是定窑的甜白暗花。想拿什么拿什么，算押算卖随您。"

武伙计说："来时我们掌柜的说了，早看过刘掌柜有一幅苏东坡的《平林秋雁图》。说旁的东西什么也别拿，怕耽误您生意，就把那张画借过去押几天就行。"

这话一出，像在刘掌柜的心窝上捅了一刀，他跌坐在椅子上半天回不过神来。"这东西，我是两年没给任何人看过。好东西呀，干一辈子没见过的好东西，想着不干了留下也算份家财，没想到今天得给拿出来押给人家了。好，押吧。"

内间一直听着这事儿的夫人，马上叫丫头把东西送出来了。刘掌柜当面把画打开，在画儿外的锦盒上封了，盖章，让武伙计二人拿走了。做完这一切，刘掌柜瘫坐在那里。毛财将两个伙计送出门，刚一关门，听见刘掌柜悲切的一声："毛财！你个害人精啊！"喊完他就昏了过去。

刘夫人跑出来大哭。

第 七 章

1

袁玉山和叫花子挤在席棚内，外边秋风刮得树叶唰啦唰啦响。袁玉山看着从席棚缝隙漏进来的星星，摸黑在破棉絮里抠搜，触到一小块砖头般硬的玉米饼子，填进嘴里嚼。叫花子看看他的嘴，又看看他的手，嘟囔："要是读两年圣人书都能把人变好了，这世道会这样吗？好像天底下就你读过书似的。那些中了状元中了举人的大官比你书读得少吗？他们贪赃枉法的时候想到圣人书没有？带着你我算倒霉了。饭，饭吃不上，住也住不上，冬天快来了，还得蹲席棚。圣人书说没说过这时候该怎么办？你说说，你说呀。"他边说边用身子拱袁玉山。

袁玉山不理他，裹着身子躺下说："睡吧，睡着了就不饿了，这是圣人书上说的。"

"骗人！又冷又饿要真能睡着了倒好了。睡死过去也行，省得为口吃的操心。饿急了，要着一块年糕愣给噎死了，也痛快。"说着说着叫花子睡着了。

袁玉山看着棚子外的星光，睡不着，心想：这儿的星星跟丰润老家的星星没什么不一样，看你的眼神都一样。当初怎么就想着要进城里来呢？城里有什么好，地上不长庄稼净是人。人多了吃的就少了，人多了坏人也多，看着都是知书识礼的样子，一说话都那么横。没吃的没穿的就守不住圣人书上说的话了吗？真难啊，最难莫过做自己想做的人。

想着想着，袁玉山又把那个小洗子拿出来了，在星光下把玩，听着叫花子的鼾声，他也打起哈欠，歪倒身子睡着了。

早上他先醒了，没惊动叫花子，悄没声走出去。衣衫褴褛的他，抱着最后一线希望来到丰一阁门口。丰一阁门还没开。他在街对面的墙根下蹲下了。有人出来泼水，袁玉山静静地等着。

丰一阁内宅里，毛财收拾完行李，手里拎着个包袱站着。刘掌柜、刘夫人坐着，桌上放着毛财卖鼎的那三百两银票。

刘掌柜喝了口茶道："这丰一阁要散了，你偷着卖鼎倒不是件致命的事儿，还是因为那只洗子，钱花出去了，东西丢了，这事您我运气不好，托人也托得不对。要是当时就把它带在身上，也没办法留住。要是放在拉车人的身上可能是个法儿。没这么干，当时急，就把东西给急丢了。

"人不能跟命挣，俗话是时也运也。走起背字来，再大的买卖垮起来，跟大水冲堤那么快，不是人力能拦得住的。

"让你走，你姨有点儿不愿意，她从小把你看大了，自然舍不得。其实让你走，只是让你先走一步，我们随后也得走。丰一阁的东家是蓝公公，这你也知道，我只是个掌柜的。今天买卖做不成了，铺面得还给人家，今年买卖的份钱得跟人结清。要不我也走不了。好在还有押在宫掌柜那儿的那张画，虽然急了卖不出好价钱，但也够打点扫尾的了。所以我跟你姨说了，你不走也得走了，没到日子，到了日子都得走。咱不还有家吗？不行了回家去。像汇赏楼的王掌柜，一桩买卖赔光了，想回家都没处回，还不是在街上当'潦倒'了。"

毛财一直站着听着，偶尔用眼瞟一下桌子上的三百两银票。刘夫人愁容满面，欲哭无泪。

刘掌柜继续说："话我也不多说了，说到这会儿你也该明白了，不是你姨、你姨父为了那只鼎就非得把你轰走，是买卖不成了，你先走一步。"

毛财仍然盯着三百两银票，他对走无所谓，只要把三百两银子给他就行。刘掌柜的从抽屉里，拿出个小银元宝来。"这是十两银子，当年我十六岁进北京，身上总共就有一两银子，现在我给你十倍，看你能不能自立了。"

毛财一看就给十两银子，泄了气了，想赖，说："姨、姨父，我卖那只鼎，也是看着铺子着急，想把钱凑够了赶紧还上，谁知道一下子卖打了眼了。我这也是好心办错事儿，您还是给我留下吧。"

刘夫人劝说："老爷，也是的，他还是个孩子呢，这一走他能干什么去呀，留下他，回头咱一块儿回老家吧。"

刘掌柜"啪"地拍了桌子："毛财，刚才那话我可是算苦口婆心了。鼎的事儿你说什么也蒙不了我，告诉你，要走现在马上拿了这银子走，要是再不走，可别怪我连这点儿都不给你了。"他说完站起来，背过身。"出去吧。"

毛财想了想，拿起桌上的银子。"得，姨、姨父，我走了。"说完走到铺面屋，推开门，不无留恋地站了会儿。

袁玉山看见门终于打开，毛财夹了个包袱出来，站住又不动了。他认出是上回那个要打他的伙计，但想了想，还是过去了，说："先生，出门呀？"

毛财一见他就烦："躲开，躲开，大早上起来就碰见你真丧气。想要饭趁早躲远点儿，告诉你，这家离要饭也不远了。躲开，躲开。"

袁玉山恳切地说："我想见一下掌柜的。"

"你也不看看你那个样，还要见掌柜的，实话跟你说，我今天出了这门，再想见掌柜的都难了。……见掌柜的干吗，献宝啊？"

"我还给他一个盛过盐的小罐子。"

毛财一听不屑，道："盛过盐的罐子是什么宝，上回有两个献盛过尿的，可被打了一顿。走吧，别找打。"毛财说完想走，又一想不如看看。"什么罐子？给我看看。"

"你给掌柜的叫出来，我就给他看。"

毛财站着想了一下，又把门打开了，寻思：能是这时送来了？回身对袁玉山大声说："你小子要是蒙了我，打断你的骨头。在这儿等着啊，我进去报一声。"

袁玉山又回到墙根，自言自语：见个掌柜比见官还难呢。

内宅里刘掌柜的生闷气，看见夫人偷偷抹泪，想劝几句，刚要说话，看毛财又回来了，怒不可遏："你这一去一回的，是不是想把谁再折腾死啊！要走快走。"

毛财嗫嚅："……大门口有个叫花子要见您。"

"叫花子，见我干吗？该不是又送夜壶来了吧。"

"他说是送一只盛盐的小罐。"

"你看了？"

"没有。"

"没有添什么乱，轰走。"

毛财反身出门。刘掌柜端起茶杯来，突然变了主意，叫住毛财："把他叫进来吧，前边铺面。"

又累又饿又伤的袁玉山等了一会儿，倚着墙根昏昏欲睡。毛财过来，踢了他一下。"嘿，醒醒，这会儿工夫就睡着了，心里到底有事儿没事儿。"

袁玉山揉揉眼睛："你们铺子这些天有事儿没事儿？"

"事儿大了。小子，要是你今儿个是来蒙事儿的，待会儿就得爬着出去。"

"那我不进去了。"

毛财哼了一下："不进？到了这份儿，不进也不成了。"

袁玉山谨慎地进门，看见坐着的刘掌柜，说："爷，我把您的东西送回来了。"

刘掌柜看着穿得破破烂烂的袁玉山，已认不出他来了，有上次叫花子的经验，他先没动声色地问："什么东西？"

"就是火车站上，您递给我的那包。"

刘掌柜一听，从太师椅上弹起来，上去拉着袁玉山的手不放。袁玉山刚还有点儿怕，后来有点儿不好意思。

刘掌柜认出了他，激动地说："毛财，毛财，看茶。您坐，您坐。"

袁玉山从怀里掏出那个包来，打开了把洗子放在桌上，说："挺结实的一个小罐子，就用它盛了回盐，一点儿都没坏。"

刘掌柜小心地拿起来，仔细地看了一圈，连连说好，放下小罐又拿起来，请袁玉山喝茶，说："我这地方是不是不好找？"

袁玉山没动茶杯，说："也不是，我看着这个小罐，不知它有什么用，装盐也装不了多少，喝水也不方便，想着它也值不了什么，我是个乡下人，怕城里人设局诓我。"

刘掌柜一听笑了："毛财，让夫人准备五十两银子，拿过来。"

毛财进了内间，夫人一直在里面听着，这时激动得抹泪。

刘掌柜看毛财拿银子去了，对袁玉山说："这洗子里我原来留了个条，说的是谢银三十两。看您这么不容易，还给送来了，这五十两银子，您拿去，也算我帮你，做个小买卖够了。"说完接过毛财手里的银子放到桌上。

袁玉山看着桌上的银子，没动。刘掌柜有点儿尴尬。毛财看出来了，说："还不谢了掌柜的走。五十两银子，你小子真有点儿傻福气。"

袁玉山看了看还是没动。刘掌柜看着袁玉山没表态，想了想说："也好，就算咱们朋友一场吧，谁也有帮谁的时候，再给你加五十两。"

一百两银子放在桌子上，袁玉山还是没动。毛财急了骂起袁玉山来："你小子别不识抬举，一百两银子买房子置地都够了，该不是你小子想讹座金山去吧。拿钱快走吧，待会儿这点儿也没了。"

刘掌柜看着袁玉山不动，也有点儿愠色。袁玉山突然给刘掌柜的跪下了，说："您要是心疼我，就留我当个学徒吧！"

刘掌柜没想到有这么一出，先是一愣，后看着袁玉山。

旧北京，拜师学徒讲究先有个中介人，再得有铺子担保。劳资双方要订合同，学徒期不挣钱只管饭，伤病生死概不负责。不能自投人门下找师学艺。

刘掌柜想了想说："按常理没有这么收徒弟的，直不棱登地来了，磕头就想学艺。你北京有没有亲戚？"

"没有，爹妈也死了，就我一人了。"

"没亲戚就更找不着铺保了，没有铺保收你当徒弟生老病死的不好说。不过凡事讲个缘分，为了这洗子，我给你当铺保吧，给你引荐到别家去。"

"我哪家也不去了，这钱我一分都不要，我就跟着您了。"

毛财说："你这小子挺轴。"

刘掌柜说："那天我把洗子托付给你，总觉得眼不会看错了人，心里觉得这东西一准儿地丢不了。没想过了这么些天揪心的日子，你还真给送来了，这是缘分。看着你这人，我还是喜欢，不过有了这份前情，当起师徒来，怕磨不开，那份银子你还是拿着。既然你非要在这儿，哪天找一个铺保，我就收你这么个徒弟了。"

袁玉山赶紧磕头喊师父。

刘掌柜说："银子还归你，让你师娘存起来。"刘夫人也高兴地出来了。"从今天起就洗子这档子事儿，咱谁也不欠谁了，往后一切按师徒的规矩办。"

袁玉山磕头说："听师父师娘的。"

刘夫人道："起来，起来。这是你师哥毛财。"

袁玉山叫师哥。一家人高兴。

刘夫人说："毛财呀，你带着你师弟去澡堂子洗洗吧，买身衣服，晚上跟你一块儿睡。"

刘掌柜十分感慨地说："真是天不灭曹，也该丰一阁不倒，从明儿个开始，好好做买卖。"

2

监牢里，狱卒提着木桶挨着监号送饭。众囚都朝木栅栏门巴望。金保元不屑一顾，虽然已经衣衫褴褛，但精神不减。他大模大样地坐在地上，徐二半蹲半跪在给他梳辫子。饭送进来了，徐二眼热地往门口瞧。金保元告诉他，待会儿金安就该来送饭，说是今儿个送都一处的烧卖，有你的吃，徐二才不那么猴急了。

金保元对徐二说："乍一进来，别说吃这路饭了，就是一闻那饭的味儿，我都想吐。要不是金安变着法儿地往里边送东西吃，我坐不了这么长时候就得饿死了。"

徐二道："您是爷，上三辈可能都没吃过这苦，娘胎里时候早就谋划好了，出来是为了享福来的。"

金保元点头："没吃过苦，别说饿了，不可口的日子都少。像这时候苏北的大闸蟹就该运到了，想怎么吃怎么吃。想单吃黄，把黄儿剔出来，包蟹黄包子；想吃青，用擀面杖把青擀出来，包饺子。这还只是小小的风味。稀罕的东西也吃过，东北的飞龙，南海的猴脑。吃猴脑那次最怪，一笼的猴子，拉开了门让吃客挑。那些猴子也不怎么地就那么明白事儿，谁也不想出来，挤挤叉叉地往后躲，挤狠了就往外推一只，猴子们齐了心地往外推呀，那只被推出来的想拼命往里挤，猴群就是不收它。动物也会这样，什么事儿都像明白似的。只要那只被推出来的被抓出笼子，剩下的猴就散了，该吃的吃，该睡的睡。"

徐二说："要是我情愿先死了，反正早晚是个死。等着死那个滋味不好受呀，今天这顿你躲过去了，下顿还不是你呀。吃得下，睡得着吗？提溜着心，哪是过日子呢，还不如死了，死了痛快，咯叽一下完了，吃你也不知道了，强过活着。"

金、徐二人聊天，众囚犯都张着耳朵听着，黑老大可不愿意了，道："这笼子里要推就把你们俩先推出去。"

金保元瞥了他一眼："怎么人说话狗搭茬呀，谁他妈的脚没踩住蹦出你这么个东西来。别看着我今儿个落魄了，可还没轮到你这样的小子说话的份儿。"

徐二说："爷，别理他，别理他。仗着他在相扑营学过两天跤，平时坐着站着手放哪儿都不知道了。"

金保元说："相扑营算什么呀，乌儿衮王爷、瑞五，是我们家的常客，有一次还让我一个得合勒给摞地上了呢。八旗子弟再不行，哪个不会比画两下。"

黑老大一听有点儿闷，嘴不饶人，道："瑞五爷？瑞五爷让你他妈吹牛吹倒的吧，北京城里有几个能摔瑞五爷的。吹牛吹到圈里来了，也不怕把腮帮子吹破了。"

"小子，我今天就破一回例，按规矩你跟爷我摔跤还不够份儿，如今在圈儿里也讲不了那么许多了，就当我是活动活动骨头了。来吧，小子上手招。"

黑老大有点儿犹豫，又不能认栽，站起来活动手臂。

徐二说："爷，爷算了，别跟他一般见识了，回头扭了腰。"

金保元说："不跟他过过手，还以为我这贝勒爷是吃素吃出来的呢。来吧，小子出招。"

黑老大和金保元走着摔跤的步子，凑到了一起了，一交手就可以看出金保元力气不如，黑老大抢住了把就要背胯，金保元一闪过去了，借劲儿来了个大劈，把黑老大"嘭嘭"地摔在地上。众囚犯可看热闹了，大喊大叫，金保元架着膀子晃悠。

徐二捧场："大绊子三百六，小绊子如牛毛，三天不使绊子，撒尿往外尿绊子。脆灵。"

被摔倒了的黑老大恼羞成怒，从腰里抽出把刀来。金保元一看，拉开了大架子。

徐二说："嘿，摔着摔着就急了，怎么还用刀啊！"

金保元说："别怕，今儿个我非治了他不可。"

俩人一交手，黑老大不是个，还是被金保元把刀抢下来了，这回摔得更狠。众人把刀捡起来扔到了牢外边。

徐二道："黑老大，你也有今天。哥几个，有仇的报仇，有怨的报怨，打小子。"

金保元闪到一边，众人齐手打狱霸黑老大，乱成一锅粥。

金保元说："行了，打几下行了。真蹲一个圈儿里也是个缘分，我今儿个说一句，有朝一日我出去了，请各位吃满汉全席，连吃三天。"

众人欢呼。刚说完，狱卒传话："金保元，刑部候审。金保元，刑部候审。"

牢里气氛一下子严肃起来，鸦雀无声。

金保元有点儿慌，念道："还到刑部了。没事儿，没事儿，问问就回来了。"

徐二说："爷您可得回来，我们还惦记吃您一顿呢！"

"回来，回来……准回来。"金保元恍惚地跟着狱卒出监。

金保元被放了的那天，金安在监狱门口等着，见他出来快步迎上去。"爷，您受罪了。还好，出来了。"金安说着给他身上捡草棍。

金保元衣衫褴褛、面色苍白，看着原来熟悉的大街，有物是人非之感，对金安说："就你一人来了？"

"就我一个，也没什么旁的人了。"

金保元问："咱车呢，没带辆车过来？"

金安凄然道："爷，咱家现在没车了，家被抄光了，宅门都给封了，什么都没了。"

"哦，我忘了，忘了。……早知让你带身衣裳过来。穿着这身衣裳，我有点儿迈不动步子。……要不咱到一个馆子里坐会儿等天黑了再走。"

"衣裳我带来一身，许是穿着小点儿，和你原来的衣裳比也旧点儿，不过是干净衣服。要不咱找个背静地方给换上吧。"

金保元说："行啊。听我的安排，咱们先上便宜坊吃顿鸭子去，蹲了这么些个日子，真素死我了，在里边做梦都想鸭子。梦里的鸭子也怪，吃起来不是一片一片地蘸酱、卷饼，是一只只熟鸭子往肚子里飞。飞进去一只不够，又飞进去一只，吃着吃着撑醒了，醒了一看哪有鸭子呀，鸭毛都没有。那就开始饿了，真饿，后悔怎么就醒了呢，没真鸭子也别醒呀，醒了就睡不着。你还记得，原来吃鸭子我就吃三样吧，鸭脖子、鸭头、鸭蹼，就这三样。可梦醒的那阵子谁要给我个鸭架子，我愿意喊他一声爷。连个鸭架子都没有。想完鸭子，想别的。平时吃过的东西没觉得那么香啊，谭家菜、淮扬菜、丰泽园。这京城的大馆子，哪天吃的哪一顿都记住了，要的什么菜，菜是什么味，不光记起来了，味还在牙齿缝里游移。想的时候倒比吃的时候香多了，你说这怪不怪。"

金保元边说边走，金安后边听着。

"人不能过得太好，太好就没好了。时好时坏，让每个王爷到大狱里蹲几天没什么坏处，起码他能分得清好坏了。要不他好东西尝不出好来。……你猜后来怎么着，想着那些好菜名，吃狱里的饭，我也就惯了。吃糊糊的时候我想着蛋清银耳薏米粥。吃窝头时我想着柿子面和栗子做的小窝头。吃菜团子，我想黏米艾窝窝。别说，吃得还真香，想什么有什么味。"

金保元眉飞色舞地说，金安在后边捡他身上的草棍。

"人活一世，草木一秋，关键看的是见识，活一辈子什么也没见识过，那是没活。比如同监的那几位爷，问吃菜团子什么味，说就是菜团子味，问有没有艾窝窝味，说'没有，不知艾窝窝什么味'，这是没见识的人，白活。——哎！你这带我去哪儿啊？便宜坊不是往南吗？"

金安垂头道："爷，去便宜坊您带银子了吗？"

"什么话，我才从大狱里出来，哪来的银子呀。"

"您没银子，我也没银子，便宜坊再便宜也不能不要钱啊。"

"合着你一点儿钱没带就给我接出来了？"

"钱，也带了一点儿，将够给您买两块烤白薯，够您上芸芸浴池冲一回的，从今往后鸭子……"

金保元一愣："是啊，我怎么就回不过来呢，在狱里想得明白极了，一走在北京这大街上，原来的劲儿又不自觉就回来了。行，烤白薯就烤白薯，要红瓤的，热热的两大块挺好。"

金安带着金保元去买了烤白薯。

"爷，您吃吧，趁热。奴才没侍候好您。"

"好！挺好，烤白薯这味多香啊！"

"您不是会吃孬想好吗？您就把它想成是只鸭子吧，肥肥的外焦里嫩的一只鸭子。"

金保元吃着烤白薯有点儿伤感，泪不自觉下来了。

金安难过地说："爷，您哭了，奴才对不住您。"

"哪儿的话，没有，烤白薯热气嘘了。"

二人在街上吃着烤白薯，情景凄凉。

一辆轿车从街上过，里边坐着小五宝。小五宝听说金保元今天出狱，特意地雇了辆车来接他。车辕上坐着跟包的三哥，三哥看见了在路边吃着烤白薯的金保元，说："五老板，你看那像不像金爷呀？"

小五宝撩开帘子看了一眼道："你说那个吃烤白薯的？开玩笑呢！金爷是什么人呀，是贝勒爷，北京城里的四大少之一。让他穿着那身衣裳在街边上吃烤白薯，还不如杀了他呢。不能够。"

"我也瞅着含糊，一搭眼还真像。"

"天底下长一样的人多了，身量像了，气派像不了。你说唱旦角的有多少人学我呀，有的唱像了，身段不像；有的身段像了，唱又不像了。天底下没有一模一样的东西，尤其是人哪个和哪个也没有一样的。——你快着点儿赶，怕晚了接不着了。"

车到了监牢门口，小五宝看没人，等了会儿，三哥上去问狱卒。

"爷，今儿早上放出人了没有？"

狱卒道："放了，您打听谁？"

"金贝勒爷。"

"走了，一早出来走了。"

"有车接吗？"

"没看见车，和一个家人走着往西了。"

"穿的什么衣裳？"

"挺破的一身孝服。"

"坏了，就是金爷。"三哥说完要走。

狱卒道："哎，您别走，求您点儿事儿。车上是小五宝五老板吧？"

"认出来了。"

"敢情，见天看他老人家的戏去。麻烦您让他给我在这张戏报上签个名吧，笔砚都有。"

三哥边走边说："赶明儿吧，今儿个急着有事儿呢，明儿个去后台找我，一准儿给您签上。"

"哎行，明儿个找您去，您一定得帮我这忙，告诉他我最迷他的戏了。"

三哥急急地回了轿车，拿起鞭子赶车走，跟小五宝说："老板，刚才街上看见的就是金爷，一早出去了，穿的是破孝服。"

小五宝一听，愣了："真是他呀，快折回去吧。"

很快到了刚才金保元吃烤白薯的地方，小五宝从车里看，没有人了。三哥下去打听，烤白薯的指了一下。小五宝撂下帘子，陷入沉思：多大的家当说没就没了，多大的架子说塌就塌了。在街上吃烤白薯？贝勒爷要是真走到这一步，还真就比原来可爱了。

吃过了烤白薯的金保元要去清华池洗澡，说在监牢里的这些天，他身上已经快馊了。金安领他到了就近的澡堂子，说："就这儿吧，爷，将就下吧您。"金保元愣怔了一下才进去，毕竟好久没洗了。

他在大众浴池中惬意地泡着，雾气重重，隐约看见袁玉山和毛财也在泡着。金保元下意识地喊道："伙计，热手巾板，搓背。"

喊了一声没人应，金保元生气了，从水里坐起来，骂道："妈的，想不想开买卖了，喊怎么没人应呀？"

有个伙计跑过来了说："爷，您怎么着？"

金保元指了指背："热手巾板，搓背。"

伙计道："爷，我们这儿只有修脚的，没搓背的，您受累自己搓吧。"

金保元一听火了："什么！从小到大洗了三十年澡了，澡堂子没搓背的，开的什么买卖！"

"这可不是清华池，是力巴澡堂子，让你泡一下不错了，实话告你，池里的老汤有三个月没换了。还搓背呢，穷讲究，有钱去清华池去。"伙计说完走了。

毛财从雾气中过来，说："这位爷，走差了门了，还是第一次来呀？"

金保元回过神来，"第一次，第一次。"

"看您这副身板就不像常往这儿走的，手多细呀。——您哪儿发财呀？"

"东城金家。"

毛财一惊，心想是金贝勒爷，又觉不像，小心问了一句。

金保元没脸说自己是贝勒爷了，胡说："哦不，我是看门的。"

"我说呢，看您就不俗，大宅门里的。"毛财说着给金保元搓背，"来，来我给你搓搓，保证去火。——听说抄了，贝勒爷家抄了。"

"啊，抄了。"

"要不您也不上这儿来呀，对不对？"

"哎，右边，右边肋条底下，对，对。以后这儿可能都来不了了。"

"哪儿的话呀，瘦死的骆驼比马大，怎么着也比老百姓强。您要是从府里随便拿出件东西，不就能吃一辈子吗？"

"都封了，拿不出来了。——往上点儿，不怕，使点儿劲。"

"要是原先拿出来过呢？"

"你要府里的东西干吗呀？"

毛财说："我是琉璃厂丰一阁的学徒，今儿个碰上您了也算有缘分，您要是有老东西，日子又有点儿不方便，您找我去，真是好东西，一件就够您平平常常吃喝一辈子的。"

"原来东西多了，没当回事儿过，现在要真找也难了，不过你这话我记住了。你买卖宝号是什么？"

"丰一阁，天下丰收吾只取一的意思，丰一阁。"

"行了，今儿个你受累了，改日有东西看你去吧。"金保元说着出了浴池。

毛财看了看袁玉山说："学会了吧，给我搓搓。"

袁玉山走过来帮毛财搓背，问："他是个干啥的，你认识？"

"不认识。小金贝勒爷我认识，京城四大少之一，谱大了。他说他是个看门的，我看着不像，看门哪有那么瘦的，大宅门属看门的最肥，说让你见就让你见，说不让你见就不让你见，收的银子多去了。他不像，最多是后院种花的花把式。轻点儿，轻点儿。"

袁玉山说："一个花把式，你跟他搭个啥？"

"这你哪懂啊。凡是大宅门里的，不管是烧火的丫头还是抬轿的轿夫，只要他多个心眼，从那门里带出一只吃饭的碗来，就能卖钱，更别提皇亲国戚了，大清朝三百年了，这些爷都是世代的爷，天天往家敛东西，他好东西有数吗？海了去了。嗨，你别顺着搓呀，逆着搓。他要真是花匠，有那种名窑出的瓷套盆，拿出来一个，就能让他开出个铺子来。"

袁玉山诧异："不就一个盆吗，有那么值钱？"

"你懂得什么呀，一个盆不比金盆便宜。就说你送回来的这个洗子吧，有了它铺子不但关不了张了，立马还得红火起来，一档子买卖就能把一帮子人救活，这不我也可以不走了吗。搓，屁股沟子也搓。"

袁玉山念念叨叨："一个小罐子，盛什么都盛不了二两，还说出故事来了。哪就值那么多的钱啊？"

"那是个哥窑，一千年前的东西，到今天它容易吗？盛不下二两，它盛的东西可多了。要不你傻呢，这么件宝又送回来了，要我随便到家铺子卖十分之一的价也有两千两，娶媳妇开买卖一辈子够了。"

袁玉山越听越不是味，毛巾扔了，出了浴池，说："我是读过圣人书的，这事儿不能干。"

毛财听着这话有点儿奇怪，奚落他："知道你没干，你要干了我给你搓背都不够格了。"

3

人逢喜事精神爽。刘掌柜的谈笑风生，坐在铺子里喝茶。铺面开了，洗过澡换了新衣裳的袁玉山在门口边待候着。

刘掌柜问："玉山啊，你是京东什么地方人啊？"

"丰润，袁家屯。"

"从小读过书没有？古玩这一行说学问吧，不要什么大学问，但不认识字也不行。看个名款题识，有时是关键。"

袁玉山道："在家读过三年私塾，《三》《百》《千》都读了，《论语》读了一半。"

"半部《论语》治天下。有半部《论语》天下都能治了，漫说古玩一行了。——光说不行，我考考你吧。"刘掌柜指着一幅行草让袁玉山读。袁玉山读起来："四十年来家国，三千里地山河。凤阁龙楼连霄汉，玉树琼枝作烟萝。"

他读错了一个字，还能连贯读下来。

刘掌柜说："读是没什么大问题了，给我写几个字看看。就写《千字文》里的头十句吧。"

袁玉山在备好的纸墨间写起来："天地玄黄，宇宙洪荒。"

刘掌柜挺欣赏道："没看出你还临过几天帖呢，是不是《多宝塔碑》？"

"也说不上是什么帖，就半本，头也丢了，尾也丢了。写过一年半。"

刘掌柜说："写字这一路，写出法来不容易，但写得能让人认得不难，也就是个百日之功。要想写得既能认得，又好看就难点儿了，没一年不行，一年的还得有悟性。你这两笔字也算能出手了。俗话说字是出笔虎，和人家交往或书信，或账目，没有一笔好字是最塌架的了。以后铺子里的文字来往就由你写了。毛财那两笔字实在搅买卖。"

坐着的毛财听了这话，有点儿不自在。刘掌柜的让袁玉山从博古架上拿下两只一模一样的瓷瓶来，问："这两件东西，你看看是不是一样，它能不能成对？"

袁玉山拿着两个瓶仔细地看起来了："这两只瓶子，画的花、鸟都一样，色也没什么区别，只是从这只鸟的尾巴上看，按写字的理儿来说，一个画得流利，一个画得笨拙点儿，别的地方看不出什么来。"

"没想你刚入行还能看出点儿东西来啊。那我现在告你这瓶不是一对，有一个是后配的，你说说哪个真哪个假。"

袁玉山又细看了看，说："这个真，这个假。"

"为什么？"

"这个画得没那个好。"

"按你的理儿是画得好的是真的，不好的是假的？"

"是这样。"

刘掌柜把两只瓶摆在八仙桌中间，笑道："那咱们的买卖就砸了。"

"您是说这画得笨的倒是真的了？"

"对了！真东西未必比仿它的东西画得好，假东西，仿得好的它未必超过真东西。你说这鸟尾巴流利吧，它是照着画呀，笔笔有来头了。再说了，他要仿也不见得就仿一件，就这条尾巴不定画了多少回了呢，闭着眼睛也是这道线，所以它流利呀。你要看着好就把它买了，不亏本怎么着。"

"还挺难的啊。"

刘掌柜说："敢情，咱们做古玩这一行的，开个铺子把收来的东西卖给人家，以什么来挣钱呀，就凭这份眼力。账房的凭打算盘的功夫，力巴凭一把子傻力气，咱凭眼力。一个人在世上活着，有两样东西可以设身立命，一是脑力，一是体力。有脑力的您读书凭脑力吃饭，您没有脑力，有体力，那也行，凭把子力气吃饭，就怕那既没脑力又没体力的，他指着什么活呀。"说着话斜了毛财一眼，毛财低头假装看书。

刘掌柜又说："说这古玩行凭眼力吃饭，可这眼力怎么才能练出来呀，谁也不能天生地就有一双透眼，拿件东西一看，透出来了——明万历。再拿件东西一看，新活。能有这么双眼的人世上没有。要讲眼力，再毒的眼力也有出岔儿看走眼的时候，所以练眼力这是个一辈子学无止境的事儿。只要用心，好东西拿在手上如有神遇，不信你就掂掂这两只瓶的'手头'，看哪只更轻灵，更恰到好处。"

手头是古玩行业用语，指器物的重量，鉴别古玩手头是极为重要的一点，如年代、作者、品质不同都可在手头上反映出来。

袁玉山用一只手小心地掂了掂两只瓶，道："这只轻柔点儿，这只实，坠。"

"对了，这是有得比的，一比就比出来了；要没东西比，一下就掂出分量来那才算本事。好好学吧，一上手能知个轻重就算有悟性的了，有的人跟这行没缘，细小的区别他一辈子也分不出来。这路人我觉得最大的一个错是他对这行不喜欢，不喜欢的人是怎么教也教不出来的。行了，把瓶子拿回去吧。"

袁玉山拿着瓶子问："那这瓶子一真一假，卖起来怎么卖呀？"

"都当真的卖。"

"那不是……"

刘掌柜说："没什么不是。古玩行从来这样，不但自己赌眼力，也赌客人的眼力，告诉他这是万历的瓶，两只，您自己看好了选一只。有那路自己不懂怕买错了的，这路客人你就不能亏了人家，您得告他据我所看，哪只哪只更对，更保险点儿。还不能强让他信你的话，说出不过是个参谋，准主意自己拿。尤其对老主顾，一点儿假话也别说，有几成说几成，看不准就是看不准。你要觉着蒙出去一件是一件，那你的买卖干不长，蒙出去一件能砸了十件的买卖。

"但也有一路客人是假行家，比如城西的那松那六爷，每次来了只问价不问真假，他非得自己看。他选中一件，你要多嘴说六爷这件东西看不太好，有点儿不对，他保证跟你瞪眼：'谁说不对呀，开门见山的柴窑，包上吧。'你告了他了还落一身不是，这路买东西的，也是买个心情，我

90

自己挑的自己买的，一百个人说不真，我觉着真谁也没辙，他就愿意自己骗自己。这路人的钱咱要不赚，咱不是大头吗？再说了咱卖这东西就是侍候人个乐，把人侍候恼了，不是咱的不对嘛。"

袁玉山说："那有人这两只瓶要一块儿都想买呢？"

"都当真的卖给他，打个八五折。你想想啊，这比抱着假的走了，留下个真的，还算对得起他吧。买卖就是这样，你慢慢学吧，赶明儿对机会了跟我去串货场蹲两天，悟性高的出来也快。好了，你们俩看着铺子吧，我进去歇歇。对了，毛财，那个要哥窑的日本人来了，让他进来。"刘掌柜起身进去了。

毛财一下子摆出不屑的样子，说："听出什么来了？"

"听出点儿来。"

"好学吗？"

"不好学。我小时看见过一次走钢丝耍把式的，觉得那玩意儿太难了，我看这行，天天都像走钢丝呢。"

毛财一拍大腿："哎，这话你算说对了。"

第 八 章

1

崔和有挑着担子进了月痕楼的天井，在一角落把担子歇了，看着进进出出的嫖客和姑娘。没有人跟他招呼，他在挑子旁边站着，心里不大自在，活动了一下腰腿，更显出一副好身段。

老鸨瞅也没瞅他，进了秋月的屋子，不高兴地对她说："你还真像三月的老母鸡，在床上孵蛋了啊。快起来，下边忙呢，少跟我在这儿摆冰清玉洁的小姐样儿。"

秋月哀求道："妈，我身上来了，不舒服，让我歇一天吧。"

"还真是小姐的身子婊子的命呢！'不舒服'这三个字是你说的？我活了这么一辈子，什么样的河呀、沟啊、山的都过来了，我都不知道什么叫不舒服，你敢在月痕楼跟我摆这个谱。起来，别说这路话蒙我，当我看不出来呢，想为嫖客守节的姑娘我见得多了。要都是杜十娘我这买卖还别开了呢！

"再说了李甲也好，毛甲也好，全他妈是假招子。你以为姓毛的真是个公子呢？他只不过是个杂货铺里的伙计。前几天来逛的钱还是从铺子里偷了件东西卖的呢。"

秋月一听哭了，道："那天您也见了，他是真心要赎我，钱虽然不够，但心假不了。"

"话我也跟你说到这份儿上了，我也没精神再跟你逗咳嗽了。你要是还不下楼，可别怪我不客气。"

秋月说："九儿不也是三天没下楼嘛。"

92

"哟，哟，你还跟九儿比呢，人家一次茶围的钱够你一个月挣的。你看看你，再看看九儿，九儿不下楼我不催她，你要真到了那个样，我也让你三分。"

秋月无奈，快快下楼，一边走一边看九儿的房间。

九儿百无聊赖地在床上倚着看一册话本。香焚着，琴闲着，丫鬟瞌睡着。九儿起来从窗户往天井望，看见一身青衣裤褂的崔和有在翠花挑子边站着，心里忽悠了一下，叫醒丫鬟："环子，你看看那个卖翠花的，不像是常来的二青吧？"

丫鬟揉揉眼，从窗口望出去，说："不是二青，没见过，身段可真帅，像个唱武生的，多有架势。"

九儿理着头发说："站这半天了，也没个人照顾他买卖，也没见他张罗，跟个哑巴似的。下去让他拿盒翠花上来，我选两支。"

丫鬟一溜烟下了楼，跑到崔和有的挑子前，说："卖翠花的，你怎么不吆喝呀，我们小姐还以为你是哑巴呢。"

"你才哑巴呢！"

"哟，不像个做买卖的，还会跟主顾生气呢，怪不得穿着这么利落呢。"丫鬟说着瞟崔和有。他背过身去。

丫鬟说："我们小姐要翠花，你拿两盒上去让挑挑吧。"

崔和有打开挑子，拿了两盒翠花："您拿上去，还是我跟着？"

"跟着我一块儿。小姐看你半天了，说怪可怜的，给开个张吧。你知道我们小姐是谁吗？月痕楼的头牌九姑娘，轻易不见人的，待会儿你好好看看她。"

崔和有跟着丫鬟上楼进屋。九儿坐在花阁子内，隐约可见。

丫鬟说："小姐，卖翠花的上来了，他不是哑巴。"

"让他外边坐吧。"

丫鬟说："坐吧，小姐让你坐呢。"

崔和有腼腆地坐下，偷眼看了九儿。九儿接过丫鬟递进去的翠花盒子，煞有介事地挑了两支，对丫鬟说："你去问他这两支多少钱。"

丫鬟从内阁里出来问："卖翠花的，这两支多少钱呀？"

崔和有平静地说："小姐要喜欢就留下吧。"

丫鬟道："那哪儿成啊！说是给你开张呢，到时张没开，反倒赔了。"

崔和有还是不动声色地说："小姐看着给吧。"

丫鬟有点儿生气："你这人不会做买卖，哪有看着给的，总得有个数呀。"

九儿在里边听着，觉得有点儿意思，拿出十两银子来，叫丫鬟拿了送出来，并在丫鬟耳边附了几句话。丫鬟把银子给了崔和有，说："够不够也就是它了，你收着吧，我送你下去。"

"用不了这么多，小姐多赏我了，谢了。"崔和有这才显出有点儿慌，和丫鬟一块儿下楼。

来到挑子旁，崔和有挑起担子要走，丫鬟让他等会儿，说："我还不知道你姓什么、叫什么呢。"

"姓崔。"

"我以后叫你小崔了呀。小崔，你有春意吗？"

崔和有一惊，犹豫道："没有。"

丫鬟自己动手就翻，一下翻出来了："这不是吗，卖不卖？"

崔和有问："谁要呀？"

"你管谁要呢，卖一册吧。"

崔和有突然一把抢过去。"不卖。挺大的姑娘，你问别人买吧。"说罢挑起担子出门。

九儿一直在窗口看着，看见崔和有挑着担子出门了，自言自语：还真不是个俗物呢。

正好丫鬟进门，没听清，问九儿："小姐，您说什么？"

"没说什么，以后翠花就买这一家的，东西地道。"

"我看差不多呀！"

"你懂什么。"

2

小玉荷去天津玩儿了几天回来了，吴梅庵已经走了，她在屋子里给小泥人上色，隔着窗户看冯妈又出去了，嘟囔："这一天出去多少趟了。哎，当个老妈子也不错，闷了能在门口站站，看着大街上刮的风也是不一样的。"

94

冯妈佯装掸土在街门口左看右看，没见翠花挑子影，回院子里来，听见小玉荷嘟囔，问："太太您说什么？"

"我说有个能惦记的人多好啊，惦记着一个人，那感觉就像吃着寻常的窝头，里边有口蜜在等着似的。表面看窝头是一样的，吃起来的心情可不一样。"

"什么不好比，干吗拿自己比窝头呀。我可不是窝头，带蜜的不带蜜的都不是。"冯妈说着话回身往厨房里去。

小玉荷依旧给泥人上着色，头也没抬，自言自语地说着："有人惦记是好事儿，干吗一说就恼啊，一个没人惦记也不惦记别人的主儿，活在世上多没趣啊。咳！我现在就是惦记着这些泥人，怕它们有一天碎了，可总有一天要碎呀，早知有碎的一天，我捏它们干吗？不捏它们之前是一团土，碎也碎不了，丢也丢不了，一捏出人形来它就不是一团土了，弄不好就多了份担心，它要碎了，它留不住了，没了，反而多了些烦恼。再想想也没什么大不了的，回去还是土，就算来了世上走一遭吧。"

冯妈端着新煮的小山药和白糖进来了。"太太，您跟谁说话呢？吃点儿山药当点心吧。"

"跟自己个儿，跟小泥人说呢。你不跟我说话，老爷那么远也不跟我说话，可不自己跟自己说吗。"

冯妈说："咱俩话都说没了，现在一说就戗火，生气。"

"不戗火不热闹，一戗火日子过得还快呢。转眼冬天了，又是一年。"小玉荷说罢丢下颜料，洗手吃山药。

从月痕楼出来，崔和有挑着担子若有所思地在街上走，摸摸身上的十两银子，想着九儿：我也说不清楚，当时为什么就不愿意给九儿春意，别人能卖不想卖给她。这东西有多么脏啊，脏东西不能卖给自己喜欢的人。九儿可真美，干吗让那么美的人上那种地方去呀，人就是那样想着美，又把美弄脏了，弄坏了。

崔和有想到这儿的时候，不由自主地吆喝起来，想把坏心情喊没有了。他往冯妈的那条街上去了。走到半路，一家大户人家听见他吆喝，老妈子出来把他叫住了。

"卖翠花的，停下，挑两样东西。"

崔和有停下担子："您选吧，是夫人要啊还是小姐要？"

"夫人。有没有新打的样子呀？别净找那些玻璃料器的对付我们。"

"新样子有，刚打的四季花。"崔和有说着忙挑了几盒，忙乱中他忘了把刚从月痕楼丫鬟手里抢过来的春意包儿拿下来了，一并递给了老妈子。

老妈子说："我拿进去挑挑，少不了你的啊。"

"您挑吧。看您说的，哪能呢。"

宅门里正房中，夫人刚梳好了头，丫鬟正给她修指甲。老妈子风风火火地端着几匣翠花盒进来说："拿来了，说有新样子，您慢慢挑吧。"

夫人说："摆这儿吧，还有一个指甲，修完了我看看。"

"上回您挑的那路百合花的就分外好看，没看戴在头上老爷都笑了。"

夫人说："你个老不正经，净说这疯话。"

夫人修好了指甲，打开翠花盒，一支一支地拿出花儿来戴在头上比画，对着镜子照，问老妈子："阮妈，你看这支石榴的好吗？"

"嗯，好是好，但您戴着有点儿不合理，新媳妇戴着是个求子的念想，您不都有了儿子了嘛。"

"有了也不嫌多，还想生呢。"

老妈子一吐舌头："哟！我多嘴了多嘴了，这石榴的好，石榴的吉祥。"

"净拿话填和我，没句真话。你看看这朵迎春是不是嫩了点儿？"

"哎哟喂！这个好哎，多别致呀，翠色也好，戴在您头上显得那么翠灵，这支好，留下吧。"

"听你的留下了。"夫人看见那个红绸的布包问，"这里是什么呀，怎么还带着书呢？"

老妈子说："我也不知道，打开看看吧。"

夫人打开了布包，翻开了一看是春宫，看了一页脸就变了。想看又碍着老妈子在旁边。老妈子一看夫人脸变了，就问："是什么书呀，我不认字，夫人您脸怎么都变红了，给我念念。"说着话头就伸过去了。

夫人赶快躲了两下，越躲老妈子就越要看，一来二去躲不开了，夫人假装十分生气地把书拍在了桌子上，翻看一页打一下那本书，边看边骂："这个卖翠花的，还不得了呢，把八大胡同的脏东西夹带到翠花里，弄进大宅门里来了。他这是想干什么，以为我们喜欢，要看这玩意儿？卖翠花就老老实实地卖翠花，他倒是长了几个脑袋呀。阮妈，东西不要了，叫家丁，收拾收拾这不正经的东西，要不以为咱们门里都是些什么人呢。"

老妈子看得也是有点儿心惊肉跳，赶快卷了东西去叫家丁："我这就去，那什么，这朵迎春你不留下了?"

"迎春留下，一分钱也不给他，让他得个教训。"

崔和有在门外等得有点儿不耐烦，天快黑了，他原想去小玉荷的门口再喊两声呢。他心说：怎么还没挑完呀，谁家也没这么慢过。刚嘀咕完，突然大门打开，老妈子领着几个彪悍的家丁出来。老妈子一指他："就是他，太太说了，不打他，他会以为咱门里都是没规矩的呢，打!"

众家丁说话要上手，崔和有觉得怪，道："慢着，买卖不成仁义在，怎么动手就要打人?"

"打你，打死你都不多。"老妈子说完把册页扔在他的脚下，"这东西想污了太太小姐的眼吗? 打。"

崔和有一看丢在地上的春意，知道坏了，疏忽了，把给八大胡同送的货误送进宅门了。刚要低头捡东西，众家丁扑上来一顿暴打，翠花挑子也砸了个稀烂。他被打伤在地，满脸是血。家丁看看他不动了才歇手，把大门关上了。

崔和有躺在地上伤得不轻，过了一会儿才醒过来，勉强支起身子，扶着墙站了一会儿，心里说：活该你，早就知这事儿不能干，知道有这么一天干吗还干呢? 真是打死都不多。挑子也砸了，这让我往哪儿去呢? 他边挣扎边往小玉荷家方向走。我可不能上人家家去，我谁家也不能去，先回店。刚想到这儿，已到了小玉荷家门口。崔和有忽然忍不住一阵伤痛，"咚"地一下倒在了门外。

冯妈在偏房就着油灯缝鞋垫，一边缝一边哼着曲儿，猛听街门"咚"的一声吓了一跳，刚要吹灯，听那边小玉荷喊她："冯妈，冯妈，院子里掉下什么了，怎么那大的动静?"

"哎，我……我也听见了，不像院子里，是街门外边。"小玉荷的声音："冯妈我有点儿怕，你过我这边来吧。"

"哎哎，别，别怕，我这就过去。"

冯妈穿上外衣，拿着灯到了院子里，院子里没动静，她又蹑手蹑脚地到街门那儿从门缝往外看，一看不好，是个人躺在那儿，吓得冯妈往回跑。"太太，街门外边，倒了个人。"

小玉荷也起来了，说："别怕，别怕，是不是跟上回似的又喝多了。"

"不像，上回的酒味多大呀，这回没有。"

小玉荷说："那可怎么办呢？说不好待会儿就走了。"

"可能没那么快，我看他身上还有血呢！"

"有血呀，可别死在咱门口了，这可怎么好呀？"

两人在屋子里都紧张地坐在炕上，手脚有点儿抖。小玉荷说："你听见什么了吗？"

"没听见。"

"我听见了，好像走了吧。"

"是吗？那可太好了，要不这一夜咱谁也别睡了。"

小玉荷说："到底走没走呀？你去看看去。"

"别看了，他要走就走了，没走看也没用。"

"看看去吧，要不心里放不下。"

冯妈说："我有点儿不敢了，要不咱俩一块儿去。"

"行，我站在院子里给你壮胆，你去吧，他要没走，就把他喊醒，他要走了，就什么事儿也没有了。"

两人下床，出门，冯妈拿着灯，小玉荷跟在后边，二人哆哆嗦嗦到了大门口。冯妈用灯一照，突然把灯放在了地上，一把就把街门打开了。

小玉荷说："你别开门呀！人走了就走了。"

冯妈把伤着的崔和有扶进了院子。崔和有这时醒了，说："冯姐，别让我进去，我不进去。"

冯妈一下就哭了："怎么几天没见就伤成这样了，这是怎么话说的呢！你不进这里，你去哪儿呀，没亲没故的，你想死呀！"

小玉荷一看扶进来一个男的，再一听说话明白了，是卖翠花的，便说："冯妈，人家要不愿进，就别勉强了。雇辆车给他看大夫去吧。"

崔和有一听这话，挣扎着脱了手，反身向门口走去，冯妈赶着去追。崔和有没走两步，又倒在了院子里。冯妈追过去，关了门，突然回过身来给小玉荷跪下了。

"太太，您看他伤成这样，让他在这儿住两天吧，伤一有好转我就把他挪出去。要不就今晚，明儿一早我就挪他，谢谢您太太。"

小玉荷看见也有点儿不忍，说："出了事儿死了人我可不管。这院要有个主事的男人也好啊。"她说着话回了屋。

冯妈跪着磕头："我这儿谢您了，谢您了。"然后麻利地起来扶崔和有也不知哪儿来的那么大的劲，把崔和有背起来，进了自己的偏房，放在床上，打来热水化了些盐，把崔和有的上衣解开了，一下一下轻轻地擦着他身上的伤，边擦边流泪："怎么给打成这样，是干了什么事，卖翠花能得罪谁呀！"正擦着说着，感觉小玉荷进了屋，她抱歉地说："太太，搅了您的觉了，对不住您。看，也不知是谁打的。"

小玉荷看着油灯下崔和有结实的上身和硬朗的脸，看着冯妈一点一点地给崔和有擦伤口，说："不碍事，你擦吧。我想起来了，老爷上次来说膀子扭了，还留下了瓶云南白药呢，我给你找去。"

"您别劳神了，他身板硬，估摸没伤着骨头。"

小玉荷回了屋里，挪开那些泥人，忙着找药，终于在案子底下翻着了。她高兴地自己说："找着了，找着了，还有大半瓶呢。"她拿着药走到冯妈偏房："冯妈，药找来了，吃也行，抹也行，老爷说过好使极了。"

这时崔和有醒过来了，看见了小玉荷挣扎着要起来。

冯妈主动介绍："这是我们太太。"

崔和有欠了欠身："太太，给您添乱了。"

"啊，躺下吧。冯妈你照应着，我先回了。"

"太太您回吧，待会儿我给他抹药。"

小玉荷退了出去，在院子里站了一会儿，看着天上的月亮和冯妈屋子窗口的灯光，独自回了屋。

3

徐二从监牢里放出来后投奔了金保元。此时的金保元已今非昔比。这下可苦了金安，他无论如何养活不了这么些人。

北风呼啸，金安的小破屋子四面透风，金保元冷得睡不着，睁开眼睛看天棚，又看看睡在身边的徐二、金安等一大炕的人，不禁叹了口气：落架的凤凰不如鸡呀。肚子饿了，咕咕响，他坐起来，往上抻了抻被子，想着昔日的繁华……

原来哪有这么早就睡觉的，看完了小五宝的大轴，少说也得一两点了，然后不管什么天，轿车拉着去吃夜宵。早早地，睡觉也得三四点钟了，什么风啊雪的，天冷冷它的去，冷不着咱爷们儿。现在可好，一炕的人盖两床被子，炕下还没铺的，就睡在炕席上。有把火还行，没火真是拔得腰痛。这说是把我放出来了，还没在里边吃得饱呢，今天晚上就只喝了粥，前心贴后背了。

没想到徐二这么快也出来了，他出来就奔我了，我许给过人家满汉全席呀，人家不奔我，奔谁去，是朋友来了就不能轰人家。苦了金安了，一炕的人都得由他找饭辙。他也没什么手艺，现在就靠捡破烂过日子了。落架的凤凰不如鸡，一点儿都不错。

忽然有人敲窗户。金保元看一炕的人都不应，就问了句："谁呀？这么晚了？"

"叔，叔，我是流子，从昌平过来找不着门了，才来。"

金保元说："我哪有个侄子呀，你敲错门了吧，流子是谁？"

金安醒了，一听流子，翻身起来答应："啊，流子来了，等会儿啊，我点灯。"金安下了炕把灯点了。炕上睡着金保元、徐二、金安、金安的堂兄和另一个侄子，也全都醒了。

金安开门道："怎才来呀，嗬！下雪了。"流子进屋，拎了个口袋。金安说："来，先给贝勒爷请安。"

流子行礼叫贝勒爷。金保元说免了，免了。

金安看着流子的口袋，问："你那口袋里是什么呀？"

"核桃、山里红。"

在炕上的众人一听有吃的，腾地都坐起来了。

金安说："睡吧，睡吧，明儿个吃，跑不了。爷您是不是尝口儿？"他问金保元。

金保元说："好久没吃过山货了，咱吃点儿吧，等明天这新鲜劲就过了。"

金安不情愿地往外掏东西。金保元拿着个核桃开始说："这核桃呀，分山核桃和胡桃。胡桃西北那边出，个儿小，皮棕，有点儿尖头，皮不好剥，但油性大，吃在嘴里香；这种是山核桃子，咱北京的附近就产，个儿大，肉厚，圆头圆脑，皮色也浅，一开分两瓣，吃在嘴里没胡桃油性大。"

金保元兴致勃勃地讲着核桃，但不吃，众人听着他白话。

"吃核桃，吃法挺多的，不管怎么吃都得剥了皮，剥了皮用玫瑰丝、青红丝一拌，少许地放点儿糖，是种吃法。用花椒盐炒一炒是种吃法。还有可以滚了白糖在锅里炸。还有种吃法最妙，把它捣成泥，加点儿细盐面包饼吃，东西一入嘴香极了。"

众人听金保元说得馋了，都流口水，盼着他发话能吃一个。金保元说完核桃没吃，放下，又拿起了山楂，众人这口气又都喘上来了。

金保元说："山里红，也叫山楂、红果，产地就是直隶河北一带。山楂山楂，山里产得多，到了秋天一串一串的，红得那么醉人。大多数人都是等秋天一红就采下来，其实要是能等到下雪结冰之后，再去采就更好吃，就不那么酸了，冻得硬硬的咬一口又甜又冰牙，有点儿野趣野味。

"山楂吃法就多了，最普通的去了核，串成串儿，用冰糖熬成稀，蘸了吃。还有就是捣碎了做山楂糕、红果条。这两项之外，还有种吃法是在捣碎的酱里加上淀粉，做成豆腐皮样的东西，叫果丹皮。"

众人看着山楂直咽口水，金保元谈兴正浓，收不住。

"更有一种吃法，是我小时候最爱吃的，就是把这山楂去核，掏空了，里边塞上豆沙，上锅蒸，蒸完了跟外边冻，那味想起来就止不住流口水。"

金保元说完话，看了看山楂，咽了口口水，小心地拿着那颗小红果吃了一口，众人看着都松了口气。金保元细细地品着山楂，吃到一半没咽下去，"啪"地一下吐出来了。众人一惊。金保元说："暴殄天物，这不是暴殄天物吗！怎么能这么吃呢，这么好的山楂，这么吃了还叫会吃吗？"金保元说着话，下地穿衣服穿鞋。

金安问："爷，您这么晚上哪儿去呀？"

金保元说："你们等着我，我淘换点儿东西，一会儿就回来。"

"爷，外边下着雪呢！"

"不碍事，下雪了更有情趣，你们几位家里等着我啊，谁也不许睡，谁睡了没好吃的。"金保元说着拉开门闯进了风雪里。

"爷，您慢点儿。"金安看着金保元走远了，关门道，"带点儿东西回来，吃就吃吧，还是那么讲究。嘿！"

金保元匆匆走在风雪里，兴奋得自言自语："下雪了好，下雪找豆沙，将来也可以算是一段佳话了。兴致这东西，不是说你阔你有钱就有兴致，有的是那种有钱的大俗物。穷了，要能穷出兴致来，他的兴致就比谁的都高。"金保元拉着架子在街上走，猛然喊了句京剧念白："好大雪！"

金保元一身是雪走到一家炸糕铺子前，敲着门说："铺子还没怎么变样，老耳朵眼炸糕。"敲了半天没人应，又敲。里边应声了："谁呀，吃炸糕还没起火呢！"

金保元喊："老万掌柜的在吗？"

屋里伙计说："我说撞了鬼了吧，老万掌柜早就没了。"

金保元想：还是有变化，人死了。冲里说："找你也行啊。"

"起来了，起来了。大雪天的，有什么事儿明天办不了。"

伙计开了门，金保元进了小铺，说："乡下亲戚带来点儿山楂，想吃红果墩了，上你这儿淘换点儿豆沙。"

伙计一听不大乐意："咳，什么大不了的事，非得着了火似的，明早上吃就不行啊。"

金保元说："今儿吃有今儿吃的乐。"

"一大枚一勺，带着家伙呢吗？您要几勺？"

金保元看了看小勺："有个十勺就够了。没带家伙，你先借我个碗吧。"

"借个碗压五大枚吧，一共十五大枚。"

金保元摸了摸口袋，空空的。他哪带过钱呀。"哟，钱我还忘带了，说是万掌柜的老熟人，算先赊着他的，我是金府的。"

"金府？贝勒爷？"

"啊。"

"您要是贝勒爷，我就是王爷。"伙计说着想把盛好的豆沙倒回盆里。

金保元一把给拦住了，道："贝勒不贝勒的现今没用了，千金的爵位到了时候也换不了碗豆沙吃，那是白扯。我这儿有顶帽子，缎子面的，驼绒里子，压边是德国冲伏呢的，上小市上别说十五大枚，一百五十大枚也有人要。跟你换了，换那碗豆沙。"

伙计一愣，接过帽子看了看，觉得不错。"得，帽子我留下了，豆沙您拿走。"

金保元接了碗要走，伙计想起什么又说了一句："您要真是贝勒爷，可别怨我，我不认识您。"

"放心。我哪能是贝勒爷呀，这样的贝勒爷不是给祖宗丢人嘛！"金保元心里有说不出的忧伤。他用手护着那半碗豆沙，光着头顶风冒雪往回赶，不禁想着：如今一个贝勒爷的称号，都不如半碗豆沙值钱了。也好，什么时候要是人都不凭名号吃饭，凭本事吃饭，也就没有大雪天吃红果墩的臭毛病了。这辈子我是头一遭知道了吃样东西有多难啊！

金安等人为了凑金保元的趣，都忙着拢火，坐锅，等他回来。金安忽然想起来，说："哟！坏了。贝勒爷身上没钱呀，他哪儿找豆沙去了，这半天没回来。"

正说着金保元回来了。他把买豆沙的不快掩藏了起来，掸着身上的雪说："好天呀，好天，赶上林冲夜奔了，奔的不是梁山，是豆沙。来，好嘛，锅都坐上了，咱把山楂去了核儿，往里塞豆沙。这叫雪夜围炉吃红果。"

众人都忙活起来，不一会儿就忙完了，各自躺下继续睡觉。

做好了的红果墩，红红地在窗台的白雪上冻成了一排。

院子很安静，屋里灯熄了。金保元依旧睡不着，这次买豆沙对他触动太大了，比在监牢里又深了一步。

金安也没睡着，当金保元端着豆沙进来，全屋只有金安一个人想到了他的豆沙是用头上的帽子换的。金安觉得有点儿对不住主子。他悄悄地哭着小声说："帽子，爷，您的帽子。"

金保元说："不碍的，睡吧。"

早上天晴了，金安挨着个地拍着其他几个人的头，小声说："起来吧，外边扫雪去，流子你去看看西四广济寺是不是在舍粥呢，带上个盆出去，你们几个在外边吃吧。爷这边我侍候了。"

众人起床，出门。金保元还虚睡着。徐二也睡着。

金安说："爷，爷该起了，该吃早点了。"

金保元睁了眼："嗬，大亮了，起来吧，徐二。"

金保元和徐二正穿衣服，看见金安从屋子角落里搬出一只挺重的箱子来。金保元问："金安，什么东西那么沉，该不是你还藏着金子呢吧?"

"爷，金子别想了，是箱瓷器。"金安说着话，把箱子打开了，"是老太爷送我结婚的，婚还没结呢，家里说下的媳妇就病死了，东西也没用上。这么多天我都没把它拿出来，不是舍不得，是老太爷活着时给下的东西，觉得用了不合适。"他说着有点儿哽咽，"后来一想，什么合适不合适，老太爷在天有眼要看着您为了碗豆沙把帽子押给人家了才不合适呢。"

金保元说："金安别难受，这不怨你，咱们的运到这儿了，哪能一辈子两辈子三辈子地过天上的日子呀，风水轮流转嘛。别看咱今天这样，备不住明天就能好起来。我都不愁，你还愁什么呀。

"东西收起来，咱不用它，待会儿我出去，进不了宅门，我在街上转，碰见谁，谁倒霉，谁叫原来是亲戚朋友的，借也好，送也好，我先筹点儿来，你放心。"

金安说："这东西现在也没用，听说琉璃厂的铺子里专收这路货，要不烦二爷先带个一件两件地去问问价。要是不值钱，咱就不想它了；要是值点儿钱，咱们把它卖了，开个小买卖，也能对付一阵子。"

徐二看着那些精美的定州划花瓷盘道："金安说得也对，爷待会儿您上街转转去，我拿着这东西上琉璃厂问价去。咱们两头都动着，看看有没有什么辙。"

"徐二说得对。爷，我这儿还有一两来的碎银子，您拿着街上逛着有合适的帽子买一顶，然后吃点儿早点，喝口茶吧。"

金保元说："那就先这么着吧，谁有辙了，谁早点儿回来，省得大家伙操心。"

徐二答应着，揣上碗，奔琉璃厂去了。

4

丰一阁铺子里，袁玉山拿着一本线装的《稽古录》边看边对着手里的一只铜镜。毛财趴在桌子上睡觉。袁玉山看着看着书，拿起铜镜来在鼻子底下闻了闻。

青铜鉴别真假，有一种方法是嗅，新铸的铜器必有烟火气，而经过千年百年后的铸器，烟火之气必然全消。

袁玉山闻了这件之后，觉得不够把握，又到博古架上挨个地嗅那些青铜器，嗅过一个又嗅一个，把毛财吵醒了。毛财看着袁玉山用鼻子嗅古董的奇怪样乐了："我还以为进来只狗呢。你疯了瞎闻什么呢？"

袁玉山不理他，对自己说："到底什么味算烟火气呢？"

天下雪后，铺子里已经生了火。毛财一听问烟火气，拿着炉钩子，钩起炉盖来，说："找烟火气，找到那儿去了，过来闻闻这个。"他本想逗逗袁玉山，没想袁玉山真的过来了，在铸铁的炉盖上闻了闻。

毛财说："闻吧，再贴近点儿，烫死你。"

"对了，这味儿就对了。这还真是有烟火气，气辛而刺鼻有温热感。"袁玉山闻完之后回到桌子旁，拿笔把这味儿给记了下来。

"看你是不是疯了。掌柜的当时收你光考你认字了，也没查你有没有毛病。什么人呀，大早上起来拿鼻子往炉盖上贴，不是有病吗。"

袁玉山不理毛财，继续翻着书。

毛财觉得没趣，说："你先把炉灰倒了，再铲点儿煤球进来。告诉你我可比你先来两年，最损了也是你师兄，不听话我可以揍你呀！"

袁玉山放下书，铲了炉火，加了煤，刚要坐下看见徐二推门进来了，便迎上招呼："这位爷，您早。外边冷，您挨着炉子边坐。看点儿什么您？"

毛财看了看徐二的衣服，就知不是个买主。徐二端着架子，假作不冷，说："没事儿，不冷，穿着袍子呢。"他把袍子一抖坐在太师椅上。"有茶吗？先给我沏一碗。"

袁玉山说："您坐，我这就给您沏上。天凉了，您是喝红茶还是……"

"绿茶。昨晚吃腻了，消消食。"

毛财一直看着，他知道徐二这样子都是装出来的。袁玉山沏好了茶端了过来。

徐二假装行家地指着那些鼎问："那些锅子怎么卖呀？"

袁玉山一听想乐，赶紧说："那是鼎，各个价不一样。"

"最贵的。"

"一千五百两。"

徐二一听有点儿蒙："煮什么的锅呀，值这么多钱？"

"不煮东西，谁拿它煮东西呀，吃一肚子锈。摆着看的，摆着玩儿。"

"噢，摆着玩儿的，没事儿的就是没事儿，摆个锅有什么玩儿的。"

"喜欢，老东西，几千年呢，看着有性情。"

"有喜欢锅的，有没有喜欢碗的？我这儿有只碗值不值一千五？"说着徐二从怀里拿出了只定窑划花的白瓷碗。

毛财一看来买卖了，让袁玉山把碗给他拿过去。

徐二问袁玉山："那人是干什么的？"

"他是我师兄。"

"进门一句话不说，刚才我还以为他是个哑巴呢。"

毛财一听这话就来气了，碗拿在手里看了看说："新活，毛刺还带着呢。要是能使这路碗的人家，冬天该穿银狐的灰鼠的皮袍子，穿冲伏呢的毡靴，戴猞猁或豪壳帽子，没进门先就得听见'嘚嘚'的骡车响。"

"你以为这碗不是这家出来的？实话告诉你，东西是老爷传下来的，说新活也就是新活，从来没使过，可不是新吗？谁把现吃饭的碗拿出来卖呀。"

毛财和徐二谁也不尿谁。袁玉山把碗拿过去，转圈一摸，没有毛口，透光又看了看画花，非常精美，再拿手指头一弹，清脆的一声，没有任何伤害，便小心地问徐二："爷，问一声，这东西哪家府上的？"

"嘿！怎么着，以为这是偷的呀，要是偷的也不上你这儿来了，那就早起去后海小市了。哼，还开买卖呢，没一个明白人。"徐二说着话揣了碗要走。

袁玉山觉得这碗从胎质到釉面都不一样，想给徐二留下，说："我们掌柜的正巧不在，您能不能再等等。要不把地址留下，我们专程上府上拜访去。"

徐二傲慢地说："铺子又不是你们一家，这儿不行我再去别家看看。"

袁玉山道："这么着吧，掌柜的确实不在，您要不先把碗留下，我这有十两银子，您先押着。等明天一早您再来，我们要，咱就单论价；我们要是不要，这十两银子就算给您喝茶了。"

毛财说："小袁，我还在这儿你敢做这个主呀，钱我不给，你要有钱你自己出。"

徐二一听袁玉山的话，觉得这碗该不是普通的碗，此行的目的已达到，说："行，听你这话你还真懂得买卖该怎么做，得，我也不跟你为难了。你这师兄像石头里蹦出来的，但你的面子我得给。碗我先拿走，定银你也先别出了，明天一早让你们掌柜的等着，我准来。"

徐二揣了碗出门，袁玉山送了他一程。

5

金保元在街上独自走着，看见一项官轿从宅门里出来了，知道是亲戚，户部尚书。想近前去，一看自己这身衣裳，连个帽子都没有，没动，反而将身子背过去了，脸冲着墙，怕亲戚认出来。自己心里话：说是那么说，真要向那些亲戚伸手，实在又伸不出手。这辈子什么都学过，玩过，就是要小钱儿没学过，干不出来呀。往日都是咱给别人，什么时候问别人要过。金安，对不起你了。金保元等那轿子抬过去后，回过身来，往热闹的街上去。路过一个帽子摊，他一眼看中一项缎子面的帽子，问多少钱，伙计说三两。

金保元倒吸口气："这么贵，这帽子可没有驼绒里子，冲伏呢的边。"

伙计笑道："对，要加上这两样您得再加三两。"

"一个帽子值这么多，怪不得那天那小子一个磕巴都没打呢。"

"爷，给您包上。"

"不要了，再看看吧。"他扭头走了，看见汇丰轩大茶馆，人还不算多，进去找了张没人的桌子坐下了。跑堂的过来问吃什么。

"来壶茉莉花茶，来份杠子饽饽。"他说完看了看茶馆里的人。茶上来了，金保元喝了一口，啪给吐出来了。"呸！末子呀。"

伙计忙赔不是："啊，爷，您没吩咐清楚，以为您要末子呢。"

"末子就末子吧，快把饽饽上来，我饿了。"金保元端起茶杯来，刚才的心绪没有了，有一口没一口地喝着。

远处有个穿着鲜亮的人一直在看着他，看着看着那人走过来说："这位爷，看着您面善，该不是金贝勒爷吧？"

金保元抬头看了看："我是金保元，您是哪一位？"

"我是哈宗耀，正蓝旗哈家。您忘了在同文馆您读过半年书，我比您矮一个班。"

"啊！想起来了，好玩篮球的，跟洋人玩篮球的篮球哈。"

"您记性还真好，有回和达子营的那帮人撂跤，要不是您，咱同文馆就输惨了。"

"有那么回子事，远了，没几年的事儿，不提想不起来了。跑堂的！

拿份茶具。"

"不客气您了。其实打您在街上走，我就看见您了，没敢认，跟着进来了。"

金保元看了看自己这身衣裳说："是呀！不一样了。"

"后来您那么一吐茶叶末子，我认定了，一准儿是您，别人没那做派。"

"见笑了，见笑了。今非昔比了，可我自己总不觉得。"

跑堂的端来茶具，放下，说声哈二爷您请。哈二爷嫌他啰唆似的挥挥手，继续跟金保元聊。"我今天碰您一回也真难，您要是没有事儿，咱们换家菜馆，好好坐坐？"

"啊，我现在是闲人了，没事，没事。"

哈二爷掏出块银子给了跑堂的，伸手让金保元先行。跑堂的赶忙打帘子开门。金保元好容易收敛点儿的架子又端起来了，昂然走出去，登上茶馆外哈二爷的轿车，哈二爷随后上来。大青骡子拉起车咔噔咔噔走得满街脆响，走出一路威风。

金贝勒一夜来的感想，被哈二爷这么一通地恭敬，被大青骡子这么神气地一走，又给冲没了。人要是想改改样有多难呀。

哈安驾着骡车来到隆丰堂饭庄，先后搀扶下金爷、哈二爷。两位爷大摇大摆地进去，选了一个单间坐下。伙计拿着白毛巾里外擦拭，端茶倒水，然后立在旁边连珠炮似的报了一气菜名。哈二爷笑了，说："看不出你肉头肉脑的，嘴皮子倒挺利索。好，按你刚才报的菜，都上来。"伙计嘚啵一声跑下去。隆丰堂里上上下下立马忙活起来，片刻工夫，一道道菜便送上来，桌面上摆满五颜六色。

哈二爷端起酒杯道："您尝尝这个，杏花村的汾酒。我记得以前老贝勒爷专喜欢它。"

金保元点点头，二人干了一杯。哈二爷陶醉似的哈了一声，随后叹气道："没想到老贝勒爷就那么给问没了。说句见外的话，我们哈家几辈子都得过贵府上的恩呢！"

金保元说："我可不知道，有印象的就一次你阿玛领着你来了，老爷子让我喊叔。我也不知道该喊你叔，还是你阿玛叔，就那么喊了一句。"

哈二爷道："那次是求老贝勒爷举荐我去同文馆读书。要是没在同文馆里读几年书，现在我也混不成这个样。"

"你在哪儿发财呢?"

"管着天津海关呢，五品。"

"没想到你当了官了，还做起洋人生意了。我恨洋人，没洋人也就没洋务，没洋务我们老贝勒爷也不至于反它反死了。"

"是啊，是啊。现在不说洋人了，南方革命党越来越凶，说打过来就打过来。现在圣上又小，摄政王大人太软弱，大清朝还不定怎么过这关呢。"

"过不了就别过了，千里搭长棚——天底下没有不散的筵席。"

"想不到大清朝的贝勒爷也说这话了，革命党这一关看是难过了。再说现今的兵权又没有在咱旗人手里，袁世凯袁大头握着呢，想打也不是你说了算的，打得赢打不赢更不是你说了能算的。"

金保元感慨道："不遇见事儿不知道，遇见事儿才明白点儿，旗人现在有几个还能领兵打仗的，最好了的能在牢里跟小毛贼撂两跤，打仗使洋枪没几个会的。现在的旗人不是捧角儿就是架鸟儿，干正事儿的都少了，好日子害人。"

"真是不一样了，没想到您贝勒爷有了这么多的感想。人真是应该走走背运，背是背了，但也算背了个明白。来，喝酒。"哈二爷说着干了一杯。

金保元说："你说这革命党是不是就像前些年闹的义和团呀?"

"那可不一样，义和团净装神弄鬼的，革命党都是念过洋学堂的，有学问有钱，还有主义，一呼百应，一呼百应。"

"有学问的人也造反，这可跟以往不一样了。听说朱元璋当年闹事儿的时候就是半个要饭的出家人。"

"不说了，不说了，说得菜都凉了。小二，给这汤再热热。"

饭吃了足有一个多时辰，二人微醉着离席。哈安在外间早已吃饱，赶忙过来伺候。哈二爷说："我这趟是从天津回京城办点儿公事，明儿个早起就要坐火车回去。见您一趟真不容易，您要没事再家里坐坐。"

金保元说："这就够给您叨扰的了，还上家里烦去，您看我这身衣裳，怎么见弟妹呀!"

"不是那话，家眷都在天津呢，这儿空着所大院子，闲拴着一辆车也是等我回来才用，您认认门，万一真有个事儿好找找哈安。"他说着话撩开轿车帘子对哈安说，"哈安，我不在的时候贝勒爷有事，你就全权给办了，可不敢怠慢。"

哈安回答称是。

哈二爷接着说："其实挺大的院子，要不您就住进去得了。"

"有房，有房，住着金安的房呢，还算宽敞。既然弟妹不在，那我就去你那儿看看。"

"对着呢！哈安快着点儿赶。"

"好嘞！"

天落黑了，金保元还没回来，金安在家里待不住了，去街上望，寻思：这是溜溜出去一天了，连个帽子也没戴。茶馆、酒楼里就那么点儿银子，也坐不了一天呀。绝不会听戏去，他那身行头别说进戏园子了，让他在门口站会儿，他都不愿意。可别又在街上惹什么事儿，不过俗话是"穷在闹市无人问，富在深山有远亲"。这会儿上街十个原来认识他的都得装不认识，也闹不出什么事儿吧？

金安正想着呢，一辆豪华骡车过来了，没以为金保元能坐这车。车在自家大杂院门口停下了，哈安一撩帘子，金保元一身的鲜亮衣服，头戴新帽子下来。金安一看差点儿不敢认，跑上前迎着："哟，爷！您可回来了，我这儿着急呢！"

"惦记了，惦记了。这是哈府的哈安。这是我家人金安。"金保元给两边介绍。

金安、哈安见了面。哈安说："爷，我回去了，您有事儿吩咐吧。"

"行了，以后有事让金安叫你去。"金保元说着话进了大杂院。金安紧跟着。

徐二、流子等几个人正在屋里拢火，烧着吃完了的核桃皮。徐二听见了外边的动静，喊："回来了，回来了，流子开门。"

金保元还没进屋就说："怎么不点灯呀？"

徐二道："等您回来点呢。这就点这就点。"灯一点亮，众人看见一身鲜亮衣服的金保元都有点儿吃惊。"哟，爷，真让您说准了，上街碰上阔亲戚了？"

金保元说："不开眼，是不是看见我这身衣裳了。以前贝勒爷一天换三身衣裳的时候，谁用这眼光看过我。"

徐二小声说："那不是从前嘛。从前您还没喝过面粥呢。"

金保元一听不高兴："你说什么？"

"没什么，我说您从前这衣裳都来不及穿。"

"敢情！从前穿什么。俗话是会吃吃腱子，会穿穿缎子。一般的缎子咱都不上身，得是苏州产的贡缎，加上苏绣。穿那路衣裳，仆人手指头不能有毛刺，他要给你穿衣服时先得修修手指。有毛刺一刮一根线。像这路衣裳也就打粗的时候穿穿。"

徐二说："爷，您先别说这衣裳了，您先说说碰见谁了吧。"

"碰见官了。"

"什么官？"

"官不大，五品，管着天津海关的哈宗耀，原来我叫他哈二，现在叫哈二爷。"

金安说："哈家，原来可没这么鲜亮过，那阵子净往咱府上跑，我还挡过两回呢。"

金保元说："这年月，不定哪块云彩有雨，你要平时不积德也得不了这个济。孟尝君门客三千，哪个不想帮他呀。咱们老爷，加上我，一辈子就爱交个朋友。朋友多了没坏处。"

徐二说："敢情还不是亲戚。"

金保元说："亲戚哪有这么好呀！亲戚要冷起来比什么都冷，三九天的冰。"

"爷，您说说吧，这一天都干吗了？"

"咳，光说着话我忘了，我这儿还买了包糖炒栗子呢，你们吃饭了吗？当个零嘴儿吧。"

众人一看有吃的，一下热情万丈。徐二不依不饶地问："爷，您今天都吃什么了？给说说。"

"中午隆丰堂吃的鱼翅席，喝的汾酒和果子露。晚上哈府的厨子烧的菜。那手艺比原来咱家的老张差远了，把条蛇给烧老了，乳鸽烧得也不够嫩。喝了半斤茅台，他还让我喝了一种洋酒叫白兰地。"

"这叫什么名呀，听着不像酒，像庄稼。"

金保元点头，说："不好喝，怪味，也没什么劲儿。双合盛的。啤酒还不错，比我喝的洋啤酒好。他还跟我说院子也空着让我过去住呢，车也闲着想用就让我用。"

"这可好！"

金保元说："好什么呀！我一人过去还勉强，你们一帮子人呢，都过去？咱们原来是孟尝君，养食客的，现在成什么了，让人家养着，不习惯。……徐二，你今天事儿办得怎么样了？"

"我正想说这事儿呢。咱不是总想住他的院子，是暂借。关键是明天咱得借他们那辆车用一下，您什么也别管，我拿着碗，您就穿着这一身，在车上坐着，他请您下来，您再下来，不请您，您都别动，到里边您光喝茶，别张嘴说话，问您什么您光嗯两声就齐了。咱们到琉璃厂转上一遭，不信这碗它卖不出去一千两银子来。"

众人包括金保元一听一千两，都呆了。

第 九 章

1

袁玉山早早地卸了门板，在地上泼水扫院子，一边扫一边看着街上，在等徐二送碗来。

毛财在屋里喊他："别净在外边站街了，进来吧，炉灰还没倒呢！"

袁玉山听到毛财喊，掸了掸土进了铺子。毛财假模假式地拿着个掸子给博古架上的古董掸土。

袁玉山说："您先别掸了，回头我一铲灰又落上了，等我倒了炉灰您再掸吧。"

"哪儿那么多事儿的，你撮你的吧，落上点儿土怕什么，古董不脏点儿旧点儿还叫古董了？……你知道'古董'两个字什么意思吗？"

"您这是要考我了。"

毛财牛皮烘烘地说："我是你师兄，考考你还犯法了？告你说不出来，今儿除了倒炉灰外，还得把那五百斤煤球拉回来，不罚罚你，不用功。"

袁玉山一乐："要是我说出来了呢？"

"说出来了，煤球咱俩一块儿拉去，你驾辕我拉套，小袁小袁嘛，天生该驾辕。"

袁玉山边干活边说："行，考我也是为我好。……骨董应该写作骨头的骨，姓董的董。董其昌写过《骨董十三说》，说杂古器不类者为类，名骨董。"

毛财不耐烦道："别咬文嚼字，说明白点儿。"

113

"你别急呀。他说食品杂烹之曰骨董羹，什么叫食品杂烹呢？就是咱们说的杂烩，不管什么东西放一块儿一煮，这叫骨董羹。其实骨董就跟杂烩似的。比如说这博古架上吧，有瓷器，有青铜，有玉器，有文房用具，墙上挂着画，地上站着泥人，这些东西聚到一起了，叫个什么名呢？想到了杂烩骨董羹，干脆叫骨董吧，就叫骨董了。"

"敢情骨董这名是从杂烩那儿来的，别蒙人了，谁信呀！"

袁玉山道："还有一种说法，说'骨'这个字，是所存过去之精华，肉腐而骨存的意思。'董'这个字呢是明晓，就是明白知道。'骨董'两个字连在一起就是明白知道古人所遗之精华也。"

"这么说还显得有点儿学问，我批了，骨董是这个意思，杂烩那不对，赶明儿人要问我干吗的，说自己卖杂烩汤的多没面儿啊。"

袁玉山说："合着您考了半天，就是两字：批了。您批了也算，'古董'这两字说法多了您还听不听？"

"不听了，算过了。一早上净听这些话，人都变旧了，旧玩意儿熏人，您想，把一新鲜人儿放一堆旧东西里去，多不好看啊。"

"那是您的看法。有钱能买富买不了贵，什么是贵呀？身上佩块古玉，家里放着只商鼎，墙上有黄庭坚长枪大戟的条幅，这人一看就风雅清高，几千年的时间他给您显出来了，不像那些暴发户穿得再鲜亮也是俗样儿。"

二人正说着，街面上一阵咔噔咔噔响，金保元、徐二坐着骡车到了。

毛财一惊，对袁玉山说："你看，昨天那位爷又来了，今儿看他倒不俗。"

"俗，但他拿来的那只碗可不俗。"袁玉山说着话马上出门迎候，"这位爷，您看得起我，真来了。"

徐二一副小人得志的样子："说了话儿，哪能不算啊。不光我来了，今儿个我们贝勒爷有闲，也过来看看。"

"哎哟，怎么话儿说的，还真有劳贝勒爷了。"袁玉山说着打开轿车帘子。金安在一边伺候着。

金保元下了车，道："徐二呀，就是这家呀？"

"是这家。"

"铺面小了点儿嘛。"

"铺面是小了，不过这位伙计还算懂事。"

毛财先看见徐二下车没当回事儿，一看金保元下车就认出来了，心说："坏了，还真是贝勒爷！"赶紧跑出去接客人："贝勒爷，您来了，气色好哎！腿脚还那么健。"他扶住了金保元，对袁玉山说："还不后边叫掌柜的去，没眼色！"

袁玉山急往门里跑去。毛财又转向徐二："早说了嘛，这位爷一看就不凡，不是大宅门里出来的，哪儿知道鼎原来是烧饭的锅啊！"

金保元问："什么？"

徐二说："啊，没什么，昨儿我给他们讲了讲古，说了点儿老事，让他们也长长见识。"

金保元道："就你那点儿货也敢到这儿兜来。"

毛财献媚道："开眼，开眼！"

说着话刘掌柜的迎出来了："哟！贝勒爷，这真是劳驾了，劳驾了，蓬荜生辉，蓬荜生辉。"

金保元说："这是你的买卖？"

刘掌柜答："蓝公公的东家，我是掌柜的。"

"赶明儿我出点儿钱，你也给我开一个吧。"

"您太看得起我了。您请，您请。"

一行人进了铺子，金保元先是转了一圈看了看东西，然后落座。

刘掌柜说："贝勒爷，用点儿什么茶？"

"也不难为你了，有什么沏什么吧，可有一点，红茶我不喝，受不了那种发酵的味。"

刘掌柜道："好，有上好的六安瓜片，毛财沏茶。"

金保元看了看铺子问："这些旧东西，买的人多吗？"

"买的人不太多，话说回来了，古董这行是三年不开张，开张吃三年。平时闲的时候多，只要有一桩买卖就行。"

"还有这么做买卖的啊，我可干不了，看着起急。……嗯！茶不错。这么冷的天儿了，明前茶还能留到这份，算是大不易了，是从张一元刚买回来的？"

刘掌柜说："不是，张一元花茶多，玩古董像您这样的爷有那么几位，从不喝花茶。我专门备下的。每年春天茶贩子从南方过来，上好的明前我买几斤，茶都分成小包，放在一个大瓮里，底下铺点儿石灰，盖给封严了，埋在地里，随吃随拿一小包，既不走味，茶也不潮不干，喝到腊月还碧绿碧绿的呢。"

金保元听了挺兴奋："嘿，你这法子好！金安啊，记住了，回家咱也这么存茶叶，省得一入秋就喝不着好茶了。"

金安应着："爷，我记住了。"

金保元说："徐二，待会儿我庆王爷家还有饭局，你有什么事儿跟刘掌柜的里边说去吧，买卖的事儿我不爱听，我在这儿坐会儿。这茶把我勾住了。"

刘掌柜对徐二说："那么，二爷，咱里边请吧。"又告诉毛财："贝勒爷这儿你照应着。小袁跟我进去吧。"

刘掌柜的领着徐二进了内宅，拿起徐二放在桌上的碗，看底、看口、看胎质釉色、听音、掂手头，说："东西对着呢，定窑划花。碗看着新，东西可是旧东西。也就是贵府上还留着这路货呢。"

定窑有南北之别，初设窑于今日河北定县，故以地名。及金人南侵，定窑亦毁。南渡后在景德镇设窑，遂别定县者，曰南定，瓷以色白而滋润者为正。装饰花纹之法，有划花、堆花、绣花、印花等。以划花为最佳，绣花者最下。

徐二说："前些日子贝勒府出了点儿事儿，不说您可能也知道了。要不，谁拿些厨房里总不使的碗来卖呢？不过话说回来，百足之虫死而不僵。上百年的贝勒府也不能一天说败就败光了的，就是光着身子出来，挖挖耳屎，也能挖出点儿东西来。"

"那是，那是。"

徐二仍说："耳屎挖空了，还有三亲六戚呢，哪一位拔根毛也比咱俩的腰粗。"

刘掌柜连连点头："明白，明白。"

徐二话锋一转："这碗呢，您也看了，不是什么寻常的碗，您要想收下，就匀给您了。"

刘掌柜寻思开了：他是仗着贝勒府的名号，想卖个足价呢！自古客大欺店，一点儿不错，不过这东西确实是好东西，我不能放。但我也号出来了，这位爷是个外行。他说："话我听明白了。这碗是真不错，但按理说该是一套，就这一只，它就差了行市了。"

"这话怎么说?"徐二看出了对方的盘算。徐二什么人,也是走南闯北的主,见识过,并非草混混可比。他摸着了刘掌柜的脉,但还摸不准。他也盘算起来:他看出我不懂了,指定要杀价。这碗就刚才他看过后的眼神看,不是个普通碗,待会儿要让我开价,我就开个天价,比他外边的那只锅还贵,看他怎么还价。

刘掌柜道:"您听我慢慢说。这碗有十二头的,有二十四头的。十二头的连碗带盘子,加起来一共十二件。二十四头就二十四件。十二头的划花全是一种的是下品,整套或单只都不特别值钱;如果十二头划了六种花纹,是中品,价比下品翻一番;如果十二头件件花纹都不一样,就是上品,价儿就得翻四番。"

徐二问:"要是二十四头件件不一样呢?"

"那是极品,估计看不见了。"

徐二心里想:出来时没看那箱子瓷器到底有多少只,也不知每只划的花都是不是一样,要是整套的这单只碗还就不能卖给他。便说:"刘掌柜,看你说话也是个实在做买卖的,这么着吧,这一回是一定让您足足地开一回眼。碗先放您这儿,我先不开价。我知道要是整套地卖,你银子也难周转过来。等什么时候你凑足了钱,或找准下家了,咱们再谈。"

刘掌柜原只想扛住了,杀一下价,没想到徐二这么狡猾,说:"要不,这只碗,您先拿一点儿定金走,或我出个一只价?"

"不碍的,信得过您,一分钱都不拿,不单不拿钱,以后买卖做成了,还有重谢。"

刘掌柜说:"也好,也好。那这碗您先拿回去吧,放这儿怕不保险。"

徐二心想,这是逼我卖呀。怎么这么不痛快!这一只先卖了?于是说:"既然这样,就一千两吧。"

刘掌柜磕巴都没打:"得,我应下了。"

徐二觉得有点儿意外。

这时,街上走来一个金发碧眼的德国人——路德维希,人称禄大人。他身穿长袍马褂,脚下一双漆皮靴,时不时地跟各家铺子的伙计打招呼。他是个中国通,琉璃厂的常客,长住北京为一些欧洲博物馆收购名贵古董,以瓷器为主。

禄大人走到丰一阁门口,喊毛财:"毛财!毛财!出来接客,买卖来了。"

金保元一看进来一个洋鬼子，就不高兴，说："我看见洋人就起火，伙计，把他挡了！"

毛财看见禄大人，想挡又不好挡。禄大人已经进来了，仍嚷着毛财接客。

毛财说："禄大人，您学了两句中国话不能乱说，串古玩行，哪有说'接客'的，您把去清音小班儿的话都给学来了。多难听呀，不知道的以为我们这儿开的皮肉买卖呢。"

禄大人两眼珠子乱转："'卖肉？'听着倒像'没有'。"

毛财说："什么没有呀，别打岔了。我给您引见下，宣统皇上的表十六哥金贝勒爷吧。"

"贝勒？公侯伯子男，"他用手指数了一遍，"贝勒是侯爵吧。啊，我见到中国的侯爵了，非常荣幸。贝勒爷，给您请安了。"他打了个千。

金保元从禄大人进来就不高兴，禄大人这么一跪一请安，又把金保元逗乐了，说："免了，免了。听说你们洋人就兴握手，一见面就把捏了一把汗的手伸出去，两人一握。多脏啊，谁知道摸过什么了。中国人懂礼，再好的朋友，见面没有肌肤之触，显得庄重。一抱拳，拉种架势，看着威武，不卑不亢，不像你们握着只手还摇来摇去的。中国人也有握手的，只限男女之间，像柳永说的，'执手相看泪眼'。这'执手'二字就是握手，就这种样子，有儿女情，无英雄气。"

禄大人说："这首诗，我知道，是个叫九儿的小姐教给我的。我最喜欢的两句是'今宵酒醒何处，杨柳岸，晓风残月'。"

"啊！还昆腔呢，你懂的中国事儿还真不少。伙计给看个座。"

毛财拿了椅子过来。禄大人说了声"谢贝勒爷"。

金保元说："你说的九儿是哪一家，哪个府的？"

"是月痕楼的，非常美丽，美得不敢看。"

"是个小班里的姑娘！你这一口的中国话，是不是都是在小班里学的？"

"不完全是。我原来在同文馆里教德文。我教给他们德文，他们教我中文。他们学不好，我用戒尺打他们的手心，下来我学不好他们也用戒尺打我的手心。我们两边都没学好。"

118

金保元乐了："没想到你这老外还真能逗磕子，以后改说相声得了，准红。"

"我是拜了个老师，还过了帖子。他们不好好教我，就教我绕口令，您听听，'吃葡萄不吐葡萄皮……'他们把我教傻了，越教越傻。我觉得说相声应该是聪明人干的事儿，越聪明越好，我不愿意当傻子，所以不学了，把帖子也要了回来。"

"听你说话都不用听相声了。德国离这儿有多少里地呀，大老远你上这儿干吗来了？"

"我喜欢中国。"他说着指了指博古架上的东西，"我喜欢中国的东西。"

"喜欢就喜欢吧，干吗把鸦片往我们这儿运呀？"

"鸦片，不是我运的。鸦片不好。"

"不好的东西往外运，好的往回拉。也不能说跟你没关系，那是你们上边干的事，你得知错。要是没有鸦片，大清国还是大清国。一提到鸦片我就有气，徐二怎么还不出来呀？"

"爷，出来了，出来了。"徐二应声与刘掌柜相继出来。刘掌柜的手里还端着那只碗。禄大人一看见刘掌柜手里的碗就站起来看。

"这是一只定窑的碗，我喜欢。刘，把它匀给我。"

刘掌柜的没想到禄大人在，看看金保元、徐二都在，再有买卖也不能谈价，回身把碗放在博古架上，心说：老外有时就是不懂事，这么多的人，当着买主怎么说话呀？我这碗可是个大漏，我不卖个天价对不起你这么搅局。

金保元看出来了，也不想再坐了。

徐二说："爷，您等急了，王爷家的饭局还能赶上。"

"走吧。"金保元站起来。众人送客。

禄大人一个劲嚷嚷："这个碗我喜欢，银子不成问题。"

刘掌柜不理他，把人送到街上。徐二向毛财递了个眼色，二人走到一边。徐二说："看出来了，你还聪明机灵。"说着塞给毛财点儿碎银子，"盯着点儿，看那碗给那德国人开多少价，必有重谢。"

"为贝勒爷尽孝心，应当的。"

众人寒暄告别。袁玉山一直望着车拐了弯儿才沉思着往回走，冷不丁被谁绊了一下，抬头一看，是叫花子蹲在墙根晒太阳，问："你上这儿干吗？冷不丁吓了我一跳。"

叫花子说："嘿，我想上哪就上哪，除了皇帝坐的金銮殿，我哪不能去，你说？"

"我不是这个意思，我是问你最近怎么样。"

"那你干吗不直说？真是读了圣人书的缘故。哎，你怎么当起了学徒？多么不自在。"

"成人不自在，自在不成人，总比在街上逛荡强。哎，掌柜的叫我哪，我得进去了。这有点儿碎银子，你拿上花去。"袁玉山跑回铺子。

2

崔和有的伤好多了，他穿着青布裤褂边扫雪边卖弄身段。早晨的阳光洒在他身上，更加透出一股子生气。小玉荷和冯妈隔着各自的窗户都偷眼看着。冯妈走到屋门口，关心地招呼他："小崔，别扫了，伤还没好利索呢，等会儿我扫吧。"

崔和有望着她说："累不着，总待着怕存了筋，伤科大夫不是说让活动活动吗？"

冯妈抿嘴一笑："粥煮好了，放在灶台上了，你扫完了趁热喝了。那件衣裳脱了我给你洗洗。"

在屋子里看着冯妈和崔和有说话的小玉荷生起气来了，嚷："冯妈！冯妈！你过来一下。"

冯妈一听，放下手里针线活过去："太太您叫我？"

小玉荷早上起来就在给泥人上色，她仍看着调色板说："你坐吧，我有点儿事儿问你。你老说这是你弟弟，是亲的吗？"

"不是亲的。"

"他是不是卖翠花的那个？"

"是。"

"因为什么伤的？"

"他说是碰见仇人了，让人打的，翠花挑子也抢跑了。"

小玉荷放下笔，伸了伸胳膊说："早知这样，当初我不该答应你留他。

120

谁不知这院里住着两个女人呀，没过多久住进个卖翠花的，这叫什么呀？"

"太太，那天他不是伤得厉害吗？咱不救他，这北京城里他没个亲人。"

"不说了，错也是当初就错了。那你打算让他什么时候走啊？"

"太太，他伤还没好利索呢，再说翠花挑子也没了，他出去了也没吃饭的辙了。"

小玉荷隔了窗户看着崔和有：他扫完了雪，正掸着身上。小玉荷说："那我管不了，快着点儿让他走吧，免得人家说闲话。"冯妈答应着要出去，小玉荷又叫住了她，"对了，碰见街坊问，就说是我的亲弟弟，哪有老妈子弟弟住进太太院子里的理儿呀。"

"哎，我会说。"冯妈出去后，就接过崔和有的掸子，帮他掸土。

窗内小玉荷看着这些不禁悲从中来：什么太太呀，还没一个老妈子快乐！然后又拾起笔接着给泥人上色。

不一会儿冯妈的弟弟真的从乡下来了。小玉荷听见敲门声，想叫冯妈，探头看了看偏屋没动静，她就出去开门，见是个陌生农民，就问："你找谁呀？"

农民说："找我姐。"

"你姐是谁呀？姓什么？"

"姓冯，玉田刘村的。"

小玉荷说："进来吧，院子里站会儿，我给你叫去。"她嘟囔："刚认个弟弟，这回又来个弟弟。"刚想喊冯妈，又变了主意。她早就想看冯妈和崔和有在屋里做什么，突然推门进去。

冯妈正给光着脊梁的崔和有缝汗褟，正咬线时小玉荷闯进来，吓了两人一跳。小玉荷一看这情景回身又出去了。冯妈赶紧下炕，原想放下汗褟出来，又觉得拿着好，于是拿着出来说："太太您喊我？"

"不是我喊你，是你又来了个弟弟。"

冯妈一看当院站着的老家弟弟，赶紧过去了。小玉荷独自回屋。

"二啊，你怎么来了？"

"姐，你公公不行了，一人秋喘得厉害，想让你回去一趟呢。"

"那捎个信不就结了，还至于跑趟人？"

"上回捎信你也没回去，这次不放心，非让我来一趟不行。"

"我这是给人家当老妈子，哪能说回就回呀。刚才你不是见了太太

121

了吗?"

"见了。"

冯妈回头看了看自己的小屋,一想崔还在里边,便说:"太太不让进屋,我也不敢让你进去。……等会儿,我拿点儿钱,你先回,我等两天就回去。"冯妈进屋拿钱,把汗褟也放下了。出来给了弟弟钱,把他送出大门外。"我过几天就回去,你先回吧。"冯妈关了门后,转身想了想往小玉荷屋里去。

小玉荷看着泥人,支着耳朵,冯妈在外边一喊,她就说:"进来吧。"

冯妈进来说:"太太,刚才那是我亲弟弟,从玉田赶来的。"

"家里有事儿了?"

"我公公快不行了,催我回去见一面。我想安排安排,后天一早走,去个十天就回来。"

"那家里的事儿交给谁呀?"

冯妈小声道:"交给小崔,他身子骨也好了。"

小玉荷沉吟着:"……怕不方便,你一走,他一个人在不方便。"

"他也没地儿去,您又没人伺候……"

"这要让街坊知道了,还得了呀!你不去不行吗?"

"上回捎信了就没去,这回不行,家都来人了,不去不行。"

小玉荷说:"按理说十天也不长,我也能对付,只是担水弄炉子我不会。这么着吧,你在外边给小崔租个小店,白天让他过来挑水,伺候饭。"

"那也行。"

"可就十天啊。"

冯妈突然觉得会有什么事儿发生似的,呆了一下,说:"行。"

冯妈出去了,小玉荷在泥人脸上涂了好几笔红色,忽然有种莫名的烦躁,她一下把笔丢在一边。

晚上,小玉荷早早就上了床,其实睡不着,只是想闭着眼静静地躺一会儿,就这么懒懒散散地、随心所欲地躺着。她穿着新从天津买的丝绒睡衣,面料与肌肤摩擦,光滑柔软,产生让人愉快的接触感。买来好些天了,今儿个是第一次穿,说不出为什么,只是有种强烈的欲望想穿。睡衣飘散出淡淡的樟脑香味,睡衣反射着月光,变成暗红色,如梦如幻。冯妈的厢房里今夜好像有什么事,时不时传出一两声响动,小玉荷听得真真儿的，心思愈加摸拿不准。她在自己身边围了一圈儿泥人，一会儿摸摸这个，一会儿捏捏那个，拿起一个来贴在胸口上，贴在面颊上。蓦然，冯妈那边传来短促快乐的笑声，虽然很短、压抑，但却像电闪雷鸣，穿透小玉荷的心。她一下把手里的泥人摔出去，喘息一下，起身走到穿衣镜前。睡衣不长不短不肥不瘦，她看着镜中的自己，脸蛋是那种好看的脸蛋，身材要哪有哪，不由自主地跟冯妈比较，并且嫉妒起她来，感叹自己红颜薄命。她脱下睡衣，直到感觉冷了，才又上床，钻进被窝。

厢房里的小油灯还亮着，冯妈和崔和有睡在一张床上，狂风暴雨已过，他们正安静地说悄悄话。

屋里没有月光，冯妈撑起一只手，看着崔和有说："你嫌不嫌我比你大？"

"没嫌过，大了知道疼人。"

冯妈笑了："想不到这辈子还能碰到你，跟戏里唱的似的。要不是我那个冤家死得早，我也就出不了村子了。谁说能碰上呢？一个给人当下人的老妈子，也做出风流事来了。话说回来了，老妈子不是人吗？老妈子当起女人来更会当呢！"

"也赶上你们太太好，眼睁眼闭的。"

"好什么好啊，她是青楼里出来的，什么不知道，什么没见过。她不能拿这事儿当回事儿。"

崔和有看着天棚想事儿。冯妈看着他。

"你想什么呢？可不能想她！"

崔和有说："说哪儿去了。"

"那你想什么呢？我一看着你发呆，心里就打鼓，让人摸不透。做梦一样的，跟你在一起做梦一样的。"

崔和有说："我要是不卖翠花，干点儿别的，会怎么样呢？要是卖翠花不被人砸了，买卖又会怎样？人不知道他这辈子是这样，还是那样，走一步说一步吧，谁也不能和命争。"

"这也没有那也没有咱俩就到不了现在，我和你是前世定的，你别想那么多了。"

"不想也不行啊，还没听说过吃老妈子软饭吃一辈子的呢。"

冯妈一下抱住崔和有："我就让你吃一辈子，你吃呀，吃呀。……我明天走了，可不能贪嘴。"

小玉荷一夜都在翻来覆去，天快亮时才迷糊了一阵。听见崔和有扫院子的响声，她支起身朝外看，直看得脖子发酸，扭头瞧见了昨夜摔在地上的泥人，百无聊赖地喊："冯妈！冯妈!"

崔和有停了扫帚，冲着小玉荷屋内回了句："冯妈走了。"

小玉荷一听冯妈走了，霍地坐了起来，把小衣掖了掖，又忙着拢头发，一下子又兴奋得不知道要干什么好了。崔和有在窗外又补了一句："太太有吩咐，叫我吧。"说完话还是传进来扫地的声音。

小玉荷刚兴奋又停住了，照着镜子，心说：怎么就慌起来了？他可是个下人，是个下人的相好，你是太太，差着远呢！不是一辈子都想当太太吗？当太太得有个当太太的样儿。

小玉荷边梳头，边和院子里的崔和有搭话："早上的紫米粥熬好了吗？"

崔和有回答："熬好了，知道您爱吃甜的，放了点儿冰糖。"

小玉荷对着镜子，有种羞涩的笑，收住了又说："把漱口水给我先倒出来，别太凉也别太热。牙粉也给打开。"说完冲镜子里做了个样儿。

崔和有在院子里停下了扫帚，答："哎！这就得。粥是不是也给您端过去？"

"不用，先凉着吧。"

小玉荷梳罢了头，试了一身十分鲜亮的衣裳。看见了地上摔碎的泥人，把它粗粗地踢到一边去。端端正正坐在太师椅上，平静了老半天，想冲着院外边喊，刚要张嘴，又停了，琢磨：喊他什么呢？知道他名儿，喊名吧，太霸道了。喊小崔吧，他看着比我大点儿，好像喊不出口，太亲切了。索性什么也不喊吧。于是她大声冲外"哎"了一声："我起来了，把东西给我端进来吧。"

崔和有对那个"哎"有点儿不惯，站了会儿，还是答应了，进灶间把东西都端了出来，低着头进去。小玉荷看着崔和有也有点儿别扭，头也微低着。二人扭扭捏捏，一男一女独处的感觉。

崔和有端着东西，不知该放在哪儿。小玉荷让他放桌上。他撂下东西退出去，看见堆在地上的泥人碎片，麻利地出去把小扫帚和簸箕拿进来收拾。

小玉荷看着有点儿不好意思，想起昨夜，遮掩着："昨天有耗子，失手就把它给打碎了。"

"多好的泥人呀，就给打碎了。赶明儿个我做个耗子夹吧。"

小玉荷盯着他看了一会儿，心里忽悠一下乱了起来，瞎想：这小子好像知道会疼人了呢。疼泥人会，疼真人会吗？咳，想到哪儿去了！

崔和有边收拾了泥人，边说："太太，您以后就叫我小崔吧。"

"……生，叫不出口。"

"慢慢就熟了。"崔和有说着话端簸箕出去，把泥人倒在一筐里，破碎的泥人有一只眼看着他，他把那只眼拾起来，又扔回去。落叶也撮干净了，他站在院子里用掸子掸身上的土。

小玉荷边梳洗边看着院子里忙来忙去的崔和有，见他要走，小声喊了他一句，但声音小得好像连自己都没听见，便换了大声。崔和有答应着进来。她让他把桌上的东西收拾了，然后说："待会儿你去车口儿雇辆车吧，趁着今儿个天儿好，我想去白云观进个香。"

崔和有答应着，收拾完东西出去雇车，有种喜悦浮到脸上。

旧北京，轿车不停大街上，车把式会集的街口叫车口儿。车口儿大多在切面铺前，有时车把式不在，与切面铺的人说一声，也可代为传达。

进完了香已是傍晚，小玉荷倦意全无，言谈举止都透着一股子喜兴。

骡车过来了，小玉荷扶着崔和有上车，坐定了好一会儿，她的手还感觉着他膀子上疙疙瘩瘩的肌肉。风吹开轿车的帘子，冷飕飕的。崔和有坐在裹着羊皮袄的车把式旁边，更显出衣裳单薄。她寻思：如果他对我好点儿，就给他买件棉袍子。她说："小崔，外边冷，你进来坐吧。"

"……太太，您宽敞点儿吧，我没事儿。"

"里边够坐的，何必和车把式挤呢。"

崔和有反身坐了进去。轿车里的气氛一下子别扭起来。

崔和有道："哪儿有下人跟主子坐一起的？我这儿失礼了。"

"我是什么主子呀，说好听了是人家的外室，说不好听就是件玩意儿。"她说着话有点儿伤感，"你在北京城里有亲戚吗？"

"没有，原来学戏时有个师父，也死了。"

"我也一个亲戚没有……我原想没亲戚有没亲戚的好处，什么也不惦记，什么也不怕。但这么两年一过来觉得真是孤单呢，连个想把心里话说出去的地方都没有，每个月都来趟白云观，我跟后殿的王母娘娘说的话，比跟世上谁都说得多。"

"能觉出来，您捏了那么多的泥人。"

"说是能孤单下去，青灯孤影的一个人就一个人，其实真难，不管什么样了，也不想离开人。没有活人，就捏点儿泥人，想想也怪不搭调的。"说着小玉荷用眼看着窗外，轿车一颠，觉得头饰可能撞歪了，说，"你看看，我这朵翠花正不正？"

崔和有看着自己原来卖的翠花，有种说不出的滋味，说："偏了点儿，我给您正正。"他经心地为小玉荷正翠花，闻到了她头上的香味，呼吸急促起来。车摇晃了一下，小玉荷就势往他身上一靠。一车的柔情。

回到家时，天已经黑了。匆匆吃过饭，崔和有烧水让小玉荷洗沐，自己在厨房刷家伙，一边还哼几句皮黄。小玉荷听得入迷，把水都晾凉了，想了想，叫崔和有来换水。崔和有进来，见她只穿着小衣，蓬松着湿漉漉的头发，眼睛就不敢抬，却又止不住偷偷瞄两下，正巧碰上了小玉荷的目光。他嗫嚅道："太太，您小心着，别着凉。"赶紧把热水倒进盆里，用手试了试说，"合适着呢。"

小玉荷坐在小凳子上，说："你把水端过来吧，给我撩着冲冲。"

崔和有既高兴又害怕，仔细地舀水替她冲洗，看着细皮白肉，心里怦怦直跳。

小玉荷坐着不动，手撑着膝盖，垂下头，任他冲来冲去，直到崔和有提醒她水凉了，她才拿过毛巾擦拭，仰起脸看他。

崔和有垂下眼，端起脏水退出去，推开门把水泼到院里，说："太太，没什么事我走了，晚上您多警醒点儿，我一早再来。"

小玉荷没回应，听见他拉门的声音，突然"哎哟"叫起来。崔和有慌张着过来问："太太，您怎么了？"

小玉荷假装把脚崴了，捂着脚喊疼。崔和有问要不要去请大夫。她摇头，然后把脚伸给崔和有。他半蹲下，握住她的脚揉搓起来。小玉荷呻吟着，两人相拥。崔和有问："脚还痛吗？"小玉荷说："脚没了，只剩下心了，你摸，'咚咚'地跳呢。"

只一天一夜的工夫，崔和有便有了两个女人，他像个暴发户初次下馆子，大吃大喝起来。小玉荷本是小班出身，诸般风流是拿手好戏。二人一个如风中的旗，一个如水中的鱼，日日夜夜撒开了欢。

冯妈风尘仆仆地从玉田回来了，手里还拿了些土产，最奇怪的是一根练武用的大扎枪。冯妈在院门口放下东西想敲门，门一推开了。"哟，怎么这么大意呀！连街门都不插了，可是院子里有了男人了？"她嘀咕着进了院。院子里收拾得干干净净，安静极了。冯妈想早见到崔和有，蹑手蹑脚地往偏屋走。偏屋是空的。冯妈站着想了想，往小玉荷的屋子里去，推开门，看见崔和有睡在小玉荷的床上，小玉荷一只手臂撑着看着睡着了的崔和有。冯妈捂着嘴悄悄退了出来，跑回自己的屋里，忍不住哭了，边哭边说："什么太太呀，连窑姐都不如！哪有太太捡下人的剩儿吃的？早我就应该想到了，孤男寡女在一起能有什么好啊！小崔你个没良心的，吃一份软饭还不够，还要吃双份的软饭……"

正擦泪时，崔和有进来了，扶着门框站在门口，说："您回来了。"

冯妈擦着泪说："家里没什么大事儿，看看就回来了。太太那儿有事儿吗？"

"没什么事儿……挺平常的。"

"知道晚上想吃什么吗？"

"长接短送，今儿个您回来了，就擀面吃吧。"

"行，吃面，我和去，你忙去吧！"

崔和有抽身要往外走，冯妈又一下悲从中来，道："以后别'您您'的，我当不起。"

崔和有愣在了门口。

第 十 章

1

卖了一千两银子，徐二先喜后忧，想：那只碗是不是能卖更多的钱，比如说三千两、五千两，如果是这样，那自己岂不是大亏特亏了。所以他买通了丰一阁的毛财，让他给自己通报那只定窑划花碗的实价。他在一家饭馆里订下座，等着毛财。

毛财准时来了，二人寒暄罢，喝酒吃菜。毛财歉意地说不能待久，得去盯铺子，掌柜的带袁玉山要去串货场。

徐二说："没事儿，你坐吧，咱俩头一回，怎么也得喝二两。你们那铺子，看一天也未必有一个人进去。"

"这话您算说对了，不信上琉璃厂街上看去吧。十家铺子有九家铺子的伙计都在打瞌睡呢。今年不景气，北洋的这伙子人换来换去的，谁还有心淘换老玩意儿呀？"

徐二撇撇嘴说："那我也没看见哪一家关张的。"

"那是那是，吃不了中国人吃外国人。原来琉璃厂好东西容易出手，还都是那些行贿送礼的多，银子不敢送，送件玩意儿，看着不起眼，实际是好大一票银子呢！现在谁还急着做官呀，看不好明天什么样呢！买这东西的人就少了。"

"也怪，中国人少了吧，外国人就多了。琉璃厂有几家专做'法国庄''德国庄'的。外国人买东西，比那帮子行贿的好做。一是容易走眼，二是舍得花钱。"

徐二"嗯"着，道："想吃什么，说话，我这是等你没来随便点的几个荤菜。"

"合意，合意。就想吃口荤呢！"

"我也不能太误了你时间，咱边吃边说吧，下午我也有事儿……那只碗，德国人是不是当天就买走了？"

"买走了，一时三刻都没停，看着好，东西又对，当时就签了银票，没那么痛快的了。"

"我那天跟你说的事儿，没忘吧？"

毛财装傻："什么事儿？"

徐二掏出银子，搁在桌子上。

毛财乐了："噢，那事儿……这钱你先别给我，我想问问这事儿你干吗不烦小袁打听，干吗烦我呢？"

"你不问也该知道吧。"

"想不通，不知道。"

"你是真想听，假想听？"

"真想听。"

徐二说："那告诉你，小袁他人比你好，这事儿他不能干。你比他坏。"

"哈，我算是被您看准了，这件事你要托给小袁，他一准儿不答应，他总仗着读过半部《论语》，说自己读过圣人书，这也不干，那也不干的，一副酸相。我就不一样了，我什么也没读过，圣人对我没用，所以这钱我要。"毛财说着把钱装进兜里，"我当时长了个心眼，掌柜的卖货也不避我们。那天的东西为什么说卖得痛快呢？一口价，我们掌柜的说了个一万两，禄大人没打奔儿，没还价，银票拿出来了。"

听了这话徐二一下子脸变了色。

毛财问："二爷，那天您卖给我们掌柜的，是多少银子呀？"

"啊？噢，差不多，差不多。"徐二心里却说：差远了。买卖，买卖，一买一卖会有十倍的赚儿。谁能想到呢，一个碗，装满满一碗金子也就卖个这价钱吧？一万两，这钱从哪儿算也算不到它那儿去呀！古玩这行真像说的那样，虎穴龙潭不得擅入。我这个漏被刘掌柜捡得多脆灵呀！徐二问："这禄大人哪儿来的那么多钱呀？他是不会还价，还是傻呀？"

毛财边吃边喝边说："他才不傻呢！听说他是给欧罗巴洲那边的博物馆专收中国古物。你想想欧罗巴，八国联军全是从那儿过来的，光卖咱们大烟就刮走了多少钱呀，不在乎，有的是银子！你觉得他买贵了，他再卖给欧罗巴不定多少钱呢。"

徐二问："你说是禄大人，他还想不想要这路货？"

"想啊，指定想。琉璃厂是这样——好东西什么时候也不怕，就怕没好东西。"

徐二又拿出点儿银子给毛财："你去跟禄大人说，就他那天买的定窑是一套中的一只。这一套连盆带碗加上盘子一共二十四头，而且每一头的划花都不一样。这套东西原来是宫里的东西，也只有金贝勒爷这样的爵爷家才有。改天你带他来，让他到贝勒府里开开眼。"

"这点儿事我一准儿能办，您还那么客气，说件事儿就给份钱，好像我真的就那么坏似的。"毛财说着把钱给装起来了。

"你不坏，来喝了这杯，你跟你们掌柜的比，算得上是圣人了。"

毛财眨眨眼说："我怎么听说贝勒府给抄封了，哪儿还有金贝勒爷府呀？"

"啊，对，大府给抄了，还有小府呢。金贝勒这样的人家，怎么就只有一处房呢！来，干了。"

听了毛财的一席话，徐二这心里头就憋了一股子劲，一定要做桩大买卖。夜里，他陪着金保元去了庆和楼听戏。

金保元看得投入，原来的习惯又出来了，边看戏边伸手向徐二要东西。徐二不懂什么意思，直躲。金保元抽空看了眼徐二，说："有什么值钱的东西没有？咱往上扔一件。"

徐二苦着脸说："爷，咱不比从前了，现在身上哪儿还有什么值钱的东西呀？就刚卖了一只碗，这两天也快花得差不多了。"

金保元直拍腿："嘿，今天可是急死我了，怎么就忘了带几件东西出来呀！"

"爷，您别急，待会儿散了戏咱们后台去看看他也就行了。"

金保元没办法，也只能空空地喊一声"好"。

庆和楼戏园后台，没有活儿的小丑和老院公他们又在扒帘子看台下。

丑说："您瞧瞧，贝勒爷还是贝勒爷，蹲完大狱出来，一点儿样儿都没变。待会儿您看看吧，不定往上扔什么呢。今儿个五老板的这顿夜宵算请定了咱们了。"

院公道："那是，什么叫听戏呀？天天晚上来听，不听睡不着觉叫听戏，逢年过节来回戏园子，那不叫听戏，叫凑热闹。"

"看见没有，伸手问旁边跟包的……嘿，跟包的怎么换人了？金安没来。换了位长相跟我差不多的爷，怎么没给东西呀？这位爷长相不济，还抠门。"

"现在天天来听戏的人就是少了，能有六成座算是爆棚的买卖。都说南方革命党要打过来了。北洋这伙子不行，就能欺负皇上，革命党他们也怕，弄不好还要改朝换代，改不改的咱说了不算，老百姓就一个怕，怕打仗，不打仗就行。"

"嘿！还是没要出东西来，怎么着那位爷还做着贝勒爷的主呢？今儿新鲜了，金贝勒爷没往上扔东西，白白地喊了声好，他这一白喊不要紧，今晚上咱'都一处'的烧卖是吃不上了。……你管什么改朝换代不改朝换代的，跟你有关系吗？心里装的事儿还真不少，想想近的，今晚夜宵怎么办？"

"怎么没关系呀？俗话京民三品官，天下的事京城里的人不关心谁关心呀？'居庙堂之高则忧其民，处江湖之远则忧其君。是进亦忧，退亦忧。'"

"行了，行了，你忧去吧，最烦你这路人了，唱戏都唱不好，王院公李院公演了一辈子院公，还动不动忧忧的，你忧过什么呀，吃不上夜宵你倒不忧了？"

"院公，院公怎么了？院公还识俩字呢，不像你丑，不是花子就是力巴，真是演什么像什么，这国家要完了，你还夜宵呢，你他妈报销吧！"

两人正矫情呢，台上戏演完了，园子里散戏，金保元和徐二上后台来，正赶上院公和丑儿吵打起来了。

丑说："你他妈小子敢骂我，小子，我今儿就先让你报销了。"说着捋袖子要打。

院公叫："该报销的就是你这路人，国家兴亡匹夫有责，像你这样吃了上顿想下顿的主儿，死一百个都不多！"众人越劝两人越要打。

金保元和徐二一边拦下一个。金保元说："咳！怎么台上全武行刚完，台后头又开打了，这演的是哪出呀？"

丑说:"贝勒爷,您别拦着我。我让他吹胡子瞪眼,今儿个我得封了他那张假圣人的臭嘴!"

此时小五宝和众演员都挤在这儿看热闹。小五宝说:"金爷,还劳您上来了,别管他们,都是让窝头撑的,咱们后边坐会儿去吧。"

金保元摆摆手说:"哪儿能碰见事儿不管呀,赶明儿我还怎么跟喜子(指丑儿)学《活捉张三》呀,对不对?喜子你说说怎么回事儿,要是为争姑娘这路事儿我不管,凡能管的我做主。"

丑说:"没什么大不了的事儿,金爷您别听了,跟五老板后边坐会儿去吧。"

"说说我听听。"

"不说了,说出来您笑话我们。"

院公道:"也没什么笑话的。贝勒爷,这小子今儿看见您来听戏了,从一开始就惦记着您像平常一样地往上扔东西,他觉得东西一扔上来,就能吃'都一处'的夜宵了。告诉您我最看不起这下三烂相,这不是给北京城里的梨园行丢人吗?"

金保元一听这话觉得深深地触到了他的痛处。众演员听完了这话也都觉得没趣,小五宝更觉尴尬。金保元说:"咳!我当是什么事儿呢,不就为了顿夜宵吗?你们想想金爷我什么时候听戏空口光喊好的。今儿我改了个习惯虽没扔东西上来,现在不是把我自己个儿扔上来了吗?"

小五宝说:"金爷,千万别听这帮杂嘴子胡吣。没良心的,要不是金爷,咱们这几年还能在庆和楼唱戏呀?早不知到哪路码头上喝西北风去了。金爷,今儿这话您听了可千万别往心里去,您能来听我的戏,我已经十二分地感谢了,咱们后边坐坐,说点儿话。我那儿有上好的香片。"

众人也都劝金保元后边坐着去。

金保元道:"我这话还没说完呢。再说了劝架得劝到底,何况这事儿好像跟我沾那么一点儿边。刚我说了,我今儿个是把我整个人给扔上来了,可不知道你们几位接得住接不住,能不能养得起我。我好歹是个爷,不算太讲究吧,早上得有新鲜的奶酪加果子,粳米粥,虾油小包子,桂发祥的大麻花,加上豆汁一碗。中午随便点,得有四六二十四碗的席面,酒是双合盛啤酒,喝了省得犯困。晚上就稍精点儿少点儿吧,有个鱼翅席也就打发了,酒得莲花白或者泸州老窖,不多,就喝二两。所谓'一口京腔，两句皮黄，三餐佳馔，四季衣裳'，最普通的北京城里老少爷们儿的活法吧，你们几位谁能养得起我，把我接家里头去吧，也算我自个儿把自个儿扔上来一回。"他看了看众人，又说，"敢情没有啊！这回我算扔瞎了。得，扔瞎就扔瞎吧，没人接着我就下去，可兜里这银票我不能带下去，要不喜子的夜宵找谁去呀？"他说着冲徐二一伸手。逼到这份儿，徐二也没办法了，把兜里留下的五百两银票掏了出来。金保元接过银票，给了班主，众人欢呼，金保元和小五宝往后台走。

小五宝说："您别这么惯着他们。"

"好容易来一次算不了什么，我不惯着他们北京城里还有能让我惯的人吗？"

徐二跟在后边自言自语："这面子买的，回去的车钱都没了。爷就是爷，怎么蒸怎么煮都变不了。"

从戏园子里出来已是深夜，没了车钱的金保元和徐二在街上走着。金保元说："常不走路还真没觉出来庆和楼离西城有这么远啊。"

徐二道："爷，要不咱找个石礅坐会儿歇歇吧？"

"累倒不累，我就想我刚才那档子事儿呢。光管了别人的夜宵了，自己那份夜宵都给出去了。徐二，你说说我这脾气是怎么回事？"

"我说不太好。"

金保元说："你是不敢说，就你掏银子的样儿，我都看出来了，心里说着我呢，'死要面子，活受罪'。没错，我金保元一辈子就是讲了一辈子的面子。到什么时候不让我讲面子，还不如给我杀了。这样好不好？我也知道不很好。上次出门淘换豆沙给我一个大教训。贝勒爷怎么着，拿你的名号换不了碗豆沙，讲什么面子，你还有面子吗？回来我一夜都没睡，打算讲实际了，要不是第二天碰上了哈二爷，备不住我这毛病就改过来了。我一辈子没有那么觉悟过。也许是老天看还不到时候吧，第二天偏偏让我遇见了哈二爷。就是从茶馆到菜馆的这么一段时间，我原来那感觉又都回来了，架子又端起来了。人是那么好改的吗？胎里带的毛病。你看看今天晚上，只一听戏就想往上扔东西。"

徐二说："这也不算什么大毛病，只要有，扔也就扔了。"

"你这话我爱听，比如今儿这银子，花出去我才痛快了，走着回家也痛快，要是没花这钱，我非闷死不可。我爱看着人高兴，人高兴我也

133

高兴。"

"一边的高兴了，还有一边可能不太高兴。"

"你说哪边不太高兴呀？"

徐二说："金安他们可能等着咱们晚上给他们带吃的回去呢。"

"嘿！坏了。把他们忘了，你兜里一分钱也没有了？"

"没了，就那张银票。"

"没就没了，咱们明天再卖一个碗。"

"爷，我还想跟您说这事儿呢。"

"怎么了，说，嘿，这有辆停的大车，咱坐下来说吧。"

两人坐在大车上。

徐二说："我从丰一阁的伙计那打听出来了，咱那只碗他们卖给那个禄大人是一万两。"

金保元心不在焉地"嗯"着："不多，做买卖嘛总得赚点儿，咱卖他多少？"

"跟您说过了一千两。"

金保元也一惊："一千，什么？赚了一万银子。"

"九千。"

"这刘掌柜的也太黑了点儿。不过话又说回来了，做买卖谁不想赚啊？他赚是他的本事。这回咱卖高点儿吧。"

徐二挥了下手说："这回就不卖他了，咱直接卖给禄大人吧。"

"这事我不干。我不愿跟洋人打交道，对不起老贝勒爷。好，外边传出去说，金贝勒把家卖到洋人手里去了，这叫什么话！"

"卖给丰一阁不也是卖给洋人吗？"

"那可不一样。再说了我跟他做买卖上哪儿谈去呀，总不能在大街上做吧？要不上金安屋里，那还叫贝勒府吗？"

徐二说："我正想跟您说这事儿呢。哈二爷不是空着所大宅子吗，咱要不先住进去？做买卖的事儿，您别管，您就是做东在家吃顿饭，其他事儿我都办了，放着好好的钱，咱干吗不赚呀！再说了，咱也不都给洋人真玩意儿，真假搭着卖给他，这也算给老贝勒爷报了回仇。"

"这事儿听着就那么不堂正，不过话又说回来了，短银子，这架子就得缩一缩，想着金安他们还饿着呢，真觉得对不住他。事儿你安排吧，买卖我不管，吃顿饭可以。"

大车底下突然钻出个人来，是叫花子。金保元笑道："嘿，这儿怎么还有个人呀，吓我一跳！"

叫花子爬起来说："你还吓我一跳呢！睡得好好的，把天都吹破了。"

"嘿！你睡你的，我们闲聊天，吹什么了？"

"还没吹呢，这也就是我见过点儿世面，要软点儿被你们吓着了。"

金保元："……"

徐二劝道："爷，咱走吧，天快明了。"

叫花子看着两个人走远了，不屑地说："阔人吹牛，那是有的吹，穷人你吹什么牛？又是一万两了，又是贝勒爷的。你那样像贝勒爷吗？贝勒爷有大夜里走着回家的吗？……自己吹也就吹了，把我的觉都吹没了。"说着，叫花子又钻进车底下睡觉去了。

2

袁玉山开了丰一阁的大门，卸了门板扫街，看见崔和有担着水过去。袁玉山叫他："哎，卖翠花的，你等等，你怎么又挑起水来了？"

崔和有不理他。袁玉山道："你不认识我了？你早还让我攒点儿钱租个翠花挑子呢。"

"你认错人了吧。"崔和有走了。

袁玉山发呆。对面街上的老太太招手叫他，跟他说："小伙计，怎么你认识他吗？"

"原来见过，是个卖翠花的。"

老太太"哦"了一声道："现在在小宅门里吃着软饭呢！"

"什么叫吃软饭？"

老太太打量着他："这都不懂，就是靠女人养着呗。小宅门里住着两个女的，就他一个是男的。"

"噢，那个门里呀？那就对了，他姐住那儿，他姐在人家当老妈子呢。"

刘掌柜的出门叫袁玉山，他答应着跑回去。

刘掌柜坐在太师椅上，气色比原来好多了。毛财从里边系着衣裳扣子出来。刘掌柜说："跟街坊邻里有个笑模样就行了，别多说话，言多必失，

135

话少事儿就少，活个清静。"然后对他们俩说，"听着点儿哦，你们俩都在这儿呢。最近铺子里没什么买卖，小袁来了后呢活儿就闲在了。我不是嫌用你们俩多了，两个人就该有两个人的用法。古玩这行一是能坐得住，再没买卖也得坐着，今天没买卖明天没买卖，后天关张了，那不是开古玩行的，开油盐店能这么干，俗话说没有不开张的油盐店嘛！这是坐得住。再有一个，得走得勤。光在北京城走走不行，你想想呀，北京城才有多大呀，琉璃厂就是从乾隆爷那年兴盛的吧？到现在也有一百多年的历史了。做了一百年的文玩字画的买卖，北京城里这些东西卖来卖去能禁得住几回折腾啊？东西呢，实话说吧，都是外边来的。一个靠外边人往里送，一个靠里边人出去收。这一收一送还不一样，送东西来的大多是行家，送来的东西必然就贵，收了他的东西，也不是不让你赚，有个三成的利就算大利的了。而这出去收就不一样了，你要他的东西，他并不知道这东西是宝，当个废东西卖给你了。这东西回来的利可就不是十倍百倍地翻，一万倍十万倍的都有。琉璃厂这条街上，哪个铺子没这么做过买卖呀！不这么做买卖，现在这么萧条还能维持着？多了的话我也不说了，你们俩明天得有一个出去，不远，去山西平遥一带看看有什么好东西，能收回来……"

第二天，袁玉山便出发了。不久他来到山西平遥市场，背了个包在小文物摊前左看右看。

山西、安徽按理说多山少地，是穷地方。穷地方留不住人就出门跑买卖，自古晋商、徽商都是很厉害的。跑买卖跑富了，就买好东西往家里运，盖高楼大房。盖了房要摆设呀，就置上好的红木家具，买值钱的古董，所以这些地方别看偏远，好东西多着呢。不过，假东西也多。

袁玉山在看一个摊上的瓷瓶，翻开底看，有双行"大明万历年制"的六字款，看字是真款，看瓷器本身却怎么看怎么不像真的。袁玉山拿着瓶翻来覆去地看。

摊主操着山西话说："是个真东西呢，官窑，家里传下来的。这儿的人不识货，我卖得便宜，有一百两银子你就拿去，到北京咋也能卖一千。"

袁玉山说："要是真东西，卖一千我还不干呢，你这底是真的，瓶是假的，我怎么也琢磨不出来，你是怎么接上的？"

"去去去，谁的底真瓶假？不会买东西，冒充假行家，卖东西就怕遇见你这号人，什么也不买，看还不行，还瞎说。"说着说着摊主拿着那瓶，转了转拔了拔，"能是假的吗？假的这么结实？"说着话拔大劲了，底和瓶分开了。

古玩兴起后，利越来越大，仿旧之风日盛。所谓复窑、提彩、补釉、套口撞底、旧坯新彩、新物旧款等等，不一而足，高手所为常可乱真。

袁玉山不动手，细细地看着分开的两件东西："哦，是用了蜡了，我说刚才怎么一点儿缝也看不出来呢，做得还真像！要是光认款到哪儿这瓶也不能说是不对呀！……你做假干吗呀？利再大也不能造假呀！挣了的钱买粥喝都喝不下去。"

摊主气急败坏道："今儿个出门忘看皇历了，丧气！家里有真的，拿错了拿出个假的来。"

袁玉山问："你家在哪儿？"

"远了，在山里呢。"

"带我去一趟吧。"

"不带你去。有一路人是眼毒嘴不毒，看明白了不说，你这个人是眼毒嘴也毒，看明白了还说，跟你做不了买卖。"

"你要不造假，咱俩买卖不就做成了？"

"不造假我吃什么？原本这东西就是个玩意儿，你们城里人吃饱了没事摆着玩的东西，真的假的有什么区别？"

"你造假的还造出理来了？告诉你我也是个农民，我也不是城里人，你要是饿了给你个假窝头吃，你能吃下去吗？再说了城里人也不那么傻，就你这东西，要想糊弄人，人家会把你揍死。造假造得命丢了的人还不多的是。"

左右的摊主看见袁玉山和摊主吵得厉害了，都来帮摊主。袁玉山还想较真儿，众人要打他。袁玉山喊："不许动手！我是读过圣人书的。'君子动口，小人动手。'"

众人叫嚷："打的就是你读过书的。"

袁玉山看看不是对手，背上包袱走了。

袁玉山转了几天也没收到什么正经东西，他边走边找村子，问路，心想：在北京看到那些古董真是比比皆是，到了这儿连个村子都难找。掌柜的说是平遥有的是东西，到现在了一件也没看到。回去怎么交账呢？天倒是越来越冷了。

这天到了一个村子，在村口老树下，袁玉山挂了个招子，画了些他要收的东西，在等着老乡送东西来收。一群小孩围着他，边玩边看。有个小孩拿了个烛台过来了。袁玉山接过来看了看，是个单只的老烛台，问："还有吗？还有一只呢？"

小孩摇了摇头。

袁玉山想收又觉得没多大价值，不收吧，又开不了张，还是收了。说："这要两只，就能多给你钱，一只给你十大枚吧。"袁玉山数了十枚钱给了小孩。小孩接了钱高兴地跑了，别的小孩一看袁玉山给钱了，纷纷往家跑，有的去报信，有的去找东西。

有个小孩没跑，站下问袁玉山那个画的是不是碗。袁玉山告诉他说是，是个老碗，小孩马上反身往村里跑。

村里的小孩拿着东西出来了，有些大人也跟出来在旁边远远地看着。

小孩们的东西杂七杂八的没什么价值。袁玉山看了看都说不要，小孩们挺懊恼。袁玉山又不忍心，看见一只铜盆，对着光照了照不漏。

袁玉山说："一件不收你们的吧，你们就不给我找东西了。这盆拿回去还能洗脸用，我收下了。你要钱还是要糖？"小孩想了想，又指钱又指糖。"嗬，两样都要呢！你家几个兄妹？"小孩竖起三个指头。"好，给你三颗糖、一串铜子，糖你们三个人吃了，铜子给爹妈买盐吃，可不敢丢了。"小孩高高兴兴地拿着东西跑了。

刚才问袁玉山碗要不要的小孩跟着一个大人拿着一只碗来了。

村民瓮声瓮气地说："俺娃说，你这儿要碗用呢。"

"啊，是，有老碗我收。"

"看俺这只碗你要不？是个老碗，俺娃没生出来前就用了。"

袁玉山接过来一看，是只土碗，平常吃饭用的，还给那村民。"这碗我不要，要古代的瓷碗，好看的碗。"

村民不高兴道："碗就是个碗嘛，啥饭放在碗里吃着都香呢。你要了吧，给娃几颗糖疙瘩吃。"

"这碗，我要了没用，我吃饭不缺碗用。这碗背回北京去不闹大笑话。"

"你不要，画的这片片上又要，不要就莫画上嘛，画上了人家拿来了你又说不要了，这不是调理人吗？"

"我要碗，但不要你这样的，天底下碗多了，我要的碗不是你这种。"

村民有点儿生气，拉小孩要走。"个城里人就是不讲理呢，说要碗，碗拿来他又不要了。"

袁玉山觉得理也讲不清，把帽子压低了，假睡觉。那小孩没跟大人走，掏出个毽儿来，和一群小孩踢。踢着踢着毽儿落在了袁玉山刚收的铜盆里，"啪"的一声响。袁玉山睁眼，看见那只毽儿，拿起来想扔回给小孩，无意中翻了底一看，是枚铜钱"大齐通宝"。大齐通宝——传说为黄巢起义所铸之钱，传世仅一枚，残，缺角。此钱现不知为何人所得。袁玉山看到"大齐通宝"四个字后，心慌了，马上翻了一下带来的货币图样书，画样与钱一模一样。袁玉山心里话：真是不知道哪块云彩有雨，谁能想到这深山小村里也有宝贝呀？

小孩站在他跟前向他要那个毽子。

袁玉山问："这毽儿谁做的？可真俊气！"

小孩说："俺大。"

袁玉山乐呵呵地说："给了我吧。"

小孩站在他跟前想了想，突然转回身往在村口聊天的村民那儿跑去，拉着村民又回来了。袁玉山一看是刚才要卖碗那人，赶快赔了笑脸。

村民道："娃说你要他的毽儿。"

"呵，多俊的毽儿啊，带回北京给娃玩去。"

村民说："这毽儿还能上北京了？你干脆给俺捎上去吧，到了北京我做毽子你卖呗。"

袁玉山说："要不了那么多，有一只就够了。"

"刚给你这么好个碗，你不要，一个毽子你倒稀罕上了。你打算给多少钱呀？"

袁玉山心想：我说给他多少钱合适呢？给十块给二十块都不算多，给他这么多钱，会不会给炸了？那么多钱他该以为这东西是个宝贝了，少给吧，给一块，他要不卖呢？便说："这么个毽儿，你打算要多少钱呀？"

村民琢磨：看他拿着这毽儿的手哆嗦呢！好好的一个碗他不要，一个小孩玩的破毽子，他稀罕上了。这个玩意儿能值什么钱呀，还至于哆嗦了？我要低了吧，怕亏了。要高了，怕人笑话，说你山里人穷疯了，一个毽儿还讹人银子。算了，我也没卖过东西，换他一样吧，看他给不给。就说："一个毽儿，值什么钱啊，还能用上'卖'这个字儿了？我想换你脚底下那只盆。"

袁玉山一听这话心里一块石头落地了，说："你还真能换，这么小的毽子换这么大的铜盆。"袁玉山把铜盆拿起来了，告诫自己得控制。犹豫了一会儿，还是递了过去。"拿家使去吧，我带着回北京也累赘。"

村民高兴地接过盆。"多好的盆呀，老张家真不会过日子，这么好一个盆都卖了！我想这盆想了十多年了，洗个脚和个面都行。走吧，跟我家里喝口水去。"

袁玉山边收拾边说："不去了，改日吧，还得跑一个村子呢。"

村民要拉小孩走，小孩不动，看着袁玉山瓶子里的糖块。

袁玉山看出来了，说："行了，今天我为了这只毽儿可是赔了本了，娃你叫个啥？噢，二丫，好听。二丫，再给你两个糖疙瘩。"

村民乐了："看看，一个毽子还让你过年了，走吧，叔也该回了。"

"回了。"袁玉山背起包袱走。

村民边走边说："……个城里人，说他们精，傻着呢！一个毽儿就值那么多？"

所有小孩都羡慕地看着二丫手里的糖疙瘩。

有了大收获的袁玉山急急地走着，看着野景，心中亦悲亦喜。喜的是自己收购了价值连城的钱币，悲的是自己付出的太小，得到的太大。当然，古玩行就是大起大落、一本万利的行当，但像自己今天得着的"万利"，毕竟是少数呀！那个农民、那个叫二丫的小孩仅仅得到了一个铜盆、几个糖疙瘩，这太不公平。是的，他们不懂，自己懂，公平也就在这里，懂就可以糊弄不懂的吗？如果圣人在世，他老人家面对这种事情会怎样做呢？天呀！袁玉山不禁悲从中来，心里十分不安。刚才他是想多给他们些钱的，只是怕那样一来买卖就砸了，他们就不卖了，而那枚大齐通宝也就埋没了。他走着想着，突然发现村口有人喊叫，回头一看，几个村民和小孩举着东西向他追过来了。

"哎呀！坏了，反悔了。"袁玉山背着包袱在路上跑起来。

后边奔跑的人群狂追他，脚步凌乱，尘土扬起。袁玉山跑着想：还是买炸了，别以为农村人傻，他们就是明白得慢一点儿，一等明白过来，你说什么也没用了。这要跑不出去非揍死我不可！他终于跑不动了，寻思：跑不动了，打死就打死吧。

袁玉山坐在地边上低头喘气，小孩的脚大人的脚围住了他。待他掀开帽子抬起头来，看到每人手里都拿着一个毽儿，伸在他面前。袁玉山真是哭笑不得，没办法，拿出装糖块的瓶子，一个毽儿换两块糖，把糖都换光了。毽儿有铁皮底的，有石头底的，还有一个小孩拿来一撮鸡毛。

村民赞扬他："你真是个好买卖人呢，隔两天再来吧，我们做多多的毽子等着你！"

袁玉山看着空了的糖瓶子，把那些毽儿都塞进去。"嗯，等着吧，能过我就过来。"说罢他站起来走，一袋碎银子落下。二丫眼尖，拿起追上还给他。

大人小孩走了，袁玉山一屁股坐在地上哭了："多好的老百姓啊！"

3

袁玉山走后，毛财依然闲着无事。从徐二那弄来点儿银子，他抽空就往月痕楼跑。这天他和徐二在月痕楼打茶围，刚坐下还没说话，徐二就看见毛财跟在另一张桌子陪客人的秋月眉来眼去。

徐二斜着眼坏笑："用不用给你叫个姑娘？"

"啊，不用，咱们先说正事儿吧。"毛财嘴上这么说，眼却不住地往秋月那瞟。

"也没什么正事儿，要说在这儿褒贬你们掌柜的不应该，不过买卖不怕赚钱，但得有个长远目光。为图一时的利，把长久的利给甩了，这不是个做买卖的样儿。上回那只碗在我们贝勒府只是个鸡毛小买卖，说句你不信的话，是试试你们丰一阁有没有诚意。钱给你们赚，但别太离了谱，一离了谱就不是买卖了，是猫腻。来，你先用点儿什么？"

毛财说："不是我真想吃什么，但您今天得给我叫几样好菜，给我长长份儿。您看见了没有，站那儿的老妈儿，是这儿的鸨母，最势利不过的了，平时净欺负我，今儿看着您带着我来了，还看不起我。看不起我不要紧，但现在看不起我就是看不起您呀，看不起您就是看不起咱贝勒爷呀！这话怎么说的，想想仇深了。您要叫几样好菜，她一准儿笑着过来，杀杀她的威风。"

徐二听毛财这一席话有点儿不耐烦，一想也没办法，得求他办事。

141

说："没想到你还有闲工夫跟老妈儿置气呢。叫几样菜那有什么呀，一桌鱼翅不才十来两吗？来，伙计，给来桌鱼翅席。"

老鸨一听鱼翅席，扭扭地过来了："哟，毛公子，多日不见了，忙什么呢？"

毛财一脸的小人得志："忙不过来地吃、喝。"

老鸨说："是啊，看着气色都不一样了呢。这位爷看着面善，是哪一位呀？"

"别打听，打听到心里是块病。"他又用眼瞟秋月。

徐二觉得再这么一搅和，正事就谈不了了，对老鸨说："当家的，左边那桌的胖姑娘，你先给撤了条子吧，让她上楼歇歇去，等着见客。"说着掏出银子撂在桌上。

老鸨道："真是够眼力，秋月是我们月痕楼最痴情的。……秋月，撤条子上楼！"

毛财看着秋月扭捏而去，才正经转过头来跟徐二说话："哎，徐爷，您每次都那么客气，您要是不把我当自己人，下回我不给您办事儿了。说，说。"

徐二缓缓道："小意思，玩吧。别急，咱把这桌菜吃了，有你的工夫。禄大人那儿有信儿吗？"

"有信儿。上回一跟他说那只碗是一套中的一只，他立马地急着让我带着他去见贝勒爷。我告诉他人家想不想出手还指不定呢。"

"禄大人看东西的眼力怎么样？"

"有眼力，也是练出来的，原来印上字就觉得是真的，后来总买假货就学出来了，一般的东西也蒙不了他了。您那天没见吗？第一眼看见那碗就认出来是定窑划花。"

"好！有眼力就好。这么着吧，选个日子你带着他来贝勒府一趟，吃顿中午饭，贝勒爷的东，也不谈买卖，让他看看东西，开开眼。"

"那好办，这事儿交我了。"

毛财说着话在大堂里左顾右盼。

徐二说："我看你这是没心思吃饭了，得，你走吧，我再坐会儿。"

毛财点头，说着失陪了失陪了，三步并作两步往楼上跑，与正下楼的九儿撞了个满怀。毛财耸肩一笑，九儿不理他，正了正头饰，下楼，坐在台子上弹琵琶。九儿吸引了许多人的目光，徐二也盯着她不错眼珠，站起来想上前搭话，转念一想，自己安身立命的大事还没谱，忍住，快步走了出去。

袁玉山回来了，风尘仆仆，却掩饰不住内心的兴奋，方脸膛上挂着神采。背上的包袱沉甸甸的，里面的鸡毛毽偶尔"叮当"一声，他听着，美滋滋地陶醉了一番。就是不一样，这上千年的古钱动静就是不一样！他又想起古玩行的话，三年不开张，开张吃三年。而自己手里的这枚"大齐通宝"别说吃三年，就是一辈子也够吃了。二丫那孩子真让人惦记。

毛财迎面走来，问他收到好东西没有，别想蒙事，发财得分一半。袁玉山说，什么财不财的，即便真发财也是掌柜的，咋能起二心？毛财直撇嘴，说他说的比唱的还好听，刚到丰一阁就咋咋呼呼的了。

刘掌柜从里面出来，说出去这么些天，收到好东西没有？袁玉山放下包袱，说全在里面，您自个儿瞧吧。然后打水洗脸。刘掌柜让毛财打开包，一些破烛台、青铜镜等散了一桌，还有一糖缸的鸡毛毽。刘掌柜翻了翻就有点儿不高兴。正赶上袁玉山打了水回来，在盆架上洗脸，依旧兴奋。

刘掌柜问："钱都花了？"

袁玉山答："花了有一半了。"

刘掌柜不高兴地说："花了一半多钱就收回点儿破烂来，咱是收古玩，又不是打小鼓收破烂的。"

袁玉山攥了手巾过来，从那堆毽儿中，拿出有"大齐通宝"的毽儿。"掌柜的，您看看这个。"

刘掌柜接过去先还不以为然，再一看手哆嗦上了，没说一句话站起来回后边打电话去了。

袁玉山、毛财都有点儿愣了，不知缘故。里边传出刘掌柜打电话的声音："哎，您张经理吗？啊，有样东西待会儿您要有空儿，我给您送府上去看看。东西是什么我先不告诉您，也不好猜，好，我三点到。"

袁玉山和毛财都听到了刘掌柜打电话的声音。毛财说："铺子里安电话了，洋玩意儿，跟顺风耳似的，一打那边就能听见，禄大人找人给安的，说买东西方便。……这些破烂我给你收了吧。"毛财指着一桌的旧货说。

袁玉山道："等会儿吧，让掌柜的过过目。"

"还过什么目呀，你没看见他拿那枚钱的手都哆嗦了吗？"

袁玉山吃了点儿东西，跟毛财去洗澡。二人躺在榻上边喝茶边闲聊。毛财说："你小子真是有福气，没财运。上回的一个洗子是件万两以上的东西，你哭着喊着给送回来了，不错，还收你当了个徒弟。这回好，世上仅有的这么一枚钱，又让你小子给碰上了，就说是古钱价儿不如瓷器，但就这枚'大齐通宝'送你开个铺子没问题。好嘛，先挨了顿狗屁呲，最后一句好话没落上，人家冲着电话高兴去了。

"按理说他是我亲戚又是掌柜的，我不能背后说他。但亲戚也是亲在利上的。有利是亲戚，没利是仇人。

"我是没你这么好的福气，别让我撞上，让我撞上了，别多，一回，看我发不发。先拿着钱上月痕楼把秋月大大方方地赎出来，而后开个铺子卖什么都成，什么好卖卖什么，包给人家当甩手掌柜的。早上我去河边遛鸟，上午泡茶馆，下午听书，晚上听戏，冬天放鹰，夏天斗虫，春天玩鸽子。我什么愁也没有了，好好地乐一辈子。"

"看你现在就够乐的了，半辈子快过完了也没愁呀。"

"我还不愁呢？今天我看你捡的这个大漏，我就愁死了。掌柜的这几回是实打实地进了点儿钱。上回的洗子不说，卖的钱还了宝荣斋，画给拿回来了，就人金贝勒的那只碗，他少说赚了也有上万。这再把这枚钱出了，他说还想开个铺子哪。他一人管不了两个铺子，新开的铺子还不得给你？我他妈算倒霉了，还得在柜台后边立着，什么时候有顶门立户过日子的戏呀？"

袁玉山边听边想：给人家干活，不该有什么褒贬，拿了人家的钱就为了给人家收东西。收了东西就该给人家，说你一句好也罢，不说你一句好也罢，不能要求人家。虽然我心里想着掌柜的能高兴高兴，没高兴也对，他一看钱可能把高兴的事儿给忘了。他说："我哪能接铺子呀，刚学了这么两年，手眼还生呢！我这辈子从没想过要发财。有点儿钱我还是回家种地去。种地踏实，你不糊弄地，地也不糊弄你。"

毛财腾地坐起来，好像不认识他似的打量他："你真是个棒槌怎么的？"

"我是读过圣人书的。"

144

第十一章

1

春天，小玉荷宅院里的桃花最先绽开花蕾，也有了些生气。崔和有吃着双份的软饭，在这小小的院子里，他现在是反客为主了。他躺在小玉荷宽大的床上睁开眼，不见了小玉荷，便伸了个懒腰，穿衣服起来，坐在太师椅上挖耳屎。

小玉荷把一碗粥端进来说："起来了。你是活动活动再喝粥，还是喝了粥再活动？"

"先活动活动吧，老不练懒筋都长了。"

"那我把粥端回去，让冯妈温着。"她说着出了门。

崔和有一身青衣裤，来到院子里呼呼有声地练起拳脚来。冯妈在自己屋内看着他。小玉荷在自己屋门口看着他。崔和有打完趟拳后，冯妈忙着出来送手巾，漱口水，他接了手巾擦汗，然后漱口。小玉荷转身回屋，喊："冯妈！把粥端过来吧。"

崔和有说："别费事儿了，我站在灶台前喝了得了。"说着跟着冯妈进了厨房。

小玉荷隔着窗户看见崔和有进了厨房，坐在床边上生气。崔和有端起粥来喝。冯妈在一旁看着他，说："是肉粥，咸吗？"

崔和有边喝边说："不咸，咸了长劲儿。"

冯妈说："注意点儿身子骨。"

"没事，今晚你等着我。"

"别来了，又闹。"

"她身上来了，没事。"说罢崔和有放下粥碗，拿起水桶扁担。

"别挑了，待会儿送水的来了，买两桶吧。"

崔和有挑起扁担出屋道："这水得挑，要不街坊邻居以为这院子里养了个大爷呢！"

小玉荷和冯妈在各自屋子里待着想心事，突然听见有人敲街门，车夫喊："老爷回来了，开门吧。"

小玉荷与冯妈一听见喊，都从自己的屋里冲了出来。小玉荷边提鞋，边对冯妈说："你赶快出去迎迎小崔，千万别让他露面。老爷这儿，我对付着。噢，对了，拿上点儿银子先让他在外边租间房住下，等老爷走了再说。"

冯妈接了钱，听门敲得紧了忙把门打开了。"哟，老爷回来了！"

吴梅庵东张西望："怎么这半天不开门？好！今天好，两个人都出来接我了。"

小玉荷道："谁接你呀，敲那么响以为是官兵来抓贼了呢！"

吴梅庵笑着说："就是来抓贼的，看看床底下有没有贼。"说着与小玉荷相拥而入。

崔和有挑着水回来，刚进院门，被冯妈拦住："别出声！老爷回来了，你看有多寸。"

刚还春风得意的崔和有这时有点儿手足无措。冯妈说："把水桶放下吧，待会儿我倒去。"

崔和有放下水桶："那我先出去吧。"

"别，别。这儿有十两银子，你拿着到外头租间房。别租长了，看老爷能待多久。租了房回来告个信。"

吴梅庵在屋内喊："冯妈，冯妈！中午不要做饭了，去玉华台传几个菜来。"

冯妈答应着，又听见他在屋内问话："你的小泥人都到哪里去了？床上怎么有两个枕头。"

小玉荷说："泥人做烦了。昨晚冯妈跟我一起睡的，我现在一个人经常害怕。"

冯妈听了听没事，把水桶拎进厨房。

崔和有在附近租了间小屋，已安顿好，躺在床上想自己今后的出路，

146

听见院子里冯妈的声音，忙出门招呼。

冯妈打量着房子问："哟，还真难找，怎么租这么个大杂院呀？"

"想着近便点儿。"

冯妈放下一个包说："洗换的衣裳给你带来了，也没出去逛逛？"

"没什么逛的，还是那些旧模样。来坐会儿。"他说着拉冯妈。

"哎哟，我待不住，这是烦老爷给你写的一封荐书，让你到琉璃厂汇文斋找李爱山掌柜的，学着做搂货进大宅门卖古玩的生意。好歹算一门正经事由，虽说叫着不好听，但比卖翠花还是强。"

当年古玩行中，有一路人因本小，开不出铺面，只能现趸了货，夹个包袱走大宅门，现买现卖。也有因此而发迹了的，也有做不下去了的。此中人在古玩行中被戏称为开"包袱斋"的。

冯妈又拿出一个布包说："这是她给你的本钱一百二十两。我没那么多，我这些年攒了十两，给你吧。"

崔和有看见钱，把冯妈揽进怀里："我还真成吃软饭的了。"

"你以为呢？还不止一份。"二人拥抱一起。

"不行，我得走了。"冯妈边整头发边说，"老爷等着传饭呢。"

"这回住的时间够长的，他什么时候走？"

"还没有走的样儿呢，说是南边买卖不好做，革命党闹得凶，先在北边听听风声。"

"太太好吗？"

"你问她去吧！"冯妈佯装生气出门。

崔和有送她到门口说："院里太杂，我不送你了。"

"你回吧。"

崔和有回屋，看着床上的银子和荐书，自言自语："摸相的瞎子说这一辈子有三个女的会成就我，那个是谁呀？"他怀念起跟两个女人耳鬓厮磨的日子，骂了吴梅庵一句，又拿起他的引荐信，叹了口气。出门闲逛，看见月痕楼，进去坐在大堂里喝闲酒。

九儿在楼上看见了他觉着眼熟，问身边的丫鬟，是不是以前卖翠花的那个人。

名叫环子的丫鬟说："谁说不是呢？多少日子没来了，怎么翠花挑子不挑了，当起客人来了？"

九儿说："你看看有条子叫咱们吗？"

"有，西边那一桌。"

九儿便梳了梳头，然后让丫鬟陪着下楼。

老鸨见她下来，迎上去说："九姑娘，歇好了？"

九儿道："歇好了，我去西边那桌照应一下。"

"快去吧，等半天了。"

西边一桌酒客看着九儿过来了，纷纷鼓掌。崔和有看着九儿给客人敬酒，为客人布菜。九儿目光送过来，崔和有低头喝酒。众客人让九儿穿上长袖红衫歌舞，九儿在大堂中边舞边歌。崔和有低头喝酒，九儿的长袖从他左右飘过。

环子坐到崔和有的对面来了："哎，卖翠花的，你怎么连挑都没带上呀？"

崔和有喝酒，不理她。

"又哑巴了？做买卖的人不能犟，犟了没买卖。到月痕楼来的人更不能犟，到这儿不是来找气生的，是找乐子的。"

"找乐子的人，看见你也该生气了。"

"我们九姑娘刚才载歌载舞，你怎么跟没瞅见似的，是舞得不好还是歌得不好？你说说。"

"你问得不好。"

"哟，嘴还真刻薄呢！你到这里边看谁来了，告诉我，我给你找过来。"

"谁也不看，吃饭。"

"我们姑娘怎么偏偏看上你了？说话净操人的主。"环子说着话，从袖里拿出个玉佩来，"给你，送你的。"

"你送的，还是她送的？"

"我想送也得有。"

崔和有有点儿得意道："她送我这干吗？"

"没说。你自己想去吧，也许怕你想跟我们姑娘聊天又没钱，让你当了过来打茶围。"

"她怎么知道我没钱？"

"一个挑翠花挑子的能有什么钱？"

148

崔和有看着在众高官大贾中劝酒的九儿，再看看自己确实穷酸，紧攥玉佩说："好！东西我留下了，你替我谢谢你们姑娘。不过我指定了不会当了它，来这儿会姑娘。"说罢放下块银子走了。九儿在另一桌中看着他。

　　崔和有攥着玉佩走到街上，心里话：一个窑姐都看出我没钱了，我活在世上还有什么意思？一个大男人呀。我要么不来了，再要来我就得报这小看我的仇。不就是挣钱吗？只要下狠手没有挣不来的。路上他碰见了袁玉山，二人也算熟人，点头招呼，聊了几句闲话。

　　晚上回到家，崔和有躺在床上想着将来，一会儿迷茫，一会儿又气壮如牛。第二天一早，他来到琉璃厂汇文斋古玩铺，拜见了掌柜的李爱山，递上荐书，说想学着走大宅门卖古董。

　　李爱山接过信看了看，问："过去夹包袱走过吗？"

　　"没有，就是卖过两天翠花。"

　　"那是两路，不过大宅门可能认得不少了。卖翠花一路是跟女眷打交道，卖文玩多是和先生们打交道。好在你还走过街巷，总不算是一门不灵。"

　　"您说得是，卖这路东西，我一点儿不懂。"

　　"也好学，先一是脚勤，嘴巧。别怕人家不买东西，该问还得问，这次没买，你知道他要什么了，下次给他带过去。嘴巧不是多说话，话不能多，要说到地方，看着先生想要又不要的节骨眼上，让他留下玩意儿嘛，他只要一留下这东西就能有七成的把握了，钱后收都没关系。凡是喜欢古董的人家他绝不会赖你的账。放心，十天半个月的他总会把钱给你。再一个得分清人家，有喜欢老窑的，有喜欢新窑的，有好青铜器的，有好软片的，你分清了以后该给谁家送什么就不会错。要不给玩老窑的人家送青铜去了不满拧吗？"李爱山边说边擦着一只假胆瓶——做旧，边摆弄货架上的东西。"你这是第一次，想拿点儿什么出去呀？"

　　崔和有说："我也说不上，您给指指路吧。"

　　"这么着吧，我先给你介绍个娄先生吧。娄先生住西城白米斜街，离这儿不算远。从我这儿搂货的几位都不爱往他那儿去，嫌他眼毒不买光看。我介绍你去，是让你多在他那儿学点儿东西，勤跑没坏处。他在北京大学教书呢，学问深又爱看玩意儿，看完了真的假的保准跟你说。你先从娄先生那儿起首，再多跑几家，就算入了行了。你明白了？"

"明白了。那我就先跑娄先生那儿吧，再左近的跑跑。这儿有五十两银子我先押您这儿吧。"

李爱山说："搂货夹包袱串宅门这一行，拿走东西没有押钱的，也是求个相互信任，这钱你拿回去。从我这儿拿走什么我就记个数，字儿都不让你签，告诉你这东西什么价，你卖高了卖低了是你的，我都不多问。"

"那多不合适。"

"没什么不合适的，规矩就是规矩，你要真夹了我东西跑了，那算我倒霉，绝不找你。你留着点儿钱，每天早上去崇文门外、德胜门外鬼市转转，准能找着好东西！……好，这次你先拿十件东西吧，钱数我给你开个条，省得你忘了。"李爱山说完给崔和有包东西，写条。

崔和有心想：想不到转眼就进了古玩这行，都说这行赚起来一夜暴富，赔起来上吊都来不及，比卖翠花有风险。没风险就没机会，真要瞅准了，明年我也许就不这样了。别看小袁是个穿长衫的，但他是个下人，我好歹能自己做自己的主。

2

袁玉山一早就在打扫卫生。阁子内刘掌柜的在为"大齐通宝"打电话："串货场我可不去，这东西是孤品，不是怕丢了，是西施不愁嫁，拿孤品得有个拿孤品的样儿……哎！对了，坐等。谁爱来谁来。价我已经开出去了，一视同仁的价，对，怎么也得让我能开出个分店来。您想想吧，现在开个店得多少银子。……对！差不多这个价，您考虑考虑。……不留！给谁也不留，就给钱留着呢！喂！喂！怎么串出外国话来了？喂！喂！"他放下电话出了阁子，说："电话这东西，好！说话时谁也看不见谁，说什么都不脸红，碍不着面子，原来说个价总有点儿磨不开，现在没这个了，想说多少钱说多少钱，张嘴就来，你对着一个话筒有什么不好意思的？让他脸红去，你不能脸红。"说着坐下了，袁玉山忙着给他倒茶。"就有一点不好，说着说着爱串线，听见里边说起洋文来了，哩哩噜噜的，还笑。上回我还听见里边唱京戏呢，谭叫天唱的《定军山》，也不知哪儿串出来的。

"这两天铺子里人多，该见的咱不能落下，不该见的咱没工夫跟他逗咳嗽。待会儿，你还在前边照应着，我进里边去。凡是行里人要见我就都给回了，光想着从我这儿馋货呢，有买主我干吗费二道手呀。"刘掌柜说着站起来要进去，想起什么又回身说，"别光收拾屋里，街面上也扫扫，让他们看看咱丰一阁的气象。"

袁玉山拿着扫帚出门，看见了蹲在门口墙外边的叫花子。走过去一掀叫花子的头，看出他病了，发烧。叫花子抬头看着袁玉山，满眼欲泪，现出贫穷、忧伤、饥饿。袁玉山一句话没说，拿起扫帚扫地。叫花子忧郁地看着他。袁玉山一扫帚一扫帚地扫，扫得用力，突然停下了，对叫花子说："你等我会儿。"

叫花子缩着头在早晨的阳光中流出一滴泪。

丰一阁后宅内，刘掌柜的桌上放着银子在打算盘。

刘夫人在旁边看着说："我看着小袁也许前世是个善财童子，你瞧来了咱铺子，生意就红火起来了，一档子一档子净是大买卖。他这次从山西回来，你好像没对他说什么好话呀，别冷了人心！"

刘掌柜道："做买卖的事儿你一点儿都不懂。出门搂货，搂着好货，是应当应分的。他要搂不着东西我还得说他呢。别看这东西卖了钱了，眼热，没有当初我让他出去，他什么还搂不着呢！……掌柜的就该有个掌柜的样。掌柜的压不住盘子，底下人翻车的有的是。"

刘夫人说："买卖我不懂，人情我也懂点儿。没人情，哪儿来的买卖呀？"

"这些事儿你别掺和，一个毛财就让你掺和得够乱了！"

袁玉山进来了，在门外喊了声掌柜的。

刘掌柜听见了问："什么事儿？有客人来了让在暖阁子里等我。"

袁玉山说："没客人，是我找您。"

"进来吧。"刘掌柜说着把桌上的东西全都收拾好了，端着茶坐在那儿，见袁玉山进来，问，"刚不是把事儿都交代了吗？还有什么事儿呀？"

袁玉山嗫嚅着："……扫街的时候，看见我一个穷亲戚病在街上了。"

"是不是来找你的？"

"没说。"

"那你管他干吗？这世上最不能管的就是穷亲戚，越管越多！"

袁玉山说："……看见了。"

"看见了就管，西城的黄善人都做不到，都管管得过来吗？你想怎么管他？我这儿可不留人。"

"想支五块大洋，给他治治病，吃两顿饭。"

"你心可真好，开口就是五块大洋，治病吃饭。你倒是有点儿钱还存在这儿呢，那也禁不住这么花呀！今儿五块，明儿再五块，等你山穷水尽了，他还问你要五块呢！要你的不说还觉得应当应分的。"

袁玉山说："看见了，得帮帮他……我读过书呢……没五块给三块也行。"

"钱是你的，你看着办，这世上读过圣人书的人多了，你算独一份儿。夫人，给小袁五块大洋。"

刘夫人拿出五块大洋给了他。他谢了掌柜的又谢了夫人，急急地退了出去。

叫花子还坐在那儿，袁玉山从铺子里过来，关切地摸了摸他的头，说："怎么还这么混呢，那晚上不是说好了攒钱做小买卖吗？看烧的，天儿热了住哪儿呢？"

叫花子有气无力地答："还在苇子坑呢。"

袁玉山说："我看着买卖呢，没工夫领你去瞧病，走得动你自己去吧。从这儿往西去同仁堂，里边有坐堂的大夫，抓两服药吃，今儿就别去苇子坑了，住两天小店吧。"

小店——旧北京大多散在四郊的关厢，城内只有天桥一带有。小店一般为互通连三五间房，客人住店一个挨一个地睡下，可谓"天南地北，万里之人，同床入寐"。

袁玉山说着话，把五块大洋拿出来，给了叫花子。叫花子接过钱又哭了。

袁玉山劝他："别哭了，你要是过两天病好了，上这条街再来转转，让我看看你，省得惦记。"

叫花子答应着站起来往西去了。

袁玉山抄起扫帚接着扫地，无意中看见禄大人的骡车在街上走，里边坐着禄大人和毛财。禄大人今天一身的长袍马褂，满人服装。毛财在车里教他规矩，说："上次在丰一阁见面，不算个正式的场合。这回咱要去的是贝勒府，见面您无论如何得有一个跪磕礼。"

"那我很不习惯，能不能就打个千儿，喊他声'贝勒爷'就行了?"

"打千? 你会打千吗?"

"会! 就是掸一下左袖子，再掸一下右袖子，然后单腿向前一跪，说声'贝勒爷，您吉祥'。"

"还真行! 您是跟谁学的?"

"跟说相声的老狗熊。"

"嘿! 好师父。……行啊，就这么着吧。"

二人说着，到了哈府，径直往里走。一会儿，金安出来领他们进去。毛财、禄大人束手平心地跟着金安，院子里有假山、金鱼池，一派富贵样。

徐二接着进来的禄大人和毛财，客气道:"恕未远迎，家里事儿太多，客人这两天是一拨接着一拨，这不袁大头的公子今儿来了，和我们贝勒爷在那屋聊过冬蝈蝈呢。来，随便坐。"

禄大人看着正厅里的摆设说:"贝勒爷家有这么多古董，我能不能看看?"

徐二说:"看吧! 随便看。就是些玩意儿，老贝勒爷传下来的。你们二位坐啊，我去看看贝勒爷那边聊痛快没有。"

毛财点头:"您忙，您忙。"

禄大人瞪大眼睛看着博古架上的东西，指着一只盘子:"官窑?"

毛财看也不看就答:"官窑!"

禄大人又指着一只鼎:"商朝?"

"商朝!"

禄大人直不棱登地说:"我很想要。"

毛财道:"这我做不了主，人家家里的东西您也想要。……您要得还少吗?"

暖阁里，金保元坐在那儿正玩一只过冬的蝈蝈，蝈蝈翠绿，在他手指上伏着。

徐二进来道:"爷，禄大人、毛财来了。"

金保元说:"我真是懒得见他们。待会儿我可就是吃饭，买卖的事儿我一概不管啊! 这么两天也不知道你哪儿淘换了那么多假破烂儿来。"

"也不都是假的，有真的，从各个店里搂来的，说好了是代卖，卖了

153

给钱，卖不了还货。"

金保元说："那也不能拿假玩意儿来呀！"

"说假也是看不准，许是仿的。再说了他们洋人欺负咱们这么些年了，抢的抢，拿的拿，买东西他自己看，他自己买假的他也该着。……老贝勒爷还不是反洋人反死的。再说了这也是古玩行里的规矩呀！"

"我这辈子没卖过东西，以后也不想卖东西。但走到今天了，话也说不硬气了。你看着办吧，我只是吃顿饭。"

"您什么也别管，跟他聊聊吃也行啊！"

"跟他聊吃，那还不是对牛弹琴？还是个洋牛。会吃什么呀，草都吃不细！"

徐二笑着下去传饭。

哈府大厅里，金保元、徐二、禄大人、毛财围坐一桌，酒过三巡，菜过五味，金保元兴致颇高。上来一种小吃汤包儿，禄大人看着盛菜的精美瓷器（定窑划花）。

金保元说："别急着吃，这东西烫嘴。我先给你们做个样。"他说着手极快地从笼里把汤包抓过来，咬一口放了气，而后吮里边的汤吃。"照着样吃吧。"

禄大人也伸手一抓，烫得缩了回来，噗噗吹着道："没法学，太热。"

金保元说："这你就嫌热了，当年烧圆明园的时候，你怎么没喊过热呀？想起这事儿我就生气。说你们洋人懂科学，其实你们最野蛮，吃不会吃，穿不会穿。就你们打我们的火药吧，还是我们祖宗造的。自己造的东西，把自己打败了。科学，我们弄科学的时候，你们还吃生肉呢。……今天也不考你科学了，就问你这汤包里的汤是怎么包进去的。"

禄大人吞吞吐吐："我答不出来。"

"为什么？"

"我还没吃呢。"

金保元说："吃吧，现在凉了，吃完了告我，怎么包进去的。"

禄大人拿起包子一咬一包水，流得满嘴，惹得众人笑。他说："都是水，水怎么包进去的？一包水包进包子里，我……我想不出来。"

"好吃不好吃？"

禄大人边舔嘴边说："好吃，鲜美。"

154

金保元说："中国好吃的东西多了。就跟你现在似的，看着我一只吃饭的碗都当宝贝，那圆明园里的宝贝何止千万哪，当初你们是怎么想的，说烧一把火就烧了。"

"当初要是我一定不会烧，我喜欢东方文明，我很痛心，我现在为他们请罪。"禄大人说着离了席，给金保元磕头。

金保元给他拦起来，道："有你这话，我今天算舒坦了，可惜大清朝的皇上没看见，今天我是给他老长脸了，没用洋枪洋炮，一个汤包把你治住了。怎么就治不住他们呢？中国这么大，就能被几条船给打败了？八国联军，他十八国也不行呀！心不齐呀！当官的连个汤包都不是，草包。……行，有你今天这谢罪，我这顿饭也算吃顺了心了。你不是喜欢东西吗？待会儿这屋里的东西，你看着喜欢，随便拿走，不就是个玩意儿吗？拿走玩去吧！"

徐二忙开口道："爷，爷今天高兴，莲花白多喝了两盅。爷要不您后边歇歇去？"他边说边向金安使眼色。

金保元端起架子说："我可没多喝，我是二斤的量。莲花白比你们的白兰地怎么样？"

"凶，很凶。"

"这就对了，白兰地是果子酒，太温。洋酒我只能喝啤酒，双合盛的鲜啤酒，什么时候喝都去火。"他站起来，有点儿醉意，"这些碗、盆子，看着好都拿走啊！徐二让他拿……"

徐二忙说："金安，金安，快扶贝勒爷到后边歇歇去。"

金安扶金保元出去。

禄大人看着金保元回去后，说："贝勒爷很有贵族气，他要打仗可能是英雄。"

徐二说："中国英雄多了，有时英雄无用武之地。来，再喝点儿。"

"不，不喝了。贝勒爷说我可以拿走一些东西，我现在想挑一挑。"

"嘿！你还真是不认生啊。东西，你随便看，拣喜欢的拿。……毛财，你过来一下。"徐二和毛财在大厅的太师椅上坐下。禄大人开始看东西。

徐二说："这位禄大人今天是碰着我们这位傻爷就当真了。待会儿你跟他说一声，东西要拿走也行，除非把这儿当圆明园再放一把火，要不就把银票留下。说的比唱的还好听，喜欢东方文明，没钱挣，就什么也不喜

155

欢了。"

毛财道："您放心，让他挑吧，银子少不了。"

3

毛财酒足饭饱，哼着小曲回到丰一阁，见袁玉山在看书，抢过来翻翻又丢下，听见阁子里边刘掌柜和买"大齐通宝"的商家谈价，冲袁玉山吐吐舌头道："还不出手，一万块大洋这不是个天价吗？……哎，小袁，你听见没有，一万块了，当时你要是长半个心眼，拿出东西先找我商量商量，这局面就不是现在这样。你小子还用捧着书，来个客人喊一声爷地应承着？那时就是别人喊咱爷了。有钱得得得，没钱忍忍忍。钱这东西，你说不好它是个什么东西，有它没它大不一样。说是钱这玩意儿什么都能买，也未必，比如说在窑子里逛，没钱老鸨那脸比屁股还难看呢，有钱了，她那脸就笑了。但笑是假的，其实还是个屁股。所以说有钱什么都能买我也不信。说是买一笑，她笑了，是个假笑。买假笑，不是跟没买一样吗？

"哎！你听没听呀，总看书有什么用呀！古玩这行，我想通了，一是运气，二还是运气，有运气什么都有了，眼力不眼力的瞎掰。我要有你的运气早就发了，还他妈的用一下午一下午地在这儿干靠着？"

袁玉山合上书说："你刚才干吗去了？掌柜的还问呢。"

"去贝勒爷家去了，中午的鱼翅席。贝勒就是贝勒，家里使的碗全是定窑划花，禄大人全看傻了，什么也不顾了，真的假的搂走了一堆。花了不少银子，划花一件也没卖他，勾着他呢。"毛财边说边倒水喝。

"贝勒爷也真会做买卖。"

毛财乐得把水喷了出来："会！要让他做一天能把一座紫禁城给赔出去，别让他老人家高兴，只要他一高兴，什么都送你。……做买卖的是徐二，人家什么眼力也没有，就凭着贝勒爷这名儿吃饭呢！你想呀，谁能以为贝勒爷家的东西有假呀！今儿他们这票银子就够开铺子的了，要是等你看书得看到什么时候去？话说回来了，这枚'大齐通宝'备不住也能盘下个铺子来。"

说着话，刘掌柜高兴地出来送客，吩咐毛财："给万老板传辆车来。"

156

"哎！万先生你稍候，车口就在街口，一会儿就过来。"

袁玉山也站起来送客。送走了万老板，三人一齐回来。刘掌柜的手里转着一个扳指，皮袍子外边有金表链子。进屋后，毛财眼明手快，给刘掌柜的沏茶。

刘掌柜缓缓道："万老板出手就是不一样，别人来是先看后说，一说再说，说了四五趟了也不见真招。万老板早上一个电话，下午人就来了，看完东西就开价，三口价买卖做成了。东华门街中间的那个叫煮樵山房的那家，盘给咱们了，回头咱换个名重新开张吧。"他说着喝了口茶。

袁、毛二人听说真盘下铺子了，都有想法。毛财心里话：真要新开铺子了，能不能让我去呀？好歹我是个亲戚呀，再说了我入行也比小袁早二年，该让我去吧。……许不能够，钱是小袁找来的，他立功了，再说上次偷着卖鼎，掌柜的肯定记恨着呢，不会让我去。

袁玉山寻思：要开铺子了，这儿要分出去人了，能让我去吗？这枚钱是我找来的，让我去，我就去。干这行有意思！干好了，也是个成就，像古人一样地写本书吧，也能娶妻生子了。去了我能担起来吗？

刘掌柜的喝过了水，把高兴压起来，道："既然你们两个都在这儿，我看今天就把这档子事儿给定下来了。小袁！"毛、袁二人都有些紧张，"你来了这铺子没多久，这枚钱头功该记你账上，按理说这新铺子交给你也没什么不放心的，我能天天去呀！虽远了点儿，坐车一会儿也就到了。"他说着拿出一百块的银票来，"这银子你先拿着。"

袁玉山纳闷道："掌柜的您给我银子干吗呀？"

刘掌柜说："你先拿着，听我说。……但你毕竟入这行比毛财晚了两年，买卖上的事儿看着容易，没个几年的摔打不行。这次就让毛财去接那间铺子吧，你再跟我两年。"

毛财喜形于色："姨父，别说是亲戚了，就不是亲戚，这会儿我真想把脑袋切下来，让您当板凳坐。"

刘掌柜没理他，说："小袁这钱你拿着吧，该玩就玩玩去，想买点儿什么就买点儿什么。"

袁玉山说："掌柜的，没事儿，您不给我银子也行。"

"拿着吧，不拿我该多想了。"

"……那我拿着了。"

晚上，袁玉山进了一家小酒馆。他心里憋闷，一边喝酒一边想：这有什么不好的，你说说，人家要不收留你，你还不是跟叫花子一样，在街上睡在街上病，谁管你呀？想吃没吃，想喝没喝。冻死迎风站，饿死挺肚行。说是那么说，真到那时候倒下的劲都没有了。……你不应那么想，不是自己的不能强求，原来在丰润种庄稼，人家的地长得好眼红过吗？只能高兴，为别人高兴。就下趟山西给了你一百块大洋，你还有什么不满意的？不给你又怎么样？铺子是人家的，你应当为人家收东西，收着好东西，是你的运气，也是人家的运气，先是人家的运气。这要再想不开，你袁玉山就变了，和原来不一样了。……人只能变好不能变坏，不能变贪。

袁玉山边想边喝，微微醉了，叫伙计："你过来一下，我刚进你这小酒馆，你知道我在想什么吗？"

伙计道："爷，不知道。"

"我想，你要不喊我爷，我马上就出去，你要喊我爷我就坐下喝酒。"

"我哪能不喊您爷呀，来的都是客。"

"我其实也是个伙计，天天喊别人爷。我从来没有被别人喊爷的感觉。"

"今儿有了，觉得好吗？"

"稀松平常。自己原本就不是爷，让人喊着脸上臊得慌。你别喊我爷了，我喊您吧，爷，再来点儿酒！"

"别价，这可反不得，做买卖喊您伺候您我应当应分。"

"没事儿，你怎么比我还受不住喊？……你知道我第二想的是什么吗？"

"我猜不着，您自己个说吧。"

"我想有人喊了我爷后，我就在这儿喝醉了，我还不知道喝醉什么滋味。你看我现在醉了吗？"

"您就是高了点儿，没醉。"

"我想喝醉了，你能帮帮我吗？"

"喝醉了不好受，您还是别醉了，酒也别添了，挺晚的，回家吧。"

"不！我想喝醉了自己好好骂自己一顿，我是个小人你知道吗？圣人说，君子求诸己，小人求诸人。我一点儿小事儿想不开了，所以我得自己骂自己。"

"您不喝醉也能骂，那样骂得更明白。不过，知了错就行了，不骂也行，圣人还说过呢，'君子之过也，如日月之食焉，过也，人皆见之；更也，人皆仰之'。"

"哎呀！对呀！圣人这么说过。没想到你也是个读书人。怎么读书人都成伙计了？"

"自古英雄出渔樵！"

"我不是英雄，今儿个碰见你，真是长了学问，我走了，这儿有银子，你拿吧，要多少钱拿多少。"

"您慢走，再来。"伙计拿了一小块银子。

袁玉山摇摇摆摆，蹲在第一次进北京时蹲过的那个墙角，看着八大胡同中的灯红酒绿，月痕楼客人出出进进，心里想：我第一天来，就蹲在这儿过夜，像看戏一样的，就在这儿看见了那个姑娘。俊美，做梦都难梦见的美，美得满心的心事儿，说是个卖笑的，谁买得着她的笑啊？谁能让她笑啊？

袁玉山正入神呢，一乘官轿过来了。此时已深夜，月痕楼门前没什么人了。一差役下了马，看见袁玉山，误以为他是看门的，道："小叉杆儿，等着门呢？把你们姑娘接回去吧。不识抬举的货，到了席上光喝酒，喝醉了还给了我们老爷一个耳光。……也仗着老爷子今儿个脾气顺，打完了都没生气，在平时早就废了她了！"

袁玉山一愣："我不是……"

差役说："不用赔不是了，人还给你了，钱一分没有，没问你要饭钱不错了。"

说着话，袁玉山看清了下轿的是九儿。喝得大醉的九儿站立不稳，袁玉山刚要扶，九儿一下倒入他的怀中。

九儿含混不清地说："……你以为你是什么，你要是个'奉旨填词的柳三变'，我自然会与你'执手相看'。你不是柳永，是个贪官、赃官！"她说着用手指点袁的头。

袁玉山又羞涩又有点儿兴奋，索性扶了九儿去敲大门。

老王八睡眼惺忪起来开门："怎么这会儿送回来了？嗬！这通酒味儿……劳驾您给姑娘送楼上去吧，二楼东边。"说着话关大门进屋睡觉去了。

袁玉山进退不是。

九儿说："……我困了，就在这儿睡下了。"说着往地上出溜，要睡地上。

"这儿不能睡，小姐醒醒，上楼，上楼去。"

九儿死活要睡，袁玉山无奈背起九儿上楼去。门没锁，袁玉山把九儿背回来了，借着月光把她放在床上，然后找火点灯。灯光下的九儿柔美无比，袁玉山看着，九儿一会儿有口水流出来，他赶快找毛巾水盆，轻轻地给九儿擦脸。九儿一概不知。袁玉山想起自己小时在农村，春天和二丫在山野中奔跑的情景。满地的野花，二丫摔了一跤，哭了，小袁玉山为她擦泪。洗毕了脸，九儿向里睡去，他看了一会儿，把灯吹了，在屋子中间站了会儿，向屋门走去，他想回去了。

九儿翻了个身："环子！我渴，倒点儿水喝。"

袁玉山想走又觉得不能走，回来摸着黑给她倒水，送过去了。九儿喝过了水又往里睡。袁玉山这回要走了，刚到门口又听九儿喊："环子，我头疼，上回的祛风散还有吗？给我找点儿出来。"袁玉山想出未出，又回来了，碰得家具响。"怎么不点灯啊？……刚才我是不是醉了？"袁玉山不知道药在哪儿，急得乱转，装出个女嗓问："姑娘，药在哪儿啊？"

"在右边柜子的抽屉里，环子你嗓子怎么了？"

"睡觉睡哑了。"

"找着没有？"

"找着了。"

"拿来吧。……灯也不点，非让我起来。"

九儿把灯点着了，袁玉山拿着药和水给九儿。九儿接了药和水喝了下去了，喝完药后道："我想睡了，你也睡去吧。"突然发现站在灯下的是袁玉山，惊惧道："哟！你是谁？怎么到这儿来的？"

袁玉山见她已清醒过来，把刚才的事说了一遍。

"这么说他们给弄错了，把你当月痕楼的人了。……你大晚上的干吗上这边来呀？是不是也为找乐子？"九儿说着现出些娇羞。

"我逃荒进北京第一天就走到这儿来了，昨夜里心乱又走过来了。"

"就为这呀？男的到这儿为这的少。"

"……我也为看个人。"

"看谁呀？"

袁玉山不好意思地说："……看……看你。"

"你见过我?"

"进城第一天看见过你。"

"你怎么知道今儿一准儿还能看见我呢?"

"不知道,可是看见了。"

九儿说:"这一晚上过得像话本里说的故事似的,人要是小说听多了,戏看多了,日子也都学着戏里是演着过来的。……那故事叫什么来着?"

袁玉山道:"《卖油郎独占花魁》。"

"你也知道?"

"知道,刚我还想呢。"

两人说到这儿脸都有点儿红。九儿在灯下想起花魁娘子,觉得浪漫,问:"你读过书?"

"读得不多,半本《论语》。"

"那你也是个卖油的?"

"不是,学着卖古董呢。"

"我说也不能够,你要再是个卖油的,咱俩今天唱的就是鬼戏了。"说着九儿整了整头发,深深陷入黑夜的浪漫中。

袁玉山觉得很紧张,想走了,说:"姑娘,你歇吧,我走……了。"

九儿回过神儿来道:"别走了,大门锁了。没有这么晚跟个男人聊过天,真像做过一遍又一遍的梦……你再给我倒杯水吧。"

袁玉山倒了水送过去,九儿看着他,让他在身旁坐下。

袁玉山越发紧张,说:"花魁娘子和卖油郎第一夜就聊天来着,什么也没……"

"我也就跟你聊天。卖油郎到后来还把花魁娘子赎出去了呢,你能赎我吗?"

袁玉山握住九儿的手说:"我……一辈子想做的事儿就有两件:一是开一间书馆,不收费,让没钱的孩子早也能读书,晚也能读书;二呢,救一个风尘女子出去,救一个风尘女子!"

九儿极为感动,伏在袁玉山肩上流泪道:"你早就这么想了吗?"

"早想了。"

九儿抱着袁玉山的头哭了。

第十二章

1

黎明，崔和有租住的院子里静悄悄的，街坊们还都睡着，他打着灯笼去鬼市收东西。

鬼市——有南北两市之分，南在崇文门外东大街，北先在德胜门外东北河沿上，民国后改在什刹海后海西北角，段家胡同一带。

鬼市上，卖东西的摊儿一个挨着一个，打着灯笼找货的人也不少。崔和有刚入行，找起东西来，经验不多，拿起这个放下那个。有人为争一件货吵架。

"这货三块大洋我要了。"

"给你，给你，以为是个漏儿呢，新玩意儿，假活！"

"假活我乐意。"

崔和有打着灯笼找了半天货，也看不出所以然来。崔和有把灯笼吹了，心想：看不出货来，我就看人吧，这些农民不像有好东西的。

崔和有看见一个高瘦的青年人夹了一包东西，在人群边上犹豫来犹豫去，不说卖也不说买，看着像一个抽鸦片的破落子儿。拦了两个人想让人看他的货，别人都不理他。

崔和有转了过去："夹的什么东西，怎么不摊开来卖呀？"

青年说："摊不开，一摊就散了。"

"是什么呀？"

"一幅老字儿，被虫咬坏了，不过真是老东西，您看看这檀香木的盒子，有年头了。"

162

崔和有假充行家："什么字呀，谁写的？"

"认不出来了，上辈子传下来的。几辈子没人动过了，箱子底下翻出来的，虫咬了。"

"是老的，指定老。"崔和有接过盒子，凑到别人的灯笼下看了一眼。老盒子老绢，字咬得不像样了。他拿着东西问："打算多少钱出呀？"

青年说："非十块大洋不能出手，指着十块大洋办事儿呢！老东西，懂行的人一看准要！"

"给你五块大洋吧，这东西看也没法看，修得出来修不出来还不知道呢！"

"非十块大洋不能出手，一口价。"

崔和有道："没这东西的时候，你什么也不想，一找出它来，倒指着它办事儿了……还不是抽烟抽了。"

"您就给十块吧。"

"七块，多一分也不要了。"

"非十块不能出。"

"那你留着吧，你这一早上算白出来了。"崔和有说完要走。

青年忙说："您包上吧，您包上。"

崔和有拿银子："早这样多好！"买了东西，他夹着这只盒子，拎着灯笼往回走。想起什么又折了头，自言自语：看也没怎么看就花了七块大洋，是什么还不知道呢，要不先上娄先生那儿去？看看天色还早，他就在街上早点铺子喝大碗的豆汁，吃焦圈。吃完朝娄先生家走去。

娄先生正在院里花池子边上打太极拳。崔和有打着招呼进来了。娄先生把他让到书房，自己打完了拳才进来。

崔和有说："娄先生，您打的是杨式的吧？"

娄先生边擦脸边问："你怎么知道的？"

"您刚才那手野马分鬃能看出来。"

"你是不是也打过拳啊？"

"打过几天形意拳，不成气候。"

"什么时候咱们切磋切磋？"

"我得跟您学。"

娄先生洗过了脸，坐过来，看见了那只檀木盒，问："什么宝贝东西，

163

这么早就来了?"

"一件破烂,想让您看看。"

娄先生小心地打开盒子,看见一轴被虫咬得很厉害的字幅。外边包的黄绫子也褪了色了,烂了。娄先生一点儿一点儿打开字幅,一句话也不说,敛气凝神地把字打开了,神色一振,喃喃着:"有这么多的题跋。'志东奇玩'这是北宋苏辙的藏印。这是董其昌。还有高宗'绍兴'小玺呀!"娄先生边看边说,愈来愈兴奋。"所幸内文咬得不太厉害。"娄先生看了看,跑到书柜那儿去翻书,回来又对。拿着放大镜看墨色,看绢质,专心看了很久,突地跌坐在椅子上,说:"真迹,王右军的真迹《雨住帖》无疑,今天看到此帖是我平生一大幸事。当记,当记!"说着拿出纸笔写东西,把崔和有忘在一边了。

崔和有将娄先生的一举一动看在心里,知道这东西也许是宝。

娄先生写着写着,突然看见他。"哎!把你给冷落了,这东西肯定有大传承,是哪个府里流出来的?"

"不知道,是我早上在小市收的。"

"多少钱?"

崔和有不知怎么说好:"七……七十块。"

"败家子,败家子!"娄先生说着站起来在屋里转,"这样的宝贝,以此贱价卖掉,不单是不智,实实地是不敬,败家呀,亵渎神圣。该杀,真该杀!小崔,卖东西的是个什么样的人?"

"像个败家的烟鬼。"

"这就对了,不会是个读书的人。鸦片一路不但害了现时的中国,连祖宗的中国、儿孙的中国都害了,痛心!痛心!小崔你做了件好事,好事儿呀!"娄先生看着这字激动不已地说,"按理说我这个破家都卖了,也不见得值这幅字的价,但我真喜欢它。算我求你小崔,你七十块买的,我把家卖了,三万块大洋买你这字吧。"

崔和有惊喜,复镇定,心想:三万块按说不少了,但看娄先生这劲儿也许还能卖更大的价儿,我不能卖,我要绷住了。他说:"娄先生,您要是真喜欢,您先留着看两天吧,万一有个真伪呢?"

娄先生道:"小崔,你不知道,这么多印章,东西就不会假到哪儿去,真要是假的,也价值不菲,字我是认得的,笔墨大相吻合了。"

164

崔和有说："您要把家卖了，不能守着这幅字过日子呀！三万块，对您来说是个宝，在我看这东西就是一张纸，还不是一张好纸。"

"不能这么亵渎神圣！你别管我家不家的，这帖漫说一个家，比十个家都重要。"

"您留下先玩两天，也许两天后您就不想买了。我信得过您，您是个读书人，我就求您一件事儿，把这幅字上的事儿，帮我写下来。"

娄先生叹气："恨不得有十万银钱都给你呀！我是没有，没钱而做非分之想，就是妄想。也对，你再考虑考虑，能卖三万块我留下。我先帮你写这幅字的说明。"娄先生说完开始写有关这幅字的说明。

崔和有装上说明，留下那幅字出来，娄先生破例送到街门。崔和有一脸春风，说："娄先生，您回吧，两天后我再来。"

崔和有急急往家走，到家一拉门，看见冯妈坐在屋里，给他补着衣服。

"哟，你来了！"冯妈眼一亮，说，"等你半天了，一早堵人都堵不住。"

"我去早市儿了，早早就走了。"崔和有说着话就抱冯妈。

冯妈扭捏道："针扎着……有事儿跟你说呢！"

"什么事儿？"

"太太要回南边去了。"

崔和有一惊："不是不让她回去吗？"

"看你急的。老爷这次来说，北方迟早要打过革命党来，生意更不好做，又赶上大太太死了，想把太太接回去。"

"迟早的事儿。"

"她说临走无论如何想见上你一面，最好白天，在你这儿。"

崔和有有点儿动情，又看看冯妈："……这话你也给她传？"

"不传又能怎么样，都是苦人，苦人再不心疼苦人就没人心疼了。"

"你是传话来的，还是想我才来的？"

冯妈脸腾地红了，扎进他怀里。崔和有宽衣服时，解下九儿给他的玉佩。

冯妈问："那东西是谁给的？"

"没谁，早有的。"

"早我可没看见过。"

2

徐二仗着金贝勒的名号，靠着自己的精明，买卖十分顺手，他买下了一所宅院，整修之后，建成新贝勒府，接金保元移住过来。金保元看着宅院说："这院儿我来过，原不是李公公的院吗？"

徐二答："没错，李公公死后经营不下去了，卖了。"

金保元说："院倒是个大院，原来看就是破了点儿。"

"这回您再进去看看，合不合意？"

二人说着进了大门。金保元一看院子焕然一新。"改了样儿了……我真纳闷了，你哪儿来的这么多钱？"

徐二扬扬得意："钱您放心，一不是抢的，二不是借的，是咱们自己的。"

"你的那些破烂，要能卖钱可真给洋人蒙惨了。"

"哪儿还用卖正经东西呀？别的不用说，就指着您这贝勒爷的名号咱就能吃饭。"

"张嘴就来，我不是没经过，贝勒爷怎么着，想吃碗豆沙，还得拿帽子换呢！再说了，改朝换代就更不值钱了……这假山要是老石头就更好了。"

"您这话就对了，东西还是老的好，显得贵重……当然，您要是跟卖炸糕的提什么贝勒爷，他不会买您的账，这不怨人家，怨您用名用错了对象。卖炸糕的就认铜子儿，除了铜子儿六亲不认。但是有认的呀，比如在监里的时候我就认，出了监毛财、禄大人就认。咱什么都不卖，就冲贝勒爷这名号也饿不着咱，不单饿不着还得吃好喝好。"

金保元说："你这是蒙事儿。以后不能用这名蒙人家了。我倒是想听听人叫我金保元先生的感觉。"

"咱不蒙人，人家哭着喊着让咱蒙他，咱没蒙他们呀！您是贝勒爷不是？"

"原来是。"

"这不结了，您就当好您的贝勒爷，什么也别操心，一切我给您经办

166

着。您还看不出来吗？南边乱成什么样了，真要等革命党一打过来还不定什么样呢。"

"行了，你说了这些，我什么也没明白，我是不管别的，到时候，我有可口的吃食，能每晚听小五宝的戏，高兴了能往上扔金镏子就行了。别的我也管不了了。"

徐二说："您放心，您原来过什么日子，今后，只能过好，不能过坏了！"

金保元走到厨房，看见厨子正忙，问："哎，徐二今儿你是要请客呀？这不是谭家的厨子吗，怎么到这儿来了？"

"爷，您眼真毒，今儿中午有一桌。"

"请的都是什么人呀，这事你也不跟我吱一声？"

"您别急，到时候您愿意出来，就出来赏他们一句话；不愿出来，就在您屋里歇着，谭家菜，您想吃什么给您做什么。"

"请的谁都不知道，我说什么呀？"

徐二道："各老王府、老贝勒府的管家，跟我一样的主儿。"

"请他们干吗？我落魄的时候，他们一句人话都没有！"

"您别生气，别生气，咱们到正厅里坐着说去。"

两人边说着话边把院子转了一遍，徐二跟着金保元进了正厅，金保元坐了正座，徐二偏坐。金保元又说开了："人不遇难是长不大的，原来我以为自己是个贝勒，人家这也捧你，那也爱你，你自己觉得自己也不错。真遇事儿，一下就明白了，长这么大除了几个对你真心的好，原来的那些阔亲戚全是假的。尤其可恶的是那些管事儿的，比冰还凉得快呢！没听金安说吗？连大门都不让进。"

徐二应着："您说得对，一点儿错都没有，管事儿的最为势利，话说回来他要不势利也当不了管事的。我这回就是冲着他们的势利眼才请他们的。你不是势利吗？贝勒爷倒了你们不理，今儿个看看贝勒爷是怎么起来的……不让他们看，让别人看也没意思。"

金保元问："看了又能怎样？"

"当然还不只是这个目的。您不想想咱们这次是怎么缓起来的？"

"不就是因为金安的那只碗吗？"

"着啊，这就对了，咱指着什么在琉璃厂开店呀？就金安那几只碗，是不是少了点儿？咱们管家手里有瓷器，别的管家手里就没有吗？可能还多呢！"

正说到这儿，外边有人报："庆王府管家洪爷到！"

金保元说："这意思我也大致明白了，我也不听了，你挡一下，这些人我实在不愿见，我后边歇着去了。"

"您请，您请，回头我再跟您学学怎么回事儿。"

徐二忙着出去一位一位地接着那些管家，热热闹闹地给他们让进东餐厅。

金保元走进暖阁坐着喝茶。金安进来了，问他中午想吃什么。

金保元说："是谭家菜吧，除了蚝油就是腊肉，我不爱吃。给我街上买点儿去吧，去厚德福叫两样河南菜，要样烧猴头，要个锅爆蛋，再要两样素的吧。"

金安回身要走，金保元突然想起什么："金安，这次遇事儿多亏你了，多的我也不说了。……徐二他这么办事可能有他的道理，你别管他，你还是在身边跟着我吧，他要愿意上琉璃厂开买卖让他开去，咱们过咱们的消停日子。"

"是啦，爷。"

金保元道："待会儿菜买回来，你和流子一起过来吃吧，人多了吃饭香。"

金安答应着走了。

3

串货场像个繁荣的大集市，买主卖主争吵的，拉着袖子谈价的，闲逛现望的，茶室的伙计在廊子里跑着、吆喝着。袁玉山来收东西，他拿起一件有血沁的玉器冲着光照了下，在手中细细地摸着。

耕玉轩的万掌柜说："真正的血沁。"

玉的红色斑，术语叫满（音门）斑，又叫尸沁，俗名血沁。古玉多是殉葬品。深埋土内，尸体腐烂时，玉与尸血相合，有血色沁入玉的纹理中，所以称血沁。

袁玉山仔细看过后，把玉还给了掌柜。"您收好了。"

168

万掌柜说："怎么着，看着不对？"

袁玉山说："看不好，有血沁的玉大概应该或多或少地有点儿黄锈，这块玉看不着。再说了，玉身看着新。"

万掌柜问："你是哪个铺子的？"

"丰一阁的。"

"还学徒吧？还是！一个学徒的，你看过多少东西呀？拿过一件来就敢说不对，你也太张扬了点儿。"

袁玉山辩解："我没说不对，我说了看不好。"

"你说看不好，我倒想听听你怎么看不好。这沁难道是我做的，是假的？"

袁玉山说："我没说您做的，宋元明都有玉器作伪，但都比不过咱们大清康乾的时候做得精，做得巧。"

"那个我不想听，我就想听听这血沁它怎么能做出来。"

"您要是真想听，我就说说，说错了您看我是小辈别生我的气。"

"古玩这行没有辈大辈小，只有眼力、学问，我今天想长长学问。"

袁玉山说："血沁血沁，不和血肉粘在一起，它沁不进血去。想的辙都是和血肉有关的辙。先把一块新玉烧热了，烧红，再把备好的猫或狗身上割一刀，趁着玉热的时候塞进去，再把死猫死狗埋进地里，一年后取出来，这玉上必有血沁。这种玉行家叫狗玉。"他拿起万掌柜的一块玉。

"还有种玉，玉件小，在活羊腿上割一刀，将新小玉件植到里边，过一年取出来，必有血红丝，行里人叫红丝沁。这种玉叫'羊玉'。"袁玉山又拿起掌柜的另一件小红丝沁的玉。

万掌柜拍手："哈，我给您拍一回手！丰一阁刘掌柜的真有福气，找着你这么个徒弟。不过我也有句话告诫你，古玩行里的规矩是知己的人话都不能说透，点到为止，说透了怕有现世报。"

"您这话我记住了，不过今天不是我想说的，是您一个劲儿地让我说的，透不透的我还拿不准。"

"慢慢就都拿准了。"

"行了，您忙，我再转转。"袁玉山起身走了。

宝荣斋宫掌柜的在小茶室里喝茶，看见了这一幕，问武伙计："刚才和耕玉轩逗咳嗽的是丰一阁的徒弟吧？"

武伙计答："看着像。"

宫掌柜说："学出来了，瞧把万掌柜的都说急了。"

"万掌柜的也是，见天地拿着几块狗玉、羊玉在这儿摆。"

"他有他的道理，备不住是自己打了眼再想找个垫背的。连个新入行没多久的伙计都没蒙过去，看来他得收了。"

万掌柜估计卖不出什么了，扫兴地收拾东西要走，行里的混混小杜走过来问："万爷，怎么这么早就收呀？"

万掌柜呸道："今儿出门没看皇历，碰见丧门星了！"

"怎么了，谁这么不懂规矩呀，惹万爷您生气？"

万掌柜用下巴点了点袁玉山："刚出道儿没几天，就开始会讲古了。"

"我就恨这路人，古玩一行真真假假，假假真真，一不能认真，二不能较真儿，赶明儿我开铺子就叫'二真阁'。……你等会儿，看我怎么撅他去。"小杜说完了话，蹿到袁玉山的前边去了。袁玉山转了一圈没看见什么好东西，正要出串货场，看见小杜拿了只碗在他前边站着。小杜看见袁玉山看着碗，不等他拿就翻开底给他看"大明万历"，是个官窑。看完四个字后，小杜自己又用手敲了下碗，脆脆的一声。袁玉山看着是官窑，接过来先掂了手头，再细看，一摸，道："这碗有毛边。"

"离现在三百多年了，哪儿能没有毛边呀？不算毛病。真正的万历官窑。"他说完打破袁看货的程序，抢过这碗，让袁看字，"看看款吧。"

袁玉山细看了款，他忘了敲那一声了，因刚才小杜自己曾敲过。他说："有毛病，要多少钱？"

"一个数，一百块。"

"折半吧，只能给您五十块。"

"给您包上。算交个朋友，我见天来，拿家去要是看着不好，来这儿我退给您。"

袁玉山付了钱，高兴地拿着碗说："既买了就不找您退。"

袁玉山高兴地回到丰一阁。刘掌柜的边喝茶边看着一假古玩，见他挺高兴，就问："回来了，淘换到什么好东西了没有？"

"买了只碗，明万历官窑。"

刘掌柜立马站起来："拿出来看看。"

袁玉山把碗拿了出来，摆在桌上。刘掌柜先看了四字款觉真，再用手

170

一摸碗圈儿。

袁玉山说："有毛口我摸出来了。"

刘掌柜的用手一弹，碗发出的是破裂之声，他再对着光一照，有一条纹从上到底，粘过的。袁玉山一听碗声傻了。刘掌柜的把碗重重地放在桌上："多少钱收的？"

"五十块。"

刘掌柜怒道："拿回去给我退了！"

袁玉山惶惶地说："我没看见有冲，他先是自己弹来着，那一声我听着脆脆的。掌柜的，万历的，有毛有冲五十块能收下吧？"

刘掌柜一拍桌子："什么?! 这铺子是我说了算还是你说了算？刚收了两件东西就不知姓什么了，立马给我退了去！别管串货场人多少，当面给我认错去。"

"掌柜的，不是我怕认错，我知道错了还怕认吗？……可古玩这行您也知道，凭的就是眼力，真买了打眼的货藏还藏不过来呢，谁还敢拿出去找后账呀，这不是毁自己吗？今后这行还怎么做呀？"

"早知这样，当初你就该谨慎点儿，不管你说什么，今天这货你给我退了。"

袁玉山一下跪下了："掌柜的，我是真爱这一行，买了打眼的货，我知道错了，我记住了，不管今儿是不是有人诓我，我都不怨别人，怨我自己。您别让我退这碗，一货场的人笑话我，我不怕，我怕以后干不了这行了。"

刘掌柜不依不饶："今儿这事，我是一条道认准了，你不去退货，我就不认你这徒弟了。"

刘掌柜拿起碗来放入袁玉山的怀里。袁想把碗推回去，一推二去碗啪地摔在地上粉碎。

刘掌柜大喊："好！小子你还真耍起混混儿来了？……行，这碗是五十块收的，罚你一百块大洋，从你的钱里扣。"他说完回内宅去了。

袁玉山还跪在地上，看着碎了的碗，喃喃着："怎么扣都不多，我记住了，古玩这行，虎穴龙潭。"

4

百年不遇的机会让崔和有赶上了，七块钱收的《雨住帖》，娄先生开口就出三万。崔和有不卖，他要卖更大的价钱，他要让古玩行的人、让所有的人见识见识一夜暴发的崔和有。他在桌上摆着一支翠花、一个小玉荷的泥人和九儿给的玉佩，喜不自禁，在屋当间打了通拳，摆了几个京剧架势，然后往盐业银行黄经理家去。到了门口，他把娄先生写的有关那幅字的说明递给门房，门房让他等一会儿。

黄经理西装革履，正在书房接待徐二。

徐二拿着一幅画说："正经的老贝勒家传下来的，没错。要喜欢就留下吧，我找您也不是就为了这幅字。"

黄经理道："有什么您说吧。我现在这样还不是托了老贝勒的福，我要光走读书的路子，现在可能就吃不上洋饭。"

"您知道小贝勒爷的脾气，他越背的时候就越不愿求人。现在不是因了点儿老玩意儿又缓上来了吗？更不愿求人了。其实有什么呀，这世上至爱亲朋不求不是生分了吗？"

黄经理犹豫着："家不说是都抄了吗？哪儿还来那么多的东西呀？"

"抄是抄了。不过像这么大个家，就是抄个精光净，只要有底下人，底下人别的也别带，只要穿出身衣裳来那就有缓。"

"听你说我才信，这不刚一年多吧，怎么新贝勒府又有了？"

徐二得意地说："不单有了，比原来的还大。得空您去看看。"

"我一定备上份厚礼，看看金爷去。"

"厚礼也别备。你认识的洋人多，多带几位洋爷去就行了。"

黄经理又含糊了："我可知道老贝勒爷是最恨洋人的。"

"恨洋人才挣他们的钱呢，谁跟钱有仇呀？"

正说到这儿，门房进来了，说是小崔到了。

徐二问："哪个小崔，是不是原来梨园行里唱过武生的？"

黄经理说："他说是原来唱过戏，看着身段也像。"

徐二恍然道："这人我认识，他是和刘巡抚的姨太太偷情才犯了事的，当年我们俩还有段进圈里的日子……这人我不便碰见，你先见他吧，我里

172

间屋等会儿。"

黄经理说:"要不我回了他?"

"不用,您说您的。"徐二进里屋去了。

黄经理冲外喊门房:"老余,把小崔让进来吧。"说着看娄先生关于那件帖的说明,看着看着眼中现出惊喜,见崔和有进来,态度亲切了许多。

"呀!小崔有日子不见了,你可是去了外省?"

"黄先生,没有,没什么好玩意儿,也就没来烦您。"

"该来还来嘛!有好玩意儿别给别人啊。"

崔和有心说:他没这么样对过我,为了那幅帖呢。待会儿我回话得小心点儿,于是说:"绝不能够,什么时候都先让您看。"

"这幅帖子带来了吗?是不是你自己的?"

崔和有心想:不能说是我的,不好周旋,说是别人的有进退。"不是我的,我也是帮人家出的。"

黄经理琢磨:小子,狡猾极了,这东西要是真的就是无价宝。他试探:"那你见了东西了?"

"见了,外边是檀香木盒子,里边是黄绫子包着,光印章就有三十多枚。"

黄经理道:"光娄先生这张字也说不了什么,你明天把东西带来吧!货要真我一定要,你就再别给别人了。来,喝茶!"

里屋内,徐二听到了这话,坐下发愣。他心里骂道:真他妈的是小崔,原来台上多招人疼啊!为了他三姨太最后断了根指头。现在成这样了,也是活该,小子太阴狠。原先可不是他现在的样。……到底是什么东西呀?黄经理眼睛都直了。是好东西我可不能落空。

崔和有喝了一口茶站起道:"黄先生,那明天我给您送来。"

"明天随时,我都在。"

说完黄经理送崔和有到书房门口,门房把他送出大门。

黄经理看门房回来,叫住他:"老余,你让小张叫辆车送送。"黄经理吩咐完老余后,马上回屋子。徐二正看着桌上娄先生的字条,问:"这东西就这么宝贝?"

黄经理说:"没见着东西呢,也不能那么说。"

"你想要?"

“也不是想要就能要着的。”

徐二说要打个电话，到里间去了。他对着听筒说：“喂，李管带吗？有个事儿呀……哈哈吃饭，吃饭小意思，什么时候想吃什么时候我请你。……当然有姑娘陪，没姑娘陪再好的饭吃着也不香啊！……有这么个事儿，贝勒爷祖传的一幅帖前些日子丢了。怎么丢的你别管了，晚上给我派一队兵过来吧，东西我查出来在哪儿了，你就派兵给他抓起来吧。啊，好！完了事咱们吃饭。”徐二打完电话看着黄经理。

黄经理说：“二爷您这是……”

“您不用心疼他，不这么他不能卖给您。我看出来了，这小子我知道，有股子狠劲。……放心，大伤不了他。”

崔和有高兴地在街上走，他想去娄先生那儿取帖子。走了一会儿，觉得后边有人跟着他——徐二在后边坐了辆车，他变了主意。看见娄先生的门了，娄先生坐车出去了。崔没喊，转头回家，路上买了一包蹄筋，到家时天已黑下来了。他点着一盏小灯自己喝酒，桌上摆着三个女人送的三件东西，他边喝边唱起《千里走单骑》的昆腔。还没过够瘾，徐二领着一队兵悄悄地进了院，指了指正在大唱昆腔的窗口，兵士们分散。窗口映出崔和有的剪影，边舞边唱。兵士上前敲门。

崔和有问：“谁呀？”

“开门，城防营巡勇。”

崔和有刚一开门，兵士就拥入。

崔和有说：“哎！怎么回事儿？有话先说。”

“好！把一幅帖交出来。”

崔和有被两个兵架了出来，他不住地喊：“我哪有什么帖呀，字都不认识，要那东西干吗？”

兵士拿出绳来利落地给崔绑起来，翻箱倒柜，把屋子弄得一片狼藉，然后押着崔和有走了。这时徐二提着灯笼进来，又在屋里翻找了一会儿，狠狠地冲破箱子踢了一脚，走了。

说来也巧，第二天一早，小玉荷让冯妈领着坐了车来看崔和有，同时辞别。到了地方，冯妈说：“就是这院，东边那间小屋……太太，我就不进去了。”

小玉荷自己往院子里去。进了屋，小玉荷看着满地狼藉的屋内，不知如何是好，一眼看见了摔碎在地上的小泥人，捡起来。小泥人的半边脸摔坏了，半边脸在笑着。小玉荷看着泥人泪就落下来，哭诉："冤家呀，不是冤家不聚头。——我走了，这泥人你拿走的，我现在拿回去，我要把他打碎了，重捏一个。冤家呀！"

小玉荷没见到崔和有百般灰心地出来。北屋一个老太太迎出来说："昨晚上来了队官兵，把小崔抓走了，说是为了张字帖什么的。"

冯妈在外边一听小崔被抓了，飞快跑进来："什么？小崔被抓走了？什么事儿给抓了？"说着话冲进小东屋，哭着出来了，"……昨天还好好的，怎么就给抓了呢？大妈您知道抓哪儿去了吗？"

老太太有点儿诧异："不知道，说是城防营的。"

冯妈掩饰不住恐慌道："这可怎么好呢？"

小玉荷说："冯妈，咱再打听吧，先回去。"

冯妈哭天抹泪："我可没了主意了，太太您一定得烦老爷打听打听。"

小玉荷出门说："一定。"

老太太送着冯妈和小玉荷出了院子，回来自言自语："到底是谁的亲戚呀？怎么看着老妈子比太太还急呢？……女人间的事儿真是掰扯不清。"

第十三章

1

袁玉山在串货场搂货走了眼，差一点儿被刘掌柜的辞掉。这个教训让他没齿难忘，人一下子显得老成了不少。每个月照例要去串货场几次，言谈举止透着稳当，再也没发生过打眼的事。

天热了，从串货场出来，走得口干舌燥。路过信远斋，进去要了碗酸梅汤，无意中两眼在货架子上一溜，瞧见一只装高粱饴的罐子。怎么说是行家呢？他一下子感觉它不是凡物，走近一步定睛瞅了瞅，断定是一只万历五彩瓷罐。伙计以为他要糖，从罐里抓了把高粱饴给他。他嗯啊着接了，又要了碗酸梅汤，合计：这是只万历五彩呀！釉色、画工都不会错吧，如果不缺的话还该有一只才对。

袁玉山喝了两口，不由得走到柜台跟前去了。

伙计说："山东刚进来的高粱饴，筋道有劲，您再来点儿？"

"啊，等会儿。"袁玉山说着低头又看见了柜子下的另一只，喜形于色，"您那只罐子里呢？"

"也是高粱饴，备货，一块儿来的。"伙计看他总问罐子里是什么，干脆就说，"这只罐子里是冰糖块，这只罐子里是杨梅果，这只是杏干。"

袁玉山没听他叨叨，用手比画着说："您这两只罐子？"

伙计答得干脆："罐子不卖。"

袁玉山像遭了棒喝，啊啊、好好着，不知该怎么把那罐子弄到手，退回桌子继续喝酸梅汤，心说：他卖糖不卖罐子，怎么办呢？

刚想到这儿，突然听见街对面爆竹大作，正接新娘子呢。袁玉山隔着窗户，看着看着……想出主意来了，于是大声喊："嘿！来了，来了。我也不能在这儿偷懒了，得出去接接。"说完放了块银子在桌上，出门。

伙计过来收银子，隔着窗户也往外看，看见袁玉山过去把人家的爆仗杆接过来了放着炮，不知是谁家娶亲。

新娘轿子停下了，袁玉山抱了个马鞍子放在轿子前，新郎站在门口，张弓搭箭，往轿帘连射三箭，新娘子出来了，迈过马鞍子。

这是旧北京满族人婚俗。新娘子下轿前，要将雕鞍放好，以备新娘迈过去，取步步平安之意。新郎向新娘放箭，名为"射煞"，意为把新娘带来的煞气射跑。

袁玉山忙活了一气儿，又往信远斋跑过来："瞧瞧，越忙越乱，糖还没买呢，这么多孩子真要短儿。……得了，您的那两罐子高粱饴，都卖给我吧。"

"您是王家的亲戚？"伙计有点儿不快地问。

袁玉山答："啊！远亲，远亲，瞎帮忙。"

伙计把糖放秤里称："五斤半，您给两块大洋吧。……您带家伙了吧？要不给您包上？"

"我……我还没带家伙，您要不把这俩罐子也一块儿卖我吧？糖要是一时吃不了也有地方存。"说着掏出十块大洋，放在柜上。

伙计道："您还是找个家伙来吧，这罐子我们可不卖，使它使惯了，指着它卖糖呢！要不您把长衫撩起来兜着点儿？"

袁玉山一听，灰心又无奈，撩起长衫，伙计把糖全倒他衣服上。他抓起找的银子说："也好！使惯了的罐子，总是不愿卖的。"走出门去。

伙计喃喃着："总有人惦记这罐子，我就纳闷了，这罐子哪点好了？"

袁玉山立即被一群小孩围住了要糖，他也没办法，一把一把地发糖。几个叫花子也跑来争抢。袁玉山一看，里边有他的旧相识，便把糖往高处一撒，拉着相识的叫花子进了胡同。

叫花子问："哎，这结婚的是你什么人？"

袁玉山说："咳，店里有两只装糖的罐子，想买罐子，伙计不卖，却把糖都卖给了我。你这一年来怎么样？不是让你病好后干个小买卖吗？"

叫花子说："干了，赔钱又赔光了。"

"你干的什么呀？"

177

"卖烟卷。"

"卖烟卷怎么能赔钱呢?"

"净是白拿不给钱的,几天就赔光了。想了想,还是干要饭这行熟,也只能这样了。好在现在不用我太忙活,收了几个徒弟。"

袁玉山说:"是拍花子拍来的吧?"

"天打五雷轰!自交了你后,什么坏事儿都没干过,老老实实要饭,清清白白做人。现在找小孩还用拍花子呀?街上有的是,没爹没娘的难民孩子多了,推都推不开,我收他们还是干善事儿呢!——你刚说要什么罐子?我想法儿给你弄来。"

袁玉山沉吟道:"这可不是个好事儿,也不算个坏事儿,进了买卖行,说不上好坏了。——你看见信远斋了吧?那铺子里有两只装高粱馅的五彩罐子,你想办法把它给我买出来,我这儿就带了五十块大洋,你想辙一定给它买出来。"他说着递过去银子。

叫花子推辞:"用不了这么多,不就是两只糖罐子吗?你别给我钱,我给你弄出来就是了。"

"钱,你拿着,罐子弄出来千万别坏了,一点儿都别磕碰。"

"行,钱那我就收下了。罐子弄到了,我给你送铺子里去?"

"啊!"突然袁玉山想了想,改了主意,"不!别送丰一阁。包好了,找一家当铺,不管多少钱先当在那儿,先当三个月吧。当完了把当票给我拿来就行。"

叫花子一拍胸脯:"放心吧,最多两天我把当票给你送去。"叫花子带着喽啰散了。

袁玉山独自在街上走着、想着:这么做好吗?圣人的话有时也难。九儿在月痕楼呢,想让她出来我得要钱。钱这东西可真不是东西,什么事儿,拿这一量就全歪了。

2

为了一张帖,崔和有被下到狱里。他一身是伤,躺在干草上。有个变态的男囚,跟他起腻:"哟,打成这样了,你犯的是什么呀?"

"不知道!"

变态男囚道:"不知道,人家平白地抓你干吗?看你这身段,出不了花事儿吧,是不是跟哪个大官太太不清楚了?就我知道梨园行因为这个死了的人,破相的人,可有几个呢。女人沾不得。来,我看看你的伤。"

崔和有怒道:"滚一边去!我他妈的宁可再挨一百鞭子也不愿看见你!"

刚喊完,外边狱卒叫:"提审崔犯和有。"

"打死我得了,别审了。"崔和有说着还是挣扎起来。

狱卒带他出监进了刑房。刑房里有吊着的人,烧着火炉。一文官模样的人坐在桌后。崔和有跪下。

文官问:"崔和有,想好了没有?那帖现在何处?"

崔和有答:"回大人,从没有什么帖,小的只是个夹包袱串宅门的,货都是从琉璃厂各家铺子里搂来的。您可以问去,哪家铺子给过我帖呀?"

"那你有关《雨住帖》的字条来自何处?"

"回大人,那天我过黄经理家,门口有一个半熟脸的人,给的我这字条,他说如黄经理要这幅字,他将来给我谢银三十块。当时我问过他为什么不自己进去,他说,原也是个夹包袱卖货的,卖给过黄经理假货,有了隔膜了,所以托我来办。我见他说得有理,又被那三十块大洋所诱惑,就应下了,谁知这是他设局诬我。求大人明鉴。"

"你不是说那人姓娄吗?"

"那是小人一时想挣钱,编的。"

后边刑吏在给一犯人烧烙铁,烫肉,犯人大喊大叫。崔和有一头是汗。

文官问:"你这话可真?"

"全是真的!打死小的也是这话。"

"好!找不到帖,打死你也没用,押下去吧。"

崔被狱卒押回。从刑房的后阁子中走出了徐二。

文官说:"徐爷您都听到了?"

徐二点头:"听到了,也许真就是这样,算了吧。关着他东西也找不着,把他放了,找人跟他两天看有没有转机。我跟他也没有那么大的仇,看着他一身的伤我还有点儿不落忍。"

"那行,回头就把他放了。您回去,贝勒爷那儿给带个好。"

179

"行，哪天家里有堂会，我一准儿请您。"

崔和有被放出来了，他雇了辆洋车，往白米斜街娄先生家去，发现后边有人坐车跟着他，便叫车夫改道宣武门。到了地方，他一拐一拐地进了院，往自己东屋的门口一看，看见窗台上养了一排花，门外绳上晾着他的衣裳。觉得奇怪，轻轻地一推门，看见冯妈坐在里边缝衣裳呢。二人相见，悲喜交集。

冯妈流着泪说："这是怎么话儿说的？打成这样了，好好的人，怎么话说的。"冯妈赶上来扶着崔和有。

崔和有叹道："得谢恩呢，没打死我，还好出来了，要不谁也看不着了。"说着话看见了挂在墙上的翠花，找了找泥人没找着。

冯妈擦着泪："这是为的什么呀？"

"什么也不为。我在里边想了，我天生的是串大宅门撞邪的命，一撞一个准。哎哟，慢点儿，衣服都粘上了。上回是卖翠花，这次是卖古董。我跟大宅门里的人犯相。"

冯妈说："衣服都脱不下来了，我去给你喊大夫吧。"

崔和有摆手："都是皮肉伤，不碍的，你要不忙着回去，给我沏点儿盐水吧，一洇就洇开了。"

"我哪儿也不回去了。"

"太太那儿呢？"

"太太走了。"

"没想到这么快。"

冯妈说："她走前来过，正赶上你抓进去，哭得个泪人似的。想见一面都没见上。"

崔和有有点儿伤感，突然回过神来，道："不说了，我哪来的福气，老天爷！两次了，我一伤就派你来帮我，你该不是救苦救难的观世音吧？"他说着揽冯妈过来。

冯妈感动得又流泪了，摸着崔和有脸上的伤说："我要是观世音，就把天底下的小鬼都给除了。"

二人相拥，脸贴着脸，泪水交织。晚上躺在床上，崔和有把《雨住帖》的事跟冯妈说了，让她去寻访娄先生。

冯妈知道这是个大事，天一亮就起来了，装扮成换取灯、洋蜡的，挎

180

了个篮子来到白米斜街娄先生家。她"取灯、洋蜡"地喊了几声，没有回应，便敲了敲门。一个男管家模样的人出来道："卖洋蜡你就吆喝着，谁都听得见，没事敲什么门呀，没规矩！"

冯妈赔笑说："大叔，我不卖洋蜡，问您这院的娄先生在吗？"

"这院现在不姓娄，姓匡，姓娄的早搬走了。"他说着关了门。

"哎，大叔，您知道搬哪儿去了吧？我是他亲戚，找他有急事儿呢。"

男管家开了小门："是亲戚不知道他搬家呀，什么亲戚呀！这年头就是穷亲戚讨厌，躲都躲不开，人搬走了还一个劲儿地找。"

冯妈在大门口呆呆地站了会儿，没办法，挎了篮儿回家。刚走回小院，崔和有就拄着棍出来了，眼巴巴地看着她进了屋，崔和有给她倒了碗水，自己先喝了一口，手轻轻地抖着。冯妈坐下说："不渴，你喝吧。——把那事儿忘了吧，就当做了个梦。"

崔和有一听伤心地把碗往头上一倒，水流了一脸，他一下子垮了，瘫在床上，哭着："在狱里，用烙铁一下一下烫我，我忍过来了，想着东西在，后半辈子就有了，没东西在，什么也就没有。我忍着死过去又活过来，就是拿这话劝我。有几次实在忍不住了，我拿自己的身子够那支火烙铁，盼着能昏过去一下。为了什么呀？为了什么？不就是盼着出来后半辈子过上点儿好日子吗？我怎么这么命苦呀，到了手的好日子，生生让自己给放跑了！我不活了，我活着有什么劲呀？"他说着拿头撞墙。

冯妈赶紧过来拉他，劝："小崔，不能这样，别这样，没过不去的河，别想了！别想以前了，咱们这不是挺好吗？有吃有喝有住的就不能说是穷。我养活你，你好好的就比什么都强，我当牛当马地养活你！"说着冯妈也哭了，两个人哭作一团。

崔和有擦了泪问："他是不是不认账了？"

"谁？娄先生？他搬家了，现在住着一户姓匡的。"

"搬家，搬哪去了？"

"没告诉，搬了些日子了。"

"还是匿了东西跑了。我原来以为他是个读书人，是个正人君子呢，敢情一样，见利忘义。这年头什么真呀，除了利没真的！逼急了我先把姓黄的家抢了。"

冯妈马上堵他的嘴："可别乱说，咱能过去。我养活你。再说了可能

181

不是人黄经理呢。"

"没哪个，除了他我还没跟别人说过呢。除了他没别人。——一个男人，我不能让女人养活。"

"我愿意。"

崔和有坐在炕上靠着墙说："过两天好了，我租辆洋车拉吧。"

"用不着，那多受累，风里雨里的，坏天也得给人交车份，还不够车厂挣的呢！"

"那我还卖翠花去。"

"你还嫌打得不疼啊？"

"那我给水窝子担水吧。"

"那不是还得走大宅门，你不是说和大宅门犯相吗？"

崔和有恶狠狠地说："有一有二，我就不信还有三了。我这辈子就跟大宅门干上了。坏运也该到头了。"

崔和有的伤已基本好了。他穿着利索的四紧裤褂，到水窝子取水。

水窝子，又名井窝子。旧北京井有官井私井，后来官井也大多被私家霸占。吃水靠井窝子的水车和挑夫送。井窝子也有掌柜的，雇劳力送水。

水窝子掌柜说："小崔，你原来干过挑活儿吧？看你走的样不像个生手。"

崔和有边汲水，边回答："干过，卖翠花。"

掌柜修着皮绳问："卖翠花比这强呀，怎么就不干了？"

"不愿跟女人打交道。"他把水倒进桶里。

掌柜说："咱们这行也是进宅门的活儿，我也不多说了，平时穿着干净着点儿，严实点儿，别冲了小姐太太。"

"谢您嘱咐。"他挑着水利索地走了。

掌柜的看着他的背影，自语着："不告诫一声还不行，在井窝子干，这么利索的人少，怕惹了花花事儿。……不愿跟女人打交道？除非是个兔！"

一乘小轿跟在崔和有后边。轿内坐着九儿和环子。九儿看见了崔和有，说："环子，前边挑水的那看着像不像卖翠花的？"

环子看了看："哟，没错，我说怎么老没见了呢。"环子撩开轿帘，与崔和有说话，"卖翠花的，你怎么又干起这行来了？"

崔和有担着水走，回头看见了九儿和环子，有点儿不好意思，低头挑水不语。

环子说："给你的那块玉还在吗？要是还在哪天还给我们吧，我们想了。"

九儿在轿内说："说这干吗？好像咱上赶着似的。"

"逗他玩呢，他一准儿不会来了。"

崔和有听了对话，故意把脚步放慢了，让轿子先过去了。

傍晚，崔和有拖着疲惫的身体回来了。冯妈撩帘子看见，马上门口去迎："你先别进来，在院子里掸掸土。"说着把掸子递了过去。

冯妈回屋摆桌子放碗，说："饿了吧？刚热的，吃吧，我说了，别挑那么多家，伤了的身子还没好利索。"

崔和有放下掸子，歪在炕上说："你还没吃？"

"等你一块儿吃。"

"我歇会儿。"

"歇会儿就凉了。"

崔和有想着什么，说："你来这屋的时候，收拾地上，看见一块玉没有？"

冯妈一听不高兴了："我来这屋时，除了脏衣服，就是一张桌子、一盏灯。哪儿有什么值钱的玉呀？"

崔和有从炕上下到地上去翻抽屉，说："也不是什么值钱的东西。人家给的，是个念儿。"翻完了抽屉，翻炕席。冯妈生气地看着他。他说："不该丢呀，我回来后还见过给你的翠花呢，那玉怎么就没了？"

冯妈生气了："玉，玉，你除了玉还惦记什么呀，怎么就连饭都想不起来吃了？捡个下人剩的东西，怎么就那么遭人待见呀！"

"看说哪儿去了，跟她有关系吗？"

"跟她没关系，跟谁有关系呀？一累，一委屈，回来就想起她来了。我不是个太太的命，我养活不起你，委屈你了。"

崔和有生气了："胡呲什么，响天晴日的吃的哪门子闲醋呀！天底下叫玉的人多了，干吗就非得是她送的呀？再说了，我就想谁，你也挡不住，我愿意想谁想谁，你还别管。"

"我不管你，你伤好了，利索了，能自己吃自己拉了，能回家学大爷，生闲气了。你想去吧，想死了不偿命！"她说着从针线筐里拿出那块玉，扔在炕上。崔和有把玉捡起来，揣进怀里出门。

冯妈又有点儿不忍，叫："回来。"

"干吗？"

"吃了饭走。我当下人受气受惯了，找你是我自找，受气也是自找。你把饭吃了，爱上哪儿上哪儿去。"

"不吃，气饱了。"崔和有赌气出了门。胡同对面有个戴墨镜的人看着他，他没在意往胡同口去。那人追过来叫他。崔和有一愣："您？……哟！娄先生，您怎么找这儿来了？"

娄先生道："这不是说话的地方，咱能不能找个地方？"

"别找地方了，进院，上家里吧。"

冯妈正在炕上生闷气，见来了人，脸一下子笑起来，麻利收拾吃饭家伙。

娄先生见状，说："你还没吃饭呢？吃吧，吃吧，边吃边说。"

崔和有说："不碍的，不碍的，要不打二两酒，咱们一块儿喝点儿？"

"不客气，我吃过来的。"

冯妈倒了茶来，递给娄先生说："也没个好茶叶，您将就着喝点。"

崔和有问："娄先生，您是怎么找到这儿的？"

娄先生喝了口茶道："找你也不难，你原来说过，西草厂孙家院，我记住了。我倒是想问问你，是为什么犯了官司，又是为什么了官司的？"

"就为了那幅帖，遭了人算计了。"

"那和我想的就没什么出入了。原来我还以为你是革命党呢！"

崔和有一笑："要是革命党就好了，现在不是南边要过来了吗？娄先生，我出来也有三个月了，找您几趟，您搬家了。"

"没找着，着急了吧？"

"有点儿急，说句见外的话，牢里我受的罪大了，出来时没块好肉。"

"想着也好受不了，让贝勒家的人看上的东西，他不给掏出来，歇不了手。"

崔和有一惊，问："哪个贝勒？您怎么知道这事儿跟贝勒爷有关？"

"我有个学生在城防营当管带，前两天我才打听出来的，这才知你出事儿真是为了那幅帖。也不是贝勒的事，是金贝勒家的管事的，叫徐二的。"

"徐二，哪个徐二呀？"崔和有说罢想着，要真是三姨太的哥哥，他没给我弄死真算他仁义。"我原以为是黄经理呢，怎么又冒出个姓徐的来？"

娄先生微笑道："你是不是也疑过我？"

"不不，娄先生，您是个读书人，哪能跟商人比呀！"

"有不能比处，也有可比处。可比处是一样都狡猾，不可比处是我们有些事可做，有些事不可做。"娄先生说着话从皮包里拿出一个包袱，"那回，咱是约好了两天后再说，过了三天你没来，我可就真急了，不是怕人丢了，怕你找个别的买主，把这帖要回去。这东西一天不属于我，我就一天不踏实。你不来，我就让老段来这儿找你，他来过后，回去说，你吃官司了，被官兵连夜绑走了，为什么也没打听出来。"

"抓我那天我还糊涂呢，那管事儿的一说帖，我才明白过来一点儿。"

娄先生喝着水说："我一听这话，可慌了，不知你为什么，要真为了帖，人家要把你打招了，东西还不定落什么人手里呢。我一点儿没犹豫，当天就找地方搬家了，搬哪儿我谁也没告诉。这东西是国宝，落在败家子手里，指定了要出国，那可就再找都找不回来了。

"虽然家搬了，但我没断了打听你，我刚才说的所不能干的事，就有这么一种：君子爱财，取之有道。这不能说是爱财了，叫君子爱物，取之有道吧。"娄先生说着把包袱打开了。

"娄先生，我觉着您为人好，但从没想过您还会把东西送回来。说句真话，这东西我从心里愣是把它赶出去了。"崔和有激动地说。冯妈也有点儿感动去了外屋。

娄先生说："说我把它送回来有一点儿不够准确。今天来有两个方案：一是把帖原封不动地还你，这就什么也不说了；二是我这儿有三万大洋的银票，你把这帖匀给我。"说着话娄先生把两样东西摆在了炕上，"你拿个主意。当然，我想……"

崔和有看着这两样东西，想一句说一句："娄先生，按理说，你这么仁义又把东西送回来了，我还拿什么主意呀！该您看着怎么合适就怎么办吧。可话说回来了，我在狱里一天一天地过堂，硬是没吐出一个字儿来，心里就想着这幅帖呢。我惦记着再大的苦受过去，赢我的后半辈子。"

娄先生听着崔的话，有点儿超出了预先的想象，脸上现出了紧张，说："你该不是说要……"

冯妈也觉得崔和有话有点儿过，进来假装倒茶，用眼睛瞟崔和有。

崔和有不管不顾地说："您想对了，我也就不多说了，我还是要帖。这也许对不住您了。"

娄先生像被霜打了一样蔫了，心里一个劲儿宽慰自己：也对，东西是人家的，不能让人非卖给你，君子不掠人之美。这我也踏实了，算了了一件事，大事儿。就当是人家的孩子帮人养了两天又还给人家了……这么想着他收拾东西要走。冯妈觉得很过意不去，说："要不，您再坐会儿？"

娄先生有点儿糊涂，不知什么意思，说："不，不坐了，反正得走，得分手。多一眼都不能看了。"

崔和有站起来道："娄先生，您别怨我。"

"不，不怨，是谁的就是谁的，没这个缘想也没用。"他下了炕，站起来非常伤心地走了。

"娄先生，我出去给您叫辆车去。别着急，您等会儿。"

"不，别叫车，我走回去，我走会儿，谁也别送。这事儿我能撑住，别担心我。……哎！对了，小崔，我就提一个非分的要求。"

"您说。"

娄先生站住，郑重道："千万，千万别把它卖给洋人，要卖也卖中国人。"

"我记住了，这事儿我一定办到！"

"好！留步！"娄先生出了院子。

冯妈看着娄先生那样，有点儿不忍，抹了眼泪。崔和有送走了人，急急回屋，小心地收那件帖。冯妈跟进来了，小声说："咱这么做有点儿对不住娄先生，按理说这东西不还给你你也没辙。"

崔和有捧着帖道："你懂什么，在狱里我受那么大罪为的是什么？人好归人好，买卖归买卖。今天我要心软下一点儿，我自己就对不起我自己在狱里挨烙铁烫。这东西是我拿命换回来的，它跟我有缘，我指着它把我变个样儿呢！"

"变什么样儿呀？"

"你刚才不是说你没当太太的命吗？这回我就让你当一回太太。王宝钏嫁薛平贵，薛平贵要是没发迹，这也就成不了故事了，那整个是王宝钏打了眼。我今儿个就让你当回王宝钏。我是不是薛平贵不敢说，但我指定了要把铺子开起来，实实地当回老板，吆五喝六地出门，大把大把地使钱！"他拉起架子拧腰踢腿，放在衣兜里的九儿给的玉踢起来，在空中翻了几个跟头，掉在地上碎了。

冯妈和崔和有看着那块碎玉，都愣住了。

3

徐二原指望把崔和有下到牢里能得着那幅帖，虽然一无所获，但也算泄了点儿私愤，折腾了一番这个曾占了妹妹便宜的小白脸。

在古玩行，徐二已渐渐入道，他从各大宅院里收了不少东西，等着机会出手，他要卖个好价钱。他终于说动了金保元，一同来到串货场。

一九一六年，曾一度称帝的袁世凯过世，皖系军阀专权，京城更是各地官宦卖官鬻爵活动之地。琉璃厂在末世之际反而有些兴盛景象。

金保元穿戴华贵，派头十足。他因是生客，大家都注视他，加上有人知道有人不知道，场内的人就议论纷纷。有过来喊"贝勒爷"的，有站在一边不理不看的。

金保元走过几个摊子拿起一件放下一件，回头对徐二说："徐二，也没见着什么好东西呀！原来我有过一件翠的白菜蝈蝈，要是拿来，他们能开开眼了。"

徐二一看他说外行话，怕露怯，忙着说："爷，那廊子里有茶，您也乏了，进去坐坐，听说今儿个丰一阁的毛财有件好瓷器要出手，待会儿我给您叫过去。"

"行，坐会儿吧，有好东西送过来吧，懒得逛了。"

宫掌柜等几个大掌柜都在茶室喝着茶，见了金保元都站起来打了个招呼。

金保元说："坐吧，坐吧，我也是瞎凑热闹，家里原来有东西的时候想不着，东西没了，倒想了。坐吧，坐。"金保元找了一张没人的桌子坐下，金安问他喝什么茶。他说："有明前的绿茶，不拘什么沏上吧。"

宫掌柜等几位在另一张茶桌，小声说话。

宫掌柜道："要是咱行里边再多出这么样的几位爷，咱就不叫古玩行了，叫王爷贝勒大集合适。"

众人小声笑。

掌柜乙说："前些日子听说卖了一只定窑划花，说家里这路货多了，厨子每天使的全是这路碗。"

掌柜甲道："那也不新鲜，咱现而今花大银子淘换的官窑，不也就是皇上吃饭使的碗碟吗，说碎还不就碎了。"

宫掌柜说："今儿个不知他是来卖货呢，还是收货的?"

"听说前一回跟德国禄大人做了一大票，在自己府里也开了买卖了，叫贝贝斋，听这名多不吉利呀!"

"贝勒爷开古玩铺子，也算背到家了，再背也背不到哪儿去了。……我也听说了，说那个徐二经管着呢。"

宫掌柜问："徐二是谁呀?"

掌柜甲一指："那不来了!"

宫掌柜说："那不是丰一阁的毛财吗?"

"前边那位。"

徐二带着毛财由串货场内进了茶室。毛财打了个千："贝勒爷，您今儿好兴致。"

金保元道："徐二说你有件好玩意儿，非要让我来瞧瞧。什么东西呀?也拿出来让我开开眼。"

毛财说："贝勒爷您什么没见过呀，只能说让您过过目。"他说着拿出一豇豆红的胆瓶来。茶馆里的掌柜的都往这边看，货场也有人拥过来，想看看这金保元到底怎么买这件东西。金保元一看行里这么多人看他，牛劲儿上来了，接过瓶子看了看，说："徐二呀，这东西家里不是有吗?"

徐二怕他又说外行话，赶快接过来："有是有，都不一样，这瓶的色挺喜兴的。……法国大使上回不是还求您赏他一个吗?"

"哦，是啊!"金保元看着瓶，问毛财，"你这玩意儿要多少银子?"

毛财伸手要跟金保元拉价。

金保元说："我不拉你那脏手，说个价吧，说少了我可不要。"

"那是，您买东西，哪儿能少要啊，您给五千吧。"

众人一听都觉得超行市，议论纷纷，几个掌柜的也有点儿意外地看着。

金保元没有犹豫就说："徐二，包上东西，把银票给他。金安，咱先出去吧。"然后带着金安先走了。

徐二拿出了银票故意亮了亮，然后包了东西。毛财接了银票别提多高兴了，不住嘴地夸"还是贝勒爷痛快"。

徐二对着行里人一抱拳："各位掌柜的，我是贝贝斋的徐二，往后各位有了好东西，拿给我瞧，保证物有所值。"说完了也走了。

串货场内议论纷纷。这个说，你这瓶包上我要了。那个说，五百我不卖了，您没看一个豇豆红卖了五千吗？最起码咱这也值一千呀！买的嚷：嘿，怎么着看完一出，跟着要涨价呀！卖的喊：涨了，涨了，价起来了。串货场人人在拉着人说话，行市一下子起来了。

当夜，徐二在炕上躺着，一个丫鬟正给他掏耳屎。毛财冒冒失失进来，一看，说："哟！不是时候。"

徐二坐起来："来吧，等你呢。"

"贝勒爷又瞧戏去了？"

"去了，他要在了，还不敢让你这会儿来呢。坐吧，沏茶。"

毛财说："合算他不知道？"

"不知道，该瞒得瞒着他点儿。他好面子，没一点儿歪心眼。"

"我还以为他知道呢，跟真的似的。"毛财说着掏出五千块银票还给徐二，又说，"二爷，你这手真绝！先是给您贝贝斋抬了名，扬了腕。再一个一下子把行市抬上去了，我听说咱走了以后行里的东西最少的翻了一番。"

徐二乐道："古玩，我承认不大懂，但斗心眼是我胎里带的。这不，各王府的管家家人一看世道不好，一个劲儿地往我这儿送东西，收得也差不多了，我不把行市抬上去，不是白收了吗？"

"再说了，那帮子假汉学家的口味也给吊起来了，毛财，"他说着把五千块银票推了过去，"你以后跟着我好好干，是洋人就往我这儿带，什么德国庄、东洋庄、法国庄，我这儿就是个贝勒庄。——有贝勒爷这名号，挣点儿钱还不容易吗？"

毛财把银票收进兜里，说："是，是。"

4

袁玉山边用掸子掸着土，边不住地往大门口去看，自言自语："快两天了，叫花子又是一猛子瞧不见了，五十块大洋倒没什么，别强买硬买，把那么一对好罐子给买碎了。"

刘掌柜和夫人兴致极高地从后宅过来，见袁玉山嘟囔着往门外看，刘掌柜突然说："小袁，你跟谁说话呢？"

袁玉山吓了一跳，忙打招呼："掌柜的、夫人……没有，我这自己跟自己说着话呢。"

刘掌柜不大高兴："这毛病可不好，小小年纪学会嘟囔了。"

"不是，见天的一个人……没人说话，就养出个自己和自己说话的毛病。掌柜的、夫人你们坐，我沏茶。"

刘掌柜和夫人坐下，说："也是，这些日子连个上门的客都没有，怎么就这么冷清呢？"

刘夫人说："毛财他到外边开铺子，倒有了买卖了。"

刘掌柜点头"嗯"着："那小子浮是浮了点儿，按北京话有点儿着三不着两，但做买卖还就得有这么点儿机灵劲。……小袁，你听说了吗？"

"掌柜的，这两天我没出门，不知道有什么好消息。"

刘掌柜说："毛财在串货场卖了件豇豆红的瓶子，东西不错，你可能见过，货底子还是从咱这儿搂过去的呢，最多也就值两千块，他可好，你猜猜他卖了多少？"

"在串货场，两千的东西，也就能卖个两千。那不是多卖钱的地方。"

"我原也这么想，没料到他一口价给卖了个五千。串货场的人都看傻了，以为他还在丰一阁呢，都说丰一阁的徒弟了不得，买卖做得有才气，都打电话告诉我。我说他不在丰一阁了，出去自己开铺子了，东家是我的，但好歹是个掌柜的了。"

刘夫人插嘴："想不到他一出门就这么有手笔，早知就该让他自己干去，什么叫出息呀？这就叫出息。"

刘掌柜附和："可不是嘛，买卖人能买能卖就是出息！"

袁玉山边看着他们两个夸毛财的嘴动来动去，边想起自己送回哥窑洗子时，刘掌柜刘夫人激动的样子，想起收来"大齐通宝"后，刘掌柜打电话兴奋的样子，就有点儿走神，只看见刘掌柜和刘夫人的嘴在动。

刘掌柜不满道："嘿！小袁，你怎么添了嘟囔的毛病，还学了走神呀？"

"哎，我听着呢，边听边想就走神了。"

刘掌柜说："这两天铺子里也不来客人，你也拿两样东西去串货场转转吧。行外没生意，就做行里的生意吧，听说串货场这两天生意价高极了。"

袁玉山道："高也高不了两天，总不能买卖人和买卖人之间自己哄自己玩吧？过了这两天价还得落下去。这两天没买卖是因为政局不稳，有人听说老袁死了，北边斗不过南边。真要是这样北京不再是首都了，这古玩的行市就得大跌，要么就得南移。指着几个外国人买东西能喂活几家铺子呀？古玩这行从来这样，国泰民安它就兴旺，国不安宁它必然地就不景气。"

刘掌柜一甩手说："你这些歪理都是从哪儿趸来的，我听着怎么这么不在行呀！干咱这行的就一天一天地过日子，今儿卖出去就是今天的好，明天能不能卖出去先不想，跟三不管一带卖假货的一样，蒙出去一件是一件。"

袁玉山嗫嚅："古话有买卖不成仁义在，这不光剩买卖了？没……"

"我就烦你这样，做买卖就做买卖，讲什么仁义。要不你赶不上毛财呢！话也不跟你多说了，待会儿你拿着这两件东西去串货场吧，你先别说那么多，也卖个五千块大洋给我看看。"

外边两位西服革履的客人走来，二人忙出门迎客。进来的一个是日本人，一个是翻译。刘掌柜的一看也忙让座、让茶，秀多、秀多地说两个日本单词。日本客人点头示意，开始看屋里的东西。随手拿起件瓷器，跟翻译说了一通。

翻译说："藤野先生说这件古董不对，汝窑釉中加过玛瑙末，汁水莹厚，有如堆脂，应像碧玉一样的颜色。"

日本人又说了一通。翻译又翻："汝瓷御用品，是用小支丁满釉支烧的，所以外足底也是满釉，你这个露胎了，不对。"

刘掌柜很欣赏地摆摆头："嘿！这日本人还真通啊！你告诉他这是元代的仿制品，不真，但也有个价。"

翻译翻了一通。日本人点点头，又指着一张画的印章说了一通。翻译道："先生说，这张画儿也是后仿吗？"

刘掌柜说："看不好，他看呢？"

翻译说："他说是仿的，看这印章就能看出来，用的印泥不对，日久的印泥没有这么大的油性，看，都洇出来了。"

刘掌柜纳闷道："他不光会看瓷器，还会看画儿，这日本人我原怎么没见过？"

翻译说："才过来，考古专家、早稻田大学的教授。"

刘掌柜说："对中国这么通，怎么不会说中国话呀？不像常来的那位。"

翻译说："能说几个字，会写，能读。"

"今儿个来，净挑我的毛病了，您问问他，想不想买点儿什么。"

翻译又与日本人说了两句，然后说："他说了，古董一行最易看走眼，他这次到中国来没别的，就想买石头，田黄、田白、鸡血石。他说石头不太容易做假，买着放心。"

刘掌柜说："有啊！您不早说。小袁，去后阁子把那块田黄石拿出来。"

田黄石是寿山石中珍贵的一种，产自福建福州寿山。是以叶蜡石为主组成的石料，纯净、润脂，略呈透明，有萝卜纹条带，制印章极受世人看重。

袁玉山把一小块指甲大小的田黄石拿了出来。

刘掌柜说："给先生看看，真正的田黄，不是山坑也不是水坑，田里淘出来的，这才叫真正的田黄。"

日本人接过去仔细看了看，和翻译说了两句话。翻译说："先生说，这是到你店里看到的最没有争议的真东西，他问卖不卖。"

"当然卖。"

翻译问："多少钱？"

刘掌柜说："田黄您知道，现在找一年也不见得找着一块儿，按常价吧，二两金子一两石头。这块小点儿，有半两重，给一两金子吧。"

翻译过去说了几句，日本人点头，拿出银票。翻译说："价钱公道，他买了。问还有没有更大一点儿的。"

刘掌柜接了钱说："大的不好找，要不先生过两天来看看？"

翻译道："好，这是电话，有了大的打电话，随时恭候，越大越好。"

刘掌柜说："大的可就不是这个价了，成色好得翻一番。"

翻译说："先生说可以。"

日本人拿了石头和翻译走了，刘掌柜的、小袁送到门口，刘掌柜的回来高兴地说："说没买卖，买卖就来了。明天我去天津货场转转，大石头，说不准就碰上了。"

第十四章

1

崔和有来到隆丰堂饭庄，问有位洪先生订了哪桌。伙计马上引他上了楼上雅座——添芳阁。

洪先生方脸大耳，是位专在京沪来回做生意的古董商，除自买外，也兼做中间人。洪先生与崔和有见过礼，二人入座。

洪先生说："地方还好找吧？"

"没来过，倒是也不难找。这馆子原来名声大，都是王府的公子哥儿来的，一般人来着不便。"崔和有拘谨地说。

洪先生呵呵笑道："民国了嘛，人人平等，人人平等。"

崔和有说："你们南方人没这观念，北京人可不行，王公贵胄太多，平等不起来。各人有各人去的地方，也不是去不起，是不随便。"

"我们也不是王公贵胄，不是也来了吗？来了就随便，以后王公贵胄不管用了，要有钱，有钱就有实力，想干什么事儿，就有八成。"

"这理我懂。我可吃过没钱的苦呢。没钱吧，你要心不高，也就能平平常常地过去了；没钱，你要是再心高，活着就不舒服了。"

"崔先生说得还真有些道理呀。"此时菜上来了，洪先生让崔吃菜，举杯道，"没钱的苦日子，崔先生很快就要过去了，只要把帖一出手，好日子不就是来了吗？来了就不走了，来，干一杯。"

崔和有也端起杯："来，干。"

二人一饮而尽。洪先生说："崔先生想好了没有，是用种什么样的手法来交割一下？"

194

崔和有坦言："其实我要了钱，也是为了开店，您给我钱，我还是得想办法找店去。古董这行我初入道，并不很在行。所以想来想去，我还是想要一个现成的店。洪先生您的琴竹山房我看了，觉得不错，要么您就把这铺子换给我吧，您也省得拿铺子换钱去了，我也省得拿钱找铺子去了，省了中间的手不说，还两近便，事办起来也利落。"

"这样最好不过了，我那间铺子连房带货绝不少于四五万大洋。这样我们两人都合适了。……不知崔先生带了东西来没有？"

"今天光想着吃饭了，没想着带东西来。这么着吧，过两天我去您那儿盘盘货，估估价，然后就找保人签合同，到时一手交帖一手交铺子，两放心。"

"崔先生说得也是，就崔先生这样的脑子，做生意一定会发财。"

"做生意，有时不靠脑子，凭运气。"

二人吃了饭，各奔东西。

崔和有自在鬼市抓了漏儿后，对鬼市极有感情，总要早早地来，当了掌柜的以后也不例外。崔和有就要成为琴竹山房的主人了，他打着灯笼在鬼市里照来照去，看见吴小山蹲在一个地方卖他仿的旧画儿，边卖边喝着壶里的酒。吴小山看着人很潦倒，但学问手艺都很高，自染了烟瘾后，人活得就更为不像样了，只能做些旧画来鬼市兜售。崔和有上前问画儿怎么卖。

吴小山说："一块大洋一张。"

崔和有不屑地说："这鬼市上你可劲找，有值一块大洋的东西吗？你凭什么卖一块？"

吴小山并不含糊，说："我的画，回家一做旧，挂到琉璃厂去一百块大洋还不见得卖呢。仿画，仿画也不是每个人都能仿的。"

"五毛吧。"崔和有跟他商量。

"您别家看看去。一块钱不还价。"他说着又喝了口酒。

"买卖人一张嘴，哪就有不还价的？您真有那么大本事，就不钻鬼市了，说什么也得是哪个铺子里的师傅。"

吴小山说："我就是从铺子里出来的。"

"为什么出来呀？"

"你要非得问，买我一张画儿我告诉你。"

崔和有掏出一块大洋，给了吴小山："要那张山水。"

吴小山便说："我原是朵云轩的，后来染上了这个，"他做个抽大烟手势，"掌柜的想留我也留不住了，轰出来了。"

崔和有边卷画儿边问："现在不抽了吗？"

吴小山叹道："戒了几分了，只是一画画儿还想抽。害人的东西，明知道它害人，一染上就脱不了身了。得了，今儿个你不单买了我的画儿，还买了个故事。"

"你家呢？"

"家没了，抽这玩意儿的有几个有家的？"

"那你跟我干吧。"

"你是干什么的？开着买卖呢吗？古玩行的人我认识不少，您是哪一位？"

崔和有说："还没开出来呢。今儿个咱就开去，把画儿卷上吧，咱走。"

吴小山犹豫道："你想好了，我可没戒干净。"

"走吧，没戒干净就抽，能干活就行。"

吴小山卷起画儿跟崔和有走。崔和有打着灯笼在前说："趁天还没亮咱去清华池泡个澡，换身衣裳。"

吴小山乐道："你还嫌我脏呢，也好，有阵子没洗了。"

从清华池出来，吴小山焕然一新，洗得干干净净，穿着新长衫，跟着崔和有后边来了琴竹山房。崔和有看见了门口今日盘货的牌子，说："还真等我呢，门也不开了。"说着敲门。

洪先生正指挥伙计往里搬东西，想把好的东西转移，一听敲门，让伙计快走，自己来开门。"哎！早，早，崔先生早。这位是？"

崔和有说："我介绍一下，这是我的搭伙，吴小山吴先生。"

洪先生"哦"了一声："名字很熟，原来朵云轩有一个吴先生，也叫吴小山。"

吴小山说："在下就是。"

洪先生恍然道："吴先生大名在华东古玩行如雷贯耳，只是缘悭一面。"

吴小山说："我没有管过买卖的事儿，只管个修修补补。"

洪先生客气道："坐，坐。沏茶。"伙计端上茶来了。

崔和有说："洪先生，既然咱们上次谈得挺投机，我看这事儿就要赶快。古玩这行也和种庄稼差不多，误了时辰就误了收成。"

"对！快，一定要快，我也是恨不得今天就办完了才好。"

"咱们是又想到一块儿去了，我今天和吴先生来就是想点点铺子里的货，如果货看好了，有一万大洋的底，咱们二话不说，今天就把事儿办了。如果货底没有一万，光铺面钱，我就不能应您了。"

洪先生说："先点货，先点货，您连吴先生都找来了，我这货就一点没法藏掖了。倘不够数，我拿钱抵。"

吴先生听他们两人说完话，就开始点货了：

"这张画绢丝不对，是清后期仿，值洋十块。这只碗亮而无光，也是清仿，值十五大洋。这只鼎铭文后刻……"

洪先生说："怎么是后刻呢？几位大家都看过，真的商鼎无疑。"

吴小山说："别的先不说，古董辨伪有句话叫'一错百错'。怎么讲？就是说这只鼎的雷纹、饕餮纹都没有错，鼎之环、脚也都对的，这些不错，如果就这些看而以为其中的铭文也是对的，就极易看走眼。宋代以降，好古董者对青铜器的收集更重在铭文上，所以为了高价而假做铭文的很多。有种就是'器真铭伪'，这鼎是真鼎，但铭文为伪刻。"

"那您怎么就见得铭文是后刻的呢？"

吴小山说："这位造假者，充其量是个匠人，没有学问。先不说这铭文之行文与金文时代大大相左，就说这落款吧，'一月辛酉'便是一常识性的错误，金文中，每年的首月均称正月，从不用一月。这便是造伪者是个匠人不是学者的铁证。由此就可推出这些鼎铭文全是伪刻的。但铭文虽伪，鼎不一定就不是商鼎，所以这鼎还是值大洋一百。"

洪先生叹道："吴先生真是眼力高啊，见识了，见识了！"

崔和有脸露喜悦。吴小山又在屋子的角落中拿出一张帖来。此帖残损不齐，角落有人补过。吴小山看过后，眼睛一亮说："洪先生这幅帖，您打算估多少钱？"

洪先生看了看，不知怎么出价，怕吴小山笑话。"这，这是幅残帖，仿写的颜真卿的《刘中使帖》。"

吴小山问："为什么说是仿写的？"

洪先生说："这你难不倒我，吴升的《大观录》中说原件是'黄绵纸本'，但此件乃是唐碧笺本。"

"吴升难道就不会错吗？"

"吴升怎么会错？著书立说的人还不至于把纸看错吧。"

吴小山越看越喜欢，说："好！不是他错了，就是我错了。既是伪帖，记大洋五块。"吴小山在点货，崔和有拉洪先生坐了喝茶。

崔和有说："洪先生，您铺子给了我了，您原来的那些老主顾也不能断了。我对北京的生意不熟，还想接您的手做沪上生意。"

"你这话是对的，革命成功了，北京定都只是暂时，据我所知南方党还是想定都南京，到时琉璃厂的生意会一下子冷下来。再者沪上虽是工业城市，但名商大贾云集，文雅之士附庸，好古者越来越多。有钱的人多，文化就会上去，再加上租界中的外国人，生意一定好做。到时北京这一头因这间铺子盘出去了，我也失了落脚点，不是说我帮你这话，咱们相互提携吧，自有一番事业。"

"还要多多仰仗洪先生。"

"相互，相互。"洪先生看了看点货的吴小山说，"崔先生，我能问您一句，这吴先生是您怎么请来的？"

"没费什么事儿，就花了一块大洋，误打误撞就给他请来了。"

"他可是个宝呀！"

崔和有颇为得意地说："我现在越来越信命了。我一辈子没有走大宅门的命，两次命都差点儿丢在里边。我一辈子转运都靠鬼市，我不能走明路，我注定了要做这种险而斗智的生意。再者我一辈子总有女人相帮，算命说有三个女人会帮我，我等着那第三个呢！"

2

叫花子受了袁玉山的委托，领来了一大帮小叫花子、侏儒等各色人物，手里都拿着各式各样的响器，边走边唱数来宝，热热闹闹到了信远斋门口。

叫花子打着竹板唱："打竹板迈大步，前边是个好去处，信远斋真凉快，蜜饯酸梅能解馋。"众叫花子齐声和着："信远斋真凉快，蜜饯酸梅能解馋。"一行人唱着闹着，拥进店里。

店内原有几位客人正在喝酸梅汤，聊天，一看进来一帮要饭的又脏又臭，站起来都要走。伙计一看急了，冲着叫花子们喊："哎哎，你们黄杆蓝杆，常头万头我每月都交了银子的啊，怎么没规矩呀？"

叫花子依然唱着："伙计伙计你别看错，今儿个我们有钱过，六月天，天气热，我们进来解解渴。"

伙计看着客人起来捂着鼻子都走了，无可奈何地说："哎，爷，你慢用，别走呀，慢……哎，还没给钱呢！"

一客人道："一口没喝，让这帮人身上的味儿给熏翻了胃，还要钱，我还打算问你要钱呢，怎么开的买卖！"

众叫花子拿起桌上的酸梅汤抢着喝，叫花子让他们都找了一个座位，冲伙计喊："伙计，屋里的人，每个给端一碗酸梅汤。"

伙计骂："少他妈给我端架子，要饭的喝酸梅汤，你也不先看看自己嘴里长没长那条舌头。"

众叫花子一听，都把舌头伸出来了，自己看自己舌头，还互相指着对看。叫花子又打起竹板唱："伙计伙计你不长眼，大爷的兜里很有钱，我给钱你卖汤，大爷的嘴里渴得慌。"

伙计一看叫花子真的拿出了一块银子，那张脸又笑了。

叫花子唱道："银子银子老爷子，看它的眼珠赛茄子。想喝汤就有汤，我买地来你盖房。"伙计收了银子，麻利地拿来一摞碗，利索地一人面前放一个，然后又端来冰的酸梅汤，一勺一勺给满上。

一个侏儒端起碗一口气喝干，吧唧着嘴叫："好喝，好喝！冰脑袋，冰脑袋！"说着话，故意把碗举得高高的，啪地砸碎在地上。

伙计急了："浑蛋，大白天砸明火，滚出去，有钱也不卖你们了！臭鸡子脑袋，谁还舍得冰你。"说着去打侏儒。侏儒跑到叫花子身后，有一个叫花子拿出牛胛骨，打着唱起来："伙计伙计你别发火，一只破碗算什么。一块一块破瓷片，把它们踢到门外边。我这儿赔你只大海碗，保你吃喝赛神仙。"他唱完在牛胛骨上托着一只要饭的破海碗，给伙计。

伙计道："你们今天成心的是不是？全给我出去，关张了不卖了，不卖了。我立马去找常杆儿，我还没碰见过这么不讲理的要饭的呢。"伙计满店里追他们，轰了这个跑了那个。侏儒从桌子底下钻了出来，对着伙计出怪样："我要吃糖，糖糖我要吃糖。"

伙计气急败坏地大叫："不卖了，不卖了！"

叫花子又打起竹板："你吃糖，我吃糖，日子再苦也无妨。吃在嘴里甜在心，一块高粱饴比娘亲。"唱完拿出一沓小银圆。"伙计拿高粱饴出来，让我们也知道这世上还有点儿甜味儿。"

伙计一看银子，眼又直了。这时小侏儒趁乱钻进柜台里边去了，先把一只糖罐递出来，叫花子一看不对，让他递万历五彩，他又换了一个，叫花子把糖倒出来一撒，众叫花子乱抢。叫花子说："既然是甜嘛，要吃就吃个热闹，来，伙计你也吃。"

侏儒趁机拿出第二个罐子，被伙计看见了呵斥："你放下，嘿，怎么自己动手了，放下！"他追打侏儒，侏儒趴到桌下去，伙计追不上，气愤之极，拿起刚才叫花子给的要饭海碗，啪地砸在地上："滚！"

众叫花子一看伙计砸碗了，都拿起桌上刚喝酸梅汤的碗，噼里啪啦地砸在地上，一时瓷片乱飞。侏儒拿起一只罐子也给砸了。伙计痛心大叫。众叫花子蜂拥出门跑散。

伙计痛心道："我的糖罐子呀，多少人想买都没卖的祖宗传下来的糖罐子呀！你们这帮臭要饭的，害人精！"伙计坐在一地的瓷片上，哭起来了。

叫花子扔进几块银圆，伙计看见银子不哭了。

叫花子们胡乱地跑进一条小胡同，叫花子一把抓住侏儒："嘿！别跑了，你把那只罐子也给摔了，叫你一点儿都不能碰坏你却……"

"哪儿能啊？"侏儒说着从怀里掏出完好无损的罐子，往上一扔来了个顶缸，又接住了，给叫花子。"摔的那只是个破罐子，原想着哪天碰瓷儿用的。"

叫花子接过罐子，从自己怀里拿出另外的一只，解下腰里的包袱皮，麻利地包了起来，又接过一个小叫花子递过来的长衫、礼帽，一下子在街上就换了装。众叫花子有的拿镜子，有的拿梳子，很快地把他伺候得像那么回事儿了。

侏儒说："老大，你这么着还就真像……"

"像什么？"

"像个爷了呢。"

"是爷不是爷，脚上看看鞋。"叫花子什么都换得挺好，就是鞋还是破布鞋，露大指头，"算了，遮着点儿吧。没事儿您啦，要是穿得那么鲜亮还去当什么东西呀！"说着掏出一小块银子，给了侏儒。"领着大伙儿吃烧饼去吧，晚上苇子坑见。"

众叫花子高兴散去，叫花子拎着包往当铺走。

袁玉山等了几天也不见叫花子来，心中郁闷，又来到月痕楼，坐在大堂喝着酒看九儿。九儿在台子上独自弹唱，一直面对袁玉山，好像在为他一个人唱。袁玉山仰头把杯子里的酒喝光，晃晃悠悠站起来走了。丫鬟环子跟了出来，叫他："小袁，您怎么就走了？小姐还没唱完呢。"

袁玉山忧伤地说："她唱完了又能怎样？还不是谁有钱谁把她叫走。我……我不能等到那时候，心里难受。"

"那你还不想办法把钱挣够了。"

"你不懂，钱难挣，屎难吃。挣钱心得黑，我不能心黑，不会。……我走了。"

"你慢点儿，喝多了。"

台上九儿的声音不断，正是悲切的段子。

袁玉山摇摇晃晃地往丰一阁走，边走边自言自语："什么时候能自己做自己的主，爱就真爱，不爱就滚一边去。……我为什么就做了古玩这行，在人手下动不能动，说不能说，明明是错的也不敢说错？做生意？做人都没做好还做什么生意！要是能做一个武功盖世的大侠多好，飞檐走壁，先把九儿救出来，再锄尽那些坏蛋，到高山之巅去过清静日子，不管这人间的乱事儿，想飞就飞，想跳就跳。"

袁玉山突然被一个躺在街上的人绊倒了，真的飞着摔了下来。脸贴在地上的袁玉山睁开眼睛，看见和他一起睁开眼睛的叫花子。两人头对头。

袁玉山说："哎！怎么是你呀，为什么绊我？"

叫花子说："我哪儿绊你了，你喝醉了踩着我都不知道！"

"你小子，干吗在街上睡？"

"我是叫花子，不在街上睡，去哪儿睡？"

"那倒也是，让叫花子睡床也不对了。……哎！我等了你好多日子了，想起来了，那对罐子，怎么没给我送来？你小子真不够朋友，当时应得好好的。"

"谁说不够朋友，当票不在这儿吗？昌记当铺，两个月的当期。"

"怎么才送来？都换了个总统了。"

"还说呢，当你这玩意儿当倒霉了，刚当完就被抓丁的抓了去。"

"啊？你叫花子也当兵了？"

"当了，抓到小站说是第二天就要开仗，当时我想我死了不要紧，你要的罐子也要不成了，所以我当夜就千方百计地想逃跑。没跑成，抓回去狠狠地挨了鞭子，关禁闭了，说要杀了我。"

"后来怎么跑的？"

"不用跑了，第二天据说就有一边败了。仗也不打了，兵也散了，没人管了，我就要饭要了回来。"

"你受苦了。"

"也没什么大苦，当兵也蛮好，有饭吃，管饱，夜里有床睡，第一夜我真是舒服得睡不着。"

"苦命！刚我还在怨自己命不济，看见你，我什么都不想了。"

"你命还不济？夜里喝得醉醉的，跟个大爷似的踩到了人都不知道。我才命苦呢，一趟一趟地来给你送东西，都被你们掌柜的打了出来。"

"你来过了？"

"来过两趟了，你都不在，说是去串货场了。今天我是要在这儿死等你，一定要等你回来。"

袁玉山深情地看着叫花子，说："你还没吃饭吧？"

"还吃什么饭，吃过人的鞋后跟了。"

袁玉山拉过叫花子，"走，喝酒去。"两人站起来往酒店走去。

3

琉璃厂街上同时开出两家铺子来，一是街南的贝贝斋，一是街北的原琴竹山房改成的和有轩。琴竹山房的匾取下来了，和有轩的匾挂上去了。贝贝斋的匾也挂上去了，是亲王爷溥杰的手笔。众宾客里也有人是两家的宾客，他们去了街北去街南。

春风满面的崔和有站在台阶上迎客。徐二也在那边台阶上迎客。二人偷闲走到街中间，拱手，内心都有说不出的滋味。

202

徐二道："崔掌柜的，谈得巧不如撞得巧，咱两家都选了今天开张，这就跟生孩子生出个双胞子一样，一喜加一喜。咱原来有过交往，现在又在一起了，以后还得蒙您扶持。这回咱们脸对脸可有的瞧了。"

"徐二爷您过谦了，您后边坐着座金山呢，有您在街面上撑着，整条街看着都提气，您多提携。给您道贺了。"

"同贺，同贺。都忙我就不过去了，改日吧。"

崔和有说："您忙。改日我请二爷吃粤菜，二爷一定赏光。"

"不客气，咱日子长呢！"

两人又拱手各回各店。徐二心说：没想到他开出铺子来了，在狱里是愣没吐口，看不出他知道那事跟我有关。买卖上见吧，不定谁做得过谁！

和有轩后院，吴小山在屋内仔细地修补《刘中使帖》，旁边一个伙计打下手。吴小山边干边跟他说："好东西一入了匠人的手，就如羔羊入了狼窝一样。脱字、残字因岁月流转在所难免，脱就脱了，残就残了，明眼人自有看这种脱残的能力。非要填补，把个真迹弄得半真半假，此举或如给一件旧古董上油漆一样，生生地不是把件东西毁了吗？

"就像我上次遇到一架古琴似的，好好的一架琴，明早期的，古朴文雅。卖主看着太旧，非要上一遍桐油再拿出来卖。这油一上可好，那琴发出来的声音就像弹棉花的弓子一样，朴朴的，真是罪过呀，几百年的光阴毁于庸人之手！就说这帖吧，其真也好，假也罢，笔墨当是第一的吧？现在人就会凭一两本书来看，说纸不对，字便不对了。书难道就没错了吗？写书的人难道就没错吗？如果信他六分也就罢了，如果十分一分不少地信他，还搞什么古董，那不是按图索骥吗？"

吴小山说着坐下喝了一口酒，又说："我吴小山之所以造假画行世，一是有些人帮忙，二呢？二还是有些人帮忙，帮忙把假的说成真的，真的说成假的。"

外边有伙计在喊吴小山："吴先生，掌柜的让您往前边去一趟，好多人想见您呢。"

吴小山说："不见，告他我不去。做买卖就做买卖，还要见了面抱拳喊爷喊先生，真好也罢了，碰到利益眼睛会瞪出火来。——怪呀，来此三天了，竟没有抽过一口烟，真能戒了就好！"

和有轩忙了一整天，晚上，衣冠楚楚的崔和有坐着骡车来到月痕楼。

今非昔比的崔和有走进大堂，有意地在门口站着接受那些原来买过他翠花人的注目。有个妓女扭了过来，娇声道："哟，爷，看着您怎么那么眼熟呀，是哪年哪月来着？"

崔和有一把把她搡开："猴年马月。"

老鸨从远处迎过来说："这一晚上了还没来个像样的主儿呢，您……您……您不是那个……"

崔和有道："卖翠花的小崔。"

老鸨把头摇得像拨浪鼓似的："我说不像吧，您卖翠花那会儿我就断下了，您肯定是哪家的公子少掌柜的，没事扮个小货郎到我们这儿来冷眼相人呢。看您原来那样，哪儿像个卖翠花儿的呀！告诉您吧，这年头呀穷人装富了难，富人装穷也难。"她接过崔和有脱下的大氅。

崔和有不苟言笑道："没装，我原就是卖翠花的。"

老鸨仍然奉承着："啊，是呀，您没那个命，做也是暂时做，那您现在呢？"

"琉璃厂和有轩东家兼掌柜的。"

老鸨笑得脸上直掉渣儿："我们这儿就琉璃厂做买卖的人多，以后您可得常来呀！"

"短不了。"

老鸨给崔让到一张桌子前说："给您叫两个姑娘？"

崔和有摆手道："不忙，我要的人还没看着呢。"

环子瞧见了崔和有，急忙走进九儿屋里报告："姑娘，您快下楼看去吧，原来卖翠花的小崔来了。"

九儿百无聊赖地在绣花，说："来就来了，这么惊怪！"脸上有点儿高兴。

环子说："穿着全是有钱人的样儿，人看着比原来还帅气了。"

"穿得再好有什么呀，得有心。"

环子撇撇嘴说："哟，您还为前些天小袁的事儿生我的气呢？又不是我不留他，是他非要走，说自己个儿没钱，看着您跟刀割了心似的……小袁有什么好，一身土相，不就老实吗？"

"你少在我跟前褒贬人家。人好老实是第一，你也不看看现今还有几个老实人呀？论情论风流一个赛一个，有几个真心的？还不如李甲、王甲

204

呢。他们这些主儿不把咱青楼出去的人逼跳河，不算有情。"

老鸨此时听着话，推门进来道："哟，说谁呢，有情没情的？现在就有个有情的人在底下等着你呢！"

九儿欠欠身说："妈妈来了。我身子不畅，想歇歇。"她其实想下去。

"告诉你，今儿可不是什么脏老头子、胖少爷，是个别提多帅了的少东家，你看看去吧，人家想会的就是你。"

"是吗，妈妈看着也这么高兴？"

环子说："人家小崔又不是李甲。"

九儿呵斥她："你少插嘴！"

老鸨眼睛一亮："哟，你们二位敢情早认识了？那更得去了，千金难买旧情呀，去吧。"

九儿起身，半推半就。环子马上拿镜子照，替她别上一支翠花。

九儿对着镜子说："翠花怕和我这衣裳不配。"

月痕楼大堂里，崔和有独占了中间的桌子在喝酒。突然"叉杆儿"高喊："九姑娘到。"

九儿穿着华美地从正面楼梯上下来，众目观望。崔和有看着九儿又喝一口酒。九儿走过来了，坐在他的桌前，说："想不到你改了样儿了。"

崔和有傲慢道："山不转水转，我也想不到能这么来看你。"

九儿说："我给您斟杯酒吧。"

崔和有看着九儿的翠花："你也喝一杯吧。"

"我身上不舒服，给崔爷您唱个曲儿吧。"说着九儿唱了曲《寻梦》。崔和有把九儿原先给他的那块玉拿出来，在桌上把玩。玉虽曾是块碎玉，却修补得几乎不留痕迹，烛光一照，还别有色泽。九儿唱完曲，过来看见了桌上的玉，有点儿感动。崔和有说："这块玉，我天天记着呢。"

"你现在阔了，能来看我就知足了，天天记着这话，一个风尘女子当不住。"

老鸨在远处看着九儿和崔和有深情的样子，叫过"叉杆儿"来吩咐："去告诉那小崔，说有人下条子唤九姑娘。不是有钱了吗？今儿个我得让他出出血。"

"叉杆儿"过去对崔和有说："对不起您了，崔爷，外边有条子唤九姑娘去王府。"

崔和有正在情深意密处，一听这话大发其火，把一酒杯摔在地上。"少来这套，我没钱的时候这大堂里谁正眼看过我一眼，我他妈有钱了还看不起我！告诉你今天别管什么爷，九儿哪儿也不去！"

老鸨一看打起来了，赶紧过来道："怎么话说的，找乐子找出气来了？别急别急好商量，只要有钱什么事儿都能办。"

崔和有哼了一声说："你还别拿这话激我，我今天来就是为花钱来的。"说着掏出银票来，"你说吧，九儿的赎金是多少，我现在就接人出去。"

"好事儿呀，钱不多，由小到大吃饭穿衣学诗学唱，你给一万大洋。"老鸨以为能镇住他。

崔和有说："好价钱，这是银票，算什么呀！只当买个玩意儿！"

九儿听了这话，脸一下苍白，"只当买个玩意儿"这六个字在她脑海里回响。

老鸨说："好！好！您愿意了，也得问一下九儿呀！"

整个大堂的人都看着九儿。九儿内心极其矛盾，也很伤感。崔和有高傲地站着，看也不看九儿。九儿慢慢站起来，冷冷地说："崔爷，您喝醉了，改日再来吧。"九儿走上楼去。

全堂惊愕。崔和有生气地一把把银票攥住。

第十五章

1

刘掌柜应了那个要买石头的日本人，来到天津。他盘算：只要能收购到田黄，回去定能卖个好价钱。

天津串货场是一个小铺挨着一个小铺，东西挺多，显得紧巴。刘掌柜的进了场里边走边看，来到奇石斋，肖掌柜的迎了出来，一口的天津话，热情地说："刘爷，哪么着？没吱声就上来了，早说上车站迎迎您去。这回找吗？买东西可别隔过我去呀……"

刘掌柜拱拱手说："哪能啊！我不照顾您谁照顾我呀。"

肖掌柜说："北京生意好做，当官儿的多，洋人多，这个不买那个买，总有人买，天津买卖人倒是不少，可有钱他们不买这玩意儿呀！买的人就是那么几位，有数。"

"那你把买卖挪北京去不得了？"

"好嘛您啦，还不吃了我，过得去前门我也进不了琉璃厂，那是吗地界儿，虎穴龙潭，是虎你得卧着，是龙你得盘着。看着猴精猴精，指不定哪天被算计了。我去？有我仨也不行呀！"

刘掌柜笑了："你这是骂人不吐核，我不跟你斗嘴，人都说京油子、卫嘴子，一点儿不错，我一到天津就觉着自己没带着嘴过来。"

"净拿我们打岔，天津北京有多远呀，还生出那么多不一样了？……您喝茶吧，刚沏的。"

刘掌柜端起茶杯说："门口那块匾，我瞧着三个字还是吴昌硕写的。"

肖掌柜颇得意地说："别的不敢吹，天津这条街，就这三个字值钱，吴先生的真迹。别家的牌子，有的字儿看着是名家的其实是集的，有的是二流的书生写的。我的这块匾搬到琉璃厂去也行……当年吴先生画画用的印章，全是咱老爷子给寻的，好嘛您啦，拳头大的田黄石找来了，别人看都没看就给先生送去了。不为利，为了交个朋友。"

"说到田黄了，现在怎么就找不着呢？看你这铺子，哪回来哪回的东西没变，该在的还在，样儿都不改。"

"您说啦，还想怎么变化呀？一天把石头全卖出去，那这儿还叫奇石斋吗？那得改叫工地了。奇石就是奇石，遇不到奇人它也不去。……想要田黄是吗，您说话呀！这面上能摆田黄吗？一眼没看住哪位爷给攥手里了，我上哪儿找理说去？买卖买卖，有明面上做的，卖给一般的人，有私下里做的。"肖掌柜边说边向柜里拿东西。"东西贵重，一般人不给看，您京城里的大掌柜来了，想怎么看怎么看。"他拿出一块不太大的田黄石，成色不错。

刘掌柜接过来看了看。"东西还真润。"

"敢情，这么好的东西，是田黄，跟坑黄可不一样。"

"小了点儿，我有一客人要大点儿的，小的他看不上。"

"没听说过田黄还大呀小的，萝卜大，里边是糠的。"肖掌柜接过东西收了起来。

刘掌柜喝了口茶，站起来说："我走了，改日来吧。"

"田黄不行，鸡血要不要？"肖掌柜指着一对鸡血石印章说。

"没买主，东西又贵，买回去周转不开。"他想走又觉得不合适，说，"你把那块小太湖石给我包起来吧，回家配个盆景去。……再说，听您要了这么半天嘴皮子，不照顾您不合适。"

"您啦还别这么说，这里就这块石头是样，说不定哪天卖个大价钱呢！"肖掌柜说着把石头包起来，放一木头盒子里。

刘掌柜拎着石头出来，在大街上边走边看。远处有个农民模样的人蹲在街沿，看着刘掌柜进了个铺子，马上又出来了。农民模样的人跟着他。这人就是前些天在丰一阁买田黄石的"日本人"，他鬼鬼祟祟招手叫来一个小孩，交给小孩一包东西，让他跑到前边的幽古斋去了。

刘掌柜全然不知，逛了几个铺子来到幽古斋。有位伙计出来说："您要点儿什么？里边看看吧。"

208

刘掌柜道："有什么好东西拿出来看看，好老窑儿有吗？"

"一听您就是行家，管老窑叫老瓷器的绝不是行里的人，行里人都说老窑。"伙计说着话拿出件汝窑来，"不太完整，是件东西，您看看。"

"是汝窑。"

"对着呢。柴汝哥官定，北宋的东西。"

"可惜，后补全的。"

伙计说："不是补全的哪儿去找呀，汝窑全中国还有几件呀？听宫里的人说明清两代皇帝找了六百年，找着二十多件，也不是件件都跟新的似的。这东西遇不见买主，遇见了也是座大院子的价。"

刘掌柜把东西还了。"我这次不是来找这个的，有好石头吗？"

"找石头您该去奇石斋，那儿专卖石头。"

"去过了，没有。"

"我们这儿有几件石头，您大概看不上眼。"

"有田黄吗？"

"田黄倒是有一件。"

"拿出来看看。"

"您看看行，可没法儿卖您，这货别人已经订下了。"

刘掌柜笑道："刚才还夸我是行里人呢，这会儿又认起生来了？东西先拿出来看看，人订是人家的，我不要。"

伙计把刚才小孩拿过的那个纸包拿了出来，打开，是块很大的田黄石，刘掌柜的看到石头眼睛一亮。伙计说："您看看吧，对石头我外行，不过这件我知道是田黄。田黄和黄金一个价，我也知道。"伙计把石头递给刘掌柜之后，马上回身去把门关上了。屋里光一下子暗下来。"您好好看看，杂七码八的人先挡在外边不让进了。"

刘掌柜心花怒放，暗想：要不说人是越顺越顺呢，奇石斋找不着的，这小铺子里找着了，刚我还真差点儿隔过它去。做买卖最好做的就是有了下家来找货，找着了就是钱。他说："有放大镜没？借我用一下。"

"您看看就撒手吧，东西连我的都不是了，人家订下了。"伙计说着拿出一只放大镜来。

刘掌柜说："谁订的你这么害怕？有订还有退呢。到时他要真的不买，你不是错了时候了吗？"他接过放大镜细看，"这东西润倒不是那么润，但萝卜纹看得一清二楚。"

"是田黄没错，没萝卜纹那不成牛油黄了？东西不好人家也不会把一块金子放在这儿。"

刘掌柜一听别人放下的是块金子，有点儿急了，放下石头。"是谁呀，这么大的魄力？你别蒙我，这年头只有花钱买窝头吃的份儿，谁花金子买石头的呀？"

"我蒙您干吗呀？您说起这年头来了，这年头只有卖东西往外蒙的，哪有蒙人死活不让人买东西的呀？"

刘掌柜拿出一块银圆来，说："你告诉我是谁想买这东西。"

"这不行，该告您的，我能告您，不该告您的，我还是正经买卖人，不能告您。这钱您拿着。"

刘掌柜又把钱加了一块推回去："我不让你说，我说你只管摇头点头。"

伙计去把门又打开，回来后，把石头又包进那纸包。"您问吧。"

"这东西是不是个日本人想要的？"

伙计摇头。

"那指定是北京琉璃厂的行里人来要的？"

伙计点头。

"说了钱没带够，过几天凑够了钱来取货？"

伙计点头。

刘掌柜想了想，伙计欲把石头收起来。

刘掌柜说："慢着。……这么着吧，他给了你多少订金回头我双份地赔他。这东西我要了，时价，拿戥子称吧，该多少我给多少金子。"

伙计摇头。

"这你还摇什么头呀，臭规矩拿得你都快成哑巴了！"

伙计为难道："不行，回头客人来了没法交代。"

"你还别拿我，什么客人客人的，行里的规矩，交了订金东西又给卖了，赔双份儿，这到哪儿也说得出去呀！……你是不是嫌我没给你点儿呀？我这有二十块大洋，你自己拿着花去，别跟你们掌柜的说。"

伙计看了看钱，假装犹豫还是把戥子拿出来了，说："您是老行里人，您既然说有规矩，那谁不爱挣钱呀，卖谁还不是个卖，先卖了不是先得利

210

吗？……您看好了，这秤，小两是十两六。"

"等会儿。"刘掌柜从包里拿出了戥子，"我也有一杆秤，咱俩分着约好了看看，对就最好，不对，咱俩约完的取中间。"

"您今儿还真是只为了买石头来的，哪儿有逛古玩店还带着戥子的？"

"你说对了，一点儿没错，小两十两六。你算算我该给你多少。"

"不用算了，黄金十二两，我这儿有订金的条子是七钱。"

刘掌柜看了看条子，二话没说数出银票给了伙计。"点好了钱，东西我拿走了。"说着抓起石头包，"得赶下午的火车呢。"

"我给您叫辆车去。"

"等不及了，我自己喊去吧，出了口不就有吗？"刘掌柜的急急出门。伙计喜悦地送他走后回到屋里数着看着那些银票，扮成日本人的农民推门笑着进来："成了？"

伙计道："成了。这年头就是有些人哭着喊着让你骗他。"

2

袁玉山揣着当票出了丰一阁，经过崇孝寺门前，逢赶庙，有耍叉的，有练中幡的，有卖各种小吃的。袁玉山在两个卖旧书的摊子前转了转，选了两本旧书，边付钱边说："书这行市是不是又降下来了呢？"

摊主道："这年景谁还买书呀，改朝换代了，旧书使不上了，听说南边已经兴了白话文了，没了之乎者也，用引车卖浆者流的话写文章，您说那文章能好看吗？"

袁玉山说："那也未准，您听天桥说书的说的不都是白话吗？说八股人听不懂，他哪儿收书钱去？要是文章都写得跟说书似的没什么不好，不好许就是纸用得多了点儿，您想呀，话一多字儿就多了，字多了不是费纸吗？"

摊主点头："倒也是，费点儿纸倒没什么，弄得一国人写两种文章就热闹了。给您包上了。"

袁玉山买了书，过庙门口看见几个小叫花子正要饭。他想找叫花子，没找见。一个鲜衣华服的有钱人从庙里出来，一个小叫花子上去问他要钱，此人抢起手杖就打，过路人躲闪。有钱人说："晦气！刚烧完香就碰上要饭的，你给我躲远点儿。"说着话一手杖把要饭的抱头的手指打破了。

袁玉山远远看着不公，过来道："这位先生，您不给也就不给了，犯不上打人呀！"

"打他怎么了，打死他都不多。我刚从庙里烧香出来，你说碰见他吉利吗？"

"大吉大利呀！你烧香为的什么，拜菩萨吧，菩萨是行善事的，你一出庙门他就给你个行善的机会，你不行善也就罢了，怎么还行凶呀？！你这烧的是哪门子的香呀？！"

有钱人说："我烧香不为行善，是为自己的，烧香为别人我烧香干吗？"

"那你这香一准儿不灵。你想佛祖是什么样的人，以身饲虎的大德大善，他能看上你这种出了门就抢手杖的吗？今儿个别说你求的事儿不灵了，出不了三天你还得遭祸殃。"

"你少咒我，你算个什么东西，跑这儿充圣人来了！告诉你，书我也读过，没几句能用上的，你别他妈的假装仁义！"

"你爱信不信。今儿个你要不给这叫花子赔个不是，出不了三天你家里准出大事。这是什么地方？这是庙门口，我这话就是冲着庙门说的。多一句我也不说了，你掂量着办吧。"袁玉山说完了就走。

有钱人站在原地不动，害怕了，心里这份堵，不由得想：我就是怕出事儿才来烧香的，我要真走了，真出事儿命就没了。他不情愿地掏出钱来，给叫花子们行礼，扔钱。众人大笑。

袁玉山来到当铺，进去。当铺的柜台高大威严，算盘珠稀里哗啦响。袁玉山把当票递进去。里边喊："瓷罐破口一对，二库三柜十八号。"

袁玉山说："嘿，伙计，我那对瓷罐可不是破的，是完完整整的！"

"拿来看，拿来看。"

袁玉山说："拿来看什么，要是破的你得赔我。"

排在袁玉山后边的一老者，看着袁玉山急了，跟他搭话："小先生，您这是第一次当吧？"

"老先生，是第一次。倒不是日子能过去，是从来就没什么可当的。"

老者说："这就对了，再好的东西，您哪怕是新买的转身拿这儿来，也得给您加上个'破'字，这是当铺的规矩。不是为了贬您的东西，是怕以后起纠纷。您想呀，一块皮子当给他了，他不写个'虫吃破光板'写个'新皮货'，过俩月您来赎了，一看虫子吃了一个小洞，您不干了，说我这儿写着新皮货呢，怎么出个洞呀？你赔我！他赔得起吗？买卖还不开黄了？是当铺再新的东西也得写上'破'字儿、'坏'字儿。这还算好的呢，别的行话您要听着就更新鲜了。您要家里有两块翠，当到这儿，他写'硝石'，鸡血田黄写'化石'，字画儿写'纸片'。写归写，到时给您的东西错不了，错了还行？他这买卖也就别往下开了，当铺当铺，也就讲个信誉。"

"您可真在行，原来是开当铺的？"

"我可开不起。开当铺的安徽人多，您没听着他们说的行话净是徽音吗？我这辈子没离开过当，人是个废人了，坐着吃跟条虫子似的把个家业给吃光了，当光了。……您的东西拿出来了，好好看看。"

柜里喊："破罐两只。"

"您就别喊破了，破得我心里直打鼓。"袁玉山说着接过东西细摸。

老者说："你过得也不好呢，这么个罐子也拿出来当了。"

袁玉山细看没任何毛病，高兴。"过得不好，比破罐子还破。"说着袁玉山从腰里抽出一条包袱皮，把罐子包上了，出了当铺。走到丰一阁门口他犹豫着：按理不该瞒着师父自己搂货呀！这不是做伙计的规矩，可我也是无奈，我想救九儿出来，我想自己办个教书馆，我教不了书，我请先生教没钱上学的小叫花子读书。天底下人都读书了会不会好一点儿？也不见得，在庙门口打人的那胖子不也说自己读过书了吗？读书的人干吗还不明理呀？他边走边想，后边拉车的车夫喊他："先生您去哪儿，要车吗？"

"不要，不要。走走好，走走好。"袁玉山看见从和有轩出来的崔和有，他穿着长袍马褂皮鞋，上了一辆闪闪亮亮的人力车。袁玉山自言自语："这不是卖翠花的小崔吗？几天不见变了大样儿了，听着有人说一个卖翠花的开了个大铺子，原来是小崔呀！挑挑儿的坐上车了。年轻轻的又不是走不动，动不动坐在车上让别人在地上拉着他走，自在吗？我一辈子看不上两样东西，洋车和轿子。让人家拉你抬你，是个老者也就罢了，一个大小伙子自在吗？走走好！走走清醒。"

袁玉山大步走了起来。转了几条街，来到月痕楼，他要看看九儿。

九儿歪在床上，老鸨正在跟她聊天。老鸨说："我年轻的时候一天一

213

天地盼着从良，哪怕嫁给董永一样的农民呢，你耕我织的也算是过了个日子。也还真有几个相好的答应过我，答应也就是嘴上答应，应过了人就不见了。谁真心呀？说杜十娘的故事，李甲是个薄情的人吧？我这辈子连李甲那样的都没碰上一个，嫖客也是一代不如一代了。"

九儿在床上一句话不说想心事。

老鸨接着说："到后来我人老珠黄，心也就平下来了，再一个对那些孤佬们早就看透了。天底下就是这一个'情'字最不真，为什么就它不真？是它长久不了，比如今天说了的，明天就不作数了。他说的时候未必就不是由心而出，但此情一过，没想的东西都想起来了，家里怎么说呀，别人怎么看呀，怎么对读书人交代呀，等等，等等，有一车的话告诉你娶你不得。男人最薄情，为什么就男人薄情呢？男人一辈子是活给别人看的。礼义廉耻，功名利禄，哪一样儿是活给自己的，可不是都为了活给别人看吗？女人不一样，女人为一个男人活，女人能为一个人活，一生逢一知己足矣，女人能做到，也许是天性使然。男人要真有了女人的这份心，那才叫是天底下最最了不起的情种，可惜这样的人少。那天我也真为你捏把汗，没答应小崔也就对了。瞧他那样……活活地应了一句话，'人一阔脸就变'。难说能当个好爷们儿。"

九儿看着被子上的一朵花说："也许这机会错过，就再没人会这样了。心里想的人没钱来赎你，不那么想的人倒来了。"

老鸨劝她："你还年轻，还有个想不想的，再过些日子就没什么可想的了。你也别以为小崔他就不来了，看他心气非要再来不可。"

九儿说："我原觉得小崔人不坏，看着他挑水、担翠花挑让人觉得可怜见儿的。也不知那天为什么，一下觉得他变了，一点儿原来的影儿都没有了。钱这东西乱人心性。有钱无情的人我真是见腻了！"

"他说'只当买个玩意儿'时我看你脸白了，小人乍富怎么就显得那么穷相呀？我一辈子也是看不起这路货。"

"不说他了，说他平白地生气。"

"九儿，你可有事儿瞒着我吧？"

"妈妈，您给我拉扯了这么大，我还有什么事儿能瞒您呀？"

"你刚说漏了嘴了，你说'心里想的人没钱来赎你'，那人是谁？其实你不说我也能猜出个八九不离十。"老鸨卖了个关子出去了。

老鸨刚走，环子推门进来说："小姐，小袁来看你了。"

"别让他上来！"

袁玉山已经进来了，乐呵呵问："怎么了，生那么大的气？"

九儿说："哪敢啊？这是什么地方，论生气也轮不到风尘女子，那都是爷的事儿。"

"别生气了，我买了新下来的杨梅给你吃，环子洗洗去。"

环子道："你还有工夫吃杨梅呢？前些天小姐差点儿就被人一张银票买走了，到时候就不用吃杨梅了，喝醋就行了。"

九儿听着，对着镜子落泪了。

袁玉山问："谁呀，这么有情？"

"告诉你小袁，你不用在这说风凉话，我早想好了，这次我没应人家是我的心，有一就没二了。窑姐就是窑姐，也不用拿老故事来套自己，花魁娘子世上天天都有，可卖油郎就未必了。"

"怎么真有这事儿呀？"

环子说："谁还骗你呢？也是你们琉璃厂的人，原来卖翠花的小崔。"

"真是他呀？！没想到他出息得还真大了。"说着话袁玉山把包袱放下了，解开，"看来这两只罐子也算留对了。"

环子和九儿看着两只罐子。环子道："这是什么呀？俩破罐子有什么用？"

袁玉山说："这罐子里装着卖油郎赎花魁娘子的银子呢！"

"哪有呀，空的嘛！"

袁玉山说："没到时候，到时候它就涌出来了。"

九儿的脸上有些不解的样子。

3

这天下午，袁玉山正看着买卖，手里拿着书，见刘掌柜回来了，马上迎上去接过包来，递过去掸子。刘掌柜叮嘱他："小心点儿，里边有块石头，怕碰。"说着话去铺面外街上掸土。"小袁，上次买田黄石的那位日本客人不是留了名片了吗？要是在，你告他铺子里来了大块的田黄石，就一块，要买趁早。"刘掌柜说着想起什么，把包里的田黄石从纸包里拿出来，

215

锁进一只小柜子里。

袁玉山进阁子内打电话："喂！是山田宅吗？什么？……那您那儿住过一位叫山田又造的日本人吗？噢，您再问问旁的人吧。……嗯，嗯，回见。"

刘掌柜边喝茶边听着里边的电话，待袁玉山一出来马上回他："怎么着，没在？"

"按着片子上的这个号接过去，说是医院，问了一下有没有山田这人，说从来没有过日本人，是个英国人开的小诊所。"

刘掌柜纳闷道："嘿，那就奇了，这片子不会假呀！那天那日本人你也见了，说话也是嘀里咕噜的，怎么电话会假呢？——你再给毛财拨个电话，那天他们来之前毛财打过电话来，还特意引荐了一下。"

袁玉山又进内阁子给毛财打电话："……我是玉山，啊，掌柜的刚从天津回来，想问问你上次买田黄的那位日本客人，最近见没见。噢，你也没见，那你知道他们住哪儿吗？名片的电话说不对呀，是个英国诊所，对！你找找他们吧，他们要的货掌柜的收上来了。"

刘掌柜听到这儿，大声对内阁的小袁说："告诉他要买趁早，过了这村还没这店了。就一块石头，这么大的田黄石卖给行里人也一卖就出手。告诉他能找就找，找不着拉倒，等两天，两天没人把货出了。"

袁玉山对着听筒说："你都听见了，我不说了，回见。"

刘掌柜对袁玉山说："找不着算了，卖东西编个假地名，怕找后账有可能。可他是买东西呀，他诓我住的地方干吗？人不会错，你不是见了，从咱这儿买了石头走的，真日本人呀！他不买也就不买，有石头在就不怕。就这块石头我还是抢着从订货人手里强买来的呢！大不了赚不了那么多就是了，绝没有赔的道理。——我走这两天有什么买卖吗？"

袁玉山回答："卖出去幅画，吴昌硕的。"

"多少钱？"

"价是您出的价，钱我交内掌柜的了。"

"路上还想，这画可能标低了，咳，卖就卖了。我进后边去了，待会儿你也关门吧。"刘掌柜起身进了后宅。

等了几天也没见着上次来的日本人。哪儿等去？那个"日本人"远在天津呢！刘掌柜心里起急，不能老让这田黄石压着大笔的钱。他带上田黄石，又拿了几件东西来到串货场。

串货场人头攒动，非常热闹。有人跟他打招呼："刘掌柜，您来了。"

"来了，好久没串了，越来越热闹了啊！"

"带着什么好东西让我们开开眼？"

"没有什么，都是寻常的玩意儿，就有块田黄也不新鲜，个儿大。"刘掌柜说着话找了块地方，与旁边的摊主说，"我借您的光了，一两件小玩意儿在这儿摆摆。"他摆出几件青铜镜，小青铜件，把那块田黄石摆在了明处。

"您有个徒弟常来，今儿怎么没带着呀？"

刘掌柜说："他在家看摊儿呢，我今天也是出来散散心。今儿个怎么这么多人呀？"

"咳，别提了，都说南方朵云轩的老板下来了，要在今天出一只明成化釉里红的瓶，有憋着想买的，有不想买想开开眼的，就都出来了。等到现在又说不来了。"

"压根儿就没东西吧。"

"东西倒是有，估计话儿刚一出去，就有底下过手的了。——您这几面铜镜不错，开门见山的汉代。"

"蔡掌柜的眼力真好，是汉代的，看这银灰色儿就看出来了。"

有几位客人从刘掌柜这儿过，都拿起铜镜看了看，问价。刘掌柜发现没有一个人看他的石头，就又故意往前推了推，心说："怪了，这么大块这么好的田黄石，怎么没人问呀，按理说该是俏货呀，许是知道价儿不薄不敢伸手？……也不对，行里的人什么没见过，多大的钱没花过。想要，不至于连手都不伸吧？"

刚看过刘掌柜货的人都躲在远处议论：

"那块石头你看了？"

"看了。"

"是田黄吗？"

"看着不像，一是个儿太大了，再一黄得太愣。"

"光也不对，一点儿都不润，看着那么发腻。"

"按说丰一阁刘掌柜在琉璃厂也是响当当的人物，不至于拿块一文不值的破石头上行里蒙事儿来吧。"

217

"说不好，不是咱走眼，就是他走眼了。今儿看不着釉里红，弄不好看一出《失子惊疯》。"

"瞧，汲古堂的冯老爷子过去了，他看石头是有了名的，他要看不好，今儿刘掌柜的当着行里这么多人可就栽大了去了。"

冯掌柜的走到刘掌柜摊前，先站着看那块石头。

刘掌柜说："冯先生，老没见了，待会儿咱们喝茶去。"

冯掌柜没说话，蹲下拿起石头。串货场中人经意不经意地都往这边看着。冯掌柜拿着石头，翻过来掉过去看了三眼，把石头放回地上掸了掸手，然后他用手遮着耳朵，"您说什么，我耳背，刚才没听见。"

刘掌柜重复："我请您喝茶。"

"喝茶呀？好！好！"他拍着手上的土走了。

远处看着这一幕的几个人一看冯老爷子把东西放下了，就猜了个八九。

"哟，东西又给放下了，绝不是田黄了。"

"看冯老爷子拍手那样儿像是幸灾乐祸呢！"

"看，刘掌柜的脸都青了，摆出来容易收回来难了。"

刘掌柜再无心做生意了，眼睛看着面前的石头琢磨：错了？不是有萝卜纹吗？光是不太润，但这么大的一块石头保不齐呀。这石头可不能错呀！十两多金子还在其次，真要错了，我在行里就没法干了。

刘掌柜内心极不平静，趁有一个人蹲在他面前看铜镜时，他把田黄石抓了回来，忍不住地用手指甲一抠，那石头表面上的一层蜡被抠下了一小块。刘掌柜一下子不知所措，忙着收自己的摊子。那位看铜镜的人还没看完，刘掌柜一把抓了回来。"抱歉，抱歉，想起家里有档子事，今儿得先走一步了。"刘掌柜与蔡掌柜打了个招呼，夹着包袱急急地出了串货场。

回到丰一阁，刘掌柜沮丧地在椅子上坐着，桌上摆着那块假田黄石。袁玉山在旁边侍候着。刘掌柜说："没想到还有这么下套的，我原来怎么也没把买石头的日本人和卖石头的小伙计连起来。现在一想，他们原就是一伙的，做好了套，先上我这儿买块小的给点儿甜头，然后假意订货，借着我急着想进货的时候，把假石头再卖给我。这是个连环套，我干了古玩这行有二十年了，从没听说有这么干的。"

袁玉山说："人心险恶，事儿既出了，掌柜的您也就别急了，急坏了身子反而不好。"

"我不是为钱急，是今天我在串货场里现了大眼了，过不了今天晚上，整个古玩行里指定要传遍了，丰一阁的刘掌柜的拿了一块上色上蜡的破石头蛋子到行里来蒙事儿。你也知道古玩这一行最讲信用名声，赌的就是眼力，你今天在这么多行里人面前现了大眼，往后还凭什么立足吃饭呀？"

袁玉山说："这么说，古玩行里的这么多人，就没有人看错过东西的吗？您别急，先喝口水。"

"你这话问得也是，古玩行这么多人，天天要进货出货，哪儿就没有一个错的呢？每天有十个错也不为过。但怎么就听不见谁谁说自己今天买了件打眼的东西，一件也听不着。不是没错，是有了错也不说。看东西看走了眼，对学徒来说不算什么大事，但对一个靠这个吃饭的行家来说，事儿就大了。他真买错了，按句俗话是打掉了牙往肚里咽，知道的人越少越好。把东西藏起来，再有人问都不说。哪儿像我今天呀，演戏似的，全全的一行人都见着了，这不是个古玩行有史以来的大笑话吗？……这事你先别跟内掌柜的说。"刘掌柜咳嗽起来，袁玉山为他捶背。

"我好恨啊！人不能贪利。古玩一行说不为利只为个性情玩玩，那是瞎掰，没有那么清高的人。但不能追着利跑，光想着利了这眼前就跟蒙了层东西似的，平时看不走眼的，到时都能看走眼了。

"想想那天我买这块石头，先是被他编的故事绕进去了，什么有人订了，您看也白看。我心一下就放在怎么才能把这石头从人家那戗过来上了，看石头就不细。原有的行里规矩，戗人家货，不合辙。可我为了那假日本人说的'石头越大越好，银钱多给'所诱，就看得更不细了，拿着石头那会儿就觉得自己手里拿着一块大金子一样，再舍不得撒手。想那时候人要给我块牛油石我可能都会以为是田黄，财迷心窍这话一点儿都不错。"

刘掌柜说着说着站起来在地上走来走去，突然一手抓起桌上那块假田黄石来，狠狠攥着，欲砸未砸。"……这石头得留着，留着。古玩这行也许是干不成了。"

袁玉山说："掌柜的，您说了那么多，算是想透了。想透了的事，从自己这儿来说就算是过去了，自己这儿都过去了，还管别人干吗？诸葛亮还有打败仗的时候呢，您怎么一说着就想不干了呢？"

"你不知道，古玩一行比战场还残酷。这么多年也不是我一个人落下这样的下场，有几位都是这么败下来的。好在前几回赚了点儿，还有毛财那个铺子也可抵这回的亏空了。想想也怪，真是赚来赔去一场空。"

袁玉山说："刚看您我还忘告诉您了，刚才盐业银行打来电话，问您上次贷款的事儿呢。"

"事儿从来都是赶事儿的。好在还有个铺子，他再要来电话，告他一准儿还他，五天之内。"刘掌柜说着站起来回后宅，"我乏了，回去了，这一天我一下子老了二十岁。"刘掌柜站起来走了。袁玉山送过之后，看着铺子里的古玩发呆。

第十六章

1

崔和有坐着崭新的洋车一路丁零零响着在琉璃厂街上跑。他的车铃打造的时候放了几钱金子，声音特别脆，老远听着像撒金豆子。

车到了和有轩，两个伙计跑出来接。街对面的贝贝斋里徐二看着，一脸不屑地说："别让不开眼的人发财，只要他一有钱就转向，开着个鸡窝大的买卖，谱倒摆得不小，乍一看以为前门外半条街都是他的呢！什么东西！"

崔和有大模大样走进和有轩后宅。冯妈穿着比原来鲜亮了些，还是老样子盘腿坐在炕上，见他进来，拎着大包小包，忙利索地下炕，接过衣帽，打洗脸水。

崔和有说："痰盂呢？我先尿吧。"

冯妈急着放下手里的东西，端着痰盂，给崔和有在里间接尿，边接边说："有尿也不外边撒了回来。"

"在总督府陪着他们搓麻将来着，一泡尿憋着没撒。"

"赢了输了？"

"输！哪儿能赢呀，输了好让他们买我的东西呀！前几天吴先生做的几张旧画儿，全让二少爷一千块大洋一张收了，收了还直说便宜。"

"人家就看不出假来？"

"不是吹的，就我找的这吴小山先生造的假画，从琉璃厂这条街串下来能看出不对的可能就有三个人。"

"哪三个人呀？"

"一个是吴先生自个儿，一个是我崔和有，再有一个就是宝荣斋的洪师傅。刨了这仨人，没有一个说这画儿是假的。"

"那洪师傅怎么就能看出假来呀？"

"洪师傅看画的眼力咱先不说，就论那些旧纸旧绢都是从他那儿买的这条，也躲不过他的眼去。"

"做旧做旧，怎么还真用旧的纸呀？"

"原来我也不懂，以为做旧就是把新的弄旧点儿呢，后来才知道，这纸和绢有时比画还要紧，买画儿的人上来先不看画儿，看你用的纸，一看纸是当朝当代的，画还看什么呀，指定了是造假！看完纸，还是不看画，看印色。这印色的学问大了，我也是从吴先生那听来的一耳朵半耳朵。说是宋元以前调朱砂都用水，南宋以后改用蜜，到了乾隆爷时才用八宝印泥。您要是不懂，那印色一错，就一错百错了。"崔和有说着上炕喝茶。

"没想到还这么乱。"

"什么饭也不好吃。"

"这饭吃着不踏实，万一有一天人家看出来了，找你后账事小，名声弄坏了事大。"

"哪就那么容易看出来？看出来再说，过一天是一天吧。……哎，对了，我还给你带来点儿洋东西呢，那包里呢，你试试。"

冯妈一听有东西特高兴，从包里拿出来一双高跟鞋。"哟！这是鞋呀，什么人穿这鞋呀，穿着还不跟踮脚的跛子似的？"

"你懂什么呀，上回我过西交民巷，看见洋娘儿们就穿着这么一双鞋，前边是前边后边是后边的，瞧着那么美气。走路咔嗒咔嗒的，满街上看像走着一朵花似的，再一看咱的人含胸拔背的，太土气。……来，你穿上试试。"

"做梦都没想过，一个老妈子还穿洋娘儿们的鞋了？我不穿了，摸摸就行了。"

"让你穿你就穿上，又没外人，就给我一人瞧瞧。"

冯妈有点儿为难又有点儿激动地说："这不是难为我吗？我能穿出个什么样来？"边说着边试，"原来我瞧过回梆子戏，里边的坤角都踩跷，那有多受罪呀，这不跟踩跷差不多吗？再说了我这脚打小就……没裹过。"她穿了进去。

崔和有挺高兴，说："穿着正合适，洋娘儿们也不裹脚，这一改民国不又兴放脚了吗？你没裹脚倒对了，赶对时候了。哎，行，挺合适的，下地走两步让我看看。"

冯妈摸着炕沿下地走，站着有点儿晃。"还没走就想跪下了，怎么把鞋弄成这样了？俗话是小鞋难穿，我看这比小鞋还难受多了。"冯妈弯着两个膝盖走了两步。

崔和有说："你倒把腿直起来呀！人家是挺胸撅腚，你倒好，把波棱盖弯出去了，整个一只虾米。得了，别受罪了，脱了吧，再把脚崴了。我这儿还有好玩意儿呢。"说着崔和有又掏出了一盒三五牌香烟。

冯妈脱鞋上了炕，拿起烟来说："这不是洋烟卷吗？这我见过。"

"见过谁都见过，牌子可不一样，这是三个五的，真正的洋烟卷，漂过洋，比我走的地方还大呢。……有钱的主儿哪有几个不讲牌子的，穿鞋得穿同升和的，帽子盛锡福的，买料子得上瑞蚨祥，喝茶张一元，就这洋表也得是瑞士的大罗马，要不怎么透着讲究呢？"

冯妈笑了："我看你抓药得上同仁堂去。"

"那是呀！"

"什么那是，我看你离抓药的时候不远了。"

崔和有点着烟，"来！你也抽一口，学学，女的抽烟透着有那么股劲。"

冯妈躲来躲去没躲过，抽了一口，咳嗽了。"哎呀，呛死我了！"

"你真是个土包子。"

冯妈边收拾东西边说："有钱有什么好呀？没钱的时候想着有口吃有件穿就足足的了。有钱人是活给人家看的，没钱的活给自己。你看看这鞋不都是找罪受吗？穿暖了不就行了，还要穿这穿那，不是想着穿给人家看吗？"

崔和有半听半不听，在炕上抽烟。

吴小山屋里十分凌乱，他在一盏汽灯下精心地画着一张仿石涛的假画，画着画着，突然把笔掷在地上，流鼻涕流泪，喊："葛远，葛远！怎么睡死过去了？"

听着吴小山喊叫有几间屋子亮起了灯。崔和有与冯妈刚躺下，冯妈说："吴先生怎么又闹脾气了，这一晚上一晚上地叫唤谁受得了呀！"

"还别这么说，他这人有本事，要不是脾气孬，也到不了咱们手里，

223

再大的脾气也得受着，指着他吃饭呢。"崔和有说着下地穿衣。

"干吗呀，他叫葛远呢，你就别去了。"

"我去看看，今天还没过他屋里去过呢。"崔和有穿好衣服出门。

伙计葛远睡眼惺忪地推门进了吴小山的屋子，说："吴先生，您大半夜怎么又叫唤上了，我这几天被您吓得都快神经了。您能不能消停两宿？"

吴小山鼻涕长流："消停？谁也别想！快给我找烟去。"

"您这么晚了让我上哪儿找烟去呀？再说，掌柜的也睡下了。……您是读过书的人，怎么什么事儿都不懂呀?!"

"什么?! 读过书怎么了，读书的人该什么样，读书的人就该在明堂上正襟危坐？谁让我跑这小铺子里画纸片来了，你还说起我来了？"吴小山说着，抓起桌上的画揉个一团，"烟！快给我找烟去。"

纸团飞向门口，正赶上崔和有推门进来了。"哎！这是怎么了，葛远你怎么惹吴先生生气呀?!"

葛远听了这话眼泪差点儿掉下来，委屈道："我哪儿敢惹他生气呀？天底下只有他生气的份儿。现在是民国了，皇上没了，他比皇上还皇上呢!"

崔和有捡起揉成一团的画说："行了，别说了，你先回去吧，我跟吴先生聊聊。"他打开那张画，是《石梁飞瀑》。"好一张石涛的笔意，这不都快画完了吗？怎么就给揉巴了呢？"

葛远说："他要烟。"

"咳！我当为什么呢。我这儿带来了，吴先生你先抽一口吧。"崔和有拿出一个烟泡，在吴小山的烟枪上点着了。吴小山用力地抑制自己不去看那烟枪，但手抖得厉害，泪流得厉害，实在压不住想抽烟的欲望。吴小山先一把一把讨好地在毡子上把那张揉皱了的画抚平，然后接过烟枪，迫不及待地抽了起来。

崔和有让葛远走了，看着吴先生抽烟，说："吴先生，烟您不用戒了，我管您够！每天三个烟泡不够，我给您四个，干的活不用多，两天能给我画出一张铺子里要的画就行，别的您什么也不用管，该发脾气还照发，这儿没人惹您。"

吴小山背冲着门向着炕里边抽边听着崔和有的话，听着听着有一滴浊泪流出来。

224

崔和有说："抽完了烟，你抓空把这张画收了尾吧，明天咱把前些日子画的几张一块儿熏熏，做做旧。"

吴小山听着崔和有的话，眼泪成串流下。

2

刘掌柜窝囊得病了，躺在床上，但想到还欠有一大笔钱，从床上挣扎起来。刘夫人说："你身上不舒服就别起来了，铺子有小袁照应着呢。"

刘掌柜咳嗽着说："老病根了，一上火就咳嗽，也没什么大不了的。"

"您起来这是干什么去呀？"

刘掌柜说："让小袁叫了毛财两趟他都没过来，我得去那边看看去。贷盐业银行那笔款还指着盘了铺子还账呢。"

"一个抱不走背不走的大铺子，它丢不了，你为这着什么急呀！别去了，我还有点儿事想跟你商量呢。"

"什么事呀？"

刘夫人说："毛财的事。"

"毛财的事我不听，这不正要过去吗？看看心里更踏实。你把那身新呢子袍拿出来让我穿上吧。几天没出门了，琉璃厂这条街不定怎么看我呢，我不能让人看着太窝气了。"

刘掌柜出了丰一阁，叫了辆车，直奔毛财的铺子丰二阁而去。路过月痕楼的时候，被一对迎亲的队伍挡住了，只得跟着慢慢走，观望着眼前吹吹打打的热闹。

刘掌柜与车夫闲聊着："这可不是传条子叫姑娘吧？"

车夫说："不是，哪儿有这么大排场，许是有从良的姑娘被人赎出去了吧？"

"活这么大我还是头一遭看见从窑子里往外抬新娘的。也不知是哪家，这排场跟戏里唱的似的。"

"不知道，指定不是小门小户，排场不说，就这赎姑娘的银子得好花一票呢。"

"这老跟着他们后边也跑不起来，你从头条绕一下吧，我有点儿急事儿，跟他们跟不起。"

"行啦！过了这口我就绕过去。"车夫说着绕道走。

大红轿子里坐的是秋月，她与老鸨、众妓女话别，哭哭啼啼地说着。妓女们羡慕得了不得，说秋月真是命好，遇上了有情有义又有钱的主儿，嫁了丰二阁的掌柜，以后就是夫人、太太了。

毛财做了丰二阁的掌柜，跟着徐二做了几笔不错的生意，便执意要赎秋月，钱一时不凑手，将铺子抵押给了贝贝斋，借了一万银子。

毛财披红戴花，喜气洋洋，在丰二阁门口等着迎新娘。报喜的人一拨一拨地过来："报！新娘一队过了鱼市口了，大喜大利，大吹大擂。"

毛财喊："赏了！"

有人赏报子一红包，有人放了一通二踢脚，吹鼓手也吹了起来。热闹中徐二也领着一拨人来贺喜了。

毛财说："二爷您来了。"

徐二道："兄弟结婚我怎么能不到呀！贝勒爷来不了，送你一抬礼。搭过来。"

伙计搭过一抬喜礼，无非是喜面喜饼这类。毛财给徐二一伙让进丰二阁。

鞭炮声中，秋月的轿子到了，毛财上前牵住新娘。人群簇拥着他们进了丰二阁的喜堂，执事一声声喊着，人群闹着，新郎新娘笑着，按照执事的喊叫一拜、二拜……

刘掌柜进来了，看着眼前的一幕大喊："停下！"

毛财秋月正拜得起劲儿，听到喊声停住了，喜乐也停了。毛财扭头看见满头是汗的刘掌柜，心中大惊，硬着头皮赔出笑脸："哟！姨父，您也得着信儿了。"

刘掌柜怒道："什么信儿，你给我什么信儿啦？"

"我这不是忙吗？没抽出工夫来，我倒是跟姨透过一句，打算办了事再去您那儿呢。"

"也别给我信儿啦，请不如撞。我今天来不是为了看你娶媳妇的，上次我想查账没查成，这回你先跟着我去账房，你办你的事儿，我查我的账。"

"这是什么日子口呀，您非得来看账，改日我给您送过去还不行吗？"

"我说过了，你办你的事儿，我看我的账，这铺子是我的，我想什么

226

时候看账，还得由你管吗？"

满喜堂一片沉默。毛财无奈，冲着执事说："您先等会儿，我去去就来。"

两人离了喜堂，毛财引着刘掌柜进了账房。刘掌柜坐下说："按礼儿讲我不该在这时候来搅你的局，怎么说也是亲戚。可前两天我连着让小袁来叫你过去，你怎么就不过去？"

"我这不是忙着娶亲吗？所谓男大当婚，您当长辈的看着一定高兴吧。"

刘掌柜讥笑道："高兴，我这来的一路上可开了眼了。我也不耽误你的好事了，你把账拿出来我看看。"

毛财不情愿地拿出账来，"您看吧，没什么进出，都维持着呢！——待会儿您上后院喝杯喜酒吧。"

"不敢，哪有没接帖子自己蹭喜酒喝的？何况是个长辈……"刘掌柜说着开始翻账本。毛财回喜堂继续婚礼。

刘掌柜平静地看着账本，打着算盘。翻着翻着一张押票掉了出来，刘掌柜细看那张押票：押票——此借丰二阁掌柜毛财银圆一万块，以丰二阁铺面做抵押。

刘掌柜拿押票的手抖着，晃晃悠悠来到喜堂，见新郎新娘正要入洞房，他一步蹿了过去，摇着手里的押票，扇了毛财一个嘴巴，说："毛财呀毛财！你这是要逼我上吊呀！"说罢刘掌柜一口血喷出来，溅了毛财、秋月一身。喜堂大乱。

刘掌柜被送了回来，丰一阁里忙忙乱乱。大夫开完了方子，说："急火攻心，吐点儿血不要紧，只是身子太虚了，好好补补吧。别太操心了，能去乡村野外疗养一段最好。这是方子，抓三服先吃吃。"大夫收拾东西站起来要走。

"谢谢您了。"刘夫人把诊费包儿递了过去。

刘掌柜躺在床上眼睛看着天花板。刘夫人过来安慰他："听见大夫说了吗？别太急了，事儿都出了也别想了，身子要紧。"

"急有什么用，好好的一个铺子换窑姐儿了！是个什么好人家也行，我这为的是什么呢？……你去前边把小袁给叫过来，我有话想跟他说。"

"到这会儿又叫小袁不是让人看笑话吗？"

"你去叫去吧。"

袁玉山静静地在前边铺子里看一本书，听见刘夫人叫他，站起来放下书。"内掌柜的您有事儿吗？"

"掌柜的病在床上了，这会儿刚看了大夫，想让你过去下。"

"我把铺子关了就过去。"袁玉山说着关门。

"到了那儿多跟他说点儿宽心话，他这病是急的，千万不能让他再急了。毛财的事别提，一说他就更急了。"

"您放心，我好好劝劝他。"袁玉山进了内宅，坐在刘掌柜旁边，关切地看着他。

刘掌柜说："小袁呀，你来这儿有三年了吧？"

"有了，三年多了。"

"可不，大清朝都变民国了！咱们还是长话短说吧，这回我是连栽了两个跟头，前些日子买了块假石头，盐业银行的贷款就还不上了，昨天又发现毛财已经把分号押出去变钱娶媳妇了。本想两铺子能留下一个，现在看一个也留不下了，这丰一阁也得关张了。"

"别的法子就没有了吗？"

"山穷水尽了。这关张我倒没什么，大不了回老家种地去。想想实在是对不住你。你从送洗子，到淘换'大齐通宝'实在是帮了我的大忙。现在看开分号时该让你去。……我也是私心所使。"

"这话不用说了，您好好养病吧。"

"让我把话说完。原来想来想去，毛财人不好，但是个亲戚，你说来说去是个外人，外人谁知一心不一心呀，结果原本该让你经营的铺子让了毛财了！我这是赏罚不明，用人不当。所以他押了铺子娶媳妇连吱都不吱一声，也是我活该，谁也怨不着。"刘掌柜说到急处开始咳嗽。

"掌柜的这话就别说了，您当初收留了我，让我在北京没成个串街要饭的，我谢您一辈子，哪有您对不住我的呀？您千万别这么想。"

"想不想的谁也挡不住了，我说出来也算对得起咱爷俩共事一场。经商这一路赚钱走盛的时候谁也清楚不起来，得赔光了钱，走'背'字的时候，就什么都清楚了。……这眼看着要关张了，我也没钱给你，前边铺子，你看着什么好，拿走一件吧，卖了钱足够做个小买卖的。"

"掌柜的，您先别说这话，咱现在到底缺多少钱，真就淘换不出来？"

"五千大洋，这不是个大数，对现在的我来说也不是个小数。再不能低于这个数儿了。"

袁玉山沉默了一会儿说："您安心养病吧，没有过不去的河。"他悄悄退出来，急匆匆来到月痕楼。

月痕楼大堂内很热闹，有唱曲的，有斗小牌的。袁玉山看见坐在栏杆边嗑瓜子的环子。环子挥了下手，进去告诉九儿。九儿正在屋里绣花，边上焚着一炉香，与月痕楼外的大堂热闹形成鲜明对比，这儿很清冷，像个闺房。环子告诉她小袁来了。

九儿说："来了不见他。"

"干吗呀？不来又念叨，来了又不见。"

"他没诚心，上回就拿两个破罐子来打发人。明天连罐子一块儿给他扔出去。"

说着话袁玉山进来了，一脸的心思，还装着开心，说："绣花哪？背着光多伤眼睛呀！"

九儿说："要那么明的眼睛干吗？看清楚了还不更伤人心呀？"

袁玉山说："伤心就对了，不伤心不想着。"

"没几天就学会贫嘴了。……天底下的男人长相人品千有千样，万有万样，有一点是一样的。"

"哪一点呀？"

"心坏嘴甜。"

"你怎么知道我心坏呀？哪天剥开了给你看看。"

九儿撇嘴："不稀罕。"

"别绣了，说会儿话。"

"你说吧。"

"我给你讲个故事吧。"说着话袁玉山拿出了一卷画好的图片，一张一张地给九儿说，"从前有个遭了灾死了爹娘的农民，到北京城来混事由。没想到几天就成了个要饭的叫花子，差点儿病死饿死。

"后来因为一件小古玩意儿他被一家掌柜的收下了，给他饭吃，给他衣穿，让他学手艺。他学了手艺挣了钱，掌柜的开出分号没让他管，给了自己亲戚了。他有一天无意会见了一个姑娘，这姑娘家原本是江南的大户，从小被人拐卖了，坠入了风尘。这姑娘长得美，心也好，有骨气，他一看见她就觉得有前世的姻缘，今世的归宿，他暗下了决心非把她赎出来不可。也是天遂人愿，他淘换到了一对古瓶，钱差不多有一半了。正在这时，他的掌柜的生意赔了，气得吐了血，开出的铺子都要盘出去。他知道这事儿之后心里就不安宁了。

"他想救这铺子，不管怎样这铺子留过他养过他，掌柜的对他有恩。但他更想救那姑娘。他一辈子的愿望就是救一个风尘女子，开一家教书馆，跟着穷孩子们背'人之初，性本善，性相近，习相远'……"

听到这儿九儿哭了，两行泪默默流下。袁玉山把遮在眼前的画儿移开来，看着九儿哭。九儿说："你别讲了，自小我看的小人书多了。也真亏了你，还把我给画进去了。你这故事一讲，我在你心里有几斤几两我清楚了。"

"别那么想。"

九儿说："你听我把话说完。我打懂事起就发了愿，虽说是个残花败柳，我也不能低看了自己，我非得学着古人的样，自己选个好人家。这话一个风尘女子说出来，是有点儿不配吧？但我就是这么想的，现在这日子，不是我要的，将来我要的日子，我得自己做主。前半辈子没有了，后半辈子我要自己的。碰见你，我以为有托了，没想到你们男人都一样，再小的事也比女人的事大，再轻的诺言也比对女人许的愿重。"

环子说："说了的话又不算了，什么人呀！还给我们小姐讲故事来了，你说说，到底是天天欺负你的那个臭掌柜的重，还是我们小姐重？怎么是真傻呀？告诉你，罐子摔了也不能给你。"

袁玉山说："我也是思到了一个'义'字，圣人说……"

环子打断了他的话："别圣人说了，里里外外的人都快剩下了。"

"那就算是我没说吧，我也是一点儿准主意都没有。"他说着收拾画片。

九儿背对着他，看着窗外的暮色。袁玉山沮丧地走到了门口。突然九儿叫住了他："等会儿。……我听过那么多的戏，看过几朝的话本，最动人之处，于我来说不是男欢女爱，更是那些苦命人的惺惺相惜。说句不自量的话吧，我看重你，不如说是敬重你。一个人有没有善心，一目了然。我是在青楼楚馆长大的，来这地方的人不说善恶，有情有义的又有几个呢？今天你这一通话，我其实是伤心时带着几分的暗喜。也别说了，到头来能不能救风尘女子，有这份心，已是不俗了。"九儿说着话，流着泪，叫环子把那罐子拿出来，"环子，你去把那两只罐子取出来给袁公子。"

"我不取，送出来的东西，哪儿有往回收的？摔了也不给他。"

袁玉山说："我也只是说说，人活在世上想帮的事儿那么多，哪儿就能件件都帮上的呀？……那也可能就不是善了，是多事了。"

九儿道："你也不用不好意思。我读的书里也有'当仁不让'四个字。这事儿我知道你要是办不下来，心内要苦，我不知道也罢了，我知道了因了我没办成这事儿，我心里也苦。你还是拿走吧，我一点儿也不怨。佛家的话：救人一命胜造七级浮屠。能救人实在是难得的机会，漫说两个罐子，就是身家性命又怎么样？"

"那倒是我看轻了姑娘了。我觉得今儿个咱们这比戏里演得还轰轰烈烈呢……我说别绣了，看，扎着手了吧。"袁玉山抢过九儿的手指，用嘴吮着。

环子捂着嘴笑："轰轰烈烈地过去了，该卿卿我我的了。罐子的事说完了，这儿没我事儿，我该走了。"

3

从九儿处要回万历彩罐，第二天袁玉山背着它进了串货场。串货场里许多人正七嘴八舌地聊天。

"没想到袁大总统死了后，这古玩的行市一点儿也没掉。"

"能掉吗？您也不是不知道，袁二公子是多大的玩家，那些想买官的主儿，谁不知道淘换两件好古董送过去，比什么都管用呀！"

"跟您说吧，古玩行怕改朝换代，又不怕。怕改朝换代是怕乱；不怕是因为一改朝不是又换一拨子送礼的吗？它行市就是不倒。"

"那也是暂时，我听说都城要改南边去呢，说是南京。"

"改起来也快。现而今可不是陆游'细雨骑驴入剑门'的时候，有火车呀，一轰隆不就到了吗？"

袁玉山把包袱打开了，两只万历五彩摆了出来。七嘴八舌的人都不说话了，眼睛直直地往这边看，远看了不行，还有走过了近看的，看来看去没伸手。袁玉山非常自信地坐着，别人面前都是一堆东西，他就两个罐

231

子，但绝无单薄之感。宝荣斋的宫掌柜带着武伙计进来了，各小老板还远远地看着罐子。宫掌柜顺着众人的目光，也看见了那两只罐子，目光发直。

小老板甲说："宫掌柜，您来了。"

"几位都在呢？"

小老板乙说："您看看？"

"先喝口茶，喝口茶。今天有什么新鲜的玩意儿没有？"

两个小老板同时开口："没有！"

"那是真没有了，说话都说得这么齐。"宫掌柜说着，反不去茶室而去了摊位上转去了，知道两个小老板不想让他看好东西。

小老板甲道："宫掌柜您不是喝茶吗？您这边请呀！"

"我改主意了，先看一遍东西再喝茶不迟。"宫掌柜心里话：这行里的事，有时话不能不听，也不能全听，有实话的少。实话说出去，好处别人得了也就得了，最可恶的是，反过头来还说你傻。在这一行里做好人真难，要出一两个好人就是真好人了。宫掌柜的往袁玉山的摊位踱去。

小老板乙说："坏了，让他抢了先了，刚我说咱俩本小，伙着把那俩罐子买下来，你犹豫，你这一犹豫东西跑了。宫掌柜的多大的本呀！咱哪比得过他去。"

小老板甲道："是你的就是你的，不是你的急也没用。他刚还说喝茶呢，一听咱俩说'没有'反倒不喝了。他是什么脑子？人精。"

宫掌柜到了袁玉山的跟前，一句话没有，拿起罐子一通地摸、敲、看，过程麻利而简单。看完后放在地上。袁玉山看着他，心有些不稳，但脸上还是一副自信。

宫掌柜说："就带两个罐子出来了？"

袁玉山道："是东西别说两件了，一件都不少。"

"你怎么就觉得这东西是东西，别人的东西不是东西？"

"就看着您宝荣斋的宫掌柜进了这货场，连茶也不喝就奔我这两件玩意儿来了，让您说说我的东西是不是好东西。"

"都说丰一阁有个小徒弟眼毒，有双抓货的手，没想嘴也这么巧呀！你还别拿话填和我，咱爷俩拉拉手吧。"宫掌柜说着把手伸给了袁玉山。袁玉山一放袖子跟宫掌柜的拉起手谈价。

两个人在手里斗了一会儿。宫掌柜把手撤了，说："有点儿意思，我先喝口茶。"

袁玉山问："给您留着吗？"

"不用，有买主你尽管卖。"

袁玉山看着走了的宫掌柜，心反而比原来更稳了，坐下。远处看着的几个小老板，看宫掌柜拉过手后没买，走了，都议论起来。

小老板甲道："东西看来不错，宫掌柜的都伸手了。"

小老板乙道："价不合适，要不就拿下了。……你看看那两只罐子能值多少？"

"卖好了一万也能出手，这小子也许没少要过六千，要不宫掌柜的不至于回了。"

"要是六千咱俩伙着把东西收了吧？日本的滕野先生、法国的福大人都找过我，想要明万历瓷。"

"行！要是六千咱俩就收，过六千就意思不大了。"

"就这么着，咱先看看东西。"

宫掌柜的走回茶室坐下，边喝茶边看着袁玉山的摊位与旁边的武伙计说话。"丰一阁这伙计姓袁吧？有这么个伙计，刘掌柜没红起来也真怪了。"

武伙计道："刘掌柜手下还有个叫毛财的，是个败家货。"

"十个人挣也禁不住一个人败。……咳，你看那两人伙着又过去了，刚我该给他吃下来，多少日子了，行里没见过这么完整的东西。"

"他刚跟您要多少？"

宫掌柜伸出个六。

武伙计说："他这价也开得不满不亏，卡脖子。"

"是呀！要不我怎么夸他呢！"

武伙计指着外边说："您看拉上手了。"

袁玉山和小老板甲拉起手来。袁玉山刚和宫老板拉了六千，这次他与小老板拉的是七千。他认为，和宫老板过过手的东西，卖别人得涨一千。拉过手，两个小老板还不走。小老板乙说："您再给让让，这数儿要匀我们，我们就没什么赚儿了。"

"二位先生，实在让不动了，这也是急等着花钱。要不这东西等些日子找个行外的主，怎么也比这高。"

两人对视了一眼，把东西放下又到旁边犹豫去了。袁玉山蹲下，旁边的摊主与他搭话："货不怕人问价，怕的是你的价总改。这一改给人改乱了，东西反而不好卖了。好东西卖不出去的事儿也有。"

袁玉山说："谢您指教。再来人我就是一口价了。您不知道，少了那钱数办不了事。……现在等钱花的人不止一个呢。"

摊主问："你说什么？"

"没什么……"

宫掌柜在茶室里看得真真的，见他们拉了手又分开，对武伙计说："没成，这小子肯定往上涨了一个数。"

"指定了，您看他货是给他抬价呢，您看完了的货，没有不涨一成的。"

"这回咱绷着点儿吧，估计没什么人伸手了，市也要散了。"

一直耗到下午，串货场的人开始走了，袁玉山上午的盛气没有了，他旁边的摊主也开始收摊，说："买卖也是一阵一阵的，你刚进来多少人盯着你的玩意儿，两拨一过没人看了。还别瞧，最后我倒是出手了几件。得，天不早了，收吧，有工夫明儿再来。"

袁玉山坐着不动，心里话：人真的不能贪，一样货两样价，把行市搅了，东西真的就不好卖了。从古到今，人为什么说童叟无欺呢？就是这意思，我看着宫掌柜就不敢多要，看着小老板就问人多要，这么不对。

摊主收拾完了跟他打招呼："您再待会儿，我先走了。"

"您走吧。"袁玉山看见两个小老板边争执着边说着话也走了。宫老板随后也走了。袁玉山觉得今天没什么戏了，串货场里已没有多少人，他收罐子包包袱。突然一只手把他的包袱按住了——是武伙计。"你可真行，我们掌柜的夸你呢！卡脖子价真能绷住。"

袁玉山还没回过劲儿来，武伙计把包袱接过去了，一纸六千大洋的银票，递给了袁玉山。"你将来做买卖错不了，有什么事咱互相招呼着点儿。"

袁玉山接过银票笑了："哎，谢您了，谢宫掌柜了。"

这时那两个小老板又相跟着跑进来，一看武伙计与袁玉山已经交割了。

"晚了，卖了。"

"就怨你总犹豫。"

袁玉山卖了罐子，兴冲冲回到丰一阁，见徐二正在跟刘掌柜说事，毛财也在，谁也没在意他。徐二说："那间分号是押给我的，写好了到日子还钱，不还钱收铺子，那我就不客气，铺子我收了。"

刘掌柜道："该是您就是您的，您收吧，跟我说不跟我说都行。"

"铺子收了，我还让毛财管着，毛财也不是个不可造就之材，干这行的人太老实了也不成。"徐二说着瞥了袁玉山一眼。

刘掌柜说："铺子都是您的了，您爱用谁用谁，您用内贼、败家子您高兴，我们管不着。这您也是多余跟我说了。"

"还有件事儿，您可能还不知道，盐业银行的那笔贷款，他们听了您最近的情况，怕贷款收不回来，就转给我了。那笔金子的贷款算我贷给您的了。您也知道，干这行的没有有钱的时候，我现在正短笔款子转不开了。再说期限也到了，我容您两天还我钱。钱要还不上也不要紧，这丰一阁我也有意收了。"

刘掌柜笑起来了，然后怒道："你们这是做下套来拴我呀！姓徐的，漫说在古玩行里你是个什么也不懂的棒槌，就是论辈分你也该叫我祖爷爷！今儿我这么说话是给你面子，你还蹬鼻子上脸了，赚了我一间铺子你还想赚一间！这我可知道什么叫落井下石了。古玩行里混进你这样的混混好不了，消停不了，你他妈的得现世报！"

袁玉山急着上前去劝。

毛财说："掌柜的您别生气，欠账还钱这是常理。"

刘掌柜一听毛财插话，气不打一处来，抓起茶壶扔了过去。"王八蛋、败家子，我坏就坏在你身上了。欠账还钱，你欠我的还少吗？告诉你们，要钱没有，赶明儿你抬口棺材来吧。"

徐二冷笑道："旁的话还别说，明天来没钱封门。"徐二、毛财一看局面乱了要走。

袁玉山拦住了他们。刘掌柜说："小袁，别求他们，让他们走。"

"这铺子可不让。钱，我们有。"袁玉山说着拿出六千大洋的银票，抖给他们看，"明天你们把贷据拿过来，钱一次还清。"

徐二、毛财一愣。徐二道："那最好！最好！咱们走。"他和毛财出去了。

刘掌柜说："玉山啊！你、你真是我的救命恩人呀！不是这铺子舍不得盘，是这口气咽不下去呀！买卖行里出了这种人，还有什么买卖可做。"说着，刘掌柜又吐了口血。

袁玉山说："掌柜的您别上火，您身子还没好呢，别……"

这时刘夫人、丫鬟一起从阁子里出来，刘夫人说："老爷，您别生气呀。"

刘掌柜的一下子昏过去了。"快，快！小袁快去叫大夫。"

第十七章

1

自徐二把买卖开到外边去了之后，金保元天天招一些前清遗老遗少在家里唱戏。这天下午，一帮子票友又在贝勒府大厅听他说戏，文场武场齐全。金保元比画着说："李先生，刚您那腔一拖就没有高派的味儿了，高派主要唱个艮劲儿，时时地让人听着的是音不是味儿，时时地要想着口丹田气，一嗓是一嗓，您刚把那腔给唱软了。"

"您这一说我明白了，我再来来。白先生您受累再给个过门。"白先生拉起胡琴，李先生接着唱。

众票友有喝茶品味的，有击掌数板的。金安由门外进来了。

金保元说："这回好多了，再练两回高庆奎高老板也不过如此。歇会儿吧。"

金安禀报："爷，刚去了灵境胡同，见了汪菊芬汪老板了。"

金保元问："他怎么说呀，怎么没跟着一块儿来？"

"他说这回由东北来，带着事儿呢。这几天抽不出空来看您，等事儿办完了再来。"

"这么大的架子呀，什么事儿呀？"

"我也没细问，说是家里出了点儿事，等钱用，拿了几样字画来琉璃厂卖来了。"

"什么大不了的事儿呀，怎么不找我呀？"

"听他跟包的说，汪老板说了没工夫，没心思。"

金保元对众票友道："我是听过汪老板的几出戏，喜欢那个大嗓的醋

237

畅，没别的，就想让他来咱这儿会会朋友，说说戏。有什么过不去的事儿，咱还不能帮他呀，尤其是古玩这一路，咱不是还开着买卖吗。"

正说着徐二进来了。"哟！几位爷都在呢。爷您叫我？"

金保元说："这几天你在铺子上没听说汪老板去你们那儿卖字画？"

"哪个汪老板？没瞧见。"

"唱老生的，你不懂戏，跟你说也白说。……明儿你到了铺子里跟左近的几家铺子都说说，就说从东北来的唱京戏的汪老板要卖的字画儿，都是偷来的，谁也别收他的，谁收他的谁倒霉。"

"哟！您这么好戏，他是怎么得罪您了？"

"我大请二请地请他他不来，这回我得逼着他自己来。你不是想卖字画吗？先说戏后卖画。"

"行了，您这事交给我吧，到时一定让汪老板夹着东西上咱们家来，他要不给各位说戏，不让他出北京城。"

"行了，你忙去吧，我们还得接着唱呢。"众人又开始打锣拉琴地唱开了。

名伶汪菊芬老板，从东北到北京，这次不为唱戏，家里等钱用，是拿着些古玩到琉璃厂来卖的。卖了两天没卖出去，晚上在店里歇着，跟包的侍候倒水洗脸。"爷，您擦把脸吧，等会儿我给您叫碗面吃去吧。"

"你先搁那儿，我歇会儿。"汪菊芬说，依旧在床上躺着想事。跟包的把白天拿出来的几件古董装皮箱。汪菊芬又说："原以为这东西到了北京就能出手呢，这两天都过去了，一件也没卖出去。"

跟包的边干活边回话："没人问价怎么卖呀，别说卖了，连个想接咱下茬的人都少。"

"按理说不能够呀！咱们这东西不算太好吧，也不能说太孬。怎么琉璃厂这么多家买卖，就没人收咱的？……再说了，徐二爷还派了个伙计天天跟着咱呢。徐二爷这面子没人买，金贝勒爷的面子总还该买吧。"

跟包的说："爷，有句话我也不知当不当说。"

"有什么不当说的，你说吧。"

"我看事儿坏就坏在徐二爷派的那个伙计那儿了。"

"为什么？人家可是为了照顾咱才派个伙计跟着的。"

"照顾大发了。您没觉出来吗？哪家铺子一见那伙计进店，就像一鸟

238

投林百鸟压声似的，一句话没有了，不是不想买咱的东西，是怕买了落下事儿。"

"哪能落下什么事儿呀，东西是明路几辈传下来，票友送的，没一件不是正路。一个唱戏的卖两样东西就落下事儿了，琉璃厂不至于这么胆小吧。"汪菊芬说着站起来。

跟包的说："您没事儿就怕给您造事呀。"

"他给我造事儿干什么呀？"

"您得罪人了呗！"

"我刚来两天得罪谁了，你是不是有点儿多心了？"

"您先别跟我说多心不多心的，您听完我说看有没有道理。咱刚一来时，谁最先请过咱？"

汪菊芬说："金贝勒爷，派金安来过的，再就没有过了。"

"着啊！贝勒爷请您干吗去？"

"他还有什么新鲜的，好戏，请我票戏去。我这回哪有心思呀，事儿没办完，我吃饭的心思都少。"

"是呀！您给回了。您回了后，徐二爷是不是就对您特别关照？"

"对啊！第二天伙计就跟过来了。不是说人不熟，好帮着办事吗？"

"给您棒槌您就当针了，您还没觉出来您把金贝勒爷给得罪了，这徐二爷是以帮事儿为名，搅咱的局呢。"

"是这样……你这么一说，我觉得也是有点儿影儿啊，怎么几家都像联络好了似的，光看东西不问价儿。合着我真是把贝勒爷给得罪了？"

"您还想什么呢？"

"那老和，你看看这事儿能不能挽回呀？"

"说不好挽回也不好挽回，贝勒爷的脾气一般古怪，各色。说好挽回，他不就是想听您唱戏吗？咱们陪他玩一回，事儿也就抹平了。"

"这么容易？"

"可不就这么容易。您要是来了就去贝勒府票一场，备不住事儿早办完了。"

"咳！有道理，我越想那伙计越不像是帮着咱卖东西的，是盯着咱不让别人买咱东西的。好戏！好戏要好到这份儿上，可也够你受的。"

"您还别埋怨，咱唱戏的要没这路的戏迷，也是衣食无着。"

经跟包老和的一番分析，汪老板豁然开朗，第二天就到了贝勒府拜访金保元。金保元哈哈笑着，当下排定一场堂会。

　　这天晚上，贝勒府里热闹极了，当院搭了个台子，台中间大汽灯点上了，几个跟包的串场的忙着在台上摆道具。台下长袍马褂的、西服革履的人都有，等着开戏。一个说："这么大的堂会，北京城这几年再也见不着了。"

　　另一个说："现在看戏的，哪儿有前些年的景呀，您没瞅陈德霖陈老夫子那拨子，给太后唱戏的都是升平署的供奉，进宫里有腰牌，听说杨小楼杨老板还赐宫内行马呢。什么人在宫里可以骑马坐轿？一品大员。唱戏的怎么了，唱好了照样当朝一品。"

　　"是啊！您看看现在瞧戏的都是些什么人呀，洋服的有，国服的也有，凑个热闹吧，真有几个懂得板眼的？瞧，也是瞎瞧。"

　　"咳，二位爷早到了，今儿个戏码可硬了啊，大轴听说是汪老板、小五宝、李老板的《龙凤呈祥》，热闹啊。"

　　"您坐这儿吧，回头您领着喊好吧。"

　　贝勒府后宅里，金保元正在扮戏，小五宝给他勾脸。金保元说："好了一辈子戏，今儿个第一回彩唱，打中午就不踏实了，老怕嗓子不好，光水都喝了有三壶了。"

　　小五宝说："别紧张，没事儿，唱您都唱熟了，别说让您演个乔国老了，让您前鲁肃后刘备也行，到时候就记着点儿，冲着台下唱，别背过身儿来，那叫背台，忌讳。再有了没事儿时就站着别动，听别的角儿唱就行，没词的时候就怕乱动。"

　　"到时你给我把着点儿，我这心跳得厉害呢！原说是想好好听汪老板和你们几位唱的，这一撺掇自己倒要上去了，还彩唱。"

　　"这也是改了民国了，要早两年，好啊！贝勒爷上台唱戏，宫里知道了还不降旨问罪呀。"

　　"也未准，您猜怎么着，我还看过老佛爷和皇后在颐和园里扮过戏呢。"

　　"是吗？扮的什么？"

　　"老佛爷扮的观世音。"

　　"那指定像。"

"像什么呀，说句不孝不敬的话，最多了像个出了二十年家的尼姑。"

"掌嘴，掌嘴。"

二人正聊得高兴，徐二进来了。"哟！爷扮上了。嘿，扮相可真好，您要再把髯口戴上了，气死谭老板。胖大海我给您端来了，沏了有一会儿了，您先喝点儿。"

金保元说："搁那儿吧。五宝我问你，有没有唱着唱着内急的事儿？我今儿要唱不好没关系，咱是票友嘛，要真是尿了裤子，可就现眼了，那就不演龙凤呈祥了，改水漫金山了，我去，法海都不用招虾兵蟹将。"

说着话众人笑。前边院子里锣鼓家伙响起来，都往前边过来。见台上汪老板开始清唱，台下人如痴如醉，唱罢喊好，跟包的拿茶上来给汪老板饮场。接着是大轴，金保元粉墨登场，一板一眼地唱罢，下来，后台小五宝、汪老板接着。

小五宝道："唱得真不错，以后我得跟着您卖票了。"

金保元乐着说："可不想再上了，我打小骑马练弓射箭都没这么哆嗦过。上去一看台底下乌压压的人脑袋我就怵了，胡琴声也听不见了，我记着好像过门又给我拉回来了一遍。"

汪老板道："那不算错，我们唱戏也这样，台大台小的走得到、走不到的，过门就得重复。您今天除了唱时有点儿不知怎么站之外，闭眼听，一点儿褒贬没有，整个一个金派，比余派还润呢！"

"汪老板您也说好话宽我心，以后无论如何得教教我身段。"

小五宝说："汪老板，又该您上了，咱们得把戏唱完了。"

台上火爆。汪老板唱。最后得胜乐起，堂会结束，喊好声一片，各个角儿在台口上谢幕。金保元接受大家掌声。

汪菊芬当夜住在了贝勒府，第二天吃过早饭，跟金保元在后花园的亭子里聊天。金保元侃侃而谈："自徽班进京也有一百多年了，这一百多年见天不停地又唱又磨，才有了京戏现在的局面。想想多亏了你们这样的名角儿、老板。"

汪菊芬道："咳！光有唱的没听的也不成，唱戏的都是被听戏的人拱出来的，您想想现在听戏的人有多么通呀，外从你穿的衣裳到脸谱，内听你唱的板眼到腔调，无一不晓。一百年唱出一拨又一拨人来，关键是这群听戏的不得了，逼着你上进呀，你也乐意。您想想当年俞伯牙就一个知

241

音，现在不一样，台上一站满台底下的知音，你还舍得不好好唱吗？光唱好了还不行，还得变着法地出新活。就拿谭叫天的戏说吧，咳，他原来嗓子倒过仓，按理说嗓门比不过好几个人，嗓门比不过他在腔上下功夫，莺回百啭，听着那么有味道。除了腔不说，他还创出个嘎调来，一唱一声彩。"

金保元说："刚开始我听他也不惯，现在时不时地也哼两嗓子了，不过要说唱我还是爱听您汪老板的，长枪大戟的嗓，听着痛快。"

"承您厚爱了，我其实不够用功，吃的是本钱，祖师爷赏下的这碗饭，我能吃多久还不知道呢。"汪菊芬说着话有点儿伤感。

金保元看出来了，说："有什么难处不妨说出来，现在共和了，贝勒爷和平民没两样了。不过要能帮的，我在所不辞。"

"说起来让您笑话。这些年我因与三庆班失和，去东北自己挑班唱戏，没想到走到哈尔滨时有一位地头蛇没拜到，没演两天园子就给砸了，班里的人抓了一半，把我放出来，把家里的老底都兜出来了，想着能匀出俩钱来，回去救人呢。……所以前两天贝勒爷您这儿我都没腾出工夫来看您。"

"东西匀出去了？"

"还没有，这路东西琉璃厂也不大收了，也是年景不好。"

"找我呀，不是我说你，烧香都找不着庙门，东西带来了吗？"

"带着呢。不知爷您也喜欢这个。"

"什么叫喜欢呀，自己家开着买卖呢！这不徐二来了吗，你把东西拿来了吗？"

跟包的一直在旁边侍候，一听拿东西，忙把包袱递给了汪菊芬。汪菊芬边打开东西边说，徐二也过来看。"早知二爷的买卖是您开的，我不还能多陪您唱两天吗？"

金保元说："这是我的不对，不知您这么大的事儿，说句过去了的话，前几天您不来我还有点儿生气呢。您这么大的事儿还陪着我玩，要让梨园行里的人知道了，不定怎么骂我金保元狼心狗肺呢！骂就骂，骂得对，我这儿给您赔不是了。"金保元说罢一抱拳。

"不敢当，吉人自有天相，这得怪我没有造化，没明白过来，跟您没关系。"

徐二看着东西，有的挑过来，有的选下去。

金保元道："别挑了，全留下。汪老板，您是要多少钱办事？"

汪菊芬说："没有五千大洋办不成。"

"那我再问您，这些东西你打算卖多少钱？"

"往大了想，这是我想啊，三千大洋。"

金保元一拍手说："好！东西我都留下了，也别三千大洋了，三千您办不了事还得求二家，这好人我一人做了。徐二开张五千大洋的银票，让汪老板带上。"

徐二一惊讶："……行，我这就去办。"

汪菊芬说："贝勒爷，东西可值不了那么些钱。"

"什么值不值，像昨晚那样的堂会还上哪儿找去呀？什么叫值呀，高兴就值。"

贝贝斋里，中不中、西不西地摆了些古玩，也摆了些外国的大钟、洋瓷器。毛财在徐二的旁边抽着香烟卷，说："这香烟卷和咱们的水烟不一样，水烟抽着没有这么燎嘴，但那东西不方便，挺大的一件烟具，托在手里一抽还一咕噜一咕噜的，听着不雅。您瞧这洋烟卷，短短的一支给您卷好了，想抽拎出一支来点火就行，抽着便当，到哪儿也不费事，带一小盒就行了。"

徐二边听着边摆弄一只洋表，扭扭，晃晃，放在耳朵边听听。"洋东西是怪，就说这小表吧，'当当'地一走就不停，到几点就是几点。哪儿来的劲儿呢？说是里边有油丝，用这个小把一扭油丝满了，表就走了，走完小针走大针，一点儿都不错。乍一见这东西我就总想拆开看看，总觉着里边有两个磕头虫，一下一下地推着磨似的转着呢。后来人说这东西不能拆，一拆就坏了，散出一堆钉子铁丝什么的来，我就没敢拆。其实让我拆我也拆不开，它不知从哪儿下手呀。"

毛财说："也是，您说这洋玩意儿多地道，他们干吗哭着喊着地用这东西跟咱们换个破碗破画儿什么的，而且越破越不怕破，怎么说来着，'为儿鼓捣'？为儿子鼓捣这玩意儿干吗呀？破碗破画跟子孙有什么关系呀？"

"你什么也不懂。你别小瞧咱们那个破碗破画，它跟时间连着呢！你一说五千年前，那要是没东西，你摸也摸不着，看也看不见。'嘭'地给你摆上一件彩陶，五千年前的，你是想摸也能摸，想看也能看，做它时匠人留下的手印都能看见。这东西，在这世上毁一件少一件，你说它多贵重，它就有多贵重。这个表呀、洋烟卷呀，还不是想做就做一件，想多少做多少，只能多不能少。"

"那这么多宝贝东西，咱都要卖给洋人是不是有点儿那个？"

"哪个呀？洋人喜欢呀，咱们人不喜欢，你不刚还说破碗破画儿吗？"

毛财说："咱也不是不喜欢，没钱喜欢也白搭。我认识一个娄先生，大学里教书的，每月的俸禄也有二百多块大洋，钱可是不少，就喜欢这些东西，钱就总觉得不够，看见好东西买不起，他心里别提多难受了。他又是光收不卖，这不日子过得还赶不上贫民老百姓呢！浙江的'周大胡子'也是这路人。"

"这路人咱比不了，但咱也不都是那么一心一意地侍候外国人，你过来，我小声跟你说件事。"毛财马上附上耳朵，两人说完后大笑。

伙计进来说："二爷，禄大人来了，想见您。"

徐二说："真不禁念叨，刚一说他，他就来了。请，咱们挪到后宅里去。"

两人收了东西往后边去，刚一坐好，禄大人气哼哼地进来了。

徐二道："禄大人，您来了，怎么生气了，这是跟谁呀？"

"跟你。"

"跟我？为什么呀？我不是一直照顾着您吗？别生气，慢慢地坐下说。小德子给禄大人沏壶乌龙，老外好喝这路茶。"

禄大人道："你才老外呢！做买卖不懂也就不懂了，还欺骗人。"

"禄大人您到中国来可得学好，不能学那些街痞无赖，张嘴就褒贬人。"

"你就是骗人，我有证据。"禄大人说着话，拿出一张外文报纸来摔在桌上，"你仔细看看第三版上的照片，前几天你卖给我的木塔上的佛是不是还在？你说的佛头是应县的。"禄大人说着翻开报纸，一个外国人站在木塔前的照片，"但这个叫威尔逊的人前几天还在塔前拍了照，那颗佛头不是长在上边好好的吗？而且，和卖给我的佛头一模一样。"

徐二一看报纸，有点儿慌，想了想镇静住了。"您这报纸是哪天的？"

"上个星期四。"

"我弄不清什么星期四、星期五的，您告诉我离现在有几天吧。"

244

"五天。"

"那他这张照片是什么时候照的?"

"上边写的是今年春天,他来中国旅行。"

徐二道:"是呀,他说的是春天,春天时间可长了。不错,我卖给您的时候也是春天,但您怎么就不能信这东西是他照完相之后我取来的呢?"

"你是在春天开始卖给我的,那时他很有可能还没有到那个地方。"

"您看他穿的衣裳不是还厚着呢吗?您怎么就知道他不是春天一开始就去的?"

"不想调查得那么深入,我现在怀疑你卖给我的佛头是假的,是后人仿造的,我甚至怀疑你原来卖给我的很多东西都不真实。我要做彻底的调查,调查清楚我不但要退货,还要报官,封你的店。"

毛财急了说:"哎,禄大人,咱们不能这样,一码是一码,您不能一篙扫倒一船人呀。做买卖有去有来,徐二爷备不住还是受了人家的骗呢。"

徐二说:"毛财你不用跟他说这些个,这是贝勒爷开的买卖,本来就为了找个乐子,钱咱们见过。禄大人,中国有句老话叫买卖不成仁义在,您现在不妨就派人去应县的木塔看看,要是这佛头现在还在,这贝贝斋,原来卖您的,有一件算一件,您想退什么,双倍的利还给你什么,退完您东西您告官砸铺子,我一点儿都不拦着你。要是这佛头不在了,我也不想怎么着您,您毕竟还是个外边的人,跟您搅不清的理儿多了。得,我话就说到这儿,您请回吧。"

"买卖不成仁义在,哪还有仁义,全是买卖,我马上派人去,如果还在,咱们再来谈仁义不迟。"禄大人说着站起来,出去。

毛财幸灾乐祸地说:"禄大人您走好呀!德子打个灯笼送送。"毛财送完人回身,看徐二在那儿发呆,又说:"二爷,您怎么就那么应给他了,刚才还不是告我卖他的东西是假货吗?"

徐二道:"不这么说压不住他,做生意和打架一样,话不说溢了不显得能耐。不过和打架不一样的是,说完了可没完,我得想办法,在他之前把那佛头给去了。"

"这怕不好吧?"

"有什么不好。"

"动佛头要遭报应的,原来的古玩铺这些东西都不大敢收,还有明器

245

也不要，不吉利。"

"管不了那么多了，小德子！你去烟袋斜街把黑老大叫来，让他带一个弟兄速速地上我这儿来，快去快回。"

小德子出去。

毛财问："黑老大是谁呀？"

"是我蹲在圈儿里认识的一个朋友，有点儿三脚猫的功夫，认钱，什么事儿都敢干。我让他连夜去应县，不管怎么把事儿了了。明天你去打听打听禄大人派谁去了，尽量地把那人拖住些日子。"

毛财笑道："好嘛，这买卖做得快成武林大会了。"

黑老大得了徐二的钱，按照他的吩咐，带了个人连夜去应县塔院寺，一管炸药，把佛头炸了。

2

冬天，刘掌柜咳嗽得不行，夜里睡不着觉，披衣坐起来。月光从窗内照进来，刘夫人起来为他找药。刘掌柜阻止："别找了，我坐会儿就好了。"

"再喝口药吧。"

"药也治不了心病，我这一晚上一晚上的也想通了。什么叫知难而退呀？就是我现在这样，力不从心了，再干就是不智了。想想玉山这次不但救了这铺子，还为我出了口恶气，没什么不放心的。人这一辈子就得活着活着往身下卸事情，不能往身上扛事情。终归有力所不逮的一天。"

刘夫人调好了药端给他。

刘掌柜喝过药，说："我这一想通了，恨不得明天就走，腊月天村里正吃新酸菜，咱回家吃酸菜炒肉去。这些旧玩意儿我也弄烦了，想想能有这结局还算好的。琉璃厂这街上的风云人物，你想想有几个是好收场的。"

"就别想那么多了，要走我也想走，在城里这么多年了住厌了。早上听不着鸡叫，日子过得那么不清楚，一天一天都连上了分不开。想想在城里住这些年，每年和每年都一样，春不春秋不秋的，没意思。不过要走了也得把铺子里的事儿料理清楚。"

"你放心，东西昨天都跟玉山交代清楚了。那些东西也带不走，带走

246

了也没用。只有一件东西我有点儿舍不得。"

"我扶你起来坐坐，让丫鬟春儿弄点儿吃的吧。——什么东西呀?"

"不说了，也不是什么好东西。"

两人坐着正说着话，窗根儿袁玉山轻声叫："掌柜的睡了吗?"

"玉山呀，没睡，进来吧。"

袁玉山进屋，手里端了只碗，是一只蒸好的梨。挎了只包袱。

刘掌柜说："没歇着啊，什么事呀，还不能明天说?"

"掌柜的，我按个偏方给您蒸了个梨，加的冰糖、蜂蜜和麦冬。您吃了睡吧，晚上不咳嗽。"

"我这是老病根了，你还惦记着……你坐吧……也正想找你呢。说想走，心就急了，反正不远，后天就走了。"

"您再住几天吧，我把这个偏方给您吃一阵子。这么几年了，我也没有好好侍候您。您要真走了，我在这院子里进进出出的，心里空得慌呢。……您喝吧。"

刘掌柜的一边低头喝梨汤，一边伤感："……我儿子远了，在南边读书，想想你比我儿子还帮我呢。"

"那是我应当应分的，我要不干点儿活，更对不起您当初收了我了。您这是非得要回去，要不您就在后边养病吧，给我把着点儿场。"

"待不下去，再说也没给你留下什么，货底子那点儿东西，好的都被徐二他们敛走了，正经东西没什么了。……以后的日子你还得白手经营。这一行不易，真有几个人是囫囵着进来又囫囵着出去的。像我干了二十年，走的时候，都得黑着天地走，怕人笑话。"

"您别这么说，真走的时候我叫一挂好车，多找点儿人送您。谁没个病的时候，只当是回家养两天去。"

"再不想回来了，干了二十年，怕了，再没有这行更让人伤心的了。二十年了没什么手艺，回家去地都不会种。想想这次栽跟头，还是自己的心不正，跟头栽完了人也明白了。真能明白了，也就算是还有善根呢，二十年就带这点儿明白回去也就够了。"

"您这话我得记一辈子。……除了这我还想让您带回去件东西。"袁玉山说着打开包袱，拿出一件奇异的铜器——司南。"东西没有那么贵重，是个念想儿吧，再说真要是有了急用了，也能顶些个事，您拿着。"

"那堆货底子里就这件值钱了，你还非得给我。我现在想想更觉得对不住你了。东西我不拿了，心领了。……刚还跟你师娘说呢，有件东西，昨天想拿没拿，没想到你就给送来了，我早没把买卖放给你，真是对不住你，老天没给我那双眼呀，看人的眼力都没有，还说什么看东西的眼力呀。想想我真是后悔。"刘掌柜哭了起来。

"掌柜的您别伤心了，什么时候都不晚。东西您拿着，别的不为，您回了老家，能想着点儿北京琉璃厂这条街上还有一个您的铺子，还有个小徒弟惦记着您呢，就行了。"

刘掌柜咳嗽着，大恸。

冬去春来，丰一阁换成一心斋。开张志喜，爆竹连天，祝贺的人络绎不绝。袁玉山长袍马褂一副掌柜的模样，在指挥着人换匾。丰一阁的匾摘下来，换上一块新匾——"一心斋"，众贺友都在匾下恭贺。

"小袁，以后得改嘴叫您袁老板了。"

袁玉山说："叫什么都行，怎么顺嘴怎么叫。"

"那您这店名干吗换呀？"

"掌柜的不干了，买卖交给我了，不换个名怕人分不清。不过换也没怎么大换。两块匾都有一个一字，我这一就有一以贯之的意思。原来是丰一，丰而取一足矣之意。我觉得也好，但还是有取利之意，再小也有，想想改成一心吧……"

毛财从人群外走进来道："这一改就没有取利之意了。"

"师哥您来了。"

毛财道："袁掌柜，你开买卖也不请我啊，不请我也来，谁叫咱共过事儿呢！"

袁玉山说："这就对了，可别拿自己当外人。大伙里边请吧。"

众人簇拥着进了一心斋，门外只剩下叫花子了。叫花子今天穿了一身新衣服，已被袁玉山收为伙计。叫花子用手指在嘴里打了声呼哨，街口胡同里就拥出了一大帮子要饭的。叫花子在众要饭的面前穿着新衣服有点儿不自在。

要饭甲凑趣道："哎，头儿，你穿上新衣服怎么那么别扭呀。"

要饭乙道："像廊房头条王家的傻二，就缺流鼻涕了。"

要饭丙说："头儿，听你的，我们换匾的时候可一个也没过来，不过肚子还饿着呢。"

叫花子说:"我知道,我又不是没饿过肚子。"说着话从腰里数出一块大洋,"早就给你们备下了,一块大洋吃炒菜喝酒都够了。你们拿着吃去吧,以后过了这门叫我一声,有吃没吃的咱见个面。"

"头儿,你今天干脆和我们一起走吧,在这破烂铺子里还不憋出病来。那新衣服是你穿的吗? 不是越穿越傻吗?"

叫花子道:"别胡说,这儿的掌柜的是我交心换命的朋友,他让我学好,我不能不听。赶明儿你们也不能老在街上混了,不是个事儿,混到头了也是个街倒儿。"

"你不光穿衣服傻,怎么连说话也傻了。你愿意傻,傻你的去吧,我们可要吃饭喝酒去了。"众人哄笑着走着唱着:

喝什么酒?
二锅头。
吃什么饭?
天福号的肘子就大葱。

他们反反复复地唱着,远去了。

入夜,客人散去,一心斋里只剩下了袁玉山和叫花子,二人打着灯笼在院子里巡视。袁玉山告诫他:"贼偷一点,火烧全光,天天防火,夜夜防盗。开买卖跟在刀尖上过日子一样。"

叫花子大大咧咧地说:"没了再重来嘛。"

"你有几条命啊? 重来得起吗!"袁玉山边看院子边说,"原来这院子里住着我、毛财和掌柜的一家。……转眼就剩咱俩了。"

叫花子心不在焉,望着天说:"多大的月亮呀!"

有人敲门。打开门,袁玉山看见了站在月亮地儿里的九儿,又惊又喜。

九儿说:"掌柜的您吉祥,给您道贺了。"

袁玉山手足无措,忙乱着让进九儿。九儿显得很镇静,吩咐轿子回去,大方地坐在院里小凳上,说:"白天来,怕人笑话你,就晚上来吧,给你道个喜。"

皓月当空，月下一张小桌，袁玉山与九儿在浅斟慢饮。袁玉山说："刚我还说，这么大的院子就剩下两个人了，该是开张高兴的时候，反而有点儿凄凉了，没想你就来了。——吴妈她让了？"

九儿说："我开了张条子。她骂你呢，说刚当上掌柜的就会开条子了，人真是说变就变。"

"该骂，该骂，我怎么就没想着晚上叫你过来呢？"

"没心呗。"

"心有，摸摸这还跳着呢。没胆，怕努大了，自己都找不着北了。喝酒吧，莲花白，喝着轻柔。"

九儿指着酒杯说："你看这酒里也有个月亮。"

"我这儿看不见。"

"过我这边来看就看见了。"

袁玉山挪过凳子去，和九儿一起看月亮，酒杯里的月亮在晃动。

袁玉山喃喃道："像梦似的，掐自己一把都像梦。"

"一个人要是不知道自己打哪儿来的，父母姓甚名谁家在何处，过着一辈子才像梦呢。一看月亮就觉得它什么都知道，但它不会说话，想告也告不成。"九儿抬头看月，低头抹泪。

袁玉山劝："这么好的月亮，就别哭了。"

"不当着你哭，当着谁哭呢？"

袁玉山把九儿揽入怀中。九儿说："我说是来贺喜的，怎么先哭起来了？来，我正正经经敬你一杯酒吧。说什么呢？我一不祝你发财，二不祝你当官，就祝你交个好运吧。人这辈子财也好，官也好，都是到不了头的东西，只有运气，比什么都重要。只要能交了好运，过一辈子自己想过的日子也就足够了。来，喝了吧。"

袁玉山说："等会儿，你怎么不祝我成个家呢？"

"这不是一个风尘女子能说的话。来，喝了吧。"

两人把酒喝了。

九儿说："咱们俩只顾自己喝了，把个月亮反而冷落了呢。咱们来行个酒令吧，随便念句有月亮的诗，念不出来的喝酒。"

"这么风雅的事儿，我可不行，我只读过半部《论语》，《千家诗》也仅读了一半，花啊月的不行呀，背《三字经》倒还行。"

250

"这么好的月亮背《三字经》，你也太不知情了，先罚你一杯，然后念句带'月'字的诗。"

"《三字经》有什么不好，句句有益，教人学善。"

"没说不好，时候不对。喝！"

袁玉山把酒喝了，道："好，现我发令，'举头望明月，低头思故乡'。"

九儿接："春花秋月何时了。"

"何处春江无月明。"

"'江畔何人初见月，江月何年初照人。'我说了两个'月'，你也得对出两个才对。"

袁玉山说："月儿月儿弯弯，两头两头尖尖。"

九儿笑了："这算什么诗，罚酒。"

叫花子坐在屋门地上听着院子里袁玉山和九儿的对话，感慨万分，自言自语："这样的夜，梦里都没做过，别说经历了，看见一回也是福气。"说着话又转身抬头从门缝向外看。

袁玉山和九儿相拥相吻。

第十八章

1

崔和有对鬼市真是情有独钟，买卖开大了，还是每天早上来鬼市走走。他提着印有崔字的灯笼在各个摊位前转来转去。

一个摊主跟他打招呼："崔爷，您又来了。整个鬼市您找找，哪儿有天天坐着洋车往这儿跑的。"

"我乐意，鬼市跟我有缘，没有鬼市别说坐洋车了，打小鼓我都没本钱。……有什么地道的东西没有？"

"还是昨天的货，一件没出去呢，您照顾照顾我。"

崔和有问："那边那位站着的大个儿，老没见过他呀，他脚底下那些青铜玩意儿，真不真？"

"哪位呀？噢，您问他呀，余师傅！北京城里最最有名的青铜匠人。是修，是补，是做旧，全行，从他手里蒙出去的东西多了。一般他不往这儿跑，在家接定活儿。今儿不知为什么出来了，许是家里短钱花了。"

"看他那些铜玩意儿做得和旧的没什么区别呀！刚我差点儿就收几件，一问价太便宜，反而收住了。"

"您说您这爷多难侍候，卖您高了您说贵，卖您低了，您又说货是假的。我这东西都真，这铜灯您收下吧，给钱就拿走。"

"拿走也是甩货，照顾你吧。"崔和有说着掏出一块大洋给了摊主了。

"得，谢您了，一家人的窝头有了。"

天渐渐亮了，余师傅在那头收拾东西，放一辆小独轮车上推回家去了。崔和有的人力车也跟上了。余师傅到家进院，刚放下车，见崔和有敲门，问："先生您找谁？"

崔和有站在门口说："您是余师傅吧，我这是从早市跟您一路了，我是和有轩掌柜的，我就找您。"

"您进，屋里乱，屋内的病了，躺着呢。请。"崔和有跟着余师傅进了北屋。屋内非常简朴，一般人家的中厅，柴木家具。余师傅给崔和有倒了杯水。"您先坐着。"然后先上东间问了问老人安，又上西间问了媳妇的病情，再回来坐下。崔和有看在眼里。余师傅说："有老人，有病人，就这个年月也不怎么显得那么忙乱。崔先生您喝水。"

"不客气，刚我在小市看了您的那些铜活，做得可真地道。我呢，在琉璃厂开着间铺子，收青铜的客人也有几位，一直想找个能修能做的人，今儿算碰见您了。"

余师傅拘谨地说："崔先生别客气，以后您有活儿就尽管拿过来，那我还得谢您呢，您照顾我了。"

崔和有问："您一年这铜活能做多少件？"

"也做不了多少件，最多了十来件，做多了也没人要。"

"说得是，多了反而不值钱了。我有个主意，您先这么一听，行则行，不行就算我没说。"

"您说吧。"

崔和有道："我让您一年就做二十件，一件一个样的二十件。别人再怎么让您做也不能做了，说句不敬的话，我们和有轩给您包下来了。我每月给您二十块现大洋的俸禄，您看着行不行？不行就算我没说。"

"那有什么不行的，我盼着有人给我踏实饭吃呢。东西少做了，钱不少拿，谁不愿意呀？"

崔和有从皮包里掏出二十块大洋："那好，您痛快，我也痛快，这是这个月的钱，咱们俩回头找个中人，签份合同，这事就这么办了。"

"这钱可帮了我了，我正愁没辙抓药去呢，谢您了！您看看，我第一回去小市虽没卖出东西去，但遇见您了，这不是运气吗！"

"那先这样，东西您想怎么做就怎么做，年代越远越好，等我要货的时候再来。"

"您不先拿件东西回去？"

崔和有想了想说："拿一件吧，让外边拉车的小冷子来搬来。"

253

小冷子进来搬东西。崔和有站起来，说："剩下的这些，一件也别卖了，回头我带个人来选选，选剩下的全毁了，多少钱可也不能卖。"

余师傅连连点头："您放心吧。"

此时正赶上余师傅的大女儿槐花从外边回来，挎了个卖糖果的篮子。崔和有一见槐花两眼就放光，直直地盯着她看。槐花低下头有点儿羞涩。

余师傅说："这是我大闺女槐花，见天做点儿小生意帮着家用。槐花叫你崔叔。"

槐花腼腆地叫了一声崔叔叔。崔和有应着出了门，又回头看了一眼槐花。

回到和有轩，崔和有想看看吴小山的活干得怎么样了，往他屋里走去。吴小山躺在床上，头发有很长时间没有理了，胡子拉碴，屋内乱七八糟，桌上放着一张仿元代的画儿，画了一大半儿了。吴小山拿过枕边的一根骨笛，认认真真地躺在床上吹起来。崔和有在屋外敲门，打断了吴小山的兴致，他冲门口喊等会儿，然后继续吹他的骨笛，一直到吹完一曲，才把骨笛放下，下床开门。

崔和有进来。吴小山说："唱曲也好，吹笛、鼓琴也好，最怕中间打断，要是断了，那后半段就像一块病似的留在心里了，挥也挥不去，化也化不掉，最难受不过了。"说着话也不看崔和有。

崔和有尴尬地说："吵着您了。哟，这画可是快做完了。"

"说没完还早哪，说完也就快完了。"

"我说话不当，该说快好了，快好了。这屋够乱的，让葛远给您收拾收拾吧。"

吴小山挥挥手道："用不着，又不见客人，个人过日子，拨拉块地儿能干活，拨拉块地儿能躺下就行了。"

崔和有掏出烟泡给放桌上了，有点儿不高兴，说："烟我给您放下了，画儿我明天要。还有件事，跟您知会一下，再两天别做画儿了，做多了反倒不好出手。有个大主顾是最爱金石拓片，来了几趟了想淘换这东西，您给做两件。"

吴小山一翻白眼说："那玩意儿我不会做。"

崔和有并不理他，说："烟和饭我定时地派人给您送过来。……我在汲古堂看过您做的散氏盘铭文，比真的还真呢。我走了，您歇着吧。"说完话崔和有站起来出门。

吴小山愣愣地站在那儿，手抖动着，"哗"地把崔和有送来的烟给扫到地上，把画画儿的笔也扔在地上，喃喃自语："你看看我过的这叫什么日子？为了嘴上的两口烟，每天干着那连个匠人都不是的活儿。我他妈的还像个人吗？你吴小山从小想的自己，现在他妈的连个影子都没有了，你读子曰诗云的时候想的是什么呀，'恨不生封万户侯'。你一笔一笔从红模子描起到后来临碑临帖，就为的是这两笔造假吗？你他妈的现在连对不起祖宗这话都不配说，你他妈的根本就不是人，有辱斯文！你他妈的是个鬼，鬼都不是好鬼！你帮着小人诈钱呢，你连小人都不是，你画的那叫画儿吗？画的是个大土坑，你不单把自己埋里边了，你害人，把那些受你骗的良善之人也都埋里边了。你还是个东西吗？你就不怕死了下一百八十层地狱里天天炮烙火烧？你是个懦夫，这辈子让你自己最看不起的懦夫，你怎么成了这个样了呢！"

葛远坐在门外听。冯妈也在自己屋里竖着耳朵听。吴小山骂着骂着自己，哭起来了。哭了一会儿又接着骂："你他妈的是个连死也不敢死的懦夫！你要是真为了钱，你也就是个平庸的罪人了，你从没想过钱，到这店里为了什么呢？圣人说'知耻近乎勇'。你知耻吗？知而无所谓了，这还能让圣人说什么呢？你他妈的是恶人养的一条恶狗，你知道自己是恶狗而不能挣脱，你有多恶！"

吴小山一把鼻涕一把泪，烟瘾又犯了，他用拳头打自己的头，满屋子转。骨笛掉在地上，被他一脚踩碎。"恨不速死，恨不速死呀。"终于忍不住蹲在地上，找他刚扫在桌下的烟泡。找到后，哆哆嗦嗦地装在烟枪上抽起来，刚抽了两口他一下子像换了一个人，非常非常平静地躺在床上。

夜。

月痕楼大堂里歌舞升平，议论纷纷，都在说着九儿为袁玉山守身的事。崔和有从外进来，跟包的接了帽子衣裳。老鸨马上迎了过去，招呼："崔爷，来了您。东边一张空桌子给您留着呢，您请。"

崔和有说："都说国将不国了，北洋军和南边打得厉害呢，你们这儿的生意倒是越来越红火了。"

"托崔爷您的福，不敢跟您吹，就说陕西巷这条街不是一个国会，也是半个国会，哪个楼、哪个院、哪晚上不出去个议员、都督什么的，那算是我胡㖞。没听说吗，过去云南的蔡将军见天地在烟月楼住着，温柔梦里是家乡嘛。"

崔和有道："咱这儿可没有大员吧？"

"咱月痕楼古玩行里的人多。鱼有鱼路，虾有虾路，一拨人和一拨人过不上话，我这儿只谈风月不沾国事，弄不好看着红火，两天就封了呢。"

"还是您老精。"

"再精也没您精呀，几年前您见我什么样，现在还是什么样，我看您可不一样了，几年前您可没这派儿。"

"人走时运马走膘，我好日子还在后头呢！"崔和有和老鸨闲聊。那边有人喊老鸨，她刚要起身，崔和有问："吴妈，怎么不见九儿下来呀？"

老鸨说："九儿不舒服，这两天都没出屋。"

"怎么就那么娇贵呀！"崔和有说着拿出一沓光洋放在桌上，"烦您给她请下来吧。没什么，下来见一面，就当我是来探病来了。"

老鸨见钱眼开，乐道："哟，哪儿见有这么有情的人呀！这不是演的《宝玉探晴雯》吗?！我这就给您请去啊！要是我呀，我一准儿会感天动地哭着下来看您。……您等着啊。"老鸨把钱抄起来上楼去了。

崔和有边喝酒边等。一个叫月兰的妓女没事蹭过来搭话："崔爷，自己喝闷酒呢，这么有情的人没人陪着多孤单呀！让我陪陪您吧。"

崔和有说："吴妈叫九儿去了，你要愿意就坐会儿吧。"

月兰撇撇嘴说："一准儿地叫不下来。"

"你怎么知道的?"

"九儿有什么好啊，那张脸再光鲜，可人跟块冰似的。您摸摸我的脸，热豆腐一样烫手。"

崔和有没摸她，问："你怎么知道九儿一准儿不下来?"

"您不知道吗，她和你们琉璃厂的小袁好上了。小袁铺子开张那天，人家自己给自己开条子，出了外，一夜都没回来呢，倒贴上去了。您这儿大票二票的银子花也是白花，人家根本不买你的账。"月兰没看见他的脸色越来越不对，继续说，"更邪的是，打小袁那儿回来后就不出门了，为着人家守节呢！"

说到这儿九儿正被老鸨劝着走下来。

崔和有越听越气，冷冰冰地说："一个婊子要有这份心，她待的地方就待错了，她应该进尼姑庵。"他说着话站了起来，"也好，没个人抢不热闹，这世界乱也乱不到哪儿去，乱有乱的收法。最后乱总有个简单的收法，不就一个'钱'字吗？看他小袁能收了九儿，还是我崔和有能收了九儿，我非在人前做出个样来。"他说完愤愤走出大堂。九儿一直站在楼梯上。

吴小山一连三天什么也没做，画摊在桌上，笔扔在地上，桌上残汤剩饭，一个硬得像锅盔似的陈烧饼。他又睡醒一觉，抓起本书来看，打哈欠，烟瘾上来了，坐起来，东摸西摸什么也没有，把书扔到一边，喊："葛远，葛远！送烟来，送烟来！"外边没动静。吴小山又喊。

葛远打开屋门，喝道："喊什么喊！"

"没烟了。"

"没烟忍着吧，你饭吃着，烟抽着，活一点儿都不干，掌柜的说了，问你要的拓片还不做出来，今儿起就断烟了。"

吴小山一愣，愤愤地嚷："他拿我的画儿赚了多少黑心钱，他给我烟抽就没安好心。逗着我上瘾了，再拿烟控着我，没门儿，他不给我烟抽，我就不干活儿。"

"你这话跟他说去，我不管。你跟我要烟抽没有！怎么一见了他就不说了，跟我喊什么，有本事你就一口也别抽了。"葛远说着话摔门出去了。

吴小山跌坐在床上。"骂得好，骂得好，有本事你就别抽。不抽！不抽！不抽！"吴小山躺在床上，一把鼻涕一把泪，还是忍不住，"这东西把我拿住了，真是把我拿得死死的，我知道了，我明知道了还要这样，我说自己是个读书识礼的人，是个士呀，但我不智呀，先是失节后是不智。读了圣人书怎么着，读了也是白读。你没骨气，你被人拿住了，你明知狗不能做你还当狗。"他边说边从地上捡起笔来要画那张没画好的画儿，但手抖得厉害，一笔把画毁了。"我画不了了，没烟什么也干不了。让我造拓片，我怎么就那么能造啊，我他妈的不干了。"他扔了笔，又抓起什么扔什么，一把抓住了干得不得了的锅盔饼，想扔又没扔。

吴小山看着那干硬的锅盔，发现那上边的图案很生动，于是就把笔拾起来在饼上涂墨，涂过后，用一张方方的宣纸在上边拓起来了。没想到那饼的纹理出来是古朴而有趣的。拓过正面拓反面，一张饼拓完以后，摊在桌上，很像青铜铭文。

"当年，有人捡了支牛棱子，说是给武则天拉牛车的牛棱子不是也有人信了吗？捡了条破皮裤，说是司马相如当年做厨子时的围裙不是也有人信了吗？我这火烧青铜铭谁就能说没人信呢！"吴小山自言自语，有几分得意，大喊："葛远，葛远，送烟来！"喊着，他把烧饼掰了个粉碎。

葛远听着喊推门进来说："你这样一惊一乍，早晚是你死了，我疯了。告你了东西没做，饭不给吃，烟不给抽。"

吴小山说："把拓片拿走，把烟留下。"

"好啊！真快呀，三天没动笔，这么会儿工夫就弄出来了。……好！烟我给你放下，东西我拿走。"葛远放下两个烟泡，拿了东西出去。

崔和有在铺子里看着葛远和另一个伙计盘货，说："你们一个要守着铺子等生意，一个要出去。当年我走大宅门的时候，混得有点儿人样，就是腿勤，一桩买卖就起来了。你们俩太懒，再不是还守着个电话吗？比我那时方便了不知多少倍。我那时候，一天走十家也不见得有一份买卖。那位要拓片的罗先生打了电话没有？"

"打了，说一会儿就来。"葛远说着看看窗外，"那不是说来就来了。"

门口车铃响，北大的教授罗先生推门进来了。

崔和有起身迎着："刚说您，您就来了，里边请。"

罗先生说："天热起来了，还得说这老房子，进来就有阴凉气。"

崔和有吩咐葛远沏茶。

罗先生说："不忙，不忙。说是搞到了几张旧拓片，我先睹为快，先睹为快。"

崔和有说："您别急，先喝口茶，东西跑不了，别人想要也不给他。"

"哎！急，急。当年刘邦跣足而出，是急吧，我比那还急呢！"

崔和有笑道："葛远，给罗先生拿出来看看吧，大热天他回头急出痱子来。"

葛远拿出一本旧书，小心地翻出吴小山造的那三张拓片，摊在桌子上。罗先生打开一个放大镜看起来。

崔和有说："这是从宁波天一阁藏书楼里的一本旧书中翻出来的，您看这纸是明纸。"他说着拿纸让罗先生看。

"不错，是明纸。"

"您再闻闻这墨，一点儿墨气都没了，最少四百年了，老拓片呀！"

258

罗先生说："老！老！这四张的图案真是奇怪呀！所拓之物大概不是中原的东西，也许是蛮彝一带的。什么呢，兵器？可惜这幅缺了一半，否则这图腾会非常清晰的。这些字许是苗文，看，这是一马上武士的意思，是月，这是日。……这个字残了。……这一行字脱了。一定是兵器，这两幅也许是两柄锤。有名的兵器，古人为求助它的力量都会在上边铸上图腾和文字。这东西真是少见得很。"

崔和有一直心有不安，看罗先生说得头头是道，心里暗喜，说："看一会儿了，您也累了，喝茶吧。"

"浮皮得很，这么看，看不出所以然来，要回去看。……好！喝茶！喝茶！……崔先生，这东西稀有得很，您匀给我吧。"

崔和有说："您喜欢拿家看去吧。"

罗先生乐了："北京人这种客气话千万别当真，这我知道，刚来的时候，我也这样干过。人家一客气，我真拿走了，招了一身骂，说我不懂规矩。"

"看您说的，您不喜欢吗？拿走了我绝不问您要，再说您也不会亏了我。"

罗先生说："最后一句话是关键，咱们还是在这儿把价说好，说明白了好。"

"也好！货卖识家，这东西要卖给别人，一百五十块大洋不见得出手，匀给您就凑个整吧，一百大洋您拿走。"

"我说是个教授，这一百大洋也是一月俸禄的一半了，很到位。不过物有所值，我见这样的拓片真是少，东西我要了，大洋给您。这就是买卖，能令双方都高兴的一种方式，这种方式在世上很少，很多事情只能令一方高兴。双方高兴的还有一种是高境界的房事，那也是一种令双方都能满意的方式。但这种事儿不能与买卖连在一起，如果连起来，这种令双方都满意的方式就全都不对了，失掉了。所谓买卖的房事就是卖淫。"

葛远说："您学问真深。"

崔和有说："这话听着拗一点儿，但理我是全懂了，罗先生您要常来。"

"到古玩店突然谈起性来了，走题了。好，我走了，有什么东西再打电话。"

259

送罗先生出了门，崔和有看着他走远了，对葛远说："做学问就有做到把自己都骗了的主儿，要不怎么有那么一路人，越读书越笨呢。"

葛远说："蒙罗先生这样的人，是不是有点儿那个？"

"没有这个那个的，他拿假学问蒙咱，咱就得拿假东西蒙他，一换一。我去后边转转，把东西盘完了再歇着啊！"

吴小山的屋里焕然一新，变得利落了，他盘腿坐在床上静静打坐。崔和有在外敲门。吴小山没睁眼说进来。

崔和有进来了，说："屋子变样了，我以为走错了。吴先生你头发剪了。"

吴小山仍不睁眼说："剪了。"

"剪了好，利索了。"崔和有不知趣地坐下说，"问您个事，您别睁眼，打您的坐。……我想问您，这青铜器在什么地方出土的多？"

吴小山不睁眼打坐，说话："考铜之开始，难有正确记载，古书曾云：'帝乃采铜于首山，作大炉铸神鼎于山上。'所言如确实，该是黄帝时代便有了。黄帝自然于中原黄河一带，至商周也是这一带，所以铜器出土大概不会偏于中原，黄河流域。"

"那这铜器埋得深不深？"

"深浅不一。古时葬人有椁有棺，当然要深埋，但水土多年变迁，也有就从地内走上来了，不是也有农民犁地犁出过铜器来的吗？"

"您打您的坐。我再问问，这出土的铜器是不是都有锈？"

吴小山突然睁眼，说："刚你问的都跟学问有关，你现在问锈干吗？"

"长学问，随便问问。"

"这我不能告诉你，造假铜器的就是以锈取胜，再说这锈复杂至极，我也弄不清。"

"天底下还有你闹不清的事儿？"

"这话是什么意思我听得出来。掌柜的，想想咱们从鬼市碰见到现在，也有一年了，这一年承蒙您照顾，算您对得起我了。不过我想过了，此生活毕竟不是我的生活，再这么下去我就对不起自己了。我想好了，过两天我就想回南去探亲了。这一年自当我是抽烟抽睡过去了。"

崔和有道："人活怎么还不都是活呀！有吃有喝有钱挣，这日子常人想还想不来呢。想着流芳百世，想着为了什么什么，那多累呀！"

"流芳百世不想，那也不是想就行的。但遗臭万年也不想，这可是个明白人能办到的。我去心已决了，谁想拦也拦不住。"

"这话你也吓不着谁，没人拦你，但这两天柜上生意不好，一分钱也没有，你要想走，走你的。"

"好！钱要能拦住我，我早不是今天了。"

崔和有见状不妙，话突然软下来："吴先生，咱们共事一场，何必这样呢？这么着吧，你再待两天，等柜上有了钱，风风光光地让你回家去。"

吴小山依旧闭着眼打坐，一言不发。

崔和有讨了个没趣，退出来，左思右想，叫了辆车奔余师傅家来了。余师傅的大女儿槐花开的门，崔和有上上下下地看着她，槐花满脸通红地立在门边。崔和有笑了笑走进院子。余师傅挓着两手正在做青铜器泥范，见他来，忙站起身往屋里让。

崔和有说："不进去了，你忙吧，我看看。……前一段的活做出来了吗？"

"活出来了，正在后院上锈呢。"

"这锈怎么上啊？你带我看看去。"

余师傅带崔和有去后院，走到一个尿窝子那儿，找把镐轻刨。

崔和有皱了皱鼻子说："嗬！怎么这么窜？都是牲口尿味。"

"没这尿味，锈长不出来。"余师傅说着话刨出一件绿锈斑斑的铜器。

崔和有道："好东西，这身锈真漂亮，长锈怎么跟种庄稼似的还得上粪呀？"

"铜一遇硝一遇酸长锈快。公驴子公马尿这两样东西都有，所以给它们埋在尿窝子里长的不是假锈是真锈，行家也难分出来。"

"您这些尿上哪儿淘换去呀？"

"有朋友在大车店里存下的，就接公的，母的不要。"

"够难为他的。您埋下去吧，接着长，长得好！底下有多少件？"

"十几件。"

"够了，就先这样吧。"

崔和有从尿窝子退出来，在前院又看见了槐花，她在一口柴锅上烙着贴饼子。崔和有坐在院子里的石桌前，不错眼珠地瞅槐花。余师傅端茶给他，他笑着说："真香啊，什么饭也赶不上大柴锅做出来的饭香。"

余师傅说："您要不嫌，尝一块。"

"不了，柴锅做出的饭就得一大家子人吃，要不也没那个味儿。"

余师傅说："回头一块儿吃了走吧。……您用这些铜器干吗呢？"

"啊，干大事儿，做大买卖。"崔和有说着掏出些银圆来，"这是这个月的钱，您收着。多了两块，给槐花买两身衣裳吧。饭我就不吃了。"

2

街上一辆骡车过，里边坐着散了夜场的小五宝和金保元。这时才能看出来金保元是个好男风的，他和小五宝在轿子里手拉着手，像对情侣一般。车到了小五宝门口。金保元说："别忘了，明儿个过来给我说戏。"

"爷，您睡个好觉，明儿个见。"小五宝下车进门。

金保元送完小五宝回来，进了院子一看徐二那屋还亮着灯，就走了过去。徐二跟一个古董商在谈买卖，吞云吐雾的，一看金保元进来，起身招呼："爷，您听戏回来了。"

商人站起告辞："爷，我先回了。"徐二送到门口。

金保元说："啊？你这屋里杂七码八地堆了这么多东西，这贝勒府都快成杂货铺子了。"

"咱不是就叫贝贝斋吗？做生意，人还不是冲着咱们贝勒爷这名号来的吗？"

"什么贝勒呀，都改民国了，再说贝勒爷让人笑话。"

"爷，除了您自己笑话，没人笑话您。别管改什么朝换什么代，门第这东西也没不了。说是改朝了，宣统爷不还是在宫里住着吗？说不定什么时候还得做回去。"

金保元叹道："气数已尽了，再想做回去没那么容易了。我不也学着现代把这根辫子给剪了吗？你没见南方革命党的那些照片，一个个都是洋鬼子头，显得多利落呀。"

"辫子这东西，真有一天这形势又变回去了，还不定怎么样呢，到时还得找辫子去。来，爷您要是不困，咱们聊聊。"

"炕我不上了，嫌你那地方脏，坐会儿吧，让金安给咱们调点儿黑芝麻糊，那东西当夜宵吃，晚上不存食。"

"金安睡了，我去吧。"徐二说着下了地。

金安在外边回话："还没睡呢，不伺候爷睡下哪有下人先睡的理儿。"

金保元说："刚才，说到哪儿了，说到了改朝换代不是。你想过没有，改朝换代，或者按孙文的叫法叫革命吧，其实就是革头发的命。"

"爷，怎么叫革头发的命呀？你要说杀头还不错。"

"杀头也杀，只杀一些人的头，但这头发可是和人人有关的。你想呀，按说清以前的汉人，是拢发包巾，戴的帽子都叫方巾呀什么的，头发从不剃，'身体发肤受之父母'呀。先帝一入主中原，先下旨剃发梳辫，多少人反对呀，汉人没一个愿剃的，一剃就说是降清了。到了顺治爷，二年七月，又下了一道旨，十天内全部剃头梳辫，违者杀头。你说说这头发是不是跟改朝换代有关？听老辈人说，那几天多尔衮王爷派了三旗的包衣在京城的各门搭席棚剃头，供着先帝的圣旨牌位，凡留发的一律拉入棚内，剃则罢，不剃掉脑袋。"

"那剃头不花钱了？"

"不花钱，花什么钱呀，想剃就剃。"

徐二乐了："那时倒比现在好，现在剃头还花钱呢！"

"你还别说，打那之后才有剃头这一行的，原来都叫梳头的。将来这行还得盛。"

"为什么呀？"

"改共和了，辫子也得剪了，都是西洋头了。你看看袁大头，连头发都没有了。"

"这不是越革命头发越短吗？"

"没错，改朝换代就是跟头发较劲，越剪越短。"

"还真有点儿意思。"

金保元说："意思大了。除了头发还有穿着，你说大清以前的女子，哪有穿旗袍的，都是小袄、洒裙，旗袍是咱满人带进来的，三百年还不是成了气候了。不光中原人穿，安南人、高丽人都有穿的，说话又得变了。你没见过洋娘儿们吗，都穿着高跟的皮鞋，穿着有身段，过不了多久就能兴起来，其实跟咱满人的花盆鞋区别不大，都为了使腿长出一截来，只不过一个在后一个在中间。"

徐二摇摇头道："这可能不会吧。"

"没什么不会，洋人兴的东西，说话就能进来。电话是洋人的，用着多方便呀。洋枪是洋人的，比扎枪就是好使。火车、汽车都是洋人的，开着就是快。"

"那合算老贝勒爷反洋人反错了？"

"话也不能这么说，洋务这事儿太复杂，兴也好反也好得看结果。别的不怕，就怕咱一被人家打败后，心气就全衰了，什么都是洋的好，头发是黑的把它染成黄的，皮肤不白想办法磨白了，这就真是学人皮毛了。这还在其次，更怕的是把这帮读书人的自信心都给打没了，那要缓起来就难了。"

"不会吧，汉人这几千年的历史按说败也败过不少回了，哪回不是北方人打仗打赢了，过来还是学了人家的文化。满族人是能打，到后来皇帝写字还不是写汉字，说话还不是子曰诗云，再瞅瞅这些古东西，多么地道呀，现在看着还弄不机密呢。"

金保元说："这样好，满汉满汉早分不清了。能这样咱就不至于找不着祖宗。"

金安进来送东西吃。

金保元吃完了夜宵说："柜上钱走动得开，先给我一千块大洋的银票，这两天手里紧了。"

徐二答应："得，您先歇去吧，一会儿我就开，明早给您预备下。"

贝贝斋里，账房先生在算账，徐二坐在旁边的太师椅上拿着本账念："五月十八日鼎一只，大洋五百；画一幅，大洋一百。五月十九收画两张去大洋三百。"

伙计德子进来禀报："二爷，那个德国禄大人在外边呢，要见您。"

"坏了，你没说我不在？黑老大他们一去不回，谁知事办成没有。"

"没说，看着他笑模样的我以为买卖来了呢。"

"他是笑的？我还是有点儿怕见他。收了。"

刚说到这儿，禄大人进来就嚷："你怎么不敢见我了？"

"哟，禄大人您来了。哪儿的话呀，几天没见您正想问安去呢！来，坐，坐，沏茶。"

"上次那事，我不怪你了。"

"什么怪不怪的，您高兴就好，高兴就好。"此时徐二松了口气。

264

禄大人说："应县我是派人去了，那个佛不但头没有了，连身子也没有了。"

"我说没了吧，你那照片是早的。"

"不见得，听寺院里的出家人说，是五天前来了两个人给炸掉的。"

"那您的意思……"

"你卖给我的佛头一定是假的。"

"您怎么还这么矫情呢。"

"你别急，假的也不要紧。"

徐二争辩："我怎么能卖给您假东西呢？"

"让你别急，我说了假的也不要紧，真的已经没有了，假的就是真的了，只要事情能说过去我就不在乎了，关键是能让我过关。"

徐二大笑："哈哈！没想到禄大人您还真宽宏大量。"

"这样的事儿，世界上都有。在我们那也有这样的事儿，有一个古董商人收到了世界仅有的一枚古币，他很高兴，没过多久又发现了一枚，他用高价把第二枚收过来毁掉了。"

徐二诧异道："这、这不是暴殄天物吗？"

"很正常，一枚的价值比两枚要高得多。我赞同你的做法。我虽然留下的是赝品，但这赝品也是仅有的，仅有的就有价值。"

"您说得是，我长见识了。"

"但这事儿不能就这么完了，你还得帮我做件事，弥补这事儿的不足。"

徐二说："办事儿是办事儿，咱们一码算一码吧，别总跟这事扯上了。"

"不扯上怕你不办。"

"咱们是贝勒爷开的买卖，什么事儿办不了呀。原先紫禁城就跟自己家一样，现在虽说皇上倒了，但这伙子袁呀、段呀，原先都熟极了，不能认生。"

禄大人说："这样最好。我们在甘肃发现了唐朝的壁画，非常精美。画已经取下来了，但运起来怕路上不安全，你能不能从总理那儿开出通关路荐来，我会努力地谢你。"

"怎么个努力法？"

"黄金二十两。"

"哈，哈，小事儿，您不给我黄金，我也就给办了。"

"徐，你不会因为买的是你们国家的古物而伤心吧？"

"便宜话都让你说了，你当年跟谁学的相声？"

"老狗熊。"

"你早出徒了，不用学了，你比他还坏。……问我伤不伤心？我坏我知道，你他妈的坏还假充圣人。"

送走了禄大人，徐二来到贝勒府后院，见金保元拿着放大镜在给一棵月季找虫子。徐二叫了他一声。

金保元抬了抬头说："你说这虫子都藏哪儿了，土里还是叶子底下？我抓了这么两天了还是抓不净。"

徐二说："听养花的说，把双合盛的啤酒调上点儿水往上喷，去虫。"

"是吗？那我得试试，啤酒这玩意儿是洋东西里最好的了。你想想它有泡，喝着杀口，打嗝。一打嗝不就顺气吗？这东西不像白酒那么冲，能多喝，喝着还能解渴。"

"不知这虫着上了是醉了还是死了，怎么就去虫呢？"

金保元笑了："它要醉了我可供不起，那我不得见天地喷呀，不喷它一定闹啊。跟我似的，这两天的酒钱又没了。"

"我听出来了，得，我给您取钱去。"

"多取点儿，少了办不了事。我想请朋友吃厚德福去，完了清华池。"

"爷，这点儿还够，多了可没有了。账上就有几百块了，我刚盘完了账过来。"

"这买卖怎么开的，怎么越开越没钱呀？"

徐二说："钱倒是没少挣，但咱的开销大呀，再说最近买卖有点儿上不去了。咱还算好的呢！"

"这我知道，我好花钱，那结了吧，这顿饭我……我请完了这顿消停几天。"

"您自管请您的，钱不是没地方挣，刚才禄大人来了，想弄两张通关路荐，说是有二十两黄金的谢礼。"

"他干吗呀？是不是又偷着运咱们祖宗的东西？徐二，我想过了，君子爱财，取之有道。跟洋人做生意，虽是能赚钱但对不起祖宗，从祖宗到后代子孙都要骂你，以后，他甭管买你什么你都别卖给他，真的假的都不

266

卖，跟洋人断了吧。"

徐二劝说："这事儿其实不难办，找小五宝，他唱堂会去段府的时候，一准儿就能开出来。"

"这事儿不办，和洋人的买卖断了，你别看我天天没正事，这大节大义的事于我不是没关系，我不能太坏了贝勒爷这名声。徐二，这桌饭我不请了，和什么禄大人、福大人全断了，我这两天哪儿也不去了，在家喝茶吊嗓，清唱。"金保元说着站起来走。

徐二追上说："一顿两顿饭钱还有，爷您拿着。"

金保元边走边回绝："不要了，就是不要。"

徐二把钱揣进他兜里，想了想，决定亲自去找小五宝。

小五宝的生日这天，包了一家会馆，门口挂着横幅"昆伶大王小五宝三十华诞"。门前停满了车马，收礼记账的门房忙得不亦乐乎。徐二从马车上下来。门房迎上去道："二爷，您来了！"

"来了，小老板在里边呢？"

"在呢，客人太多。贝勒爷没来？"

"贝勒爷说白天人太多，晚上再过来。"

"也是，这都走了一拨了。"

徐二说："您给我记上吧，手绣金丝戏衣一套，翠玉头面一副。东西我拿进去让小老板瞧瞧。"

门房边记边喊："徐二爷，手绣金丝戏衣一套，翠玉头面一副。"

徐二让伙计德子拿着礼盒跟着进去，他在人群中找到小五宝。小五宝一身白西服，梳着洋头，在和一个洋女人聊天，看见徐二说："二爷，您过来了，贝勒爷可好？几天没见他了。"

"他闭关呢，晚上来。这是我送您的戏衣和翠玉的头面。"人们都鼓掌。

小五宝带头鼓，说："多贵重的行头，别唱，穿着往台上一站都是满堂彩。谢您了，二爷。"

"算什么呀，这衣裳也就您能穿，别人穿了张不开口了。"他说着压低了声音，"小老板找个僻静地方，我跟您说句话。"

小五宝一愣，带着徐二往旁边茶室走去，问："是贝勒爷有事儿吗？"

"没事儿，说不是他的事儿也是他的事儿，这些日子生意不好，前两天他问我要钱没要出来，在家闲待着呢。"

"我当什么事儿呢，不就是钱吗，我这儿有。"

"钱不是不能挣，是……"他小声对着小五宝耳朵说。

小五宝听着，点头。"咳！不就两张条子吗，交给我了。明儿晚上我有堂会，后儿上午你派人来取吧。"

"您千万别让贝勒爷知道，这事得瞒他。再有你也别说运什么，怕……"

"官越大问的越少，我也不找他们办，底下秘书就给办了，你放心吧。……我还得出去，客人都等着呢！"

3

一心斋里，袁玉山和岳伙计，也就是初到北京时一起混事的那个叫花子，正拾掇着博古架，二人相处融洽，一边干活一边聊天。袁玉山开导着他："东西还是这些东西，不换个样摆摆，人家来你的铺子两回就再不来了，觉得没新鲜样。咱们虽说是卖古旧东西的，但不能被这些旧东西熏得旧了、陈了，得有点子鲜活劲，要不买卖就转不起来。你想想，一屋子旧东西再加上一个瞌睡着的伙计，谁愿意买那种消沉回去呀！"袁玉山故意考岳伙计，拿起一个瑚琏扔给他，"接着这件，这是件什么呀？"

岳伙计接住说："这是……瑚琏，殷代宗庙里的玉器，盛祭祖用的黍稷。"

"真好，告你一遍就记住了。我刚学的时候总混。后来想不是不用心，没真喜欢它们，光看书记字不行，得对着东西，摸、看、闻，得把它当个朋友。"

"有什么好闻的，不是铜臭味就是土腥味，闻多了吃不下饭。"

"没那个，仔细闻闻没一个味一样的，尤其是新东西和旧东西味不一样。你闻闻这铜镜是新是旧。"

岳伙计拿起铜镜来闻了闻："冲鼻子，旧不了，净是怪味儿，又臊又香。"

袁玉山说："你狠狠地往地上摔摔。"

"挺好的东西，一摔还不坏了。"

"你摔吧，这是原来掌柜的留下的，我早想摔了。"

岳伙计狠狠在地上一摔，镜、花纹、绿锈都崩碎了，内有一破铜镜芯。"这么不禁摔，像块核桃酥。"

袁玉山教他道："锈是真的，但只有一层，是涂了硝上的。花纹是松香加泥子后雕的。中间的芯是两合的，不摔一听也不是整铜的音，一敲噗噗的。"

原来这铜器造真伪，可用方法颇多。所以除嗅之外还要听，声音不对，大多有诈，或用了夹层，或用了泥子松香，甚至有用纸浆作伪的。

岳伙计说："摔了它干吗？留着不也能蒙出俩钱去？"

"不卖！从今往后真的就告人是真的，有七成就七成，有五成就五成，新的也告人是新的，这种造假的一律不卖。一心斋，就是一心没有二心。"

岳伙计收拾摔烂了的铜镜，嘟囔："还二心呢，倒想有二心，三天了没开过一回张，真东西假东西都没人买，自己先砸上了。"

"没事儿，不开张也有你我吃的，不像在街上似的。……不说这，关键是咱没好东西。我新当掌柜的，你新学手艺，谁也走不开，要不下底下县里跑跑，备不住就能淘到好玩意儿。"

岳伙计听完这话后，有点儿愣神，想起自己曾住过的铁塔寺。

铁塔寺在京东，是唐代古刹。刹中有铁塔一座，高一丈余。寺不大，现已残破，僧众流散，此时成了一个叫花子的聚集栖身之处。

这天，铁塔寺的破殿前有人在架砖烧饭，有人在睡觉，三两个叫花子在一只破碗中掷色子玩，掷过之后也没有钱来赌，输赢只是一口要来的二锅锅。

殿中的佛像已经残破，东倒西歪。

叫花子甲每掷之前对着倒了的佛一拜，嘴中念念有词。他说："你们不信佛！我每次一拜就赢。……你们说这佛到底在不在？"

叫花子乙说："不在，要在也不至于看着咱们挨冻受饿。……看，你拜过了不还是输？"

"话让我说破了就不灵了。"

众人哄笑，七嘴八舌道：

"要是佛在，我天天不出去要饭，就在庙里磕头，他会让我肚子饱吗？"

"能！三天不吃就饱了。他要在，能看着生了病在他跟前不管？"

"你们不信，我信。"说着话看着佛半开玩笑半认真，"佛呀佛，我信你呢！你要是听见了就动一下。"

众人觉得好玩，向那佛看。原本就东倒西歪的佛突然摇晃了一下倒了。众人大惊，乱七八糟地跑了。

一心斋铺面。袁玉山在看书，岳伙计也拿本书挡着眼睛，其实一直看着门外。突然看见有两个要饭的过去了，他再也坐不住，拿起拂尘来掸了掸灰，张头见两个要饭的向路口去了，便跟袁玉山说要出去一趟。

袁玉山道："干吗呀？坐不住可不行。"

"我出去一趟，一会儿就回来。"他说着话开门出去了。

琉璃厂街角上，几个要饭的在化装，准备扮成善财童子，去一个正娶亲的人家要喜钱。岳伙计悄悄过去，呼哨一声，大喝："当街就扮，小心穿帮。"

几个要饭的猛一回头，见是他，乱说道：

"谁呀，这么鲜亮，我都不认识了。"

"当什么傻伙计呀！还不是一天过得有一年那么长。"

岳伙计质问："你们过我门口，怎么不喊一声？"

"怕搅了你的买卖。"

"没什么买卖，四天了，进来过一个客人，我嘴都快笑豁了，后来一开口是问路的。"

"我明天去你那儿买件东西吧，要不掌柜的该说你是丧门星了。"

"掌柜的救过我的命，是朋友。……主要是铺子里没新鲜东西招不来人。"

"你那铺子，哪有新鲜东西，都是破烂。"

岳伙计说："说对了，新东西不要，越破越好！我是没工夫外边跑去。掌柜的收我当伙计是一心要帮我，我也想帮他，帮他成事了，我好走。"

"成什么事？"

"娶媳妇。"

"屁，大话吹破了铁塔，自己还没媳妇呢，帮人娶媳妇。牛！"

"别管牛不牛，有东西一定给我送来。"岳伙计说完，回身走，走出几步又跑回来了，"忘了，身上有大铜子忘给你们了，买烧饼吃吧。"他说着拿出钱来给了大伙儿，"这是我这辈子第一次给叫花子钱，原来是人给我，今儿我给人，佛爷有眼能看见。"

大家伙儿拿了钱，一哄而散，买了烧饼馃子大嚼，一人吃饱全家不饿,优哉游哉回到铁塔寺。铁塔寺原来倒下的佛现在又被叫花子们立起来了,佛像造型流畅优美。寺里还有许多不大的木佛,众人倚着靠着睡了一地。殿门用木杠顶上了。早晨,突然有人敲门,大喊:"什么人在里边?开门!"

众要饭的呼啦一下全都起来了,乱穿衣服抄家伙,以为是哪路杆子来抢庙,准备开打。庙门被外面的人连推带撞撞开了,一时尘土飞扬,众要饭的拥上前去要打,一看不是别的要饭的来抢庙,而是一队公事人。众要饭的喝问:"你们干什么,大清早拿着锹镐干吗?"

公事人道:"工部的官差,今天来拆庙。"

"拆庙?门儿也没有,拆了庙上你们家住去!"

"这可是庙,惊了佛爷不得了,前几天还显灵呢。庙又不是你们工部的,拆得着吗?"

公事人道:"不是我们的?'普天之下,莫非王土'这话听过没有?现在没皇上了,这庙就是总统的,不是我们的,还是你们的?拆!"众公事人挥镐抡锹冲进来,不管三七二十一往佛座上就刨。要饭的与他们打了起来。佛的台基被刨开了,精美的木佛倒下了。众要饭的拦也拦不住,你一个我一个地抱着佛像或残了的菩萨往外跑,有的抱出只手,有的是个头、身子。

屋里有人刨,屋外也有人刨,铁塔四周,锹镐齐下。几个人在铁塔上拴大绳,一齐拉起来。众要饭的喊叫着在尘土中抱着几具残佛,放到庙外的荒地上,又都来跟拆塔的人捣乱。尘土飞扬,塔歪斜了。一个叫花子看见了尘土中的铁塔地宫里的一只小箱子,冲上去,抱了箱子就跑。正在这时塔倒了,一个公事人没躲开,大腿砸在里边。

要饭众人喊叫:"报应来了!报应来了!"寺庙里外大乱,要饭的众人趁乱跑出庙去。要饭甲抱着箱子跑进一片坡地,几个要饭的跟着乱猜乱嚷:

"要发财了,佛爷显灵,箱子里可能是金子。"

"打开看看,看有人追来没有。"

"没有,伤了人了,他们在照顾。"

"是金子怎么办?"

"还怎么办,好好地吃喝一顿,买个院子住下,当杆子头。"

271

"不好！是金子咱叫花子日子就不能过了，多憋屈。"

"屁轻屁轻的，不是金子，一箱子金子你搬不动。"

箱子打开了，有几枚舍利，有唐朝的茶具，和一些很有艺术价值的唐代工艺品，极小的象牙经板。

众人又吵嚷开了：

"他妈的什么破烂，还金子呢，像样的铜都没有。"说着拿起只金属器皿咬了一下，把牙硌疼了，"嗬，铁的。扔屎，庙也没了，进城要饭。"

"把箱子扔在坡下埋了吧，这东西原在地下，见了光它可能不愿意呢。"

"屎。还埋，你有劲你埋，我们进城，走。"

"别埋了，昨日碰见的岳哥不在琉璃厂卖破烂吗？给他送去。"

"人家卖的是古董，怎么是破烂呢？"

"说古董就是古董，咱们看着就是破烂。"

"好，送去，要就要，不要就不要。要埋了还得费工夫。"

"这东西谁要呀，让人岳哥笑话，送那几个木佛还差不多。"

"这也送，木佛也送。走，大家一人搬一件去琉璃厂给岳哥送破烂，也算咱帮他一把。"

众要饭的把刚抢出来的破佛、旧香炉、木佛残肢断臂等，一个人抱一件，往城里去了。晌午时分就到了，这一队乞丐拿着木佛以及佛的手臂、头、香炉等在琉璃厂街上走。路人纷纷躲闪。

"怎么回事儿，济公出来逛街了。"

"搬庙呢？真是的，还有搬庙的。往哪儿搬呀，佛怎么还不整着运？断胳膊断腿的。"

一老者坐在铺面，看见一队乞丐抱着佛的手、脚、头从门口过，惊吓跪下："阿弥陀佛，我佛慈悲。"

乞丐们杂乱地走着，来到一心斋门口。岳伙计从里边迎出来，一看人那么多，破烂那么多，处理不了，说："怎么说送就真送来了，什么破东西呀，等会儿，等会儿，站住，我去把掌柜的叫出来，他说要什么咱往里抬什么。"说着跑进去叫袁玉山。

街上其他几家铺子都有人出来看热闹，交头接耳，蔑视讥笑：

"咳！一心斋怎么回事儿，怎么招一帮子花子呀。搬胳膊抱脑袋的，

272

把古玩铺改破烂市了，什么时候改的?"

"没改，没改。你不知道，一心斋现而今的袁掌柜原来就是花子出身。这不，谁没个仨俩的朋友呀，这是原来的哥们儿弟兄来看他来的，总不能空手呀，带点儿东西吧，从住的破庙里就把佛都搬出来了。……你看，你看，全让进去了吧。"

袁玉山急急地出来，一看站了半条街的人看热闹，飞快地就把整队的叫花子让了进去。"哟! 热闹啊，好! 往里进，往里，先堆院子里吧。哪儿来的?"

"公事人不讲理，把我们住的铁塔寺拆了。这些菩萨跟我们住过两年呢，让他们扔了可惜，搬过来送你吧。"

"好! 哎，没事先别拼了，散放着吧。待会儿还不知……怎么处理呢。"袁玉山说着话和一队要饭的进去了。

半条街的人伸头没东西看了，又议论开了:

"你还别说，这其中备不住就有值钱的东西。"

"值不了什么，庙里的东西，当柴火都不好烧。"

东西都堆在了后院，暴土扬场。袁玉山说:"好! 堆下吧，堆下吧，洗手，岳，打水给大伙洗手。"

"洗什么手呀，一年没洗过手了。走吧。"

"走吧，您看着要就要，您要不要，招呼一声我们再给您扔出去。"

袁玉山看着一院子东西，拿起这件放下那件，没什么值钱的，拍了拍手，从兜里掏出大洋来递给一个乞丐。"受累了，受累了，拿着买猪头肉夹烧饼吃。谢各位了。"

"不! 不要! 冲着岳哥这钱不能拿。"推来推去乞丐还是接了，"那就谢了，我们走了。"

袁玉山、岳伙计一起把众要饭的送出去，然后回铺子，看院子里堆着的东西。袁玉山看着满院子的破烂，又瞅瞅乞丐们的背影，颇感慨地笑笑，说:"这帮子兄弟真是实在，说有个急，还真舍命帮你。哎，刚我还看见有人抱了只箱子呢。"

岳伙计说:"让他们送古代的东西，谁知搬了这么堆破烂过来。明儿我雇辆车给扔了。"

"别扔，看着那些像雕得多美呢! 也是祖宗的东西。有喜欢的不要钱

273

咱都给他。……我还看见有人抱了只箱子呢，没了？"

"在后边呢，说是塔下边的东西，抢出来的。"

"上千年的东西，怎么说拆就拆了，拆了就没了，再想它也没了。新东西终归是新东西。换个地方就不能盖房吗？"

"听说是地卖给洋人了。"

正说着禄大人晃着进了铺子。岳伙计道："哟，您，您走错了吧？"

袁玉山说："没错，这是禄大人。禄大人您来了，喜欢什么？"

"你这改了招牌了，还没请我来过呢。别家店都总请我，你们可一回也没请。有什么好玩意儿藏着掖着吧？"

袁玉山不冷不热地说："哪能呀，我们小买卖没有贝勒府那么阔，请您也是白请。"

禄大人拿起架上的东西看，边看边说："这琉璃厂卖东西，跟我们欧洲女人穿衣服似的，什么好卖就全卖什么。前些日子流行青花，也不一下子从哪儿冒出那么多青花来。字画要臣字款的，一下子就又都是臣字款了，没有的也得想办法补上。原来法华不值钱，好！有几个法国人买了，价就起来了。就没有那种能从不值钱的东西里找出值钱东西来的眼光。"

袁玉山说："那得有学问，有眼力，有鉴赏。这琉璃厂有商业眼光的人多，真让他把一件东西看出好来的人不多，没有鉴赏……你说对了。"

禄大人拿起这个放下那个。"你把好东西放后边了吧，卖东西的让买东西的挑，你说挑不出来怎么办？"

"没什么，那没办法，我不能强让您买了。再说了古玩这行最不能强买强卖，尤其是您，您不买就不买。您买一件我们就少一件不是？"

岳伙计在禄大人挑东西时就越看越生气，自己悄悄溜到后边，找来找去，不知怎么想拿破烂中的一件去逗禄大人，就打乞丐们送来的箱子里拿起一件铜茶具，找了一个丝绒的盒子，包起来自语着："让你看不上，给你个破烂儿蒙蒙你，看你认不认。"他把东西递出去："给您，这位外大人。"

"怎么叫我外大人？"

"叫您外大人，一您是外国人，二您是个外行。"

"我怎么是外行，我入行的时候，你们掌柜的还没有呢！"

"说您外行，您不服，总说我们铺子里没东西，我给您拿出一件来，让您见识见识。"说着把丝绒包递了过去，与袁玉山使眼色，告诉他是院子里的破烂。

禄大人接过东西打开后，细细地看着，惊讶道："我是外大人，外大人。这东西刚才在哪儿？"

"就在您眼皮底下。"

"我外，没看见。十步之内必有芳草，没看见，罪过。这是中国最早最精美的茶具，该有一套，一套。其他在哪儿。……看这铭文，唐以前的。"禄大人现出焦急，"其他在哪儿？"

袁玉山说："……都在。"

"多少钱一件，拿出来我看看，我一定要看看。"

袁玉山心想：这东西，我没看出来，看他的样子，一定是不凡的东西。还有，常听人说寺塔之下必有舍利子，看来那几粒七彩的石子也不是凡物呢。

禄大人着急道："您不要担心钱，钱不成问题。把东西给我。这东西有别于青铜，是工艺铜器的开始，有雕有焊，很难得。我们那儿很想研究这些。"

袁玉山说："您看也是白看。东西订出去了，给人家留的。这只是拿出来给您开开眼。"

"不行！这东西要给我，我会出大钱。给我！"

岳伙计一听袁玉山这么说，明白了，马上把东西包了起来。禄大人想抢。

岳伙计道："干什么，还想抢呀，圆明园抢得还少呀？说了是别人的，你就别惦记了。"

"告诉我是谁家订的，我去劝他转给我。"

"买卖行的规矩这哪能告诉你呀。看看旁的吧，要不买东西您请。"

禄大人无可奈何道："今天我走了，明天还要来，我要来，不要卖给别人，钱不成问题。"禄大人边说边急着出了店。

袁玉山看着一院子的东西，和岳伙计一起收拾起来。

"我真没看出来这东西是什么。古玩这行太深了。"

"谁也看不出来呀！你说那老外会不会蒙咱呢？"

袁玉山摇摇头说："不会！他买东西从来这样，想要的不遮着，跟抢

275

一样，上回买贝勒府的碗也是这样。"

"那您干吗不卖他呀，怕价不合适?"

"不会，他要的东西一定出大价。"

"咳，刚我还以为他拿咱打岔呢，急着给他轰出去了。"

"轰得也对! 话是那么说，咱们有几天没开张了，谁不想开回张。可看着这东西要给外国人买去，我心里一下子就有点儿不愿意了。"

"有什么不愿意的，要不是那些朋友送来，这些东西现在可能早灰飞烟灭了，谁也不觉得它可惜了。"

"这也是一句话，咱这国家多大呀，年头多长呀，好东西多了，不定哪个缝里就流出一堆。不拿它当回事儿时，是真不拿它当回事儿。"

"咳! 开铺子就是买卖嘛，有卖的有买的，卖给谁还不一样呀。这可好，没买的你急，有买的倒给轰出去了。"

袁玉山说:"古玩一行和别的可不一样，这东西不像一个果子卖给人家吃了，来年又长出来了，这东西卖一件少一件。真的那么大老远地卖到国外去，以后咱想看都看不着了，真想看了，还得坐几个月的船过去，比看闺女还难呢! 要是咱们自己人，今天这么高兴地来看这东西，备不住我什么钱也不赚就卖给他了。可一想到禄大人要，我总觉得这东西不能卖，加上它是庙里的东西，卖了真对不起祖宗。"

"您这么一说，我也明白了，不卖，大不了关了店要饭去。要饭真是个好行当，哪费过这脑子呀。"

4

出了一心斋，禄大人急急地赶到贝贝斋。徐二正在玩一些洋玩意儿，往鼻子里塞着鼻烟，禄大人进来时他正要打喷嚏。禄大人等了他几个来回，终于打出来了，才坐下。

徐二舒坦地说:"这洋玩意儿就是地道，一个喷嚏出来全身轻了一半，身上的脏东西不定喷出来多少呢。禄大人，您坐，我这有上好的咖啡，你来一碗儿。"

"喝咖啡得论杯，哪有一碗一碗的，您别和大碗茶混一块儿呀。"

"噢! 论杯，喝杯咖啡。听着小气，碗多痛快呀!"

"那来一海碗咖啡试试，指定痛快，你的心非要跳到脑袋上去不可！……徐，路荐搞到了没有？"

"您是没事儿不来，一来就是急茬的，刚还聊咖啡呢，这会儿就路荐了。您不会松快松快？"

"看着你们北京人，天大的事也拦不住出去遛鸟的习惯，什么事儿都明白，什么事儿都不干。"

"那是境界，北京是什么地方呀，元明清三朝故都，养了多少闲人呀！这股劲儿还不是一天两天能养出来的。八九百年，你们国家有八九百年吗？这叫爷，所谓京民三品官，哪个不是爷呀。像你们似的吃饭一锅烩，那还叫过日子呀，糟践老天爷派你下来走一场。不过你们不信老天爷，你们叫什么来着？"

禄大人连连摇头："真受不了，说路荐他能给你扯到老天爷上去。说话聊天怎么就那么痛快呀？"

"敢情，治病！……告诉你别急，路荐一准儿拿到，再等两天。"

"等吧，等吧。……我还有一事儿想跟您说。"

"说呀，不说怎么做买卖呀？说吧。"

"说了怕你办不了。"

"你还别激我，说是你来中国日子不短了，这点儿事都是小儿戏。我不接你的茬儿，人要说我办不了，我就办不了。"

"你要办了，我有重谢。"

"怎么个重法？"

"一百两黄金的赚头。"

"君子爱财，取之有道。这钱我要不想挣，我爸我妈白生我了。"

"路荐现在不是大事儿了，刚我在一心斋看到了一些唐朝庙内的东西，和陕西咸阳地宫的东西像。现在欧罗巴大博物馆都在抢收这路货，我非常想要这批货，非常非常想，可那个小袁不开窍，他一点儿想卖的意思都没有，你帮我从他那儿买出来吧。"

"什么事儿呀，小事儿一桩。别说现在有的货了，就是整条琉璃厂没有的东西，只要你出价，想要指定给你找来。"徐二正说到这儿，金保元推门进来了。徐二一下把话打住了。禄大人一看金保元，毕恭毕敬站起来行礼。

金保元说："免了，现在民国了，什么都得变变。"

徐二说："爷，您今儿得空了。"

"没钱的时候，最有的东西就是闲在。没钱就有空，有空了就来看看你的买卖。这么多东西怎么不赶紧卖呀？"

"这不等客人呢嘛。"

金保元乱摸东西："没等着客人倒把主人等来了。徐二我找你有点儿事，我去后边等你。"金保元说完与禄大人连个招呼都不打就进后宅了。

徐二吐了下舌头说："看见没有，这就是八九百年修来的劲儿，难拿不？"

"难！下辈子也难改。我走了，他不喜欢我。"

贝贝斋后宅里金保元正喝茶，徐二进来了。

金保元说："早跟你说了，别跟洋人做买卖，挣他们的钱不干净，怎么又把他招来了？前些日子金安听外边人说，贝勒府把吃饭的碗都卖给洋人了，这叫什么话？"

"没招他，他见天在这街上转悠，今儿个正撞上了。"

"……听说你求小五宝办事儿了？"

徐二一惊："是点儿小事。"

金保元从衣服里拿出路荐来："这东西说不好就是把尚方宝剑。用它干吗呀？"

徐二一看有点儿紧张，"没什么，外地有批货，怕运时路上不太平，开个条方便点儿。"

"你干什么，按理我不该问，不过要偷着给老外运东西可不行。我原是个贝勒，按理说现在开个小铺子实在是小事儿了。事儿虽小，要干卖国的事儿，可就大了。不求名垂青史，也不能遗臭万年，对不起大清国列祖列宗的事儿不能干。"他说着把路荐搁在了桌上，"话就到这儿，我走了。"

徐二忙说："您不带上点儿银子？"

"拿上点儿吧。"金保元潇洒地走了。

第十九章

1

一心斋的岳伙计坐在太师椅上，对着铺面门打瞌睡，手里拿着一卷半开半合的书。袁玉山从后边进来，一看他那样子，又气又好笑，一跺脚，说："好！看看整条街有你这么做买卖的吗？人家瞌睡都是偷着瞌睡，你可好，正对大门打起呼噜来了，有十个买东西的得吓跑九个。"

岳伙计不好意思地揉揉眼，笑着说："还有一个呢？"

"没跑成，吓死了。"

岳伙计跳起来，抖擞抖擞精神，说："不对着门睡，怕进来几个行里的人，什么也不买，光打听，'铺子里来了什么宝呀？'告诉他没宝，不信，告诉他有宝，就是当院那些木佛，又不信，折腾来折腾去，临了还撂下句话，财别发大了，有饭大家吃。……我们发什么财了？说有半个月没开张了，人家就更撇嘴，说'谁信啊，都传你们一心斋憋着宝呢'。哪儿来的宝啊！除了掌柜的你就是我，一对活宝！"

"你就贫吧，看你那样就不像说真话的，人家没法不疑。"

"我这样怎么了？我最见不得古玩行的这帮子人。你要不开张吧，他在铺子门口站着笑话你；你要开了张吧，他恨你。各做各的买卖，你管人家那么多干吗？……瞧吧，我话还没说完呢，又来人了。"

袁玉山说："把椅子抬开，来了好。"

"啊，对，来了好，咱卖不出东西去，卖会子热闹。爷！您里边请，您喜欢点儿什么？"

进来的是娄先生。袁玉山也认识，热情问候："娄先生，老没见您，一向可好?"拿起掸子给娄先生掸土。

娄先生说:"教书的日子说稳定还稳定,只是政局不稳,心就不稳。还好有书,有学问,有茶,文朋诗友日子过不出大花来。还好,还好。"

"这些日子我心里可不稳,原想着找一个人说说,怎么也想不出来找谁去。今儿个您一来,我想起来了早该找您去。坐,先坐下喝茶。"

"琉璃厂想找我的人少,知道我眼毒又没钱,看得多买得少。"

"我先问问您是不是也听见人家传言了,说我们这店里憋着宝了才来的?"

岳伙计道:"指定了,还用问,这两天来的全是这一路。"

娄先生纳闷说:"什么憋宝呀?我可从来不信这个,这两天我可没到琉璃厂来,就是来了我也不好凑热闹。打小家里人教的,人多的地方别去,热闹多乱子也多。"

袁玉山说:"那您是没听说了?"

"没听说,什么也没听说。再说了琉璃厂是个生故事的地方,听了也当没听。"

岳伙计挖苦着:"文化人就是会说,说了半天也不知什么意思。"

"咦,这新伙计对我有意见。咱俩可不犯相,你别瞧着我不顺眼。"

袁玉山说:"好了,您要没听说我就跟您细说说。来,喝茶。岳,把铺子关了吧,省得来人说话不方便。……前些日子,我一伙丐帮的朋友,给我送来了些东西,刚拿来那天,我还以为是捡了堆破烂回来了呢,发愁怎么打发了。"

"哪儿来的东西?"

"京东铁塔寺。"

"那庙我去过,唐代的,败了。"

"就是那座庙,庙里有几尊木佛,关键是从推倒铁塔的地宫里找出了一只箱子。"

娄先生眼睛一亮:"地宫里的东西,那可不是玩儿的,有舍利子吗?"

"说不好,待会儿您看看。"袁玉山回头让岳伙计拿箱子,"把后边那只箱子拿出来,给娄先生看看。……后来还是禄大人来了,说这东西他要,我说句实话,不想卖他,就把东西压下了。我到琉璃厂也有几年了,学着的东西不少,但看这路货我一点儿经验没有。今儿个您来了,您给我

280

指点指点吧。"

娄先生问："哪个禄大人，是那个老德?"

"是。"

岳伙计把箱子端了出来，轻轻地打开，一件一件东西摆出来。娄先生搓着手不敢碰，袁玉山让他看看这些东西是不是很杂，他才动手，说："既是铁塔地宫下的东西，必有大德高僧的舍利子了。"娄先生拿起几颗五彩的石骨子，"这是舍利子，在佛教中岂止是文物呀，这是圣物，圣物。回去我要查查铁塔寺下应该葬着什么人的舍利。佛祖释迦牟尼的舍利子曾流入中国来，只是现知八大处有佛牙塔，其他在哪儿不知道了。这对研究佛史极有价值。

"这些铜器是唐朝前的茶具。茶无疑是中国先行饮用的。书有陆羽的《茶经》，实物少见。现在东洋日本反而有茶道说，我辈关于饮茶已变得简单而无形了。如这套茶具可考出年代用法，无疑是文化中的一重大发现，此物也极珍贵。这是八宝，佛教中的吉祥物，虽是镏金，但工艺细而工，也是难见之物，何况是地宫中出来的，意义更不比寻常。

"这些象牙板是什么呢，说光不光，"娄先生拿起牙板来摸，越摸越觉奇怪，"有放大镜吗，借来一用。"

岳伙计把放大镜递给娄先生，这时外边有人敲门，他说："谁呀，关张了，买东西明天来吧。"

徐二在门外的声音："袁掌柜在吗? 有点儿急事。"

袁玉山赶快摆手，娄先生收起东西。

岳伙计回话："掌柜的出门了，你明儿个上午来吧。"

徐二在门外嘟囔："做不做买卖了，这么早就关门。真要有宝也不至于怕成这样呀，不开眼……"徐二边说边远去了。

娄先生拿过放大镜对着光重新看起来，发现了微雕经文，抑制不住惊喜道："《楞严经》，一字不少。这大概是所见非常早的《楞严经》译本了。正面是汉字，背后是梵文。稀世之宝，稀世之宝。这箱子内的东西件件有来处，件件是宝。"娄先生说完之后，一脸的忧伤。

袁玉山看出来了，说："娄先生，您要喜欢，先拿家去玩两天吧。"

"'玩'这个字哪儿敢说呀! 古人管此类东西叫文玩还有个文在其中，乾隆爷后改叫古玩了，'玩'这个字总是不改，且将文字也去掉了，真是越改越没有品位了。其实这些东西，别看小，一般人是玩不动的，没有学富五车的学问，谁敢称个'玩'字。

"现在的人时而看重官窑，时而是宋元古画，再者古玉、田黄，把这类东西倒归到杂项中去了。谁又知道这些杂项的东西，就其价值来说，会超过那种纯工艺性的东西呢？倒是洋人先看出来了，可叹，可叹。……再说了，就这几件来说，除了舍利，哪件又不是艺术品呢？"

袁玉山说："看您是真喜欢，给您送家去吧。"

"说句实话，我经了回小崔的那件事儿，就再也不敢信古玩行里的这种客气话了，说到底，还是没钱，把我家卖了一件都买不起。"

岳伙计一惊："就值那么多的钱？"

"一说到钱就脏了这些东西了，就我来看，这箱子里件件东西，只要想卖，要多少钱都不为过。可惜呀，能出得起价的除了禄大人那样的老外，国内难有其人。"

袁玉山说："咱国有钱的人也不少呀！"

"有钱的他不会花钱来买这闲东西，他能花一万两万地买小老婆，修祖坟，他、他绝不会把钱用在这上，想买的没钱，到头不是老外买走又如何。想想真不如让这些东西在土里多待几年呢！"

袁玉山道："娄先生，您别那么说丧气话，我虽然没什么大学问，但《论语》我读过半本，我知道为富不仁一说。今天要不是遇见了您，我原本看这些东西，觉得它真到了要用的时候，不见得比一张大饼有用。现在听了您的一番话，就把它们和家国祖宗连起来了。您放心，我就是遇了天大的事儿，也不会把它卖给外国人。娄先生，我只求您一件事，有了合适的买主，您带到我这儿来，钱多钱少无所谓，匀给您我放心。"

"听你这话也算是肺腑之言了，买主我想想，也许有金融界的朋友，既有心又有力的。东西你收好了吧。"

岳伙计把东西收了。

袁玉山说："今天我收起来就再不给旁人看了，专等您的消息。"

娄先生很感动："你这么看得起我，我一准儿地到各家说说去。"

"谢您。"

"别谢我，为祖宗留下的这些东西，谁也当不起'谢'字。那我先走了。"

岳伙计说："您不再看看后院的木佛?"

"噢! 还有木佛,看,要看。"

娄先生跟着袁玉山、岳伙计到了后院,又是赞不绝口,说这些木佛光是看看、摸摸,就让人舒坦。都有兴致,就在当院放了桌沏了茶,三个人聊了有一个时辰。袁玉山没跟娄先生深交过,聊了这半天,便对他的学问人品起了敬佩之心,分手时执意送一个木佛给他,说与君一席话,胜读十年书,往后还得多跟您学。娄先生客气了半天,推辞不过,接受了。

当夜,淅淅沥沥下起了雨。袁玉山才睡下,听见雨声忙爬起来,把堆在院里的木佛往屋里搬。岳伙计听见动静也出来帮着,其实心里并不情愿,埋怨道:"咳! 原就是风里雨里淋的东西,还值得夜里为它们起来。"

袁玉山说:"慢着,慢着,千万别碰了。娄先生的话,这都是国宝,原来它怎么样不说了,到了我手里,掉个木渣都是罪过。我要有了钱,把这些都收了开个博物馆,让娄先生经管着,一件也不卖,谁想看谁看。"

"那中国地方大了,毁的好东西也够你开博物馆的了。"

"就是呀,什么时候告诉老百姓,这东西是祖宗传下来的,是个荣耀,千万别毁,有谁能告诉他们呀。"

"瞎忙活! 搬进屋里雨又停了。佛爷们没湿,咱们成落汤鸡了,阿嚏。"岳伙计说着打了个喷嚏,"佛爷要有眼,对咱们照顾照顾。"

袁玉山说:"那你许个愿吧。"

"我没什么愿,帮你许个吧。"

"你知道我有什么愿呀?"

"知道,让佛爷保佑你早日把九儿赎出来。"

"你真是我肚里的蛔虫。——可我上哪筹这一笔钱去呢?"

早上是个大晴天。一夜雨淋,房屋、街道、草木都有了股子新鲜劲。岳伙计打着呵欠,往下摘门板。徐二踱过来说:"大早起就呵欠连天,夜里没干好事。和你们掌柜的去了月痕楼吧?"

岳伙计边摘门板边说:"阿弥陀佛,佛祖您听见了也别怨他,他是个混混,狗嘴里吐不出象牙来。"

"咳! 你小子敢骂我。"徐二说着假装要动手。

"哟,二爷呀,没看见没看见,我以为是北街上的丁大王八呢,没看见您。您早,里边请,里边请。"

"想你小子也不敢。……哎，北边街上哪有叫丁王八的？"

"有！有！您请，请。……掌柜的，徐二爷到了。"

徐二晃荡着进去，袁玉山迎出来打招呼。

徐二说："多好个铺子呀，那年我来给贝勒爷卖碗呢吧，转眼成掌柜的了。古玩这一行就是造就人，大起大落。你们掌柜的可惨了，回了老家了？"

"回老家了，也没什么不好，种地吃饭，有吃有穿就不能说不好吧。人活着要说要求，也就这点儿要求，除此之外所要都不能不说是奢望。"

"嗬，几天不见你小袁真是长学问了呢！毛财跟你就是不一样，当初我是看了他的机灵劲，觉着不至于没有造就，现在看不行，机灵全用歪了。我已经把他给轰走了。有人说他带秋月回了老家了，也算个归宿。你有意没意，有意我把那铺子给了你管？"

"不敢，有这一家我就够忙的了。"

徐二拿出表来玩着说："闲话咱不说了，明说吧，我是为了那些地宫里的东西来的。早说你是个善财童子，一点儿没错，连丐帮里都有人缘，不简单。"

岳伙计端着茶上来："二爷，您喝茶。二爷，不是跟您吹，别说丐帮了，天底下青帮、洪帮咱都有人，就是洋帮没有。"

"什么是洋帮呀？"

"就是帮洋人干活的。"

"这是变着法儿骂我了。实话说了，这次我还不是为洋人买的，我们自己要。你也知道我挣了钱一点儿用都没有，我也不要钱，给贝勒爷挣钱是我的一大乐子。"

袁玉山问："您这信儿是听谁说的？"

"琉璃厂都传遍了，还用听人说吗？"

"我的意思是，您要是听禄大人说的，您可别信，他那眼力，也就能分出个新旧。其实没有传得那么邪乎，你看看吧，就廊里的那些木佛，您要打算要，咱们今儿就成交。"

徐二伸头看了看院子，摇头晃脑地说："就这点儿东西，能弄出这么大的动静来？……袁掌柜的，东西卖不卖是你的事，早晚得卖了，卖小不如卖大。想卖的时候告诉一下你徐二哥，二哥不会亏了你。卖东西就是为了挣钱，卖内人也好，外人也好，钱多的就卖，这是傻子也能做出的事。我是卖了洋人不少的东西，有什么坏处吗？大清朝不是一块一块的地皮都卖了吗？谁敢骂皇上来着？再说了卖洋人怎么了，他也不是去毁去砸了，他不还得当个宝似的供着吗？卖给他们也是让他们开开眼。中国现在不行了，原来什么样让你们现在看着都得服气。……你和我们贝勒爷一样，读过两年书爱端穷架子。"

"二爷，各人有各人的活法，各人也都有各自的买卖法。天下的事儿要都来拿钱说事儿就简单了，还有那种钱说不清的事儿呢！大清朝卖了地，咱也跟着卖祖宗，那中国还有吗？咱姓什么呀？"

徐二气得直转腰子："得！得！我今儿个可是做买卖来了，倒卖上嘴了，不说了。连铁塔寺地宫的事儿都不说了，谈桩别的生意。"他说着话拿出了关防路荐，"瞧瞧！要干就干大的。当年王掌柜的昭陵六骏怎么运进京的，还不就是袁府的两张封条。别小看这一张纸，这可是做大买卖的关键，走就走上边，不走上边你什么买卖都得吃瘪子。"

袁玉山拿过路荐看了看说："我要这玩意儿没用，我没那么大的胆量运昭陵六骏，撑死了夹个包袱出出进进的。"

"要不说你做不了大事呢！洋人的不做，大东西不敢倒腾。听说你月痕楼里有个九姑娘相好着呢，你什么时候有钱赎人家呀？"

袁玉山一下子闷了。

徐二得意道："多了我也不说了，给你看这关防路荐是给你个机会，你要想做，我找着货算你一股，看着当年收碗的分儿，我拉你一把。"

"您心意我领了。我天生干不了大事，也不愿轻易就把做人的准则丢了。我就做这么个小买卖吧，不求别的，一是喜欢，二是找口饭吃。"

徐二端起茶来喝了一口，重重地放下，道："买卖不成仁义在。小袁咱往后瞧，也许到时是我先没了饭辙，来找你呢！"说罢，扬长而去。

2

和有轩这些天一直笼罩着一种神秘气氛，伙计们都不大说笑，后门紧闭。这天终于打开了，两辆骡车停在门口，崔和有指挥着伙计们往车上搬箱子，闲杂人等一律排除。箱子里是雇余师傅做的十来件假青铜器，一件件造型古朴，绿锈斑斑，可以乱真。崔和有早已筹划好了，他要用这批假青铜器算计一个人，打趴下一个人，做笔一本万利的大买卖。箱子已装好了前头一辆车，冯妈盘腿坐在屋里，收拾一新，看样是要出远门。

崔和有召唤葛远："把太太叫出来吧，路上走的时候，你押着点儿后边的车，千万不能大意。"

"哎！出不了事，不是有镖局的陈爷、李爷吗？"葛远刚要去喊冯妈，冯妈挎个包儿，自己出来了。

崔和有说："哟，还急着自己出来了。坐后边骡车，葛远护着您。"

"我谁也不用护，老眉卡吃眼了，抢东西也不能抢我。要我说雇一辆车就行了，还单给我雇一辆。"

"三天多的路呢！不宽敞点儿，累。"

冯妈道："三天算什么，当初我是走着来北京的，饿了就问人要一口，累了就睡道边上，五天多才到。"

崔和有笑着说："您现在不是太太嘛。"

"天生就没有当太太的命，刚想过两天太平日子，又在乡下买了地了。哎！那箱子给我放后边车上。说是让我看地去，还不知道人肚里憋什么坏呢。"

"不是都说好了吗，回头铺子盘了我也回去，说是京城都要迁了，琉璃厂还有什么戏呀。你要不想回，那先别回，等盘了铺子一起走。"

"走！走！我也想种豆子种辣椒的日子了，眼不见，心不烦。你自个儿照顾自个儿吧。"

"过不了几天我就去。前边还一车货呢！"

冯妈问："那车是什么呀？这东西往乡下拉干吗？"

"是顺路，先送了你，再送货，两件事一趟镖……往乡下拉有往乡下拉的道理，到时候你看着吧，这左右是笔大买卖。"

送走了冯妈和货物，崔和有踏实了一些，独自歪在床上抽大烟，盘算着另一档子事。一个伙计敲门，告诉他柳妈来了。崔和有说："让她在前边先等会儿，我抽完这口就过去。"他不紧不慢地抽着烟，抽完了起来穿戴整齐了往前去。

有钱了，有闲了，人大概就要生出些事来。天下最大也是最难的一件事其实不是挣钱，是怎么有益有效地把钱花出去。那，爷说了，钱还不会花吗？一个小孩都会。未准。一个没有对生活有更大更远的想法的人，他就很不会花钱。

崔和有看上了余师傅的女儿槐花，头一次见面就看上她了，他让柳妈去给他说合说合。柳妈坐在前边屋里喝茶，崔和有咳嗽一声端着架子进来了。柳妈忙站起来，恭维道："大掌柜的您好气色呀！"

崔和有坐下说："柳妈来了，烦您打听的事打听出来了吗？"

"好打听，前脚去后脚就听来了，那条胡同里有我一个大妹子。"

"没许人家呢？"

"没许。说是提亲的有过那么两三家，都是拉车、卖煤的小力巴。余师傅不乐意，说自己本来家境就不好，怎么也得找个耍手艺的，开铺子的不敢，是个伙计都行。"

"槐花十几了？"

"十六了，正好，好年岁。"

崔和有从身上拿出两块大洋递给柳妈："您受累了，求两家不如求一家。我还得烦您去一趟，拿着我的八字求亲，事儿办成了，我必有重谢。钱我不在乎。"

柳妈忙着收了钱，说："咳！这事儿哪有不成的理儿呀，漫说我柳妈这张描花绣凤的嘴了，就是去个笨嘴拙舌的也必能说成，谁不知您崔大掌柜的呀？事儿交我了，等着摆酒办事吧。"

"慢！还有话我不得不先说了，我娶槐花可不是正房，是个偏房。"

柳妈一惊："啊？……也对！也对！您这儿我听说了，还有个太太，有个太太。"

"那也不是什么正太太。"

"不是？那是乡下还有人吧，乡下还有人。"

"乡下也没人，正太太还没有呢，空着呢！"

柳妈更疑惑了："空着？……空着好。没有正房先娶偏房……这……这也好，先小后大，先小后大。"

"也不是这意思，正房人倒有了，还没娶过来，留着空儿呢。"

"这是双喜临门呀！那一门用不用去说说？"

"不劳您驾了，那门已经说得差不多了。……您喝茶。"

受崔和有之托，柳妈提着彩礼来到余师傅家说亲。余师傅听罢，气不打一处来，大骂，把东西扔给柳妈，柳妈仓皇而出。

"早我就看出来了，他没憋好屁。又拿眼睛瞟，又给钱买衣裳的。不就有俩臭钱吗，想怎么着还就怎么着了！"

柳妈抱着东西喘着气说："您再想想，这么好的人家攀还攀不上呢。"

"哪儿好啊？他我还不知道，从勾老妈子吃软饭开始，没干一桩子光明磊落的事儿。我给他做活，我卖给他了，是新活做的旧。我是手艺人，从没明着蒙人。我是手艺人我看不起他。他要蒙人是他的事儿，还想蒙我女儿，没门。就他那做买卖的心，过不了一年就得蹲笆篱子去。你给我快走，告诉他，从今往后他的活儿我也不给做了。什么东西！没正房就要娶偏房，以为天底下所有的人都愿跟他似的，势利眼呢。滚远远的！"

柳妈脸色也变了，说："你这人真不识抬举。以为北京城里就你家一个槐花？枣花杏花桃花李花，上赶着的海了去了，嘿嘿！"柳妈抱着礼盒腾腾腾地走了。

第二天柳妈来到崔宅。崔和有正背着手在屋子里走来走去。听着柳妈学舌，骂道："真是狗屎不上墙，他敢说我是吃软饭起的家。还说什么了？"

"说您想蒙他闺女，没门。说您没干过一件光明磊落的事。说他再不给您做活了。"

"他妈的一个臭耍手艺的，也敢骑我脖子上拉屎。我崔和有一辈子没别的大想头，就想出人头地，人前人后挣足了大面子，实实在在地当回有钱的人。嘿，没钱时挤对我，这有钱了还挤对我，我不干出一两件惊动京城的大事，他们不知我崔和有是个什么角儿。"

"也是，没见过这么不开窍的。崔掌柜，天晚了，那我先走了。"柳妈光说走不走。

崔和有没反应过来，说走吧走吧。

柳妈只得说："今天这礼钱，您还……"

"噢，忘了。"崔和有拿出钱来给了柳妈，"葛远，送柳妈走。再让德子把车备上。"

葛远问："爷，这么晚了，您还出去？"

崔和有道："黄花闺女拿架子，有的是不拿架子的。走，上月痕楼！"

月痕楼里，九儿正在大堂上歌着舞着。几个嫖客叫过老鸨，说要开条

288

子带走九儿。

老鸨说："几位爷，喝好吃好，先叫别的姑娘吧，九儿现在就是在大堂中歌舞了，说要等半年的李甲从良呢，不接客了。这姑娘犟，我应了她了，要不怕出人命。几位爷包涵。"

嫖客说："有这份心也不易，备不住弄出点儿风流佳话也蛮有趣的。不是前几年听说陕西巷的小凤仙把蔡锷给放跑了吗？国事关头往往青楼出故事啊，好！好！理解，理解！有这等歌舞已够赏心悦目了。"

"那真是谢几位爷了，谢了。"

九儿歌舞罢，上楼歇息。

崔和有颐指气使地走进来，脱了披风，径直到一张桌子跟前，冲着老鸨一挥手。老鸨屁颠屁颠地过来道："崔公子来了。"

"酒、菜，还有一个九儿，全给我上来。"

老鸨拿手巾弯腰替崔和有掸裤脚，说："前面两样可以，九儿今儿个身子不爽。"

"当了婊子就别拿小姐的架儿，她不爽？爷我今儿还不爽呢！告诉她下来也得下来，不下来也得下来。要不我今天晚上就在这儿摔一夜家伙。"崔和有说着话拿起一个盘子摔在地上。

"我叫，我叫去。"老鸨慌张，刚回身，看见九儿从楼梯上走下来。

"别叫，我来了。"九儿说着坐在崔和有的桌旁。

崔和有假装不见，喝酒，突然说："谁让你坐下了？"

九儿惊愕，一下站了起来。大堂众人都看见了，一派紧张。

崔和有说："给我斟酒。"

九儿忍着火给崔和有杯中倒酒，手有些抖动。

崔和有说："告诉你，洒出一滴来你喝一杯。"

"我不能喝酒。"

"不能喝也得喝。看我这样，你生气了吧？心里骂我呢吧？骂出声来让我听听！喝！"

九儿说："小崔你别太过了。"

"什么，敢叫我是小崔？吴妈你这儿的姑娘怎么调教的，还不掌嘴！"

"掌嘴，掌嘴，有话坐下说，坐下说。"老鸨拉着九儿坐下，冲着大堂高喊，"大家吃好啊！石榴唱个曲，唱个曲。"

石榴唱曲。

崔和有一连灌了几杯酒，现出三分无赖、七分醉态，大着舌头说："你想什么呢，嗯？不说我也知道。你想这小子原来卖翠花、挑水时那副穷酸相，现在怎么这德行了。对！我想着我原来都不认识自己了，老天爷有眼让我有钱了。我原来进这大堂就发怵，没有一个人看得起我。现在我是爷了，想怎么着就能怎么着……别总用原来看小崔的眼光看我，就当原来我是装的。"

九儿说："我倒希望现在的你是装的。"

崔和有哈哈大笑道："人一有钱就露本相，再不会装了，不装。我没钱的时候是怎么样你知道吧？我一来了就在那个犄角站着。坐?! 连个正眼都没有。我站在那儿盼着有个主儿能买支翠花，是来了的我都得喊爷。我有时想，他妈的我比人家缺什么了，在这种地方我还是个孙子，我还有个爷们儿样吗？我心里苦啊。

"对！也就是你九儿能正眼看我。你不一样，你在这里是出水芙蓉，把他们都盖了，我想了，有一天真有钱了，我就把你买出去。……不！不是为了情，情那东西我早看透了，透透的。我为了报仇，为了让他妈那时小看我的人都睁开眼瞧瞧，我崔和有是个当爷的命，他们那时小看的是爷!

"话说回来了！妈生爹养的，不就活一口气吗？不就活给人家看吗?

"现在我倒是觉得自己活得不错呢！不怕你笑话，想找个手艺人的柴火妞，他妈的，还是看不起我。怎么着，我崔和有就没有翻身的日子?"

老鸨道："有，有。人活着不就找个乐吗，你想那么多干吗？谁爱怎么看怎么看。您消消气，该听歌听歌，该看舞看舞。……我这儿都快变讲演堂了。"

崔和有对九儿说："我听人家说你在为一心斋的小袁守身呢？他算什么东西呀！我是个买卖翠花的不假，可他自根上是个要饭的叫花子。一个穷要饭的哪点让你看上了？就他那个酸文假醋的样儿吧。守身？既当了婊子就别说这两个字。"

"小崔！你说够了吧。多谢你还知道自己原来是个什么样子。不错，我是个风尘中人，人生就有那些身不由己的事，可我告你我这身子可以是具臭皮囊，可我这心却可以是冰清玉洁的，是自己的。你活给别人看是你自己的活法，我不活给别人看，我活给自己！

"别以为有了几个臭钱就什么都有了，我看你是穷得很，比卖翠花那会儿穷一百倍。你看看你现在哪儿还有一点儿自己的样儿呀！衣服是穿给别人看的，表是戴给别人看的，架子是端给别人看的，样是摆给别人看的，就连你原来发了宏愿想做的事儿，也是做给别人看的，你还有一点儿自己吗？你说你穷不穷！"

"好！好！"崔和有拍手道，"说得好！既然说我都是活给别人看的，索性就给别人看到底。"他一摆手，葛远过来，排出一百块大洋，摆在桌上。"我也不急着买你，这一百块大洋，是今夜共度良宵的钱。我就要破了你为小袁守身这个愿。"

九儿听完了一下站起来："你收起来吧，我九儿此生不幸坠入风尘，见得最多的就是钱，你用不着拿这个吓唬人。"

正在这时，袁玉山接了环子的信儿，和环子一起跑进了大堂。

九儿说完话就要走。崔和有站起来，极为做作地开始摔盘子，说："吴妈！到你这儿是来找乐子还是找气受的？！她要是不应了这档子事，今天我就砸你的月痕楼。"他说着把桌子砸了。九儿连气带吓，哭起来。

袁玉山走过来对着崔和有说："圣人说，知耻近乎勇。你别以为你这么干能挣面子，你这是不知耻。"

崔和有一看袁玉山气不打一处来，抄凳子就要打。袁玉山都不躲。

老鸨大怒，喊起来："住手！这可不是争风吃醋的地方！"她一把拉过九儿说："女大了不能留。两位爷您也别打也别砸了，九儿大了，我再留下她就是祸害。我不留她了，我也不难为两位爷，既然都想要，我也不偏，我也不向，以八月十五日为限，五十两黄金，谁先拿来，谁把人领走。"

崔和有道："一百两。"

"好，崔公子愿意一百两，就一百两最好，要不也争不出个面儿来。"

袁玉山一言不发，上去拉起九儿的手往楼上走，大家都看着他，不知他什么态度。袁玉山走到楼梯一半，回过头来对崔和有说："一百五十两，黄金！"

第二十章

1

和有轩里，葛远也学着崔和有的样儿，买了块掉了盖儿的怀表，一会儿拿出来看一下，不走了就摇晃摇晃，放耳朵边听听。另一个伙计在一边看着他说："你那表是俄罗斯货，笨，走着不机灵。"

"谁说的，买的时候告我是德国造。"

"德国造的表什么声？马蹄子过街听见没有，还不是白天的马蹄子，是夜里的，你睡熟了听见的那种，咔嗒咔嗒的，不闹人。"

葛远一歪头，说："嘿，又走了。……还真拿它看时候了？摆个样儿，算件首饰。看日头听鼓楼的钟听惯了，看着准时候了闹心。三点一刻，好嘛，听着都赶人。古代人哪儿有个准时候呀，由着性儿来，想睡了睡，想干活干，多自在。"葛远把表收起来，表链挂在外边显摆。

"别显摆了，别看掌柜的爱俏，他看着自己的伙计也这么俏，一准儿生气。"

"没那个，给和有轩长脸呢！你想伙计都戴上表了，铺子买卖能不好吗？"

正说着话娄先生推门进来了。葛远忙打招呼往里让。娄先生问："你们掌柜的姓崔吧?"

"姓崔，您认识?"

"人在吗?"

"出门了，您要有话给您传。"

"没事儿，早打过交道，他开了铺子我还没来过呢。"娄先生说着话看架上的东西，墙上的画儿，见一张极像吴小山仿的画儿，就问，"这画儿哪儿来的？"

葛远说："回不了您，不知道。您要是喜欢，拿下来您看看。"

"用不着，用不着。这样的画儿能卖出去吗？"

"卖得不错，这条街，就我们的买卖好。"葛远说着话在娄先生面前显摆自己的表。

这时后边传来吴小山要烟的喊叫声，两个伙计假装没听见。娄先生有点儿惊愕，说后边好像有人喊什么呢。

葛远说："别理他，整个儿一个疯子，我要是掌柜的早就给他轰出去了。"

后边的喊声越来越大。娄先生有点儿心不在焉。伙计让葛远去看看，说喊你呢。葛远不去，说他妈一会儿就好了。正说着话，吴小山在后门口出现了，头发胡子都留得很长，进门他刚想喊，突然与娄先生照了一面，两人都一愣。娄先生说："是小山兄吧？"

吴小山马上一振，趋上前说："春远兄。"

"刚我在这儿读这张画，一下子不知为什么想起你来了，没想到真的是你呀！还好吗？"

"一言难尽。"

娄先生说："离了黄先生那儿有多少年了，说起来咱还是同门弟子呢，竟是天涯海角几年也难得一见了。不是听说你在南边朵云轩吗？"

"一言难尽，一言难尽。"

娄先生看出些原委，葛远等对吴小山没有好眼色，便说："倘兄没什么大事，我们借个地方喝上一杯，说说旧话。"

吴小山支吾着："啊！事也没大事，没大事，去去也无妨，待我后边换双鞋，换双鞋。"吴小山回了后院。

葛远说："先生您认识他？"

"何止是认识，原来是同门的学兄，他在我们班里是才情最高的。"

"什么才情呀！脾气最高差不多。"

娄先生说："不能这么说，有才情的人自然有脾气，脾气也不是坏脾气，只是怪点儿就是了。"

"他说是换鞋去了，指定是去……"葛远拿手比了一下抽大烟。

"他怎么染上这个了，你们掌柜的也不劝劝他？"

"劝？还指着他抽两口干活儿呢！"

"这样不好，这不是见利忘义把人给害了吗?!"

葛远说："他要不乐意，谁也害不了他。"

正说着，吴小山从后门进来了，换了身干净衣裳，与娄先生出了和有轩，走进一家酒馆，要了菜。娄先生举杯说："怎么个一言难尽，见了故人可以一吐为快了。"

吴小山叹道："实在连说的兴趣都没有，我们喝酒吧，叙旧不论今，省得扫兴。"

"这和有轩的掌柜的，跟你原来可熟？"

"不熟，我落魄时鬼市上见的。"

"你在铺子里算个什么身份呢？"

吴小山举起杯："来，先喝一杯，酒可壮胆，尤其在老友面前觉得惭愧的时候。……告诉你，我在这间铺子里就是一个欺世盗名的帮凶，连个匠人都不算，是个造假的罪魁。来，喝！"

"慢点儿！崔和有这人我略有一些交往，不敢恭维，你在他手下不会有前途。"

"还谈什么前途呀，这话早就再不敢想了。……也不能怨人家，自己不争气，原来以为有名士风度，不见容于时代，后一想，也是自己本不想与这时代相容。恃才自傲，傲着傲着就傲成这样了。"

娄先生问："崔和有是不是用烟来约束你？"

"我实在不愿谈这话题。我现在对生活只是按小时来计算的，过一小时算一小时，过一天算一天，再长一点儿的时间我不会想。来，喝酒。"

两人喝酒吃菜，桌上杯盘狼藉，酒瓶渐空。吴小山突然就打起呵欠来，涕泪长流。他无可奈何道："恕我不恭，我要退席了。"

娄先生看见他这样实在非常难受，说："小山兄，我劝你一句话，今天其他话都可以不算，但我劝你烟不能再抽了，再抽下去对不起死去的十分看重你的黄先生。"

"别说了！我对黄老师已是一个不存在的人了，你也不必劝我，你要心疼我，马上给我找一口烟来抽吧。"吴小山说着表现出了极度的烦躁。

娄先生看不下去了，忙叫店里小二，问有没有大烟。小二拿来了一点儿烟膏，说是当药用的，没有烟枪。吴小山全身已流出了虚汗，一看大烟镇静了，手掰一点儿化水喝。不一会儿他就恢复了常态，只是显得很虚弱。吴小山惭愧地说："没想到几年不见，一碰面让你看到的是这样的我。"

"不说了，既知道了你在哪儿，我定会常去看你的。还有一件事，我要跟你商量，我这几年教书积了点儿钱，也想在琉璃厂开个铺子，不为做买卖，也是为几件事办伤心了。自己若没实力，谈什么为了国家的文化尽力呀！到时许会请你参加，你回去一定想想。"

"今天我已让你全看清了，不要对我抱希望了，咱们就此散了吧！"吴小山说着站起来走了。

娄先生坐在那儿发愣。

2

徐二在铺子里听账房先生报账，禄大人走了进来。徐二站起来迎接："禄大人您可真早啊！"又对账房说："你先后边算去吧，待会儿告我。"

禄大人背着手转了转说："开店的总在算账，买东西的总在数钱。"

"您的钱不用数。"

"为什么？"

"没数。"

"有数没的你挣不去了，过不了几天你的账就空了。"

"禄大人，咱们还不至于仇到这份儿，不就一份关防路荐吗？"

"那都不重要了，我是说这么近，就在琉璃厂这条街上的钱，你都挣不来了。"

"怎么能呢？"

"一心斋的东西谈妥了吗？"

"咳！我当什么宝贝呢。我去看了，是一堆破烂，木佛都缺胳膊少腿的，您想要，我给您买下来。"

"要！除了那些，还要地宫里的东西，唐朝的东西。我很急，要。"

"您急您自个买去呀！"

"我去他不卖，他是你们琉璃厂的这个。"禄大人伸出拇指。

"他不卖您东西，您还夸他。他怎么好了？"

"他爱自己，很爱，有原则。"

"谁不爱自己呀？废话。您说他是这个，那我呢？还不得俩这个。"徐二伸出俩大拇指。

"你是这个。"禄大人伸出小指。

"嘿，照顾你那么多东西，你还骂我，你们老外真他妈是老外。"

"你没有原则，骗人，吹牛，耍花枪，不爱惜自己。你是'锛的木'翻跟头——花屁股。"

"好！您出去吧，做了半天生意做出仇来了，您走吧，我们贝勒爷也不让理您了，您走了，我赶明儿把好东西卖给法国福大人。"

"你卖吧，他也会在受骗中清醒。"说完了话禄大人回身走了。

徐二真的愣了半天："这他妈的是怎么了？真成了猪八戒照镜子了，是个人就想骂我一通。"

徐二窝了一肚子气，叫上洋车来到串货场。他要在这里显摆显摆，补偿一下。他走进茶室，掏出通关路荐，当着宫掌柜和几位大掌柜抖着说："什么能生财呀，要和官勾着。瞧着这是一纸空文，什么都不是，到时没了它还真不成。成组的大件你送不回来呀，你偷着拉回来了也运不出去，再好的东西也得砸在手里。……有了这张纸，什么黄都督李都督啊，见了字都得放，都得护着您，怕您出事。"他说着话把东西折好了放回到怀里。

葛远在门口看着，明显地是在偷听徐二说什么，听完了后回头走到崔和有那儿耳语。崔和有听着不动声色，泰然坐在摊位前。

宫掌柜看着徐二的做派点头称是："那是那是。贝勒爷原是干什么的，出了京门是大员，领着千军万马的主。现而今做点子小买卖，那不是张飞吃豆芽儿——小菜吗？说是贝贝斋，琉璃厂半条街大概也做不过您。"

茶室里众掌柜齐声附和："那是，那是。"

徐二更加喜形于色道："别架我，诸位可别架我，一架就空。话说回来了，古话是朝里有人好做官。说句不认生的话，原来这朝是什么朝呀？不就是清朝嘛，咱们家的，别说倒腾点儿小买卖了，就是把块地割出去，卖出去又能怎么的!?"

众掌柜又一齐附和："那是，那是!"

宫掌柜不爱听徐二白话，茶也喝得差不多了，走出茶室转市场。其他几个掌柜的也跟着出去转，其中一位姓齐的来到崔和有的摊前。

崔和有面前单件摆了一只商朝的鼎，他不急不躁静静坐着，手里玩着一只白玉环子。

"少见了您呢，老不来，一出手就不一样啊！"齐掌柜拿着鼎看，"真还有不少的字呢。这东西听老人说过，说后来是庆王爷家的东西了。"

崔和有说："那只和这只不一样，形差多了，铭文可比这少多了，这是新坑。您瞧瞧，多好的锈啊，多好的锈呀！庆王爷家那只是熟坑家传的，玩了多少代人了。"

"我还以为新做的锈呢。"

"谁那么傻呀，真东西做假锈？"

齐掌柜放下东西，伸出手："咱们俩没拉过手，今儿个头一回，您照顾点儿。"

两人拉手谈价，崔和有出了个天价。

齐掌柜把手一下放了："……好东西，好东西，您留着，您留着。"

崔和有依旧坐着，齐掌柜回到一群远远地看着这儿的人中去，说："东西是真东西，生坑，好玩意儿。人都说他和余师傅有来往，这件不是，一看就知道。"

"拉手了？"

"拉了。"

"多少？"

齐掌柜不抬手，在衣襟前比画了两个数。

宫掌柜不动声色道："也太超行市了。前几天汲古斋出手的一只'姬氏盘'那可是个绝品，才卖三万。"

"这小崔我瞅着他总不地道，备不住憋着坏谁呢。"

宫掌柜说："我去见识见识什么玩意儿敢要三万。"

宫掌柜走了过来，崔和有假装不见。宫掌柜蹲下拿鼎，崔和有才说："哟，宫大掌柜的您看看？"

"你手里那环子给我瞧瞧。"宫掌柜想杀杀他的威风。

崔和有没想到问的是这个，递过环子："……您瞧着喜欢拿走玩儿去吧。"

宫掌柜接过环子，对着光照了一下："完整呀，多小的手才能伸进去

297

呀！别进去什么也抓不着，想退还退不下来了。"

"退不下来把它砸了，一个玩意儿嘛，还能为了它伤了手。"

"你这么说就不像个玩古董的了。"

"像什么呀？"

"像刑事房里的打手了！……我开句玩笑，别当真啊，别当真。"宫掌柜说完把东西还给了崔和有。

崔和有有点儿生气："比得好，比得好！"

宫掌柜拿着那只鼎看里看外，用舌头舔了下锈，再从怀里拿出个小瓶，往上滴了一点水。

青铜做假锈是关键，做法有涂颜色，也有在男小便池下埋一年左右上硝。所涂颜色在表面可以用刮的方法识别，由酸或硝急上的锈，可用滴碱水法识别。

宫掌柜放下东西，把手伸了过去。串货场里好多人都看着。徐二问东问西，发现别人都心不在焉，随众人目光，看到了宫和崔在拉手。徐二觉得很好玩，也站起来看。崔和有比刚才要的价还高。宫掌柜放下手说："你这是欺负我呢！"

"您宫掌柜看上眼的东西，我不长点儿行市，您回头骂我瞧不起宝荣斋。"

宫掌柜大笑，"行！我得比刚才高看你一眼。"说着站起来走了。

串货场人们又开始进行交易，谈价，还价。徐二看完这出，觉得极有意思，也觉得露脸的时候到了，端着架子往那儿踱去，对着崔和有似笑非笑地说："说是铺子对门开，连这么好的东西都不先照顾一下，非要觫沉地搬串货场来！"

崔和有一下午都在等徐二过来，上次因帖而被关的事儿历历在目，他对徐二有大仇，但他压着火假做不觉，道："徐爷，哪儿的话呀，要知您要，早就给您送去了。"

"不敢，都是买卖人，谁也别架谁。"徐二假装地看了看，"……刚宫掌柜的又舔又滴水的是干吗呢？"

"他是怕我这锈是后做的。"

"他滴的是什么水？"

"碱水。假锈碱水一烧就脱，真锈反而更显。"

"你这是真的?"

"不是真的他能当着那么多人的面跟我拉手,宫大掌柜会为一件假东西花力气吗?"

"那他干吗又不买了呢?"

"嫌贵了。"

"你开了多少价?"

"三万五千。"

"也太贵了点儿。"

"货我是卖一个人一个价。有人越卖行家东西越便宜,我不,越是行家价越高。"

徐二半信半疑:"你要卖我多少钱?"

"咱拉拉手吧!"

"我不会那玩意儿,别拉了,说吧。"

"刚才的价,一半儿。"

"哈,你这是变着法儿地骂我外行!不过说我外行我一点儿都不恼,我其实就是个棒槌。既是棒槌就不怕人骂,你别后悔,这东西我要了。"

"哪敢骂您呀!"崔和有表情很复杂,有恨,有轻蔑,有仇,"哪敢骂您呀,我这是瞧准机会孝敬您呢!原来您是那么照顾我。"他似笑非笑地说。

徐二听出话里有话,看着他。

崔和有说:"现在咱又是面对面的铺子,老没机会孝敬您,这回就算见面礼吧!"

"这见面礼可不轻呢。"徐二抱起鼎说,"银票我回头开给你。"

串货场众人看着他们,觉得两个外行把串货场都搅乱了。

回到贝贝斋,徐二把那只鼎放在一个大条案上,左看右看,凑近了闻闻,然后吩咐伙计,去弄些碱水来,自己摸着鼎叨咕:"我得看看,这玩意儿是真是假,银票还没给他呢,别合着伙地蒙我。别人我看着还顺眼,就这小崔,看着就有点儿不地道。八成帖那档子事他明了了。明了又能怎么着,最后还不是没怎么的,最多受了点儿皮肉之苦。现在买卖也开起来了,还眼瞅着越开越大了。"

法国文物贩子张不殆穿着中国长衫走了进来。徐二也是头一次见,热情上前迎接："哈罗！请，里边请。"

法国张说："您好！我是法国人，叫张不殆。"

"噢？法国人，咳！您就是人常提的法国张吧，请，请，喜欢什么，自己拿。"

"听说贵店的东西多来自贵族，是这样吧？"

"那是！琉璃厂一条街您从头逛到尾，开铺子的东家，您打听打听去，有哪一位是皇亲国戚？有爵位的，就这么一份。余下的顶多是个太监就不错了。"

"我也是贵族！"

"看出来了，看出来了。"

"我是普鲁士大公的三十二代孙。不过三十二代孙比较多了，有一千多人。"

"那也贵，那也贵！一万个也贵。"

"我很喜欢中国的东西，你们叫玩意儿的东西我很喜欢。"

"看出来了，您看，您看。"

法国张浏览着，看到了徐二放在条案上的鼎。伙计正好端了碱水进来。法国张很仔细地端详着鼎，看到了铭文，说："这件东西很美！"

"您有眼力，好玩意儿，有花纹有字。"

法国张上前也拿鼻子嗅了嗅："是新的吗？"

"都会这套啊！新的您抱走。您要还是不信，我这儿有碱水，您这么滴上一滴，是假锈就脱落，不是呢绿锈更绿。"法国张滴了后，锈果然更绿了，"您看看对吧。想他妈的小崔也不敢卖我假玩意儿！"

"你说什么？"

"这东西真的，出土没有多久。"

"您匀给我吧！"

"成啊！口还挺正。"

"多少钱？"

"三万大洋。"

法国张二话没说，拿出银票来，一张一张数了给徐二。徐二甭提多高兴了，送走了法国张后在铺子里又蹦又跳："怎么这么痛快呀！法国人太痛快了，比德国人痛快。"

3

和有轩里，吴小山收起了自己的笔砚零碎，包了个包袱。他最后看了看小屋子，看见了烟枪，拿起烟枪来，摸了摸，挂在了一幅仿了一半的画儿旁边，拎包往前边来辞行。

崔和有在铺面房算账，看见拎着包的吴小山，诧异道："您这是干什么去，吴先生？"

吴小山说："早就想走，今天是个好日子，我来辞行了。"

"怎么说走就走呀！"

"总得走，晚走不如早走。崔掌柜，您看看账上……能不能……"

崔和有脸色顿变，说："我原也打算跟您商量商量呢。店里不景气，多少天了没什么买卖，实在也养不起个连吃带抽的。既然您有意要走了，我也正想让您能找个好地方发财呢。……至于账上，有钱没钱也跟您没关系了。"

"也好，干净。"

崔和有从桌上一堆洋钱中，拿出一块来："吴先生您等等。当年，在鬼市上咱俩认识，是我拿一块洋钱买您的画儿，您才跟着我来的。今儿个您要走了，我还得给您一块钱，算是咱俩有两块钱的交情。"

吴小山把钱接过来了："不说还忘了，当年您真是花一块钱给我引过来了。今儿个这块钱我还你了，咱俩一分钱的交情都没有。"吴小山说完了话回身出店，扬长而去。

"嘿！怎么吃了我的喝了我的，临走还来这么一手。还我钱？你他妈的还的那一块钱也是我的。装什么气节，有能耐当年别跟着我，别没出息地天天喊着要烟抽。"正喊着，骂着，徐二进来了。他打着哈哈道："这是跟谁呀？大白天骂客人可不吉利。"

"您来了二爷。什么客人呀，我原来雇的一个师傅。"

"嘿！我怎么没见过呀？"

"成天在后边抽大烟，从不往前走。"

"那不是个爷吗？你这么机灵的主，能雇个爷在后院养着，谁信啊！指不定怎么给你造假呢！"

"不说他了，二爷您坐，葛远沏茶。"

徐二在屋里转了转，指着桌上的一堆钱说："把你那桌上的钱先给收起来吧，别跟我这票银子混了。"说着话把怀里的银票掏了出来，炫耀地点了两张。"玩意儿不错，这是给你的两万大洋。"

"说好了是孝敬您的，您要心疼我也别给那么多呀！我留一半吧。"

"拿着！给我的东西没亏吃，整条街什么人买东西冲啊？……对！老外，德国人、法国人、英国人、俄国人，维护不住这些人你做什么买卖啊！指着那些读书的人买东西，你都不忍心，怕他把东西抱家去，饭辙都找不着。……跟着我没错，收着好东西了，交给我，我帮你卖，一定比你要的数还多给你一成。"

崔和有脸上流露出一种会意的冷笑："那敢情好！我本来就本儿小，有时收了一件东西就动不起来了，生看着好东西从手边流过去。"

"跟我说呀！钱上一定帮你没问题，有好买卖你拉成的有你两成的利。我这儿还有一张总理府的关防路荐呢！大宗的咱都敢做，多远的路也不怕。……就这路的青铜活还有没有？"

"按理……这话我不该跟您说，哪有有买卖自己不做让给别人的呀。可我也是实在抓不着钱了，这不，算了一早上也不够收一件东西的。既然您问了，就干脆告您了吧。"

"有您的两成呀，大买卖两成可够您吃一辈子的。"

"这买卖大了点儿，怕您也……"

"把心放在肚子里，多大的款项都能筹到，交通银行，大不大，贝勒爷的外甥开的，跟自己家的一样。"

"那就好办了。葛远把铺子门关上，我跟二爷说点儿话，今儿买卖不做了。你也上后边去吧，到丰泽园叫一桌菜过来，中午我和二爷喝点儿。"

菜很快送来了，摆上桌，二人入座，双双举杯碰了一下，各自抿了一口。崔和有仍然在扯闲篇。徐二已忍了半天，实在忍不住了，问："你刚才说和那只商鼎一模一样的有一窝，在哪儿？"

"不错不错，这只鼎是其中的一只。听那个地主说，他庄稼地里打井打出来的，打到这只后觉得不吉祥，知是个古墓啊，就又换了地方打井，原来那儿埋了，种了庄稼。"

当年中原农人打井，如打出墓中的东西视为不吉利，总要填了重找地方。后被一些文物贩子影响，某些农人因趋小利而破坏了中国大量的有价值的文物。

徐二说："他怎么知道这东西值钱呀？"

"东西给我后他就知道亏了，您想琉璃厂多嘴的人最不缺。他说也不敢保地里还有多少件，但他这么说了：想要，挖去。先用二十两黄金押着，挖不出来，金子退还。挖出来了，一件算一件，按质论价，押金退还。"

"这买卖没什么亏吃呀！小崔你怎么不接呢？"

"不瞒您说，我账上没钱，还亏着呢，您今儿个给我的钱也得还贷去，买卖没做好。"

徐二边吃边想了想，说："挖不着东西退钱，挖着了论价，里外里没亏吃，这事儿我接了。你牵线吧，成了有你二成。"

崔和有说："二爷，您一定再想好了！要不这么着，押金二十两咱一人一半，货出来呢，您全收，我得点儿佣金。"

"不碍，这买卖是个里外没风险的买卖，你要实在想出十两就出十两。放心，货出了土，我全要了。"

崔和有有点儿掩盖不住的冷笑露出来："那咱喝了这杯吧！"

徐二一饮而尽："说办就办，两天后咱们就下陕西。"

崔和有为报仇雪恨，诡秘地设下了圈套，徐二浑然不知，正一步步朝陷阱走去。

4

辞了和有轩，吴小山拎着包袱来到娄先生家，敲了门，娄先生出来，见是他，十分高兴，说："小山兄你可来了，我屋里有位客人，正说着要开铺子的事儿呢，你来了这事儿就有十分了。快请进！"

娄先生引着吴小山进屋，屋里坐着宏业银行张经理，他起身相迎。

娄先生介绍："这位是江南的名士，吴小山吴先生。这位是大金融家张伯远张先生。"二人相见寒暄罢，娄先生接着说："小山你来得正好。刚我还和张经理谈开店的事儿，钱不成问题，为了表示合作，我和张先生一个人一半的股。钱有了，正愁找谁当掌柜的呢。你来了可真是上天有眼要把这事儿给促成了。"

吴小山边听着话，边看着娄先生柜子里的一只残鹤——西周宫内的青铜鹤灯。张经理也凑过去看，表示很高兴能认识，说吴先生的大名早有所闻，今日得见深感荣幸云云。吴小山似乎没有细听，拿起那盏铜灯来端详。娄、张二人都有点儿疑惑，娄先生也走了过去，说东西不必怀疑，只是可惜残了。吴小山问他什么地方收来的。娄先生说是在街上碰到个陕西农民，五块大洋买的。

吴小山说："前几年我在上海见过相似的一只，价四万大洋。看来这和那只是一对呀，就像我们俩人一样，只是我现在是这只残鹤了。"

娄先生马上说："残了不要紧，修也能修好。"

吴小山说："那我就把这只鹤修一修。你们两位说过了股金各半，我呢，这样吧，这只鹤修好了，好算我一股，多了不行，只一股。算我一份心吧。"

张经理也来了兴致："最好，最好，太好了。这么好的幸会不能没有酒。中午我做东，二位移驾厚德福吧。"

吴小山在娄先生家安顿下来。他住在偏房，桌上堆着烙铁和一些旧铜片，他正在修那只残鹤，忽然烟瘾上来，口水眼泪止不住地流。他丢下手里的鹤，去床上包袱里乱翻。什么也没有，他想喊，又不能喊，用手抓脖子抓头发。他正痛苦时，门外娄先生喊着他进来了，进门一见这番情景，有些难过，然后说："再忍一会儿吧，这是我上同仁堂托一个老大夫配的戒烟药，说吃一个疗程就行。不能戒得那么突然，会出人命的。"

吴小山坚忍着，说："戒烟大概是个决心，如有藕断丝连，烟一定是戒不成了。我已是一个残喘之人了，如烟不想戒也不会来找你了。春远兄你放心，就是戒死了也要戒。"他说着话痛苦万状。

娄先生赶快帮他把戒烟药吃了。吃了药，他稍稍平静下来。娄先生仔细看着吴小山修补鹤的地方，说还真是看不大出来呢，这旧色是怎么配出来的？

吴小山告诉他："都以为铜不长锈，用盐酸一烧一是变色，二是易生锈，所以找来的铜片先用盐酸烧一下，而后再当材料用，颜色就自然有了旧模样。但有一点是无法补救的。"

"哪一点？"

"古铜器因冶炼法还没有那么细，所以铜的成分中有许多别的金属。比如锡、金，都在里边。现在的铜倒没有这些了，所以东西补好后，再像，明眼人还是会看出来的。再者锈也不同。

"古铜器上的锈因铜器本身成分的不同，及所埋地土质的不同，锈也不尽相同，且经年的积存，铜锈大多如矿石的形成一样，是一层层长出来的，坚固质密不易脱落。"

娄先生听后说："那倒不碍，咱们修东西，一是绝不在毁坏旧东西的基础上修；二是为其达到艺术上的完整，并不为使其新鲜，给古董上油漆的事儿，我们是不做的。再有修本身也有修的工艺、修的价值，我们把修完整的东西展示出去，就要告诉人这是修过的，要告诉人们这其中有修的艺术价值。话说回来了，几千年过来的东西，哪能没有个伤耗呀，有点儿毛病，绝不降低它作为文物的价值，那些收藏的人褒贬得有点儿吹毛求疵了。"

吴小山感觉好了一点儿，他摸摸清癯的脸说："这药吃下去，还真有些作用，春远兄，它不会让人上瘾吧？我可真担心出了火坑又进水坑里了。"

"放心不会，问过的。吃完后有戒烟之作用，而无上瘾之可能。"

自那天和崔和有在月痕楼斗过气后，袁玉山这些天有点儿急着想让东西出手。他听说娄先生要开铺子了，忙着给他打电话："娄先生，听说了，听说了。您开铺子我当然要去，一定一定。没有，没有，没给人看过，就是那个德国的禄大人总来。不！我不想卖给他。对，您不是说有个张经理有能力收吗？您一定帮着联系一下。急？也不那么急，但八月节我要用一大笔钱，和古玩无关，我的私事，私事。您一定帮忙。好，开张那天见。"

袁玉山打完电话，仍是忧心忡忡的样子，钱不到手总是让人不踏实。岳伙计见状说："有人买您不卖，自己急着绕世界找买主去。您卖给张经理，谁知他又是不是转手卖给禄大人呀？"

袁玉山道："不能！不能！娄先生是正人君子，是读书人，娄先生说张经理是个性情中人，有钱有识，绝不会拿中国的东西卖给洋人。……我想咱要也有个大博物馆就好了，好东西收起来，给大家伙儿看。"

"说几遍了？想吧！那是一个人办得了的事儿？"

袁玉山不再言语，拿起本书坐到一边，却又心不在焉，两眼望着外边的树叶，有的已经发黄了。袁玉山急需一笔钱赎九儿，可又不肯把东西卖给禄大人，他选了一着险棋。

5

得不到袁玉山的东西，禄大人急得团团转，但他也不是个省油的灯，他又奔贝贝斋来了。一进门，见徐二在玩一只不灵的闹钟，他就嘟囔："你们从来就没有时间概念，钟表在你们这里是个装饰品或摆设。"

徐二不高兴地白了他一眼："您哪儿那么大火呀！你淘换的那么些玩意儿也不都是个摆设吗？我看您都快成琉璃厂街上的摆设了，没有一天不忙活的。"

"能挣到钱为什么不挣？"

"怎么不挣了？您现在要买我东西，我绝没有不卖您的道理。"

"我是说一心斋的东西，为什么还没收过来？"

"那是人家的东西，咱们去抢都得找个理由，现在又没闹义和团，八国联军也散了。"

禄大人急又急不得，还是说好话："理由？理由很多嘛，过来我告你。"他让徐二附耳。

徐二把脑袋摇得跟拨浪鼓似的："您说吧，这儿没人听，您别过来，我怕您身上的香水味。"

禄大人还是过去，在他耳边说了一会儿。徐二听完后说："禄大人，您可真够损的！"禄大人大笑。徐二又说："我就够坏的了，你比我还坏。拿来，银子拿来。"徐二伸出一只手。

"要做得恰到好处，要给他一个强烈的刺激，让他急，急着找钱，明白？！"禄大人丢下一张银票，撩开大步走了。

当晚，徐二在一个酒馆里找来上次毁佛头的黑老大等二人。黑老大进门就问："二爷，有什么事儿，吩咐就是了，还用喝酒？"

徐二说："怎么说咱也是大牢里交的生死换命的朋友，不喝点儿那他妈的不成假朋友了？叫菜了没有？想吃什么说话，喝完酒还有事儿呢！"

"什么事儿，您先说吧，说完了吃着松快！"

徐二诡秘道："不是什么大事，月痕楼知道吧，里边头牌姑娘叫九儿，

306

今夜你们俩吃过了饭就去，钱我给你们备下了。"他说着拿出银票，"找碴子打这个九儿一顿，不能重，不能毁了盘子，但也不能轻，要打得让人心疼。"

"这是为吗？"

"别问，就按我说的办。……待会儿菜上来了，你们俩吃吧，我不陪你们了，还有点儿事儿先走。办完了事别上贝贝斋找我，我会找你们。"说完徐二站起身来走了。

黑老大、黑老二酒足饭饱，摇摇晃晃来到月痕楼。

老鸨一眼看见，知是两个黑道上的朋友，不好惹，忙着走了过来招呼："二位爷吉祥，老没见了，忙啊。"她拿起汗巾子为黑老大掸土。

黑老大冰冷着脸，突然一笑，吼："摆桌酒。"

老鸨立马传："给二位爷摆桌酒。"

黑老大假笑着说："先不要姑娘，你也先坐下喝两盅吧。"

老鸨既感突然又感到高兴："哟！我都人老珠黄了，脸也老了，酒也不行了，要倒退十年，整个陕西巷就我红！"

"别废话，喝！"黑老大倒了一大碗酒给老鸨。

"哟！谢谢，谢谢，这我可喝不了，这么着吧，我意思意思，找两位姑娘代我喝了，喝过后陪二位爷好好玩玩。"

黑老大冰冷地看着老鸨。老鸨以为他要笑，没笑，老鸨自己先笑了。刚笑出来，又被黑老大的笑吓住了。黑老大道："也行，找人代喝，只有一个姑娘能代。"

"您说！"

"九儿姑娘。"

"这可不好办了，九儿使性子，几天不下楼了，说八月节有了分晓再说。"

"有什么分晓？"

"从良呀！"

"我当什么新鲜事儿呢。婊子从良从古到今多了去了，有几个真从了的，苏三指望王公子赎她呢，做了官还不是忘屎儿了。看戏还没看明白吗？婊子要是真从了良还有故事吗？……让她下来，要是不下来，这三碗酒你都得喝了。"

"我要是不喝呢？"

黑老大又冷冷地突然一笑："别怪我天天来砸你的场子。"

老鸨突然坐在地上耍赖，哭起来："哎哟！我那不管事儿的妈呀，我怎么这么命苦呀，从小卖了我不说，到老了还受人欺负呀，外边有人欺负，里边的姑娘也不听话呀！……环子你把你们小姐的剪子拿过来，我不活了！"

黑老大漠然看着老鸨表演，无动于衷。众妓女上来哭劝。环子上楼把九儿叫了下来。老鸨看见九儿，说："九儿啊，我的好闺女呀，你要从良妈不拦着你，要从就早从呀，别等八月了，就今天吧，要不妈这关算过不去了。你从良去吧，走吧，妈妈我也不活了。"她说着躺在地上要泼。

九儿说："妈，您起来。不就是陪客人喝酒吗？我生来就是干这个的。从良不从良的话从今儿个起先别提了。"

老鸨一下爬起来："还是我女儿心疼我，你喝着，我……歇歇去。"

九儿走近桌边说："二位爷好兴致呀！三碗酒，我一人喝了？"

黑老大道："哪儿能呀！你都喝了，我们喝什么？是不是伙计？"两人大笑。

"那好，我敬二位爷一人一杯。"

"一杯不行，先满上两杯，好事成双。"

九儿为两位倒酒说："我酒量不行，二位我陪一杯吧。"

"一杯也不用陪，不用，我们先喝两杯。九姑娘呢，跟你是幸会，你这脸蛋呢，就当第一杯酒了，我们喝了，来喝！喝完脸蛋，该喝身段了，这第二杯酒是为九姑娘的身段喝的，你这身段就算第二杯酒了，来喝。"

九儿看着黑老大这架势又觉不像来闹事的，有点儿放松，说："那可真是谢二位爷了，二位爷有这么高的酒兴，不妨就再喝上两杯吧。"

"好！好！喝吗？"黑老大说着话脸阴了下来，"不过这第三杯酒，就不大好喝了。"

"怎么不好喝，我喝一杯就是了。"

"不！不！哪能让你喝呀，九姑娘你不用喝，只是把酒含在嘴里，然后再嘴对嘴地送进我们二位嘴里就行了。"黑老大说完一点儿不笑，看着九儿。

九儿面上很过不去，大堂中众嫖客和妓女都看着，九儿突然站起来要走，一把被黑老二拉住了："这是什么地方，这不是三宫六院也不是佛门禁地，是窑子，你是个窑姐，就是给爷们找乐子的。你不喝可别怪我们老大生气。"他说着话把一牛耳尖刀甩在桌上。

九儿看着刀，用眼看大堂中的人，没有一个敢来帮手的。有一个"叉杆儿"看不过去了上来劝解，被黑老大手一搡，摔出去老远。老鸨此时也下楼来了，冷眼看着。九儿觉得今天这关算过不去了，又被迫坐下。

黑老二道："这就对了，对了！这么好的脸蛋谁舍得下手呀，来喝，大哥您也喝。"

九儿看着放在刀边的酒杯，拿起来一口喝下去了。

黑老二说："喝一杯也好！壮壮胆，壮壮胆后跟我们爷玩一次过桥啊！不碍的，不就算亲个嘴吗？哈，哈。"

九儿看着又满了一杯的酒，看着刀子，她又慢慢地把酒端起来了。大堂上人都静静地看着。九儿把酒慢慢端高，突地泼在黑老大正准备享受的脸上，而后一把抄起了桌上的刀子，就要往脸上划。在旁边看着的老鸨早有准备，一下子上手把九儿抱住。黑老大被酒迷了眼，嗷嗷乱叫，上手要打九儿，黑老二反而把他抱住。九儿在被老鸨抱的过程中刀一偏，划中了自己的肩头，绸衫破裂，血渗了出来。大堂大乱。黑老大还要上手，骂："个婊子，反了！"

黑老二说："老大，老大可不能再打了，毁了盘子，不好交代，放手吧！"

九儿刺伤自己后，一下昏倒。老鸨夺了刀后伏在九儿身上哭："九儿呀，可不能呀，为这些人，不值。我命苦也害得你命苦呢！"她突然站起来冲着黑老大道："我们九姑娘到底是得罪谁了，你们说出来，要她的指头还是要她的耳朵，我给了！说出来谁指使的！个大老爷们儿受人指使来欺负无依无靠的小姑娘算什么能耐，有能耐冲着我来，我割下耳朵给你们看看。"她说着假装真要割自己的耳朵，众妓女扑上来抱住。大堂乱成一锅粥。

黑老大、黑老二一看事儿也办得差不多了，老二拉着老大仓皇走了。九儿醒了，大堂哭声一片，环子尤其哭得伤心，边哭边诉："个没良心的，到时候一个都不在，男人没有一个能指望上的。"

袁玉山当夜得到了信，急匆匆赶到月痕楼。九儿肩上包了绷带在床上躺着。袁玉山坐在一边看着她，沉默了一会儿说："也许不是冲着你来的，一个女子哪能结下这么大的仇呀，弄不好是……是冲我来的。"

九儿说："别乱想了，要是冲你来还费劲巴拉地上月痕楼来捣乱干吗？去一心斋不就结了？也许就是那喝醉了酒没事找事儿的街痞呢！你别往心里去，能来看我就知足了。"

"怨我没能耐，这么长时间了，钱还没凑出来。要不早离了这火坑，哪还有那么多乱子呀。"

九儿说："那事儿就别提了，我现在也想穿了，老天爷什么时候遂过人愿？我不管你袁玉山是不是真心真话，我九儿的心我自己知道。有人也问，为了个心上人值不值呀？自己觉得值就值。这事儿再要由着人的嘴说，活着就更没意思了。小袁，我知道你是好人，但好人你也不能就非得让人在这事儿上也按着你的想法办呀！一辈子相守那是假话，好好的，有一天就够了。"说着九儿哭起来。

"你别这么说，你要这么说我就更不知该怎么办了。大道理我没法跟你说，但我告你，现在不是没有钱，是我不愿把咱祖宗的宝贝卖了洋人。卖了洋人赎了你，我想着这么做不对，赎出你来了，我也一辈子心里不踏实，我要把这里边的细事讲给你听了，你也会觉得一辈子不踏实。我现在正求娄先生给我找买主呢。只要找着买主，事儿也不用等到八月，我立马就来办。"

"你按你的心思办吧。我不是跟你说宽心话，除了你谁也买不走我，就是退一万步他买了我的身子也买不走我的心。"九儿说着又流下泪。

袁玉山激动地抱起九儿，正在好时候，外边老鸨喊着上来了，两人马上分开。老鸨进门板着脸说："还没走呢！刚才干吗去了？小袁我可告诉你，九儿是我一把屎一把尿拉扯大的，她从良我乐意，生意垮了就垮了，但你要在八月再不给她赎出去，就别怪我不仁慈了，九儿还得该干吗干吗！要不，不只是她的一条命，连我的老命也得搭进去。"

"您放心，我尽力早点儿接她。"

"哎别！早了也不成，那边还有小崔呢！定好了八月节就八月节，谁也别早，谁也别晚，两边我哪个也得罪不起。那晚上，你们俩要是真有心就听九儿自己选。事儿是好事儿，咱可别办拧了，再出两条人命月痕楼可担待不起。……得了，我走了，你们俩说话吧。"

两个苦人相拥而坐，吹灯看窗外圆月，轻轻念着："月儿月儿弯弯，两头两头尖尖……"

第二十一章

1

徐二如约跟着崔和有赴陕西挖宝来了，二人带着各自的伙计德子和葛远，打着各自的如意算盘。一行人在关中一个小站下了火车，又坐上一辆马车，吱吱嘎嘎地走上乡村小路。天气不错，徐二的心情也不错。人逢喜事精神爽，就要发财了，一古墓的商代青铜器就要到手了，搁谁也没有愁眉苦脸的道理。徐二哼着小曲看着一望无际的庄稼说："你说这一片一片的庄稼地下，谁知道底下藏着什么东西呀。"

崔和有昏昏欲睡，道："你算说对了，中国地方大人多，埋的死人就多，听我铺子里的吴先生说，从商代开始就兴厚葬，活人死了，喜欢的好东西都要跟着埋进去，那埋的东西海了去了。只可惜烂了的多，留下的少。您想想从商朝到现在，这地底下埋了多少人呀？找吧，没个完。咱要找的这姓杨的地主，就有不少的地，他说一打井就挖出东西来是常事。一挖出来东西井都不打了，说碰见坟了，不吉利，填了重找地方再打。碰不着东西的时候少。"

徐二说："农村人跟城里人就是不一样。农村人不要的东西，城里人当宝拿着卖钱。反过来也一样。这次咱这价可别跟杨地主砍高了，砍高了将来收场都不好收。"

崔和有说："原来他没卖那只鼎还成，现在他卖了一只就知道价了，这回咱又是大老远地找到人的地头上来了，估计价码下不来。……就那也有大赚。我别的不怕，怕挖不出东西来，咱们白跑一趟。"

"挖不出东西来这趟的差费可是你的啊！谁叫你大老远地给我们支到

311

这儿来的。"

"二爷您这就没劲了，要来也是您要来的，头一件东西也是您赚的钱，我这才叫赔本赚吆喝呢，还落一肚子埋怨，咱现在回去吧。"

"真要说走呀，谁也不走了，那村子我都看见了。"徐二乐呵呵地说。

杨庄是个百十户人的小村子。他们到了杨地主家。杨地主热情地招待他们，摆了一桌酒接风。四个人都饿了，洗了手脸马上入席。杨地主土头土脑，拿着酒壶倒了一圈，侉了吧唧地说着客气话："挺远地从京城来的，我们这是个土地方，没啥好吃，吃个新鲜。"

徐二说："别客气，还求您办事呢。哟，这酒味可不错呀。"

杨地主有点儿高兴："土酒，苇叶青，喝得惯不？"

"惯惯，比北京城里的莲花白还透着清香呢。"

崔和有问："杨先生，您上回说的那口井打出东西来后，又挖了没有？"

杨地主答道："没挖，不能挖了，出了水也不挖，打井碰见坟了，那多不吉利呀，填了，填了。来，吃饭不说这个，待会儿晚上了你们去地里看看去。你们看好了，想挖就挖，但有一条，白天不能挖，怕村里人看见了。这儿的人迷信，挖出来的东西就说是动了龙脉了，不让动。你们要挖就晚上挖，白天啥也别干。来，喝酒。"

饭罢天已经黑了，四个人也不歇歇就要去看地方。杨地主劝阻不住，打着灯笼领路，一会儿喊看着水洼，一会儿提醒别掉粪坑里。走了大约有一炷香的工夫，都有了些气喘，杨地主倚着一棵老榆树，大家以为是歇歇，散坐一地，杨地主指着一片玉米地说到了，就这儿。徐二疑惑地说："这儿不都是庄稼吗？"

杨地主随手拨拉一棵玉米说："对了，都是庄稼，要不是庄稼地，那不是像埋好了现等着你来挖吗？哈哈。不能让地闲着，把井填了后就种上了，不过我做了记号。"他说着走到一个木桩子跟前，把桩子拔了起来，"就是这儿，直着挖下去就是。"

崔和有一直站在旁边不言语。徐二问："挖下去一准儿有东西吗？"

杨地主忙摆手："这俺可不敢说，没长着地眼，看不见。你想挖就试试，价儿我也和崔掌柜说过了。"

崔和有道："您再跟徐二爷说一遍吧。"

312

杨地主说："那好那好，您给二十两金子，押着，挖出东西来了，咱再算账，挖不出来，二十两金子一分不少还给你。就这。"

　　徐二看了看崔和有问："挖吗？"

　　崔和有说："您拿主意。我这次来是陪太子读书，干看。"

　　徐二说："好吧。杨先生，金子给您，帮着找点儿民工过来，还有家伙什儿您给准备下。"

　　"东西是现成的，人也好找。"

　　徐二说："再有，您受累在这儿给支个棚子。"

　　崔和有问："那干吗呀？"

　　"我就住这儿了，天也够热的。我看着它，不信就挖不出东西来。"其实徐二有自己的小九九：我不住这儿行吗？回头东西出来了，谁知道您是挖出来的还是从炕头运过来的。

　　崔和有说："那我可不陪你，受不了这苦，我还是村里住着吧。"

　　"随你便，有德子陪我行了。东西挖出来你可别眼热。"

　　崔和有在月光下冷笑，说："不眼热不眼热，但答应我的二成利可一分不能少。要是挖不出东西来您也别怨我。"

　　挖宝开始了。玉米地里支起一个井架子，几个雇工一筐一筐往上吊土，旁边棚子里一盏马灯亮着，徐二、崔和有、德子、葛远坐着喝茶饮酒。徐二有些急躁，说："他妈挖了三个晚上了怎么什么动静也没有呀！埋个死人能埋多深。"

　　崔和有说："上回说挖了四天才出东西，估摸还不够深！"

　　"真让人烦。敢情挣这路钱也不容易。不是不放心，钱数太大。我下回就放德子自己出来了。"

　　德子说："我可不行，爷还得您拿主意。您没瞅见崔爷跟着来了都不爱多嘴吗？真要出错了主意，担待不起。"

　　徐二乐了，说："嘿，别害怕，没关系，就冲上回那鼎的价，咱只要做成了，必是琉璃厂百年没遇的大买卖。苦两天就苦两天吧，能乐呵几年呢！"

　　崔和有向葛远使了个眼色，葛远明白了，站起来走出棚子。崔和有说："我也得跟您学着点儿，做就做大，小小不言的没意思。我要不是原来的那点儿本，早就该关张了。"

徐二说："放心，这次做成了，够你吃两年的了。"

"不敢想，徐爷您以后看在今夜的面子上拉拔我一下就感恩不尽了。"

"说外道话了吧，喝酒。"

葛远突然在外边喊："二爷、掌柜的，挖着东西了，出来看看吧。"

三人一听，立马举了马灯出去。徐二问："挖着什么了？在哪儿呢？快拿灯来。"马灯照过去，新上来的泥筐里有一块带沁的玉。徐二看了看，拿起来："嘿，怎么是这玩意儿啊，没见着铜活？"

葛远说："还没见着。有了这许就不远了吧？"

徐二把玉递给崔和有："你看看，这东西是什么成色。"

崔和有拿起玉，凑在马灯前，剥了泥土看。"哟，带着沁呢，时候晚不了。有玉可能就快了，玉轻往上走，铜器活重，可能沉下去了。"他把玉给了徐二，"收好，别让杨地主看见，回头问您要钱。"

"说得对，收起来。德子包上。好事儿快来了。"

大东西到了第四天晚上才碰着。井支子周围的气氛一下子紧张起来。杨地主在场，脸色十分难看。徐二喜形于色，说："他要挖不着东西，我这几天马架子不是白蹲了吗！我来时打过卦，说了有人可从暗处生财，暗处不就是地底下吗？应了吧，应了。"

杨地主心事重重地冲着井喊："有龙骨的地方躲着点儿，动了龙脉可不得了，我这是对不起祖宗啊！"说完话和手下的人连个招呼也不打，提着马灯回村子里了。

徐二说："他这是冲谁呢？怎么挖着东西，他倒生气了。"

崔和有说："他这两天都这样，有点儿后悔了，怕动了龙脉祸子孙。"

"早这样，让咱干吗来了？我看是想多讹点儿钱，做给咱看的。"

崔和有道："也难说，想要钱咱倒不是不能给他，怕真后悔了，招来一帮子村民给咱打一顿，东西一样也拿不走，反带一身伤回去呢！"

"那依你呢？"

"我早就说了，主意我不出，怕以后落埋怨。事摆给你了，你看吧。"

"没想到你这么肉。怕什么，这还有假呀，一地的庄稼下边挖四天才挖出来的，又有玉又有朽木头，做假也没下这么大功夫做假的。东西出来了，您还绷着，别怪到时不给你钱。"

"给不给钱倒没什么，主意还是你自己拿。"崔和有说着听见井口的吵

314

吵，说可能又有东西出来了。他和徐二过去瞧，见葛远、德子往上拉绳子摇辘轳，一只青铜尊在筐里吊了上来。徐二和崔和有小心地抬着它进了棚子。灯下一只精美完整的尊，绿锈满布。徐二都看傻了，哆嗦着说："爷爷，祖宗呀！这可是真东西呀，多好的锈呀！贝勒爷咱可要发大财了。"突然他感到有点儿失态，太露了，忙遮掩道："我对钱倒没什么，不愿看着我们爷过穷日子。你想想人家原来是个贝勒，爵没了也就没了，连饭再吃不上，那我心里能落忍吗？我要钱没用，一个一口的，能花多少，我们爷不能没钱花，人家是打小花惯了的。……去，德子！告诉井里的人，挖出一件完好的，工钱长一倍，千万别碰了。"

崔和有说："原我就想不通你那么干挣了钱有什么用呀，敢情就是喜欢，喜欢看着贝勒爷乐。"

徐二掩饰不住地高兴："那是，那比我自己还乐呢。……小崔后悔了吧，当初你要跟我伙着多好，现在你想伙也晚了。"

伙是古玩行的一种交易形式。倘两个想收购的人同时出钱，叫伙。伙着收的东西出手后，按出钱的多少分成，赔也好赚也好，都按此规则。

崔和有说："想伙也没钱，谁让咱本小呢。……现在东西挖出来了，您看杨地主那边怎么打发吧！"

"今儿个晚上先挖一晚上，明儿个白天请他吃饭。噢！这儿没馆子，算了，今儿个挖几件就先给他几件的钱，钱最能消灾。先给一半，余下的一半咱装箱起货后再付。……你先看看东西吧，这东西怎么样？"

"东西没错，多好的锈呀！你不是说拿碱水一试就能试出来吗？试试吧。"

"试什么呀，眼瞅着地里挖出来的，那还有假，这回谁说它假我都不答应了。"徐二心里想：小崔还是个卖翠花的，做不了大事，什么时候了，还他妈的较真儿呢，小家子气。

崔和有的面上又掠过一丝冷笑。徐二吩咐德子明天在村里钉几只木箱子，准备装货。崔和有说："急什么呀，这不才一件吗？"

徐二说："一件？我觉得得有个五件以上，做了箱子用不上就扔。我是想挖着东西就赶紧走，越快越好啊！"

德子在棚子外又喊："爷，又出来一件，这件大，出来搭把手吧！"

二人麻利地冲出去。灯下的那尊青铜尊，一种新鲜的绿光，让人联想

315

到余师傅从尿窝子里刨出来的东西。

徐二赴陕西没有跟金保元打招呼。金保元又缺钱了，四处找他。这天听完夜场戏回来，金安为金保元脱帽子，摘披风，沏茶。金保元问："他账上就没有留下一点儿钱?"

金安答："没留，听伙计说是跟和有轩的小崔一起出去的，说是去潼关一带上货，一大宗货，柜上的钱不够，还向银行贷了款了呢。"

金保元拍了下桌子："多大的事儿也不说一声。姓崔的小子我见过一回，表面平和，心里狠极了。徐二是个假机灵，又总跟洋人勾着，等回来吧，他回来后咱把买卖歇了，做点儿别的。要不开个戏园子也行，自己的班子自己看，省花钱看戏了，是不是?"

"爷说得是。"

"原来我怎么没想起来呢! 倒是一气，气出主意来了。开戏园子，开张时广请各路的名角，连唱三天，让北京城里的戏迷好好过足了瘾。我第一个先过瘾。"

"爷，说句不中听的话，您要开戏园子，大概得赔。"

"这是怎么说话呢!"

"您想啊，您本来就好戏，心疼唱的，戏份指定给得高。您又是票友，要票的朋友多，又心疼听戏的，净想着请人家了。这么着里外里还不赔?"

"咳! 光想钱还行，凑个热闹吧，天天有戏听，要钱有什么用?"

"爷! 您说……得对。"

"可是金安，明儿个我这客怎么请? 都说好了，你得想法儿帮我弄点儿银子来。"

在乡下，徐二满载而归。通往火车站的路上，两辆骡车，前边一辆坐着徐二、崔和有、杨地主，后边一辆众人护着两口箱子。杨地主一路苦着脸，闷闷不乐。

徐二说："杨先生您有什么不高兴的，种庄稼您一亩地能卖多少钱?"

"大洋八块。"

"我这一票给了你多少亩地的庄稼钱，七天的工夫，您成了村子里的首富，我闹一车破烂回去了。回家的车钱还是崔掌柜垫的。"

杨地主道："不为别的，从自己地里把东西挖走了，少了根了，心里空空的。哪儿像您呀! 拉着一车宝贝心里落了实了，急着回去换钱呢。"

徐二掸着身上的土，"瞧我这一身脏的，成泥猴了，回北京头一件事，清华池泡澡，天府号的酱肘，丰泽园的烤馒头。"他边说边惬意地闭上眼睛。

到了火车站，众人忙着办理货运。车站管事出来，问什么东西。徐二傲慢地从怀里掏出关防路荐给他看。管事看过后，甩给徐二，更加骄横："什么总理衙门，它管得了总理管不了铁道。打开了检查。"

徐二说："嘿！你小子怎么这么生呀！总理衙门的关防都不管用了？"

"屎！今儿你，明儿他，总统都换了几个了。打开箱子。铁路警察各管一段，谁想管我这段还不行。"

"咳！这可反了，你瞅瞅怎么没理说呀！"

崔和有也显出急来了，说："别忙，别忙。"他拉着杨地主到一边附耳几句。杨地主马上过去了和管事说话："乡党，咱是乡党呢！借个地方说话，借个地方说话。"他拉着管事离开几步，塞给管事一些钱。

徐二骂："这他妈的叫什么呀！这路荐是我花二百块大洋置行头送礼换过来的。咳！一出北京城连擦屁股纸都不如了。我×他八辈祖宗！"

崔和有劝："二爷别急，咱把东西运走了是大事，这可不是犯浑的地方。"

远处杨地主和管事谈妥了，两人一抱拳。杨地主冲这边一挥手，众人抬起箱子上车。

2

吴小山终于把烟戒了，人变得清瘦而有精神。他专心地把那只铜鹤的最后一道活修上，在桌前近近远远地看着。娄先生推门进来，兴冲冲地说："好消息，也是有福之人不用忙，刚打听好了，有家铺子要盘，地方合适，宝荣斋西一点儿，价钱也合适，谈下了一会儿张经理来，咱们三个好好合计下……哟！这是修得了，一点儿都看不出来，和原造的没什么两样。"

"咱卖给人家时得告诉人家是修过的。"

娄先生边看鹤边对他说："小山，我看你是变了一个人呢。"

"鹤修好了，我烟也戒成了，可不是变了个人嘛！春远兄，这都要谢你啊！"

"谢我什么呀！你这个人的脾气谁还不知道，你要想不通的事十个人劝也劝不动呀！别谢我了，该谢你自己。"

"我吴小山一辈子没做成过什么事，但这次我能由和有轩出来，我确实要谢自己一回。如果还在那儿，不就是些抽烟造假画儿的事儿吗！我此生对自己就没有一分看得起了。明知不对的事，有背本心的事，硬要去办，你说自己还能看得起自己吗？"

"旧话就不说了，咱们往前看吧，铺子开出来了，见的东西自然就会多了，那对咱们著书立说不都有好处吗。"

二人正说着话，张经理也兴冲冲地来了。娄先生告诉他正跟小山说铺子的事儿呢。张经理看见桌上修好的鹤，夸奖道："哟，这是修好了，好手艺呀！一丝都看不出来，吴先生真该给您个'古董圣手'的雅号。"

娄先生说："我刚还说呢，原来琉璃厂开铺子的东家都是什么结构，东家大多是有钱的甩手东家，对这一行不问、不爱、不管，三不主义，到时交钱就行。掌柜的呢，又多是从伙计熬出来的，虽有眼力但商业目的第一，说穿了就是把这东西当成是包子一样卖出去，意义不意义不管，能卖高价就行。伙计就更别说了。而将来咱们三家合股的这买卖就不一样了，前有小山兄，不仅有眼力且极有实践的一个大行家；后有您伯远兄有着对古文化的一片爱心，还有厚厚的经济实力；我呢，在中间忙的事儿没有，落个多看东西多认识，写书立说方便。如此看来，这样的三位一体实在是最佳的组合了，咱们店名不妨就叫个'三家山房'吧。"

"好，好，透着朴素。既然店都找好了，我看咱们就择日开店，择日开店，支票我都带来了。既要办就越快越好。"

吴小山说："光开店没货也不成呀！不知那家店有没有货底，要是没有特别硬的货底，开张那天让人看不出好来。"

"这倒是个关键的事儿，我光顾高兴了，咱店里没什么货底，净是新活儿，这叫什么呀？……哎，有了！有家店咱要是能把他的货先借过来，整个琉璃厂一条街，那天就看咱们了。想买不行，钱又是问题了。"

张经理说："你别看我，钱不成问题，有好货咱们就盘，不知是谁家的货？"

"一心斋袁掌柜，他收到了唐铁塔寺地宫中的东西，那东西的文物价值非常之大，就我知道，德国人千方百计不惜高价地想收呢。"

吴小山问："那他怎么不出手？"

"这人不俗，他不愿卖给洋人，托了我几回想找买主。如果咱们收下来，别的不说，先就是个三家山房的品位所在了。到时候咱这批货是光展不卖，一定招人呢。"

张经理爽快道："你做主吧，先问问价，钱我准备着。只是别太惊动洋人，也犯不着惹他们。"

"那就最好了！除了他的货，我这儿还有点儿东西到时拿出去凑热闹，也就是不能卖，算非卖品吧。谁要买得连我一起都给他了，想要都带走。"

吴小山说："也好，先把名声扬出去，买卖总会有的。"

一心斋里，袁玉山在等着岳伙计去街上买东西，闲着无事翻书，看了两眼又放下，到铺面门口张望，人还没回来，索性去阁子里打电话找娄先生。

电话通了，袁玉山说："是娄先生吗？我是一心斋的小袁。啊对！还是那档子事。什么，有主了？太谢谢您了。不！我要给第二家不早就给出去了吗？不是这么回事，也不是出于道义。说心里话，在琉璃厂混了才这么几年，我觉着自己都有变化，不是说为富不仁，咱也没富过，只是觉得没有在乡下种地踏实。您想呀，和庄稼打交道的人与和钱打交道的人能一样吗？过的不是我的日子，城里人的生活不是我的生活。不是丧气，对，我打算做成了这桩买卖再想想别的吧。俗话是乱世买黄金，盛世藏古董，这世道也不对。行！您多帮忙吧。行！您开张的日子我一定去，一定。……我这铺子外边有人敲门了，咱就说到这儿吧。好，回见。"袁玉山放了电话，出来给岳伙计开门。岳伙计进来，说这刚什么时候就关张了。袁玉山说去里边打电话，怕丢东西。

"哎哟喂，什么宝贝呀，又不是麻花馃子、油盐醋，敞着门都没人进。……东西买回来了。这是红花油，这是云南白药，这是梨膏，都是同仁堂包的。你要忙你去吧，我盯着。"

"岳，你不问问我去看谁去？"

"满北京，你要看的人……出不去三位。"

"这么准，还有数呢。"

"有，第一位北大的教授娄先生。"

"我干吗要看他呀?"

"他人品好,有学问。这世道人品好就不易,有学问也不易,一个人两样有一样就能算个俊才了,而娄先生既有学问,人品又好,就是俊才中的俊才。你交了这样的人当然第一个要去看他。"

"有道理,第二个呢?"

"月痕楼的九姑娘。"

"这合算不是有学问有人品吧?"

"这不是。九姑娘看着是个风尘女子,人有股正气,有清雅劲,女子光这样也不行,处着谨慎,不自在。九姑娘除了这还风情万种,该言理时言理,该言情时言情。这样的好,书上怎么说来着,"岳伙计拿起桌上书的"三言二拍"看,"噢,这儿呢。是庙里端庄,床上癫狂。"

"这什么书呀,你倒读上这个了。……还当你天天学古董呢!……那第三个呢?"

"第三个想不起来的时候,他不在,有了事他准来,是个生死换命的朋友。"

"谁呀?"

"在下。"

"我倒忘了。"

"要不说想不起来时他不在呢。"

"你说的还挺是那么回事的。那你猜我今儿是看谁去呀?"

"我猜猜。"岳伙计掰指头算,"肯定不是看我了。看娄先生?看娄先生拿那么多跌打药干吗,娄先生是学文的,不至于伤了。那就是九姑娘。也不像,九姑娘是个姑娘,要是个唱戏的另论。姑娘她至于伤得那么厉害吗?也备不住,自古青楼都是惹事的地方,弄不好就伤着哪儿了。是九姑娘吗?"

"我看你小子能去算卦了,猜对了。我去了。"

"哼,哪儿用猜呀,满街都传遍了,月痕楼的姑娘因为一心斋的袁掌柜挨了刀子了。你还以为人家不知道呢?"

"我是怕你知道了跟着瞎着急。"

"还是朋友、是兄弟吗?我着急是应该的,这么好的姑娘你还不快给人家赎出来,等什么呢?你赎她一人等于救了你们俩人,多好的事儿呀!"

"是啊，到了八月十五就见分晓了。还有个事我得跟你说，到时得用卖那几样东西的钱去救九姑娘。"

"这还用犹豫吗？别说那几件东西了，现在就是把我卖了，能救人，我也愿意，就怕没人要我。……你快去吧。什么叫故事呀，这就叫故事。好故事流芳百代，这故事留下来，备不住里边还有我呢！"

"那我走了。"

袁玉山离了一心斋来到月痕楼，径直进了九儿屋子，为九儿换好了药，俩人坐下说话。九儿让他把灯放远点儿。

袁玉山说："亮着不好说话吗？"

"拿远点儿月亮就进来了。"

袁玉山把灯放在远一点儿的桌上。月光洒进屋里，窗外月亮欲圆未圆。

九儿说："快到月圆的时候了。小时候一看见圆月亮就伤心。"

"月亮圆该高兴才对呀！"

"人都说月圆是团圆的意思，其实从古到今没有几个人看见月亮不伤心的。要么是离家在外，比如太白说的'举头望明月，低头思故乡'；要么是一个人，如东坡说'何事长向别时圆'；再有'长安一片月，万户捣衣声''杨柳岸，晓风残月'什么的，没有一行诗不伤心的。"

"等八月十五咱就不伤心了，好好喜庆喜庆。"

"时间从来不能停，跟小时学的曲儿似的，说两个人幽会，怕天亮，唱'恨不得双手托住窗前月'。"

"托住窗前月又有什么用呀？"

"傻！明月不西沉，太阳不就不东升吗？也是个让时间停下来的意思。还说读过圣人书呢，赶不上个学曲的。"

袁玉山憨笑道："圣人书不说风月，你没听'子不语怪力乱神'嘛。……这月亮能托住了不动吗，我也伸手托着吧，累死也行。"

"托不托的又能怎的，人无千日好，花无百日红。人活几十年，长不长？真长。有一天活得忘不了，就值，强似那些活了一辈子，没一天活给自己的人呢。……你坐过来，从我这儿看那月亮，能把人看痴了。"

袁玉山坐过去与九儿看窗外月，说："八月十五快近了，你这几天怎么反而不急了？"

"急有什么用，一个从小被人拐卖出来，在青楼活了十几年的风尘女子，她也不是急这两天的，她早就急过了，心碎了又拼，拼了又碎不知多少回了。"

"你不想问问我弄着钱了没有？"

"不想，好消息坏消息今天都别告诉我。……八月十五我等着你，我就等你一个人。你要不来，以后就只能在月亮里看见我了。"袁玉山与九儿在月光中拥吻。袁玉山喃喃地："我一准儿来，一准儿来。"

3

满面风尘的崔和有和徐二押着车回来了。徐二下车指使店伙计把箱子抬进贝贝斋，然后说："崔掌柜，您先留一步，到我店里坐会儿，咱俩把账清了。"

崔和有道："那着什么急呀，住对门还怕跑了你。"

"别，清了好，省得以后你跟我分东西。"徐二心想：现在清了你小子就断了跟我分货的念头吧，别我忙了半天，你来摘果。

进了贝贝斋，俩人坐下，徐二让伙计沏茶。他拿出二十两黄金，说："别的是瞎说，我们那位爷，见了钱就得拿走，这钱我不给你也留不住。……说没钱让你买车票是给杨地主听的，哪能啊，二百两黄金我花出去了，这二十两现的我没动，你先拿走。算是一成，余下的一成卖了东西赚了钱再给你。"

崔和有说："这急什么呀。"

"你也受累了，我阎王爷不欠小鬼的账，你拿走吧。……行了，您忙去，咱回头见。"徐二正说着，金安进来了，"我说什么来着，一准儿是要钱，您赶紧走吧。"

崔和有出门，金安上前说："二爷，贝勒爷急死了，戏都听不成了，光我跑了三趟。"

徐二说："没事，钱咱有的是，看见这大箱子没有？全是钱。你回去告诉贝勒爷，咱王府都不住了，住六国饭店去。想听戏了好办，天天请家里唱去，就自个儿听。我这儿有点儿钱你先给贝勒爷带回去，让他花，咱有的是啦。"

崔和有听着这话已来到街上，他掂了掂手上的金条，放松地笑着，快步向和有轩走去。刚一进门，葛远迎了上来说："他来了，在后边客厅呢。"

崔和有脱下衣帽："真快，看得出来吗?"

葛远说："看不大出来，刚一看我还没认出来呢。"

"先给我打盆水洗把脸，你再让他等会儿。"葛远打了水来，又退下。崔和有洗了脸，平静地看着自己的铺子，缓步走进客厅，咳嗽了一声。

来人一见崔进来忙站了起来。崔和有说："坐，坐。这次可真劳动你了。"

来人重新坐下。此时看清，他竟是陕西潼关的杨地主，只是现在装束变了。

崔和有说："从挖坑埋东西到种庄稼有半年了吧?"

"可不。"杨地主改了北京话了，"溜溜儿地待了半年。"

"辛苦，辛苦。"崔和有指头在桌上敲着说。

杨地主从怀里掏出银票来说："这是这两回给的银票，您验验。"

崔和有瞟了一眼，叫葛远。葛远进来，把六百大洋放在桌上。崔和有说："这是答应你的五百大洋，又外加了一百，算我给你补偿。"杨地主点头称谢。崔和有又说："但有一个条件，你这两年别在城里露面，今夜就走。我在玉田置了几垧好地，大院子，雇工也不少，有个冯妈住在那儿呢。你去了也不白让你去，帮我守地收租子，每年我再送你个大数。"杨地主有些犹豫。崔和有便说："这也是为你好! ……也许用不了两年，事过去后你再回来。"

"行! 那我今儿个就走了，什么时候您觉着事过去了，我再回来。"

崔和有叫葛远，让他把给冯妈的东西拿来。葛远拿出一个包一封信。崔和有把东西递给杨地主："这东西你捎过去吧，地址在上边呢。我得告你一句，这冯妈跟我可不是一般关系，你得好好照顾她。"

"明白了。那我走了。"

崔和有叫葛远雇车去送。葛远和杨地主出了门。

崔和有拿着两张银票在灯下细细地看着，突然哈哈大笑，声震屋瓦。笑过后狠狠地说："徐二呀徐二，你可有今天。当年我在牢里受的疼得让你今天一寸一寸地还。古书上说的一点儿也不错，不是不报，时候不到。

想我崔和有放了翠花挑子后，就走起时运来了，从今往后，人前人后的，谁再敢小瞧我，他就必有一难。要钱干什么？钱就得花给别人看。"他高兴了一阵子，喊汪先生。

汪先生答应着进屋，崔和有又恢复常态，请他坐下，说："这儿有两张银票，明儿个一早你找个牢靠跟咱没关系的人立马把它取出来，不要大洋，要金子，现的。取完后门口有车接你。取的时候你跟着，办手续让那个主儿办。明白了吗？银票我明儿个一早给你。——让你盯着月痕楼的九姑娘怎么样了？"

汪先生回答："爷，您出门也有十来天了，我见天让人打听去，前些日子九姑娘被两个黑道的伤了。"

"伤哪儿了？"

"没伤着要害，肩膀蹭了一刀，不碍的，正养着呢。"

"这是惹着谁了？"

"打听不出来，不过黑道上人说那两位和对门徐二原来一块儿蹲过圈儿。"

"徐二爷？不会，他怎么会搅一杠子呢？……哼，伤了也好，杀杀她的火气。……小袁那儿有什么消息？"

"没什么信儿，就是见天去月痕楼探病。说是有批东西，但没听说出手。买卖也不好，没怎么见开张。"

崔和有发狠地说："好！我这回算是一石二鸟。什么徐二爷、袁玉山，过不了八月全让他们在琉璃厂趴下。"

第二十二章

1

串货场茶室里，宫掌柜等几个琉璃厂老掌柜的坐着喝茶聊天，宫掌柜说："咱琉璃厂自乾隆爷时至今也有一二百年的历史了，为什么繁盛？还不是托了北京是都城的缘故。这一下子要迁京迁到南边去，北京改北平，听着怎么那么不舒坦呀！古玩这行大概要在琉璃厂气数尽了。"

齐掌柜说："也未必。北京也好北平也好，这块地方是元明清百年的都城，八百年是多长呀，十几代人呢，养着多少气呀！先不说清华、北大、燕京这些大学里有多少学子，就说这街上走的老百姓，他就透着股闲散劲，你真说改了，把他们的心气都变过来，未必那么容易。江山易改，禀性难移，没有几代人的消化，他变不了，有了钱还是玩儿，玩儿就玩儿出个模样，讲究呀！要不怎么叫玩儿家子呢。"

"但愿如此。"

齐掌柜又说："买卖，买卖，干吗把买字搁在前头呀，有买才有卖的嘛。古玩一行尤其如此。乾隆爷那会儿兴起来，是因为编《四库全书》，那时哪儿有洋买家呀，现在一是有了洋买家，东洋西洋，懂行不懂行的全来了。买家一多，卖的也多起来了。国人也不是不买，有那有钱有闲的主儿还是逛琉璃厂，您说周大胡子不是见天来吗？"

宫掌柜道："要是把东西都卖了洋人，真能把东西卖空了。我不知几位爷怎样，反正我是要卖给咱自己人，赚少点儿都乐意，觉着那东西无非是串门去了，过些日子就是回不来，也能见着。这要给了洋人就没谱了，这辈子你再想它也是白想。"

"咳！都这样，都这样！"

"祖宗传下来的东西嘛，一下子断了，那也是罪过。"

"看，嘿！贝勒爷的跟包的来了！"徐二拎着包趾高气扬地进了串货场，众掌柜蔑视地看着他，"咱琉璃厂什么时候多了这路买卖人呀，外行不说，弄着好东西，也可惜了的。"

宫掌柜说："那有什么怪的，好东西它也没长眼，认人。就跟那好女子坠入风尘中一样嘛，她也是万般无奈呀！走，转转。"

众掌柜走出茶室。

徐二拎着包找地方，不断与人打招呼。一个摊主问："二爷，带来什么好东西，这儿坐吧。"

又一个摊主说："二爷，听说您出去了一趟，挖着宝了吧？"

徐二说："小意思，小意思。谁他妈也没闲着，你是越吃越胖了。"他找了个地方坐下，故意神秘地不把包儿打开，和旁边人聊天。"行市怎么样？"

"哪儿还有什么行市呀！乱世买黄金，都割金子去了，谁还有心思买这玩意儿。"

"那也没看谁家关了张了的，琉璃厂我看着还是人来人往的，没闲下来。"

"二爷，不是跟您打谎，行里之间都没什么做的了，除了好东西还成，一般二般的没人看。"

"你说的好东西是什么呀？"

"好的标准是抢手货，有人买的东西。要您看着好，没人买，现在也不能说是好东西了。"

"那你说抢手现在都有什么呀？"

"跟您说，东洋南洋的买主还是瓷器、官窑。要说西洋的买主就不一样了，软片官窑识货的人少，要青铜，越远越好，要经卷，要木雕。他们管这叫艺术品。"

徐二一惊："青铜好卖？"

"好卖，出来一件，英国人、法国人、德国人抢着要，但得是好玩意儿，有工艺。"

徐二压抑着得意，慢慢地把自己的包袱打开，亮出一只绿锈莹莹的尊。但他并没有得到期望的惊讶。

旁边的摊主问："您就带这么一件？"

"还不够吗？"

"您这尊里边，是不是还藏着东西呢？"

"别打岔，没好东西别搅买卖。"

有几个人从徐二摊前过，看了一眼尊走了，到一边聊天：

"您怎么没伸手呀？"

"我怕闹一手尿臊味，不用近看，离十几米外我就看出来了，是余师傅新活的手艺。拿着蒙洋人也就蒙了，怎么还跑到行里来了。"他大声说话故意让徐二听见。

"你怎么知道有尿臊味？"

"你是真不懂还是考我呢？那绿锈一看就是尿锈，正经的锈有那么新鲜的吗？不懂也不懂了，还端着得了宝的架势，这不是毁串货场的名声吗？"

徐二在远处听见了，生气，也大骂："你他妈的懂个屁！实话告诉你，这玩意儿是我几千里地跑到潼关庄稼地里，蹲了几天雇人挖出来的，现刨开的庄稼现挖的坟，四天我他妈的就没离开过那地头。欺负我是半路入行怎么着？这玩意儿你想买还不卖你呢，让你开开眼！"串货场的人都往这儿看。

刚才那位掌柜又走过来看了一眼，冲着徐二说："你也别在这儿耍浑，北京城八百年古城什么不出呀，混混不少，我见得多了。你也别讲那么远，潼关，庄稼地，现从坟里刨出来的，新活都有！说你外行是抬举你了，你他妈的整个一个棒槌。"

"你小子敢骂我，嘿，你也不打听一下去，我明是贝勒爷的管事，我他妈的暗着可是前门外混混头。"

"贝勒怎么着，哪个朝的贝勒？皇上都没了，贝勒算个屁呀！"

"嘿，小子，你敢骂我们爷，怎么着今儿个非是要见血呀！"徐二说着挽袖子要打。

"要打你小子也不是个儿。今儿个我看着你就来气，琉璃厂他妈的怎么混进来了你们这帮败类。"

说着骂着，俩人支支巴巴，众人拉住劝阻。

"二爷，二爷你可别动手，他是相扑营出身，身上带着活儿呢。"

徐二嚷："我怕他？打他满地找牙！"

掌柜说："别拉我，今儿个我不打这败类，心里这口气咽不下了，弄个他妈的新玩意儿跑这儿讲故事来了。"他说着冲上去一拳把徐二鼻子打出血了。

徐二叫着，满地上找东西。众人拉了那个掌柜出门。摊主甲假惺惺地为徐二擦鼻血。"跟您说了别跟他交手，准吃亏。"

"他妈的，好事在后边呢！不是打架吗？原来都是人花钱雇我打架，今儿个打上门来了，好，没完。"

"二爷，我看这么着吧，您今天先收了东西回去。东西是真是假，说重要也不重要，但找个懂行的人看看，闹明白了也好。"

徐二推开给他擦血的手说："嘿，怎么着，你也不信这是地里挖出来的？"

"信！信！地里挖出来的我信，但地里挖出来的东西就一定是真东西吗？那这古玩行就太好干了吧。"

徐二一根筋就是转不过来，说："这古玩行我可看透了，见了真东西不买，就想打架。"他说着包了东西走出串货场。

徐二心里开始打鼓，坐在车上想着这些天来与崔和有有关的事，崔和有原有的沉默和笑容都变得可疑起来。他对车夫说："快着点儿，赶回铺子有急事。"

2

吴小山正在新房子里做开业前的布置。袁玉山推门进来，跟他打招呼，问娄先生过来没有。吴小山说他一会儿就来，忙着往墙上挂画儿。

袁玉山打量着新房子说："真不容易呀，这么短时间就敛了这么多的货。"

"净是娄先生的藏品，拿出来摆样子的，不卖，摆个热闹。"

"新鲜了，这样就有点儿像西洋的博物馆了。"

"要能开家博物馆，大概是娄先生一辈子的愿望了。"

袁玉山看着他正挂的一幅画儿："这张崔白的《寒雀图》也是不卖

的吧?"

吴小山边挂边说:"这张卖。"

"据我所知这可是五代时的画家,这东西可是价值连城呀!"

"您再看看。"

袁玉山细看那绢:"这绢有点儿不对吧,新的?"

"您再看看那底下的一枚小章。"

袁玉山看到了"小山学仿"四个字。"哟,敢情是吴先生仿的。早听您是圣手,今儿个见识了。这笔意可透着那么闲适,现在的人已没有这份心情了。"

"您过奖了。"

"您干吗非得用这一枚章呀?"

"告人这是仿的,嵌了章也不让人拿它当真的卖了。"吴小山边下来看画边说,"原来净造假画了,现在想造假是造孽,真有一天我有钱了,把那些假画都买回来,不管多少钱买回来一把火烧了。造假造假,人也活不真了,那还有什么意思呀。"

"这倒是做生意的本分呢。"

"您说'本分'这两个字对,要没这两个字,人也做不好,更别提生意了。"

说着话娄先生进来了:"说什么本分呢?袁掌柜好。"

"您别叫我掌柜的,叫我小袁我踏实。"

"是掌柜的就该叫掌柜的,没人的时候,您叫我老娄,我叫您小袁都没什么。……这铺子这么布置行吗?"

"敢情,透着儒雅呢。……娄先生您这儿忙,我也不想多打搅。我还就是想问地宫里的那档子事。"

"我刚从张经理那儿来,他原听说你要来,也打算过来了,临出门又被事儿绊住了,他让你放心,东西他一定要,你无论如何先别出手,等他看完了就一定收下。"

"娄先生,按理说没有催人家买东西的,我实在八月十五要用一大笔钱,没法子,能通融的就是张经理了。我是权衡来权衡去不能给了外国人,所以还望娄先生能跟张经理说说我的难处。"

"钱也不是个小数。"

329

"钱少了办不成事儿。"

娄先生说:"冒昧问一句,你要干什么用呀,这一大笔钱又要八月十五前,好像有什么故事呀!"

"这现在也是一句话说不清的,到时您自然会知道,但绝不是干什么坏事儿去,甚至跟古玩都没关系,是我的私事。"

"私事要这一大笔钱,这私也大了点儿。好,我不问你了,这样吧,八月十五前一定把事办妥。到时我还想知道这么大的私事是什么事儿呢。"

"谢谢您了。我先回去了,您二位忙吧。"袁玉山出门走了。

3

徐二拎着包袱气呼呼地下车进门,德子迎着,见他脸色不对,问:"爷您这是怎么了?"

"别问了,有法国那个……张大人的电话吗?快拨一个让他过来,说和上次一样的货来了,来晚了就没了。"

"哎!是法国张吧,我这就打。"德子去打电话。

徐二忙着打开了从潼关带回来的箱子,把一件一件的青铜器端了出来。

德子对着电话讲:"是张府吗?噢张大人呀,上回您要的铜活又来了几件,对!比上回的还要好呢!想买的人多了去了,您快来,过了今儿个就没明儿个了。"

徐二听见了说:"什么话,怎么这么说,多不吉利。我他妈的今天是冲了神了。"徐二把东西摆出来左看右看,对端着洗脸水进来的德子说,"你看这些东西像假的吗?"

"怎么会假呢?咱不是看着从地里刨出来的吗?大庄稼地,刨出的棺材板都有。"

"你这一说我就踏实点儿了,那帮行里人是看着我有气呢。……德子你说,今儿个咱先卖几件?"

"甭管卖几件,不能都摆出来,都摆出来不稀罕了。依着我一件两件地卖着,价落不下去。"

"对,听你的,把东西装回去,留两件在外边。"徐二说着话搌手,洗

330

脸。德子装箱，刚装完，法国张大人来，邪邪乎乎地问东西在哪儿，立马要看。

"别着急，给您留着呢，跑不了。"

张大人说："不是说很多人都要来抢吗？"

"没错，都让我轰走了。他们听说您要来，觉着在价码上争不过您。"

"不是吹牛，我不怕花钱，只要东西好，不怕花。我想看东西，在哪儿？"

"眼大无神，就在这屋里摆着呢，你找吧。"

张大人开始从博古架上看："这不是，这是汉朝的铜镜，很多。这也不是，这铭文是后刻的，上回看过了。这些都不是，东西在哪儿？我没看见。"他发现桌子上的两件东西，看着过去。徐二发现他看那两件了，心里一块石头落了地。"你说的不会是这两件吧？"

徐二说："不是它还有谁呀！多好的东西，怎么一眼没看出来呢！"

张大人走近桌子，看着一只尊，用鼻子凑上去嗅："……哎呀！难闻。"

"刚从土里挖出来的能不难闻吗？"

"这锈太绿了，也太新了。"

德子说："张大人您放心，这是我们眼瞅着从地里挖出来的，不信，挖出来的还有一块玉呢。"他说着拿出那块汉玉，给张大人看。

张大人看了看玉："是埋在一起的？"

"一起的。"

"就更不对了，这是块汉玉，但这铜器是商朝的样子，差了千年怎么会在一起？我听说，自从盗墓之风盛起后，造假墓以骗文物贩子的勾当多了，他们把仿造的赝品埋入地下，然后当面起出，以乱视听。但往往所埋入的东西，朝代不一，风格迥异。明眼人极易识别，外行人常会上当。"

徐二一听有理，慌了："那你怎么看？"

张大人说："我上当买过这样的假铜活，是假的，和这很像。但这玉是真的。这块玉我要，铜器不要。"

德子有点儿急，说："您别急，二爷再给他看看那几件。"

徐二万念俱灰，颓丧道："别看了，送张大人出去，德子，快！然后你马上去对门把姓崔的叫来，甭管他来不来，你马不停蹄地再去找黑老大，让他速速来见我。"徐二说完这些话，瘫坐在椅子上。

和有轩里，崔和有把银票换来的黄金放进皮箱，听见外边葛远轻声喊他，忙把金子收起放在床下，问是什么事。

葛远在窗外说："对门德子来传话了，说二爷急让您过去。"

"你按我说的回了吗？"

"回了，我说您上玉田看地去了，过两天就回来。"

"说得好！他们一准儿是明白了，不管怎么说先得避他的风头。今儿个古玩行有事儿传出来吗？"

"听人说对面二爷跟一掌柜的在串货场打起来了。"

"为的什么？"

"说二爷的东西是假货，坏了古玩行的名声。"

"打得好！好看的还在后头呢。这两天我哪儿也不去，有事你过来回一声。"

"哎！爷要没事儿我就走了。"

"走吧。"崔和有在屋子里踱步、搓手，摆了几个京戏的身段，自言自语，"徐二爷，徐二爷，您也有今天，当时我坐老虎凳的时候，你听过我是怎么叫的吧，今儿个我也听见你叫了，叫得比我还惨！"

这几天徐二像遭了霜打的草，垂头丧气，人瘦了一圈儿，每日强撑着出出进进。他正坐在椅子上抽烟，德子领着崔和有进来了。

崔和有一进屋就假热情地说："二爷，您找我？好事儿吧，东西出手了，那一成该分给我了吧？"

徐二摆手让他坐。

崔和有问："我刚出门两天，您这气色怎不见好啊？累了？"

"你他妈的别揣着明白装糊涂。琉璃厂整条街都知道了，你会不知道？"

"没说我是去了玉田看地吗？才回来，琉璃厂出了什么事，还没细问呢。"

"看什么地呀，又是庄稼底下埋东西吧？"

崔和有正色道："二爷，这话怎么讲，我可听不明白，是不是潼关那档子事没办利落，你埋怨我了？我可是实打实的，到了那儿主意是您拿的，东西是您盯在地头上看的，钱是您给的，东西是您运的。再有褒贬您

332

也怨不着我呀!"

"你还是知道了。……我徐二打小没了爹,一直在前门外这几条胡同混,小时候就是想混口饭吃,什么都得学,想着法子蒙人,蒙到自己吃饱了算。大了点儿光混吃不行了,还想混个面子,人嘛,想着有了钱,出有车食有鱼多体面呀!还是变着法地想着怎么蒙人,没读过书,不知道礼义廉耻。这二年不错,傍上贝勒爷了,虽是大清亡了,贝勒还是贝勒,没了一个也有半个。我这面子算挣足了,原来不敢去的地方,现在抬脚就去,原来没见过的钱,现在一天天地流水花出去了。还是蒙事儿,中国人也蒙,洋人也蒙,觉得自己比谁都精,一辈子都想蒙人蒙下去,哪想过人家能骗我呀!

"好!现世报,不信不行!原先觉得古玩这行有什么呀,没什么,根本不用学,什么真的假的呀,蒙出去了全是真的,蒙不出去全是假的。哪有眼力呀,连法国张都不如,活该你受骗,不骗你骗谁去。"

崔和有说:"您这是怎么了,发这么大通感慨?"

"这回行了,买东西的金子是银行贷的,别说这铺子,贝勒爷住的地方也得挪挪窝了。我倒没什么,贝勒爷得跟着吃苦,是我最不愿意的。别看他爱玩儿,但一点都不糊涂,早不让我跟洋人打交道……这回没挣着面子,眼现大了,值不值?值!不这么弄你一回,你一辈子不明白煤球是黑的,窝头带眼。

"小崔,别的我也不问你,为了给黄经理一张帖的事,你抓起来又放出去的事闹没闹明白?"

崔和有假装惊讶:"嘿!这事儿您怎么知道的,那时咱俩还没照过面呢吧?"

"你先别管我怎么知道的,这事儿你是不是觉得咱俩之间有了梁子?"

"我不知道!"

"好!这件潼关的事,只要我知道了和你没关系,我就不至于气趴下。要是我知道了这事的来龙去脉,咱俩就好有一比了。"

"怎么比?"

"狗咬狗一嘴毛!"徐二说完大笑。

"比得好!"崔和有说着从怀里掏出一张银票,"既然事儿没办妥,这佣金我也不要了,算我陪您白跑一趟。"

"钱你还拿着，西瓜都丢了我还在乎个芝麻。我已派人去了潼关，就是到天边上我也得把杨地主抓回来，那时横归横，竖归竖，咱俩再算账不迟。"

回到和有轩，崔和有在后宅厅中坐立不安，来回踱步，心想：当初还真是手软了，立马就应给他除了。无毒不丈夫。说是骗人的比被骗的总痛快吧，也不尽然，这些日子过得不踏实。徐二是什么人呀，真骗了他，想完也不是那么快的。

葛远在门外边报信："掌柜的，荣三爷到了。"

"快请，快请。"

黑道人物荣三跟着葛远进来。荣三一副武士打扮，给崔和有打了个千儿。崔和有说："坐坐，沏茶。……早听说三爷在天桥的声名，今天一见真是好气势呀！"

"话大了，大了。您有什么事尽管吩咐。"

崔和有排出两叠光洋："一点儿小意思，想烦三爷去玉田县取一个人的头。"

崔和有送走了荣三还是不放心，在屋里踱步，对葛远说："让你这两天探小袁的底探得怎么样了？"

"还看不出他有拿出钱来的样儿。今天看见他拎着东西去了张经理家，过了一会儿又拎着出来了，看来没出手。"

"没出手倒不热闹了。"

"掌柜的，小的也是多一句嘴，花这么多钱为了一窑姐值当吗？"

崔和有道："要光花这么多钱买一窑姐当然不值了。不过前因后果你得想想，为了这笔钱，徐二铺子已经坍了。小袁跟我也不是争风吃醋，他到时没钱指定就不去，这脸他在琉璃厂丢不起，一丢以后做人都不好做了，别说做买卖了。我这是一石取二鸟。再有九姑娘曾很不给我面子，一个窑姐摆的谱像王府小姐。我活到现在大半辈子受人欺，学戏的时候师父天天打骂，唱戏的时候没混出个角儿来，天天受班头大牌二牌的气，听人使唤，受人吆喝。好容易有钱了，人家再给我脸子看我可不干，更何况是个风尘女子。我这回得让人认识认识钱是什么，钱他妈的就是尊严。我让人见识还不让一个人见识，让他妈的四九城都传遍了，我原先走街卖翠花的崔和有，花一百多两金子买个窑姐，这是大手笔，是大故事。什么地方生故事呀，就是月痕楼这样的地方呀！自古青楼故事多嘛。我这回把名扬大了，也不枉来世上走一场。"

"要人家九儿不跟您呢？"

"不跟也好，钱我省下了，名也坏不了哪儿去，她又不是个王宝钏。留着钱我还能干事，这是里外里都不吃亏的买卖，干吗不干。"

"掌柜的您真有主意，我这就给您传饭去，您说了半天也饿了吧？"

"今天几号了？"

"阴历八月十一。"

4

张经理办公室的桌上，放着铁塔寺地宫里的箱子，东西拿出来摊在桌上，他用放大镜仔细看着。阳光下舍利子发出七彩毫光。袁玉山在一旁坐着。

张经理放下长叹："这可是佛门的圣物呀，相传佛祖释迦牟尼曾有几粒舍利传入中国，现听说八大处有佛牙外，那几颗去向不明了。此舍利由来已久，不知是什么来处，纵不是佛舍利，也必是一代高僧的舍利子。……圣物，圣物。不卖给洋人是大功德，大功德。"

舍利是梵文音译，意译为"身骨"——指死者火葬后的残骨，通常称释迦的遗骨为佛舍利。相传释迦牟尼圆寂后，有八国分取舍利建塔供奉，此后供奉舍利的风气日盛。

袁玉山说："功德谈不上，算份人心吧。……您再看看那几样。"

"也是好东西，唐朝的用具实物，且都是工艺品，现在真保存得这么好的少了，少了。"

袁玉山说："您要真喜欢就留下吧。"

"留下，留下。黄金算什么，没有了可以到山上开采，古物可是没地方找去呀！这样吧，二百两黄金不会少你的，但今天拿不走，我要办一下手续，过两天再说。"

袁玉山说："按理说过几天都没关系，只是过了八月十五我的事儿就办不成了，那时过一年不卖也不着急了。"

张经理掐指一算："还有四天，来得及，来得及。"

"张先生，行里的规矩，走大宅门，让人看东西，人家喜欢就是一时没给钱，也没有包了再拿回去的。今天，我也许要破了这规矩了，东西我先拿回去，不是信不过您，我还是那句话，过了八月十五我这事儿就办不成了，我这四天是急着等着钱用。"

"我明白，我明白，你这是催我快办呢，一定快！这么好的东西不会放过，东西你先拿走，咱们没有那么多的陈规矩。"

袁玉山把东西小心地放回箱子，包好出门上车。在车上他突然看见环子在路边买东西，忙叫停车，然后下车与环子说话："环子，出来买什么呢？"

"还问呢！都什么日子了，小姐让买点儿胭脂粉。"

"我这两天忙，你给九姑娘带句话去吧，八月十五晚上我一准儿去，让她等我。"

环子问："钱弄着了？"

"弄着了，刚从张经理那儿出来。……弄不着我也去，带着一把刀把我的头给小姐割下来。……我先走了，你买东西吧，别忘了把话带到。"袁玉山说完上车走了。

月痕楼里，九儿正对着窗子想心事，环子风风火火地跑进来，进门就嚷："小姐，小姐！您猜我碰见谁了？"

九儿慵懒地说："我没心思猜，你说吧，不是他就是他。"

"哪儿那么多他呀！我碰见小袁了，我没看见他，他看见我了，还特意下车跟我说了会儿话，说得坚决着呢。"

九儿一下子振作起来，问环子他说什么了。环子故意不告她，非让她猜。九儿又没了情绪，说没心思猜，爱告就告，不告算了。

环子只得说："我不想告您，他也不答应啊，是他非让我传给您的，说他这两天忙来不了看您了。告诉您钱找着了，放心，让您那天等他，就等他一人。"

"是这么说的吗？"

"没一句假，还有呢，说他要是没钱也带把刀来，把头给您割下来。"

九儿一听，脸色顿变，喃喃自语："他不来就是一把刀，还用带刀吗？"

环子道："他敢不来！小姐胭脂粉都买了，等好日子吧。"

九儿说："是好是坏还不知道呢，等的日子真难过呀！尤其不知道日子到了会怎么样。”

“能怎么样！小袁他敢吗？看他那厚道样可是和小崔一比就比出来了，我原以为小崔还不错呢。”

九儿缓缓地说：“人也是走什么山唱什么歌，人一阔脸就变，自古都这样。真有几个不变的是有种种的因由。小袁从小在农村种地，他接过地气，对钱还没有更深的体会呢。他不知道用钱可以去买自己想得到的东西，他对钱还看得轻呢！这种人再往深走就是境界了。小崔是穷怕了，小人乍富，他以为一富就什么都有了，心跟着钱走没好结果。”

“没想到你把人看这么透了。”

“这是什么地方？是青楼，人来人往三教九流，什么人没见过呀。……买的粉呢？拿给我看看。”九儿接过胭脂，若有所思，“女为悦己者容，女人怎么一辈子就离不开这个呢？女人是为别人看的吗？”

张经理办公室里的挂钟敲打了十下，张经理收拾好公文，然后按了一下桌上的叫铃。秘书进来，等着吩咐。张经理说：“我总是搞不清阴历，离八月十五还有几天？”

“还有三天。”

张经理说：“你准备好二百两黄金，要现的。”

“现在就要吗？”

“现在就要。”秘书出门，桌上电话响了。张经理接过电话，听筒里传来禄大人的声音：“哈罗！密斯特张……”他寒暄着：“噢，禄大人你好，你好！又找到什么好东西了吗？找到了，祝贺你呀！……他为什么不卖？……因为我？”听到这儿，张经理脸色煞白，问：“你找到的是什么呀？铁塔寺地宫。对！我看过，我要买。”

禄大人在电话里告诉他：“这东西你不能买！”张经理奇怪地质问为什么。禄大人说：“我已经看中了，这样的稀世珍宝，我们博物馆很缺，我一定要把它买到。”张经理说：“据我所知，人家袁掌柜不想卖给洋人！”禄大人在电话里大笑，说：“我知道他八月十五你们的节日要用一大笔钱，如果没有买主他就卖不出去。你是他的另一个买主，所以我劝你不要买。”张经理十分生气，说：“如果我非要买呢？”禄大人说：“好，你们董事长斯蒂文森先生就在我身边，由他跟你说。”

听筒里响起斯蒂文森的声音：“哈罗，张，不要买，不要。路得维希先生是银行的股东，我们无法忍受他将资金抽走。不要买。"

张经理一下傻了眼，唯唯道："我明白了。"

禄大人又接过电话说："喂，张先生，我还有一个要求，不要在今天把这消息告诉袁，最后一天再与他说不买了，明白了吗？你只能这样做，你的一举一动我都知道。"

张经理一头的汗，艰难地说："……明白了。"挂断电话后，张经理呆坐着，突然想起什么，又按了一下桌铃，秘书进来。张经理告诉他："刚让你取的黄金不用取了，那张票也销了它。"秘书答应着走了。

袁玉山为找到张经理这样的买主正高兴着呢。他送一位买了几轴画的客人出门后回来，乐呵呵地说："越忙还越开张了。"

岳伙计说："开张还不好？要是这古玩行跟油盐店似的天天人来人往，咱可省心了。卖古玩这行卖的是古东西，也能把人给卖老了，您闲了从琉璃厂这头走到那头，有几家的伙计不是闲着打瞌睡的，怎么就热闹不起来呢？"

"要那么热闹干吗？又不是唱戏。"

"赶明儿你把九姑娘娶回来，我就不跟你干了。我还回我的街上去，那话没错：'要饭三年，给个县官不换。'"

"我看你是饿得还不够。要饭就那么吸引人？我又不是没干过，天当被地当床，三九天身上就不知暖和是什么滋味。"

"要饭有要饭的苦，也有要饭的好处，自由自在谁也管不着，说是没人管你吃没人管你穿，可也没人管你起多晚，洗不洗脸的，多遂心呀，有钱没钱都能活。不像开铺子，跟身上背了口锅似的，锅里一没东西就着急。那急还着得过来吗？老天爷让咱们上这世上来又不是来着急的。也不知怎么搞的，这日子越过越慢不下来了。"

袁玉山表示同感："话是不错，等完了这些事，我带你回农村种地去，那时日子想快都快不了哪儿去。好了，咱得买点儿东西布置布置新房了。都该买什么我一点儿都不知道，你知道吗？"

"我哪儿知道呀！得找那路给人铺床、支帐子的老太太去。咳，我说就那么点儿钱，连买铺盖的钱都刚挣来，指着什么娶九姑娘呀？"

"别急呀！大钱都定下了，就是还没到手呢。说好了八月十五前一定给。"

"世上什么都能信，就是说好了的事不能信，你信它崴泥。"

"你一说这话还真让我不放心呢。我再给张经理打个电话去，他怎么光说好就是不着急呀！"袁玉山说完了阁子里打电话。

岳伙计自己叨叨咕咕："人家娶媳妇，是先算八字，再放大定下帖子，择吉迎娶。娶媳妇那天事儿就更多了，起码得有轿子一顶，临发轿还得让小男孩在新房里打锣、压炕、点长命灯、铺炕。到了新娘家光吹鼓手吹的曲子就多了，什么《夸得胜》《油葫芦倒爬城》《麻豆腐大咕嘟》，且吹呢！新娘子接过来，事儿还多，跨火盆、射煞、拜天地，一桩一桩少一件都不行，挑礼呀！

"我们这位爷可好，光想着八月十五接过来就行了，就说九姑娘再是个风尘女子，也不能这么办呀，一辈子谁还能结八回婚，就一回还不给办好了。说得也是，钱上还没辙呢！"

袁玉山在阁子内接通电话说："张经理，您好，您好。我是小袁呀，对对对！还是那事儿，您手上要方便了我这就把东西送过去。……还要等等呀？倒是也不那么急，但过了八月十五急也就没用了，张经理您一定帮忙，对！这不也是帮自己吗？好！我放心，放心。"袁玉山撂下电话出来，"没问题！娄先生的朋友，又喜欢老玩意儿，那怎么会错呢！自己开着银行呢，钱有，你没听他让我放心吗？"

岳伙计道："您是卖主，他是买主，买主不让卖主放心，他让谁放心呀？反正钱在他手里呢，他想买不想买都是他说了算。"

"你别老这么说好不好，娄先生的朋友都是读过书的，这哪能错啊。……不跟你说了，我先花钱买点儿东西去，说话到日子了。"

"你别去了。"

"怎么，你是看我娶媳妇不乐意是怎么着？回头把环子也给你娶过来！"

"不要！不要！谁爱娶谁娶，我跟你蹲这个铺子里就后悔死了，再娶个媳妇，我什么时候回街上去呀。"

袁玉山说："那你老拦着我干吗呀?!"

"为你好，你啥都不懂，买回来的东西回头不能用，九姑娘看着不高兴。"

"我不懂，你懂啊？你又没娶过媳妇。"

"我不懂，给你找懂的人总行了吧。拿钱来，我去！"

第二十三章

1

贝勒府门口停了不少的车马，金安在门口候着客人。一些鲜服的老少爷们儿或西服革履或长袍马褂鱼贯往门里进。门外边摆摊卖香烟果子的小贩和一个闲人聊天。闲人问这儿是哪儿呀，怎么这么热闹。小贩说这是金家、金贝勒府，见天这样，不是吃饭就是唱戏。闲人撇嘴，说都民国了，哪儿还有贝勒呀。小贩说，百足之虫死而不僵。贝勒就是贝勒，卖烟的就是卖烟的。我在这儿待了有二年了，我认识他，他不认识我，这就是命。闲人说，嘿，这也真怪了，改什么朝换什么代，挨不着他们事儿。小贩让他买盒烟抽。闲人摇头摆手，扭身走了。

贝勒府里戏台上正唱开锣戏，几个娃娃坐在台上唱，台上唱一句台下一个好。台下金保元坐在正中，许多的戏迷、票友簇拥着他，说奉承话。

一个戏迷鼓掌说："金爷，您这开锣戏都不一般，您这些娃娃生都是哪儿找来的，功是功唱是唱，真地道。"

金保元说："都是喜连成科班里请来的，不错吧，都是穷孩子，学戏，有钱有权的人家孩子唱不了，像你我最后只能是个票友。来，来，听戏，这小老生不错，大嗓还挺有味儿。"

金安支使着仆人差役往里边递水果，众戏迷又听又吃，如醉如痴。这个说，这是什么日子呀，除了贝勒爷这儿，咱们上哪儿找这么好的福去。那个说，念好吧，我都跟活在梦里似的，能听戏的日子就是好日子。

开场戏过后，著名老生余叔岩上来唱《文昭关》，台下鸦雀无声。一队官军进来，悄悄地在廊子里站着。戏迷们觉着不对劲儿，纷纷回头看。

340

金保元闭眼听戏，打着拍子，先是不知，一会儿觉出台上老生慢了下来，睁眼看到身后有官军，大怒，站起来问："谁手下的兵呀？胆子也太大了点儿吧，把管带叫过来！好好的，我听戏还犯了什么王法了吗？"徐二从军官背后闪出来，拉了金保元附耳几句。金保元的脸色有些改变，对台上台下说："大家伙谁也别动，金安给上茶。我铺子里出了点儿事，没什么大不了的，我去一下。"金保元说着话带徐二和军官去了西厅。戏暂停下，众戏迷惶惶然，有些分心。

金保元、徐二、军官来到西厅。金保元对徐二说："这么说连铺子带院子你这一趟买卖都赔进去了？"

徐二战战兢兢地说："贷人家的钱到期了，买了打眼的货，出不了手，这全怨我了。"

金保元听罢在厅里走了几步，说："没关系，啊，没关系。皇上不都给赶出故宫了吗，咱这有什么，没关系，大不了重来。"

徐二啜嚅着："爷，您这么说我就更不落忍了。我倒没什么，打小就是街上吃街上住的，您这是……"徐二哭了起来。

"没事！大事我都经过了，这算什么呀！出了事有我呢，我兜着。……这位军爷您贵姓？"

"给贝勒爷请安！小的姓焦。"军官说。

金保元挥着手说："免了，免了。你是公事在身，照章办案我懂。不过到我这儿你得通融点儿，待会儿这院子里我一件玩意儿都不带，我光着身子出去，院子全交你。但这会儿你们别急，怎么也得让我把戏听完了。今晚上的戏可不一般，压轴是小五宝、杨小楼的《霸王别姬》，大轴是程砚秋的《桑园会》。过了今儿晚上你要想再听这么硬的戏码都找不见了。怎么样？刚你还叫了我声贝勒爷，我就卖个大，求你一下了。过了今夜咱什么都好说。"

军官道："小的不敢，实在当不起。这么着，戏您接着听，我们在廊下等着，您什么时候听够了，咱什么时候谈公事。"

徐二赶快上前："我代爷谢您了，谢您了。"

金保元面露一丝苦笑："走！听戏去。"

三人出了西厅重进戏场。金保元落座，说："开唱，开唱。余老板您受累重新开始，戏码不变。"众戏迷大声鼓掌，台上锣鼓又起。此时金保元坐在那又像听戏，又像想心事。台上唱罢，台下喊好，金保元也跟着喊好。

台上换了《霸王别姬》，小五宝边舞剑，边用余光看着金保元，充满哀怨。金保元看得如醉如痴。胡琴拉《夜深沉》时，戏迷们击节声声，整个堂会有种悲壮的热烈。小五宝边舞边唱，泪真的落下来。廊子下的军官们一脸严肃。大门外官军列队站着，大门里锣鼓喧天。

夜很静，大半个月儿当空。戏散了一会儿了，贝勒府里空落落的。金保元、徐二、金安以及几名男仆走出大门，在深夜的街上留下一串脚步声。金安拎个小包袱，男仆们挑着挑子，徐二迈着碎步跟在金保元身后，说："爷，咱给您雇辆车吧。"一辆车在他们身边飞快地过去。金保元说："不雇，走着吧。"他边走还边哼哼戏，哼了几句，说："走着清静……你们说今儿的戏码硬不硬？说是唱念做打，样样得会，梨园行这四个字都占了的角有几个呀，尤其现而今是越来越不行了。哪儿找余老板那样的《打棍出箱》去，绝了。"

金安抖过件衣裳来："爷，您披着点儿，夜里凉。"

"没事！咱们这儿是上哪儿去呀!?"

金安道："没什么准地方了。要不还是回我那小屋吧。"

金保元愣了下："小屋？小屋好，小屋好！三十年河东，三十年河西嘛。想我祖上是领兵打仗的英雄，出生入死，挣了这片江山，传到我这辈，江山丢了。丢就丢了吧，丢了挣，挣了丢，这就是发展。要不发展，薛平贵《武家坡》也没得唱了。走麦城也好，秦琼卖马也好，人都有走背字的时候。遇乱不惊，我从祖上学到的可能就这么点儿东西了。"金保元一人说着，下人在后边垂头丧气跟着。他想起什么，突然回头对众人说："咳！今儿个这情景，我想起一出戏来，《凤还巢》。你们给我哼着点儿家伙点子，趁夜里街上没人，我走个碎步给你们看看。"

家人们"哐才，哐才，哐才"地哼起锣鼓经，金保元独自在街上走起碎步来。夜很静，众人哼着哼着流下了眼泪。

2

八月十五早上，月痕楼张灯结彩，老鸨指挥着"叉杆儿"们挂灯扎彩球，一为过节，二为九儿今儿要走了。姐妹们知道九儿今天要走了，一拨一拨地来到她屋里祝贺。九儿一身素衣，心事重重地应付着。妓女们七嘴八舌，吵吵嚷嚷：

"妹妹哟，你怎么还没换装呀？要是我哪儿能等到今天呢，早早地就穿起来了。"

"要不说你没人要呢。"

九儿招呼大家坐下。

"怎么看你一点儿不高兴呢？"

九儿说："有什么可高兴的，是颗明珠也蒙了尘了，出去还不知人怎么看呢。"

"说得也是，说青楼是个火坑，选错了人家备不住是个水坑呢！这才叫出了火坑又进水坑。玉堂春还不是……"

一个妓女忙截住这句话，打圆场："人家小袁也好，小崔也好，可不是那样的人。"

"啊对，对！我们九姑娘可不会那样。"

老鸨进来了，道："都出去吧，出去吧。人家从良你们跟着瞎操心。外边活儿可多了，都忙活点儿。去吧去吧。"

妓女们乱哄哄地出去了。老鸨坐下来，喘了口气，说："环子，给妈妈我倒杯茶喝，这一上午没闲着。……九儿呀，这弄得真跟戏里唱的似的，你说走就走，妈妈我还真有点儿舍不得呢。"她说着假装擦眼泪，弄得九儿茫然无措。老鸨又说："虽说我从小到大打过你骂过你，但你不能记恨我。没有我你还不定怎么样呢，能穿绸戴花？"

九儿说："我小时候的事全忘了。"

"这回我是要了你的赎身钱。按理说，这些年你也为我挣了不少钱，不要也罢了。但你妈妈我老了，没有钱不行，这一行也不是个稳当饭，过一天算一天，以后还不知怎么样呢。我这是真愿意把你放出去，你就该知道事儿。"

"我谢您，这我知道。"

老鸨乐了，说："好，有你这话我算没白疼你。这小崔、小袁你到底是心许哪个呀？钱都备下了没有？"

九儿凄然一笑："我心许没用，一个青楼女子，还有什么心许呀，不

343

知谁心许我呢。钱的事儿我说不清。"

一心斋门口岳伙计东张西望。袁玉山在内阁子里一个劲儿地拨电话。先是没人接，好不容易有人接了，却又一问三不知，不知道张经理去哪儿了。袁玉山急出一脑门子汗，撂下电话，坐在太师椅上发呆。

岳伙计见状问："躲了？"

"也不是，找不着人，按理他不愿买也该给我个准信儿呀，躲什么呀？没有躲的道理呀！不买也不至于躲呀！"

"要不我去一趟吧。"

"你去也没用吧，能见着他人？"

"你放心吧，我去一趟把实信一准儿给你带回来。"

"那你去吧，我再给娄先生打个电话。"

正说着话，环子来了。

袁玉山说："环子，你怎么来了，小姐好吗？"

"咳！这两天你怎么不露面呀？小姐那儿天天度日如年的，你一个信儿都没了，要撒手呀！"

岳伙计不乐意了："怎么说话呢！没看我们掌柜脑门都急出火了吗？又不是开银行的，这么多钱说拿就拿出来了。"

环子瞥了他一眼："这是你伙计呀，怎么比你还横似的？不开银行当初就别应下，你们掌柜的事儿，你操什么心？"

岳伙计反唇相讥："你们小姐的事儿你操什么心？"

袁玉山心里很烦，说："哎！别吵了，别吵了，谁操心也没错。岳，你先去张经理那儿探实信儿吧，环子你也回去，告九姑娘还是那话，我一准儿去，我袁玉山别的不想了，一辈子能按自己的准则办成这么一件事儿就足矣。咱分头动吧，我这给娄先生打个电话。"

三人各自行动。

娄先生和吴小山还在布置店堂，电话响了。娄先生接电话。

"哎！是袁掌柜，什么，张经理还没买下来呀！前些天我见他还说一定买呢！……不会，不定哪儿出了乱子，这么着吧，我一是再给你问问，二我想办法再找一家吧，一定在今天。"

娄先生放下电话，对吴小山说："张经理从没有这么失信过，是为什么呢？小袁也难了，弄不好他要卖给德国禄了。……做古玩的人要讲准

344

则、气节，是说说的事吗。"

袁玉山一个人在屋里坐立不安。时间唰唰地过，他又拿起电话，给禄大人拨，听着电话通了，禄大人说了一句"哈罗"。他听到这声之后，看着铁塔寺的那只箱子，心里翻江倒海一般。电话里不断传来"哈罗、哈罗"的声音。他把电话又放下了，把箱子盖也盖上了，颓然坐下。"这可难死我了。真把它卖给洋人，我晚上睡不着觉呀！不把九儿接出来，我也对不起她呀！话是那么说，国家，国家，先有国后有家，可真摆到一起时这轻重怎么才能分出来呀！"

3

荣三一身短打扮从玉田乡村小店里出来，雇了匹骡子骑着向冯庄去。傍晚就到了，看见一人上前问路："打扰了，老乡，这是冯庄吗？"

前边人一回头，正是假杨地主，他与荣三没想到认识。杨地主一惊："哟！这不是三哥吗？怎么大老远地跑到这儿来了？咱有两年没见了吧，走，家去家去。"

荣三诧异："咳！怪了，你怎么在这儿？"

"一言难尽，一言难尽。走，家去。"

荣三说："想谁也想不到你会在这儿。"

两人往一大庄户走着，一五一十、原原本本把各自的情况一说，都大吃一惊。二人是老朋友。到了冯家大院，假杨地主弄了些吃的，二人对坐对饮。杯盘已乱，话已说了有一会儿了，都唏嘘感叹。

杨地主说："……这么说他小崔是派你来要我的人头的？"

荣三道："我原以为是同名同姓的呢。你不可能在玉田呀，没想到真是你。"

杨地主说："那这么说，我就把头给你吧。"

荣三说："二哥你把我看成什么人了，拿我的头去也不能拿你的头去呀！别说给我大洋了，就是给我座金山这事儿我也不能干啊！"

冯妈觉出有人来了，她悄悄到了窗根儿下偷听着里边人说话。

杨地主说："小崔他怎么了？是事儿发了，还是人知道我在这儿了？"

荣三道："据我所知，徐二爷这次要动真的了，他就是没找着你人，这事儿再清楚不过了。你说徐二能饶得了小崔吗?"

冯妈听到这儿,又心疼又紧张,再听不下去,回身往自己的屋里去,摸着黑坐在炕上发呆,心里乱想:死冤家呀!真是个冤家呀,有好好的日子不过,这又是为什么呢?为挣钱?要那么多钱干吗呀?这说话不是又要出人命吗?……怎就明白不过来呢?……不管他,忘恩负义的东西,比陈世美还坏呢!……话说回来了,我要不管他,早就不该管他了,卖翠花那会儿挨打就不该管他,关大狱那会儿就不该管他。可我不管他谁管他呀!想着想着她哭了起来。

喝酒屋里,假杨地主和荣三还在合计。荣三说:"二哥,这事儿没什么难的,你大不了下关东躲一阵子。别担心我,我回去好交账,大不了不挣他这份钱,说没找着你不就结了。"

杨地主说:"那我就只有走了。……还有没有别的法子?"

这时门突然被推开,冯妈进来,说:"你们可不能就这么走了。刚才你们说的话我在外边都听见了。我求二位了,小崔这是有大难,他再不是,两位兄弟看在我面上,咱进趟京吧。"

三人相视,一时拿不定主意。

崔和有还在打他的如意算盘。他从后宅踱出来,葛远迎上去。他问:"小袁那儿有什么动静吗?"

葛远说:"没看着,他那个伙计一早就出去了,往宏业银行张经理那儿跑,现在还没露面,估计是没卖出钱来。"

"那么好挣钱呀!钱难挣屎难吃一点儿都不错,不动心眼能挣着钱?对面徐二的铺子呢?"

"前儿晚上一帮人来关张了,说是西城的贝勒府也给收了,全都抵了银行的贷款了。"

崔和有狞笑着说:"一个人从有钱到没钱,就跟条丧家犬一样,他就再没有一点儿可怕了。从民国四年到现在,琉璃厂这三家铺子是前后脚开出来的,今儿我就让他折两家,不是吃独食,商场如战场,有他的就没你的。

"……铺子今儿咱就不开了,请一班吹鼓手去,请几个老妈子把新房收拾一下,热热闹闹地等迎新人。多晚咱都得吹,趁着八月十五咱们热闹一宿,让整条街见识见识我崔和有是个什么角色。哼,挣钱?没脑子挣什么钱。"

4

找不到张经理，袁玉山心急如焚，坐卧不安，一会儿就到门口张望一下，突然见两个老太太过来了，拎着些花红饰品。

老太太说："是不是这家呀，怎么一点儿动静都没有呀？掌柜的您这家今儿个是接新人吗？"

袁玉山一愣："啊！对，对，对。你们是？"

"小岳前天跟我们订下的，让今天来铺床。"

袁玉山无奈地说："啊，对，对。您二位里边请，里边，我领您二位去后院。"

"怎么这么冷清呀！我还以为记错日子了呢。"

袁玉山说："冷清，今儿个不大办，明儿个办。您二位来了就不冷清了。"

正说着话电话铃响了，袁玉山忙去阁子里接电话。"哎！是张经理吧，对，找您两天了，急……"

张经理在电话里说："袁掌柜，抱歉，东西我不能要了。"

"什么？这是怎么话说，东西不可心？"

"不是，和东西没关系，是我……我一时凑不到钱。"

"您为什么不早说呢？真没余地了吗？您可是个大经理！"袁玉山说着眼泪流了出来。

"袁掌柜，我也有难处，电话上不好说，你那儿不是来了一个人吗，我让他带回去一张字条，看了你就明白了。"电话挂断了。

袁玉山倒在椅子上，看着地宫的箱子，暗自落泪。"那九儿怎么办，九儿怎么办？"

外屋老太太喊："先生，先生，这屋子还收拾不收拾了？"

袁玉山强打精神，擦了泪走出来说："实在麻烦二位了，这屋子先别收拾了。钱回头照付。"

老太太嘟囔："看着也不像办事的人家，哪有要办事了就一个人的。"

"对不起您，实在对不起。"他送两位老太太出了门，正碰上从外边回来的岳伙计。岳伙计一下把两位老太太拦住了。"咳！干吗去，东西怎么没铺又拿出来了？进去，进去。"

袁玉山说："岳，让她们走吧，刚……"

"我知道，没什么大不了的，我早说了听有钱人的话没谱。不是还没到时候吗？屋照收拾，床照铺。"

袁玉山拦不住，岳伙计把两老太太带到后边去，又回来，递给袁玉山一张纸条，告他这是张经理给带来的，说是电话里不好说。袁玉山忙忙地打开了条子，只有五个字"提防禄大人"。袁玉山不明白："这是什么意思？"

岳伙计说："这买卖是禄大人从中做的梗。张经理开的也是洋买卖，惹不起他。"

"看来有了这个禄大人，我这东西就别想卖给别人了。"

"没错，就是这意思。"

"那咱们还收拾屋子干吗？你的意思不会是让我把东西卖给洋人吧？你要真这么劝我，我可就真……不知该怎么办了。"

"我可没让你这么办，有要饭时的几档子事我早就看出你是什么人了。但我替你心疼九儿，今天你要是不去，可就把一个好人给活活毁了。"

袁玉山一句话说不出来，他已没有了主意。俩人各坐一边。禄大人此时推门进来。岳伙计没看见，听见开门就说："关张了，想买东西明儿来吧。"

禄大人笑眯眯地说："明儿个可不就晚了吗？"

岳伙计一看是他，说："您来得真是时候呀！"袁玉山站起来，以寻常客人相应。

禄大人说："怎么这么冷清呀？不是说今天是八月节吗？"

袁玉山说："节不节的，高兴每天都是节，这不正想过节呢吗。您来了，坐。"

"看着不高兴嘛！"

"高兴不高兴全在自己，不高兴有不高兴的理由。"

"我知道，买卖没做成，缺钱了。……我是来送钱的。"禄大人说着话把箱子打开，金条一排。

岳伙计见了有点儿高兴，但一看袁玉山的脸，不知说什么好。对禄大人说："您倒是什么都知道。"

"我不但知道你缺钱，还知道你要用钱去赎九姑娘。我也知道这会儿小崔已经要到月痕楼去了。"

袁玉山突然站起来一拍桌子："给我出去，这可不是你们家园子里的一块地，你他妈的想怎么着就怎么着！你不是想要这东西吗？告诉你谁都能卖，就是不卖你，滚蛋！"

"我这是为你好，你怎么这样？"

袁玉山义正词严道："你少来这一套，别他妈的以为你洋枪洋炮打得大清皇帝东躲西藏的，老百姓也都这样了。告诉你，我这东西是祖宗留下的，就是穷死也不卖你。你别以为好东西都该是你的。割地赔款，那是皇帝太屄。我要是皇帝就放你们过来，老百姓一人一口唾沫也能把你们淹死。你现在还想欺负人，正经的买卖你不做，吓唬这个，吓唬那个，今儿个我得让你见识见识这中国不怕你的人多了。滚！古人里还有不吃嗟来之食的，那好孬还是自己同胞的嗟来之食，就你这外国食我更不吃了。滚！"

禄大人收拾东西，酸溜溜地说："我一直很敬重你的为人，虽然我也很讨厌你，但这不妨碍我对你人格的认同。……你这样做也很自私，你想过没有，为了你虚弱的尊严，九儿姑娘你根本没有想过。"

岳伙计也气壮起来："滚蛋！不蒸包子蒸口气，那是我们自己人的事。今儿个我们要难受也在自己家里难受，你他妈的管不着。"

"好！你这朋友也有骨气，我喜欢这样的人，你骂我我也喜欢，你是敌人我也喜欢，我的不对，我也知道，但我必须这么做。再见，我随时恭候。"禄大人灰溜溜地走了。

一片霞光洒在月痕楼西窗。九儿正在屋里收拾自己的东西，想起第一夜袁玉山在屋里忙前忙后侍候她的情景，想起袁玉山一心斋开张，二人在院中喝酒赏月的情景，想起自己伤了肩膀后袁玉山来看她，两人坐在窗前的情景，不禁潸然泪下。

环子看着她，轻轻说："今儿这个日子，怎么也不会违了人的愿，让不该分开的分开吧。"

"但愿如此。"

"我这儿先点上三炷香吧。看小袁那儿没什么问题，您放心吧。……这日子活得跟戏里演的一样……"

九儿叹息道："等的时候心焦，真要来了又有点儿怕……是山是海今天也得过了。"

月亮升起来了。今天过节，又传扬着九儿要从良，袁、崔来争风，所以月痕楼里人很多很热闹，歌舞升平，一派欢乐气氛。

崔和有坐着马车威风而至，他一身华服端着架子下了车。门口他雇的乐手一看他来了，马上大吹大擂起来。崔和有昂然进入月痕楼。

月痕楼大堂里，所有的目光都朝向他。崔和有端足了架子，摘披风时故意卖着身段。众人起哄鼓掌。崔和有径直往备好的桌子而去。葛远拎着皮箱，重重地放在桌上。老鸨过来迎候。崔和有开口道："吴妈，今儿个真热闹呀！"

"都是给您捧场来的。"

"别光为我一个呀，小袁呢？"

老鸨答："他还没到。"

"那咱九姑娘也该露面了吧？"

"别急，我找人叫去了，这就下来。"

正说着，一"叉杆儿"在楼上喊了一声"九姑娘出门了"。妓院的乐班子也是鼓乐大奏。九儿一身典雅的装束从楼上下来。众人欢呼。九儿下楼后径直往中央而去，看见了崔和有坐在桌前，而另一张桌子空着，心中无限惆怅，勉强看了看崔和有。她止住众人呼叫，说："多谢各位，今儿是八月十五，月圆人欢的日子，我先唱一曲，以助酒兴。"

众人又是欢呼。九儿走上台去，边舞边唱《太真外传》。九儿边唱边看着袁玉山不在的空桌子，看着那扇一动不动的大门，不禁悲从中来。

时辰已到，袁玉山却一点儿辙没有，他已心灰意冷，枯坐在铺子中。月光从窗格中照在摆在面前的地宫箱子上，好像九儿就在里面。他打开箱盖，一件件宝物璀璨夺目。没有九儿，九儿还在月痕楼里等着他去救。他一生的一大愿望不就是救一风尘女子吗？想象中一曲乐曲飘进来，九儿边舞边落泪的幻影在月光中时隐时现，一会儿是两人在第一夜相见的情景，一会儿是九儿为他自伤的情景。袁玉山痛苦地祷告：让有情人终成眷属吧！说着眼泪"哗哗"流下来，滴在地宫箱子上砰然有声。

正伤心间，岳伙计突然推门进来，拉起他就往外走。袁玉山赶快擦眼泪，问去哪儿。岳伙计说活人不能让尿憋死，走吧。不由分说，拉着袁玉山出门飞快地跑。到一大宅子门口，岳伙计与守门的打了一个招呼进去。原来这是个大赌场。

袁玉山一看屋里乌烟瘴气，不少人在呼五喝六地赌博，马上抽手说："我不会赌。你拉我到这儿干什么？"

岳伙计道："想赌也来不及了。"他说着摸了摸腰。

"怎么？你要抢呀！"

"抢也抢不过。"岳伙计拉着袁玉山边说边穿过赌场，进了赌场后面一间小屋。

屋里赌场老板正在炕上抽大烟，岳伙计"咚"的一声跪下了。

老板一惊，说："哎！你别这样。你救过我命，你找我办事儿应当应分。可这一晚上谁能找出二百两金子来？就是有也不在家里放着呀！"

岳伙计跪着不起，说："洪爷，你一定帮忙了，这不，房契也在这儿了。"

袁玉山看着这情景，不置可否，在旁边立候着。

"洪爷，您不是说过，救了您一命，也要帮我一件事儿吗？今儿个我求您了。"岳伙计说着话又磕头。

洪老板从炕上下来，顺手从炕洞里抄出一只小铁箱来。岳伙计和袁玉山都瞪眼看着。老板点了下说："全在这儿了，还差点儿。这我可没辙了。"

岳伙计拎着箱子，拉起袁玉山就走，回头说："谢您了，改日还您。"

两人从后门又冲进大堂，穿过各个赌桌，忽地到了一张桌子前，岳伙计从腰里拔出刀子，甩在牌桌中间。四位赌客吓得哆嗦。岳伙计道："四位，桌上的钱借我一用，明天还给各位。"说着话长衫一兜，把桌上的钱全扫了进去。

堂上大乱，有人站起来看。

岳伙计笑着说："没事！没事！接着玩，接着玩。这四位是我朋友，朋友向朋友借钱不干别人的事。"扭头要走，又想起桌上的刀，回头给拔了下来，冲着四个赌客，"记住数啊，明天在一心斋我还钱。"然后拉着袁玉山跑出赌场。

袁玉山自始至终不知所措，只是跟着他东奔西跑。

来到街上，袁玉山和岳伙计吃力地跑着。箱子越来越重。恰好碰上辆洋车，拦下，把箱子放在洋车里，袁玉山和岳伙计跟着车跑。袁玉山气喘吁吁地说："快呀！师傅，快！慢了怕赶不上了。"

月痕楼大堂里，九儿舞毕，众人欢呼，九儿强颜答谢，对着大门，对着袁玉山定下的空桌子行礼，泪流满面。

崔和有鼓掌之后，让葛远把箱子打开。老鸨走过来。崔和有一句话不说，拿出一张契约。全场顿时静下来，争相往这边看着。

老鸨犹豫着说："小袁呢？"

崔和有傲慢道："他要来早就来了，他有那份心，也没那份力。这钱不是拉屎拉出来的。"

老鸨冲着"叉杆儿"喊："时候到了，老丁，笔墨侍候。"

崔和有一把拦住她："用不着，我带着呢！"

葛远从箱子里拿出文房四宝。九儿在台上看着这些。环子不知所措，眼泪汪汪。葛远把墨盒打开，把笔蘸了蘸，递给崔和有。崔和有刚要写字，九儿喊了一声。

"慢着！……烧一炷香吧！烧一炷香如再没人来，我跟着崔大爷走，高高兴兴地走。大家今天既是看热闹来的，就高兴地热闹热闹，这一炷香烧着，我顺着桌敬各位的酒。"

众人欢呼。崔和有看大家如此，也无奈，放下笔。环子点了一炷香，虔诚地插在香炉里。九儿假作高兴，又歌舞起来。众人高兴饮酒乐和，老鸨也情不自禁地跟着乐和，大堂中一派热闹气氛。崔和有得意非常。

香烧了有一半了。九儿拿着酒杯，对着大堂的人们说："喝吧，喝了这盅。感谢圆月好花，感谢父母把我们生在这个世界上。"她说着有点儿哽咽。

众人喝酒，大堂里越来越兴奋，嫖客放浪。九儿走上台子，接过玉琵琶，弹起《春江花月夜》。香柱无声地燃烧着，九儿投入地弹着琴。窗外月光如水，静静地照着人世。崔和有冷冷地坐着，麻木而自得。

香柱只剩下四分之一了。九儿轻轻地拨了下琴，把曲子结束了。大堂中人喧闹，叫嚷，九儿什么也听不见，那些变了形的脸和快乐在她的眼前表演着，没有声音。九儿突然觉得内心是那么静，她看着香柱在静静地烧着，淡淡的烟升起，模糊着窗外的月亮。九儿脑子里出现自己小时候的回忆：拿着枝野花在山坡上奔跑着；在父亲的坟前拜辞；被叔叔骗上了乌篷船：被卖到了青楼，给嫖客端水不小心打破碗，挨老鸨的打；身体长成，第一次接客，变形的脸压过来。

那炷香只剩下最后一点点儿了，大堂里的人有些骚动，都盯着那炷香。香摇摇晃晃欲灭未灭，挣扎了一会儿终于灭了。大钹苍凉的一声，击得人心惊。

九儿绝望了，从容地从椅子上站起来，说："香灭了，我该走了。这世界从我出生到现在收留了我二十年，想起这二十年有几天是给我的？也是爹生的妈养的，也知道疼也知道酸，可活着就不一样呢。你们是爷是花钱找乐的，我们是供人玩的玩意儿。我谁也不怨，只怨苍天没有眼睛，你们都伸出头看看窗外的月亮，它的眼睛在哪儿呀！受了二十年的罪还相信呀！信这世界上总不至于坏到了头了吧，总该有个知道疼我、爱我的人在前边等着呢吧。还相信呀，到这香灭了时到现在我竟还相信着。……可是他没来，他说好了，但没有来，他像一把刀已经把我杀了，把我剐了，把我的心刺透了，我还想等他，一炷香十炷香等他，我不愿就这么恨他，我恨不起来，老天到底为什么会这样？

"……写吧，崔大爷，在那张买我的纸上写字吧，写完了把那些钱撂下我跟你走，高高兴兴地走。你买了一个九儿，一个新九儿，从此只会笑不会哭的九儿。你写吧。

"……妈！我还得叫您声妈！虽然您打过我，骂过我，拿扦子扎过我，我还得叫您妈。该叫妈的人早早地不要我了，那她当初生我干吗呢？

"……环子，来！姐走了，姐原来以为能带着你脱了这火坑，现在不行了，姐给你留下东西，包在枕头下边了。咱们都是命苦的人，什么时候这世道变了，能为咱们这样的人说话呀！"

环子悲痛地流着泪走过来。整个大堂一片肃杀。

九儿穿好衣服走下台子，喃喃着："我走了，就当一个死了的九儿走了。"

崔和有一挥手，葛远忙把乐队都招了进来。乐队大吹大擂，鼓乐喧天。

街上漆黑，车夫、岳伙计、袁玉山跑着看见了月痕楼，看见了灯光。

袁玉山喘息着说："快了！快了！九儿千万再等我一会儿。"

突然月痕楼里鼓乐大作，袁玉山一个趔趄摔倒了，急忙又爬起来，跑进月痕楼。岳伙计拿了钱，袁玉山拿了箱子，往大堂冲去。

九儿跟着崔和有往大堂门口走，看着尖尖的一排烛台子。她一步一回头，环子哭着站在那儿。

九儿在快出门的一刹那，突然向那排烛台子冲去，用头撞了过去。众人都惊住了。正赶上袁玉山、岳伙计冲进大堂，袁玉山扔下箱子向九儿扑过去，喊道："九儿！九儿！你不能！"

崔和有冰冷地看着突然发生的一幕。

九儿撞在烛台上，鲜血溅起，昏倒在血泊中。袁玉山冲过去抱起九儿的头大哭不止。"九儿！九儿！你不能啊，我来了，我来了，带着钱来了，你跟我走，你跟我走！"

大堂大乱，众嫖客纷纷出门。崔和有站在那儿看了看，走回原来的桌子，把契约还给手足无措的老鸨，拎起桌上的钱箱愤愤而去。

血泊中九儿睁开眼，叫了一声"玉山哥"。

崔和有似乎也听见了，猛然立住回了下头，冷笑一声，拎着钱箱子跨上洋车。洋车在街上跑，车里崔和有抱着钱箱子，脸色阴沉。

突然胡同里蹿出几位黑衣人把车截下，把崔和有暴打一顿后，钱全给抢了。干这事的是徐二和黑老大他们一伙。

被打伤的崔和有孤零零地躺在街上。起风了，落下一阵秋雨。一只女人的手伸到他的鼻子前试了试。崔和有一激灵，警觉而艰难地问："谁?！是冯妈吗? 冯妈? ……你又来了，你……"

冯妈艰难地架起崔和有，在中秋之夜慢慢地向远方走去。

一场恩恩怨怨总算过去了，琉璃厂当初风风火火的三家铺子就只剩下了袁玉山的一心斋。生意不好，但也不坏，可以维持小康之家。袁玉山娶妻生子，诸事顺遂，把铺子交给岳伙计管着，自己准备安安静静读书，写一本古玩方面的书，把自己这些年的经验知识总结出来。只是九儿在生下孩子以后落下了腰疼的毛病，不能操劳受累，且越来越重，得经常求医问药。袁玉山便一时半会儿难得安心，最近又张罗着把环子给岳伙计娶过来，这也是九儿的意思。可岳伙计偏偏看上了另外一个姑娘，嘴上又不说，让人摸不着脉，事儿也就紧一阵慢一阵无甚进展，但却不能不让人分心、惦记。

和有轩、贝贝斋房舍依旧，只不过物是人非罢了。话说回来了，这世上的事哪个能长久呢。曾经传扬琉璃厂整条街的故事也渐渐湮没了，湮没在讨价还价的机巧里，湮没在一赔一赚的悲喜里。琉璃厂的商家们依旧娶妻生子，照样报恩结怨。袁玉山总想给人们讲讲往事，说原先有一个金贝勒爷，官兵来抄他的家了，他还不着急不着慌，说要听完了戏再说。金贝勒爷有个管家叫徐二，开着铺子贝贝斋，对面是和有轩，两家势不两立，结下天仇地恨……没几个人爱听他讲，即便听了也是半信半疑。

岳伙计外出收货回来，说在玉田乡下见到了崔和有和冯妈，俩人过着男耕女织的生活。他被邀到家，喝了高粱酒，吃的贴饼子熬小鱼。袁玉山上心地听着，显出很向往的神情。

原来的金贝勒府早已换了主人，这主儿也爱逛琉璃厂，跟袁玉山有来有往。一天，招来一个小戏班子，派了仆人来请袁玉山。袁玉山也想散散心，吩咐早早吃了饭，便带着一家人和岳伙计来到旧贝勒府。

戏台设在大厅里。来人也不少，坐得满满登登。戏开场了，袁玉山忽然发觉拉胡琴的是金保元。岳伙计则告诉他，徐二在打小锣。

戏台一侧，金保元想起了什么问徐二："有一件事儿总没问你，那年咱被轰出去后，好像没几天就把贷的钱还上了，那么大票银子是哪儿来的？"

徐二诡秘一笑："那么远的事，怎么这排着戏还想起来了。……实话跟您说吧，哪儿丢的，又从哪儿找回来了。找回来后就入了娄先生的股了。古玩这行，不是光说眼力不眼力的事儿，人也得正。我不行，就跟打小锣似的一打就偏，胎里带的走偏。"他说完又打起小锣，"当"的一声，戏又开演了。

1997 年 6 月 16 日二稿

后　记

　　为什么会写《琉璃厂传奇》，先要感谢两位朋友唐大年、张驰。最初，想三个人合写这样的作品，后来落在我一个人头上，大概是因了我的闲和骨子里对旧物的迷恋。

　　琉璃厂是老北京人生活中的一个部分，自元朝始有其名，至清乾隆年间变为图书文物的集散地，再至今已有几百年近千年的历史。琉璃厂在老北京人的生活中极为坚韧地存活着，到现在依旧没有性质的改变，这几年且有了更大规模的发展，套句俗话是"平安藏古董，乱世买黄金"，时世使然。

　　这么一个有着丰富历史的地界儿，必然地蕴藏了些丰富的人物故事。古玩一行神秘或传奇像是原本自身就带着的，一件新东西很难依附住神奇的故事，因时间没有给它负载丰厚故事的力量，而旧物则不然。我有只宋代的小瓷碗，用它喝酒，与用新杯喝酒的感觉不同，一个温暖一个清冷，一个醇些一个寡些。这种感觉像是每个人都有过。这也是琉璃厂作为一个载体，能够承载住传奇故事的原因吧。

　　这部作品，现在看它也许与某些人所认为的传统意义上的小说有差别，话说回来了，现在小说文体多样，谁又能清楚地说出一部小说应该是什么样的呢？明眼人可以看出这是一部由电视剧改编的小说，我想这样的文学样式将来会越来越多。就像我昨天接触了一个在计算机上不断与人交谈的"网友"一样，她提到了一个新的名词——网上文学，她以为这将成为一种新的文学形式。古代说书人的话本小说可以成为小说，那么改写的剧本成为小说也该不是什么新鲜事，关键是要好看、耐看。

　　这部书写的人事，得益于平时逛古旧市场时所听到的厂肆杂谈，得益于亲戚朋友平时的闲聊，也得益于这些年来断断续续写出的一些与老北京人有关的随笔。

古玩一行如龙潭虎穴，不可擅入。一是此行看似平静，实则险恶；二是此中学问深不可测。我于此行可谓是个一脚门里、一脚门外的观者，所以书中所提到的行规、行话、古玩知识实在表面得很。好在这是一部文学作品，说东道西的目的也只是要论人论事。行里人看了或有见笑处，还望多多教诲。

再我不是北京人，虽说从小在北京长大，但还是少了地道地写出老北京人的生活基础。后来我发现这也有一点好处——人在圈子外，可以把早已不新鲜的事儿看出新鲜感来。

需要感谢的是北京社科院的董秉山先生，他使此书有了文体上的变化，原想共同署名，但因他坚辞而未行；感谢中外电影合拍公司的张珧女士、杨海波先生，金泽公司董事长杨善朴先生，北京电影学院的许同均教授，他们对这部作品都倾注了心血，提出过意见，使这样的一部书有了今天的样子。

该谢之人实在太多，恕不一一再表。

邹静之

1997 年 6 月 17 日

图书在版编目（CIP）数据

琉璃厂传奇 / 邹静之著. -- 北京：中国文史出版
社，2021.1

（中国专业作家作品典藏文库. 邹静之卷）

ISBN 978 - 7 - 5205 - 1818 - 5

Ⅰ. ①琉… Ⅱ. ①邹… Ⅲ. ①长篇小说 - 中国 - 当代
Ⅳ. ①I247.5

中国版本图书馆 CIP 数据核字（2019）第 286482 号

责任编辑：牟国煜　薛未未

出版发行：**中国文史出版社**

社　　址：北京市海淀区西八里庄路 69 号院　邮编：100142

电　　话：010 - 81136606　81136602　81136603（发行部）

传　　真：010 - 81136655

印　　装：北京新华印刷有限公司

经　　销：全国新华书店

开　　本：720 × 1020　1/16

印　　张：23　　　　　字数：357 千字

版　　次：2021 年 1 月第 1 版

印　　次：2021 年 1 月第 1 次印刷

定　　价：69.80 元